于坚，二十世纪七十年代开始写作至今。著有诗集、散文集、随笔集、摄影集等，凡四十余种。曾获鲁迅文学奖、朱自清散文奖、华语文学传媒大奖杰出作家奖等奖项。云南师范大学文学院教授。

于坚文集·随笔卷

沉默表演者

于坚 / 著

云南出版集团　云南人民出版社

图书在版编目（CIP）数据
沉默表演者：随笔卷 / 于坚著. -- 昆明：云南人民出版社, 2018.4
（于坚文集）
ISBN 978-7-222-16775-9

Ⅰ. ①沉… Ⅱ. ①于… Ⅲ. ①随笔—作品集—中国—当代 Ⅳ. ①I267.1

中国版本图书馆CIP数据核字(2018)第025728号

责任编辑：姚实名　苏映华　徐　霞
装帧设计：人合啚文
责任校对：陈春梅
责任印制：洪中丽

沉默表演者
CHENMO BIAOYAN ZHE
于坚　著

出　版　云南出版集团　云南人民出版社
发　行　云南人民出版社
社　址　昆明市环城西路609号
邮　编　650034
网　址　www.ynpph.com.cn
E-mail　ynrms@sina.com
开　本　889mm×1194mm　1/32
印　张　20
字　数　380千
版　次　2018年4月第1版第1次印刷
印　刷　云南新华印刷二厂
书　号　ISBN 978-7-222-16775-9
定　价　78.00元

如需购买图书、反馈意见，请与我社联系
总编室：0871-64109126　发行部：0871-64108507　审校部：0871-64164626　印制部：0871-64191534

云南人民出版社微信公众号

目　录

回到中国

今天，国际化已经成为一场如火如荼的中国运动。许多地方领导甫一上任，立马想到的就是将这个地方“国际化”。国际化是一套现成模式，随之而来的就是拆迁、移民。其行事风格，就像占领军司令，完全不顾地方的历史、庙堂、文化，及人民的积累千年的地方生活经验。将一种全新的生活模式、建筑格局强加给有着几千年传统的生活世界，似乎当地人从来没有生活过，他们野蛮到连房子都不会盖。这些司令甚至都没有时间去翻翻当地的史册，其实在司令们的“新世界”到来之前，地方一直在将此地作为“鱼米之乡”“神社”来记载、歌颂并安居着。按理说，来到一个地方施政，首先要尊重，地方是一个已经完成的重，那是别人传宗接代的故乡、盘根错节的家园，不是一张白纸。一个地方有一个地方的生活经验，这是历史、文化、语言、传统、风俗、气候、地理位置等等因素决定的。执政者首先要问道于地方上的父老乡亲、儒生渔父，起码要问问，在这个地方，要怎样生活才是幸福的。幸福曾经是如何的，在此基础上的才能进步。但都被视为蛮荒，舍我其谁，在我之前的一切都是落后，一个字，拆。许多地方，传统家园早已被拆掉，如今拆着已的是前任的“政绩”了。

司令们人手一册的施工图千篇一律，国际化，不外乎就是照搬美国、欧洲、新加坡、日本……这些地方的模式。他们忘记了一点，美国是美国人根据美国地方因地制宜的结果，欧洲是根据欧洲地方因地制宜的结果。最近看到意大利作家卡尔维诺对美国的评论，他认为那地方“无聊得要命”“令人气馁的荒凉，美国百分之九十五是一个丑陋、教人喘不过气来的、各人自扫门前雪的国家，总之无可救药的平淡”“只需走一小段高速公路……就可以勾勒出美国的轮廓”……卡尔维诺这么说，是基于他的意大利地方生活经验。

在全球化势如破竹的今天，国际无法回避。国际化是经济运动，是用货币重估某些价值，它只是权宜之计，而不是大道。如果国际化最后仅仅是接上了那两根直挺挺的轨，与地方的复杂深厚丰富多元的生活经验水火不容；如果那些以摧毁“车如流水马如龙，小楼一夜听春雨，深巷明朝买杏花”的生活世界为代价建起的“国际”，只是一座座水泥鬼城；如果高速公路终端只是死去的河流、寂静的春天、有毒的田野，人民要这种“国际化”干什么呢？

削足适履这个成语的意思恐怕许多人已经忘记了，在我看来，今天许多“国际化”，其实都在削足适履。那些惨烈的拆迁，起因无不是当局者执意要削足适履。削足适履与因地制宜是两种不同的方式，前者要命，后者生生。可怕的是今天的中国地方，“国际化”似乎越来越成为“道”了，老子的所谓的“非常道”也被国际化了。因地制宜比“国际化”麻烦得多。国际化其实很容易，图纸就是那几份。鞋匠造鞋是很麻烦的，要创造出各式各样的细节、分寸、尺度、角度、厚薄、轻重、软硬，只有如此，鞋才适足，飘然上路。如果所有的鞋都是一号，它就要被天足们一双双先后蹬掉。清朝缠足，硬搞了几百年，大道上血淋淋的，最后还不是回到天足了么。削足很容易，也很痛快，但这是绝后之技，后患无穷。因地制宜虽很麻烦，但那是大道。

“春风又绿江南岸，明月何时照我还。”我以为，走向国际，最终是为了回到中国故乡，回到中国经验，回到中国的“生生之谓易”、安居乐业这个大道，而不是永远在国际上漂泊、流浪，灰尘滚滚地疲于奔命。这与古代圣贤的社会理想是一致的。中国文化喜欢讲衣锦还乡，如果只顾衣锦而失去了故乡，那么我们将有去无回，只是孤魂野鬼而已。如果“国际化”最终不能使人们重建故乡世界的生活经验，重建汉语文学记忆中的生活天堂，那么一切还是要重新来过的。

麻将声里听中国

有个笑话说，飞机落地时，不需航标，只要听见下面嗡嗡响起的麻将洗牌声，必是中国某地。

今日麻将·生命的无意义、无明，于是各民族都要创造某种游戏来为人生赋予意义，以超越生命之无聊、黑暗。文明，以文明之，文就是游戏，游戏因此生命具有意义，无明的动物性存在被文明照亮。

如果只是“以食为天”，生命就很无聊。动物也是“以食为天”，但动物不会思考其意义。排遣生命之无聊，各族群的文明方式不同，有宗教的方式，有审美的方式。古代中国是审美，诗书琴画，乐山乐水。吃穿住行，文无所不在。就是控制中国精神生活之方向的天子，也是从审美来考量事情。比如乾隆，写诗、练字不说，就是青花瓷的样式，也要亲自审定。有一次看见溥仪的办公桌，目瞪口呆，一桌子瓶瓶罐罐石头花草，全是文物。某些君主，甚至到了“文政合一”“美政”的地步。中国的天堂是在人间，上有天堂，下有苏杭，苏杭是天下玩场最多的地方，最有意思的地方，许多人仅仅为了好玩就要搬到苏杭去。当然，这些都是革命前事了，不值一提。印度是祭神，印度已经玩到神就是一切，无所不在，无时无刻不在。祭神已经成为各种“世事”，人们根本没有时间来无聊，神甚至在垃圾中。有点像中国的“道在屎溺”，但“道在屎溺”是隐喻。在印度不是，垃圾的神圣化，贫穷的神圣化，在印度可不是嘴上说。现世只是转世的渡口，天堂在来世。粗略地说，印度人是神化动物，神影响文化。中国人是文化动物，神在文化中，所以一切文都要有神在，神韵、神态什么的。现代西方，尼采以后意识到准宗教之不好玩，转向更好玩之酒神，转向酒神的宠儿——诗歌、艺术、爵士乐以及体育等等。这类玩场需要思想自由之绝对保证，如果一以贯之，非此即彼，就玩不成。

当代中国另辟蹊径。政治正确不容置疑，导致文化在继承和创造上总是讳莫如深，只在肤浅、入世一途着力，深度和广度干瘪萎缩，可以玩物，但不能宏志，或者说，只能宏规定的志。看电视节目可知。但就是频道上百，也还是有限，不看者是大多数，在他们，麻将和拜物也可以排遣生命之无聊，而政治正确，就算是玩物丧志，其好玩程度也超过为拜物而说教的娱乐节目、为正确而说教的电视剧。现代中国之精神生活，如果去除小资文化营造的仅充斥于媒体的文艺腔，其实最普遍、最具影响力的是麻将和拜物。

诵经声，必是印度地。足球场吼，必是欧洲地。麻将和数钱声，必是中国地。哦，文明没有那么狭隘。中国地也有啥声音都听不到的时候，洗洗睡了。

此富非彼富

在域外，常听到朋友感慨某些大陆富豪购物，“那真的是毫无选择地挥金如土啊”。“他们似乎不能辨别名牌的美丑，没有个人喜好，审美趣味、尺度，只问是不是名牌！”“旁若无人地吼叫着，无论那是多么丑陋土鳖的名牌，都毫不犹豫地狂购一通”。“提着五个古茨包从老佛爷里走出来”。朋友非常惊讶，就是再有钱，也不至于这样无目的地毫不迟疑地挥霍吧，香港、台湾、巴黎的富人也不少，在购物上，那都是些吝啬鬼哇！

富，备也。一曰厚也。《说文》富是一种关于多寡薄厚的度量，而不是价值观。但在用于厚这层意思时，厚，指的是忠厚地道，如“周勃重厚少文”《史记·高祖本纪》、“行厚而辞深”（柳宗元《柳河东集》）、“宽厚而爱人”（贾谊《过秦论》）、“人心风俗日益厚”魏源《海运全案跋》。富往往与仁厚联系在一起，富最忌的就是为富不仁，只有富之量的无限而没有底线，富的底线不是形而下的量，而是形而上的仁。仁者人也，为富不仁就是野兽，野兽们对食物占有的多寡就是丛林法则。仁就是文化，野兽是没有文化的，在这里富是一种文化而不仅仅是多寡薄厚的度量。因此，为富，但是“富贵不能淫，贫贱不能移，威武不能屈”、“此之谓大丈夫”（孟子）。说到底，富，是来自传统中的，没有一种传统不鼓励致富，也没有一种传统不规定富的游戏规则，这就是仁。

富或有两种，一种是“大丈夫”“仁者”之富，“不义而富且贵，于我如浮云”（孔子），此富乃真金之富，而不是挥金如土。一厘一毫都来自勤劳、智慧、天才或者自我奋斗，怎可浪费？而且钱被严格的法律、会计、审计制度以及道德感管着，来路清白。比如比尔·盖茨的富，人们不会以为他是“先富起来”的土豪，而以为他是个知识分子，斯文在兹。《世间简史》的作者霍金也是富人呀。另一种富则不然，这种富是非历史、反传统的，来自黑暗而不是光明，来得容易，来得无耻，无须智慧、经验、汗水、辛辛苦苦的个人奋斗、惨淡经营、长期积累。依靠权力、关系，昧着良心巧取豪夺，“毁国之厚以利其家”，不费吹灰之力，同样是钱，别人是挣钱、苦钱、血汗钱，他们是敛钱、捞钱、花钱、空手套白狼。子贡曰：“贫而无谄，富而无骄，何如？”子曰：“可也，未若贫而乐，富而好礼者也。”《论语·学而》为富不仁，这是小人之富。因此才会骄气凌人、目空一切，什么文明、真理、是非、法律、神祇、经典、传统、礼节、巨著、权威、大师、智者、文豪、教授、高僧、知识分子、父老乡亲……全不放在眼里，道在屎溺，怎么都行。这种富不是文化的结果，因此一旦露富，必然寒酸，败絮毕露。

如果一个社会只尊重富的结果，而不尊重富的传统基石：勤劳、智慧、厚道、仁义礼智信，那么这个社会的富就没有底线。勤劳、智慧、忠厚、仁义礼智信不一定就意味着会富起来，富起来也不一定就是勤劳智慧者的终极追求，这方面孔子是个伟大的榜样。通过勤劳和智慧而在世界中安居乐业，乐业，不一定富裕，有些业，比如，写诗，像苏格拉底那样研究哲学……就不是以富起来为目的。国家要富强，但是作为千千万万的个人，则有不同的价值观、梦想，富起来并非唯一的人生价值，一位开茶馆或者卖烧饼、宰鸡、开小卖部的小老板也不会以富起来为人生的唯一归宿，要富起来的话，这些业无论如何是死路一条。这些业是乐业，要求的只是热爱这个事情，这个业、这个技艺本身，乐在其中。富不起来，但是乐业，就能够安居而有尊严。这是一个正常社会的基础，如果只鼓励所有人都朝着可以致富的门路一路狂奔，更高，更快，更强，那么就没有人乐业了。自古以来乐业是缓慢的、消极的、安贫乐道的。如今为什么中国社会乐业、守业者越来越少，打一枪换个地方越来越普遍，医生去推销房地产，教授去卖奔驰……因为如果不富起来，就没有尊严，就是失败者。要老老实实、恪守君子之道，依靠天才、智慧、勤劳、专业精神、内行、技艺……也许慢慢地富起来，实在很难。当你老的时候，富了，因为勤劳、智慧了一生，因为一直受到尊重、认证，行吗？恐怕太难。认证不是根据智慧的难度、勤劳的时间，而是与权力、关系一夜之间的亲疏。

自然，中国也有“不食周粟”“独善其身”“疏食饮 ，曲肱而枕之，乐亦在其中矣”的传统，问题是，如果舆论一律都是没有先富起来就是失败，就是不成功，那么，那些真正的中国智慧、勤劳、君子之道将因为他们的安贫乐道“不思进取”的“消极人生”而被遮蔽在黑暗中。最危险的是，如果真正的智慧和勤劳得不到尊重和保护，投机取巧、以权谋私将成为常态，最后文化日益衰落，社会将越来越弱智化。

那些一字千金的购物狂其实很弱智。疯狂基本上是弱智的结果。资本积累的过程中几乎不需要什么智慧、经验、知识，更没有什么传统、世界观、道德感、良知、仁义、原则、审美判断、修养、内省、天才、技艺、专业、秘传、师承、见识、创造……仅无师自通的厚黑而已，猩猩都会。

爱智与约架

西方文明的一个特点是“爱智”。“我知道自己的愚昧，我非智者，而是一个爱智的人。”（苏格拉底）爱智，就是追求真理在当下，怀疑确定性，对一切盘根究底，“Why”！

苏格拉底的爱智，不是做做样子、夺席谈经，而是有一套方法的，比如著名的反诘法，苏格拉底偏重于问，态度谦卑，不耻下问，在问答中将问题步步引向深入，依据事实、现象、资料，以及逻辑归纳不断排除谬论、误解，使自己和对方都能走向真理。这种思的过程本身就是一次思想穿越黑暗森林的旅程，不是谁要抢占个上风，固执个一己之见，维护个面子，真理不是某人独占的制高点，而是每个人都有资格寻找的宝石。人们乐意通过不断地迷路、失误，抵达真理。谬论并不可怕，可怕的是不准谬论发言。

“爱智”在西方根深蒂固，以致米兰·昆德拉揶揄道:“人类一思考，上帝就发笑。”昆德拉说这话的时候，他想象中的思考者乃是一群西方人士，比如罗丹雕塑的“思想者”，托着下巴，做出思考状。爱智不仅仅是“格物致知”那样的玄思，它活泼泼地（王阳明语），最终导致的是行动。西方的爱智史，后来导致理性成为桎梏，世界被对象化，按照主体的观念、意志，作为一个无生命的东西来解剖、穷究，最后付诸行动，改造、重组。与中国思想的“道法自然”不是一路，此中是非，不是我这里要诘问的。

爱智总是不错的。不爱智的民族将永远待在黑暗里与野兽为邻。人类最黑暗的时代就是爱智被禁止的时代。

20世纪以降，中国再次爱智起来了。从五四到三四十年代，可以说是中国历史上罕见的“爱智”时代之一，各种思想，三民主义、自由主义、乡村建设、新儒家、社会主义、共产主义、无政府主义……可谓“爱智”如潮。鲁迅不喜欢梁实秋、林语堂们的“新月”立场，骂得很难听，但谁也没有约他去上海的虹桥公园打一架。“爱智”在那个时代，是很有思想和风度的。

后来就不然了。到50年代，大批“爱智”者失踪，成为“思想史上的失踪者”（朱学勤语）。“文革”初期，曾经有过一段时间的大辩论。言论虽然基于某个铁框框，但在这个框架里辩论一下还是被允许了。当时满街都是为某个立场而汹汹其言的红卫兵、学生、干部、市民，一群一群围在街头为“文革”之种种是非激辩。其情景颇似古希腊，只是缺乏逻辑传统，辩论起来，普遍喜欢断章取义，不顾证据、事实、原文，攻其一点，不及其余，最后破口大骂，陷入人身攻击，上纲上线，揭发检举，打将起来。（昙花一现，天真的人们不知道，在那个时代，是非真理可不是他们这些草民可以理论的。）最后干脆非此即彼地分成两派，毛泽东主义派，“八二三”无产阶级革命派……抢夺枪支，在大街上垒起沙袋，真枪实弹地打，尸横街头。以“爱智”始，以“流血”终，这大抵也就是中国的“爱智”史。

网络时代到来，中国思想又借着技术的发达浮出水面，（技术带来从底层发端的民主、爱智，而不是自上而下的思想解放运动，这真是历史的一种大进步。）活跃起来，博客、微博有很多新思想及讨论、争论，总的趋势，比“文革”初期那种大字报、大辩论理性睿智多了，知识结构、眼界、争论的水平已经与40年前完全不同。大有中国之“爱智”将步入正轨之势。

但是，约架也出现了，武斗的前兆。争论者之间，群众斗群众，要饱以老拳了。虽然与“文革”的血腥场面比起来，只是小打小闹，但意思是一样的，爱智只是搭台，唱戏的依然是武打？思想、灵魂、心灵这些都属于有无相生的“无”这个层面，心是灭不了的，思想是无法禁锢的，灵魂是无法革命的，迁怒于思想、灵魂、心灵的载体，在身体上制服，就是用塑胶带封了嘴，最多也就是得到个“口服心不服”的结果，控制不住他阳奉阴违。思想，真理，不是通过爱智来滋润，而是通过武力、行政去剿灭，这种思维在中国历史上可谓主流文化。但看看最近的历史，“文革”那样的鸦雀无声，就赢了么？ 1979 年以来的思想解放运动，难道不正是对那场割掉所有舌头的运动的迎面一掌？

约架的双方，都是网络上无权无势的网民，势均力敌，都是一张嘴，一个微博账号。约架就不同了，比力气大小，比秀腿花拳，比谁搬来的人多。如果一旦某方掌握了权力，是否又要以“独尊儒术”告终？约架当然没有“文革”中的武斗那么严重，但其中透露出来的思维方式，真的是似曾相识。一群衣冠楚楚的高学历人士在鸟语花香、流行太极拳的公园里约架，泼妇般扯打成一团，虽是笑话一个，但很难开心。如果此时代“爱智分子”们的“爱智”爱到最后，依然是武力决出冠军。那么“人类一思考，上帝就发笑”，还真是说得对。

但愿这仅仅是个笑话。“我不同意你的意见，但我誓死捍卫你说话的权利”，不是鹦鹉学舌，说着玩的。

乘着网络这种技术带来的“天然民主”，让“爱智”继续。

奥运会之意义

奥运会起源于希腊，奥运会体现的是西方文化精神。奥运会将世界运动视为竞争、比赛、优胜劣汰，肯定人定胜天。奥林匹克运动认为世界是向着“更X”的运动，不断地突破纪录、挑战极限。奥林匹克崇拜身体、挑战自然。这与基督教文化的世界观有关，基督教文化对大地不满，设计了更理想的世界蓝图，大地是人类的敌人，大地是不可信任的，人的终极之地是比大地更完美的天堂世界。奥林匹克运动是人类通向更X的天堂的阶梯。

奥运会已经不仅仅是一种体育活动，说到底，它是西方文化的一个象征，而且从20世纪以来，这个象征其实已经不只是西方的地方性知识，而是世界性的。全世界都认同这种精神，奥运会精神已经成为世界精神的象征，如果某个民族拒绝这种世界精神，它将被无情淘汰于世界民族之林。

奥运会在中国的召开，是中国现代历史的一个重要时刻。在我看来，它意味着中国自1840年以来，民族身体觉醒的一个胜利。身体其实是一种象征，不仅是体育意义上的身体，它其实意味着一个民族的“有”这个部分，经济活动、科学、技术、国防、体育、教育都属于身体。清朝的衰落令中国重新意识到身体的重要性，过去一个世纪的革命其实就是中国身体的解放与重建。

在中国，如果以阴阳思想来解释世界的话，那么阴可以理解为无，形而上的精神领域。无的表现形式是文化，文化就是中国的宗教。用法国年鉴派历史学家布罗代尔的话说，这是一个非经济的层面，或者说就是民族心灵、灵魂、精神的层面，它是以无用为有用的。而阳可以视为“有”，有就是身体，属于社会的经济物质层面。大多数时候，它是可以量化，并直接换算为货币单位的。

唐是中国身体与精神世界最和谐饱满飞扬的时代。所谓“文质彬彬”。李白杜甫都是既有伟大精神，又有行动能力的天才，他们具有希腊式的体质和行动能力，也掌握着宇宙精神的玄机。

自宋以后，在理学的影响下，中国身体逐渐被遮蔽。

文向着雅发展，唐那种飞扬灵动的精神生活与身体世界天人合一的文化逐渐式微。存天理，灭人欲。尚文而不重身体成为历史的趋势。其间，北方草原上的崇尚身体武力的民族文化也多次给文雅中国注入过活力，但对身体的遮蔽已经成为文化大趋势。天人合一的传统失去平衡，到清末，中国身体已经不堪一击。缠足其实是中国身体状况的一个最鲜明的象征。西方对中国的入侵之所以得逞，与中国身体的虚弱有关。尤其是在鸦片战争时代，中国身体可谓之文弱，“质胜文则史”，丧失了创造、野性、繁殖的活力，于是西方有“东亚病夫”之讥。

在我看来，最近一个世纪的中国种种，都是对身体的解放。其内在的历史趋势是重建中国身体的活力，革命乃是一个巨大的动力。

奥林匹克运动会在中国的召开，在某种程度上意味着中国身体解放的成功，这使中国得以进入现代，并独立于世界民族之林。

奥运会比赛的不仅仅是体育，而是国家力量，国家民族是广义上的身体。奥运会意味着中国在身体上重新成为巨人。

但是，中国精神却处于困惑之中，作为无的表现，文在一个世纪中处于失语状态。身体的解放缺乏文的引领。

五四以来的“文化革命”，使文在中国的地位降到最低点，这当然为身体的解放开辟了道路。在中国，文是作用于精神领域的，文具有宗教的作用。身体的张扬固然使中国强大，但民族文化的式微落后也是显而易见的，尤其是“文革”之后。

中国一直在困惑的是，如何既具有身体，而同时它又是具有心灵的。奥林匹克毕竟起源于希腊的身体而不是中国的身体，奥林匹克，对于中国，它是一个拿来。制定游戏规则的是希腊人，你加入这个游戏，你就必须遵守其规则。而对于希腊来说，奥林匹克不仅仅是身体，也是它的文化精神。中国传统的文在这种文化面前必然处于失语状态，因为中国的传统是文质彬彬。

文承担着为天地立心的重任，没有文的中国将是空虚的中国。如果一切价值都仅仅以有用与否，在经济层面衡量，那么中国的身体与精神生活将颠倒过来，再次失去平衡。身体的遮蔽令中国被外族侵凌，文的衰落也会令中国精神空虚。这种迹象今天难道还不明显吗？文化如果只是市场的附庸，它其实只是乞丐文化。

古代中国是文化领导生活。20 世纪，意识形态取代了文化的地位，但我们逐渐发现，意识形态其实无法领导生活。它可以领导政治，但它无法领导生活。康熙作为中国最伟大的帝王之一，其盛世的一个基础是，他不仅仅是一个政治家，也是一个文人。

奥运会追求的其实是非诗意的东西，是“有”，是力量、成绩、高低等等。这当然非常重要，我们已经吃够了一味追求“文雅”的大亏。我所担忧的是，奥运精神今天被运用于中国生活的一切方面。崇拜身体而缺乏精神的重量。在某些方面我们需要张扬在世界竞技场上的竞争力。但在某些方面，竞争却并非方向。例如，文从来不存在一个高低问题，各民族的文化自有其独特魅力，这是无法竞争也不能量化的。莎士比亚如何与汤显祖竞争，国画如何与油画竞争？文化的影响力，并不依靠竞争，竞争意味着共同的标准。而文化从来没有共同的标准，每个民族的文化只有自己在历史和时间中形成的内在标准。

更快，更高，更强，这是体育运动的口号，其实我发现，中国生活的一切方面似乎都越来越以这个口号来衡量。例如教育，完全是一场无休止的奥林匹克分数竞赛运动，心灵、灵魂之类的虚无方面已经被教育当局抛弃了。最近一百年来的中国历史，对文化的重要性缺乏必要的估计。

奥林匹克精神是好的，但它并非一切，我的意思是我们要尊重那些无法竞赛，也无法更高更强、无法统计成绩的那些方面，例如诗歌，自从人类第一首诗歌问世以来，它就一直原地踏步，与诸神同在，神从未进步。隐喻，象征，这是语言最古老的功能。第一个诗人如此创造语言，后生如我，也是如此创造语言。更快，更高，更强，并不是生活的意义之所在，它只是生活的手段，统治奥林匹克顶端的人其实不是奖杯，而是神灵、诗意这些看不见的部分。其实西方从来没有忘记，奥林匹克运动会是为祭祀希腊奥林帕斯（Olympus）十二主神之一，众神之王宙斯而定期举行的。

没有历史的未来是一匹野马

我看见一幕，一位捡垃圾的老太太忽然走进一间布满灰尘的公共电话亭，这玩意早已成为废墟，我在这亭子里最后一次通话大约是 2003 年。老太太擦了擦听筒，看得出来，它还是崭新的，没用过几次。装模作样地拨一串号，对着早已停机的听筒咕噜，她似乎是和神灵通话，它是那些已经废弃的电话亭子里最后一位接听者。旁边卖电动车的小伙子说这是个疯婆子。我忽然想起中国那个转瞬即逝的电话亭时代，哦，那些有着黄昏之色的电话亭，多少人生戏剧可以以它为背景开场，但一部都没有拍出来，已经被淘汰了。

1980 年，我正在中国南方一所 20 世纪早期创立的大学念中文系，大学的主楼是法国人设计的，居于一座小山的山顶。我们的教学楼有着希腊式的圆柱和巴洛克风格的阳台，可以俯瞰整个城市，包括落日和新月。那时候青年知识分子谈论最多的就是未来，我们都是未来主义者。在 80 年代，我们这一代人对未来充满着憧憬，未来就是光明，未来就是得救。那时候最得人心的口号就是“面向现代化”。这个未来正是在“文革”的黑暗里清晰起来的，只有未来才能彻底摆脱“文革”的漫长噩梦。诗人食指作为那时代的汉语先知，曾经在《相信未来》这首诗里写道：“当我的紫葡萄化为深秋的露水／当我的鲜花依偎在别人的情怀／我依然固执地用凝霜的枯在凄凉的大地上写下：相信未来。”紫葡萄、鲜花都是一种未来的隐喻。“依偎在别人的情怀”也是隐喻，本该属于自己的鲜花，却依偎在别处。我记得有一天我和一群同学看世界杯，之前《新闻联播》出现一个东京大街被小汽车堵塞的镜头，现场一阵惊讶与羡慕的欢呼声。散场时我们在路灯昏暗的街道上走，憧憬着未来。如果说，未来曾经虚无缥缈，只是一些标语口号的话，这个夜晚我们感到未来已经长出了脚踏实地的双脚，正在大地上走过来。我们盼望着推土机。

无独有偶，在 19 世纪末，法国诗人蓝波也提出过

"生活在别处"。但蓝波的别处与食指的"别人的情怀"不同，在蓝波这里，"别处"是相对于工业化、现代主义在欧洲的蓬勃进步而言。"发达资本主义"所致的人性异化令兰波这一代波希米亚知识分子深感厌倦。"在那里时间和金钱有着如此巨大的价值。物质活动被不恰当地强调，以至于成为全民性的狂热，使他们的头脑中没有为不属于这个物质世界之外的任何东西留下任何空间……在他们的豪华和炫耀的奢侈中，充斥着暴发户特征的坏趣味及其符号……"（波德莱尔）

近四十年过去，中国世界已经与那个夜晚我们见到的大街一模一样，并且更快、更高、更强。我们已经置身未来。水至清则无鱼，未来的今天已经清楚明白实际得令人厌倦、令人郁闷。未来就这么简单，让历史、故乡、记忆全部成为废墟，"一张白纸"，焕然一新。未来不过是技术、物品、消费水平一次次的更新换代。未来不过是摩天大楼里的电梯速度更快，高速公路更长、更宽……而且是无休无止的更快、更宽、更长、更N。这种毫无悬念、例外的焕然一新几乎波及每一个人，每一个人都被升级换代了，而且正在次第进入新一轮的升级换代。这个未来已经不能拒绝了，不再是我们奔向它，而是它裹挟着我们呼啸前进，未来快车已经没有刹车了。

70 年代我们无限向往的未来如今正在全面地取代空气，发出某种橡胶轮胎和汽车废气混合而成的煳味、馊味。

“所谓毒地，是指曾从事生产、贮存、堆放过有毒有害物质，或者因其迁移、突发事故等，造成土壤和地下水污染，并产生人体健康、生态风险或危害的地块。近年来，中国有大量毒地被开发为住宅用地，甚至成为昂贵的地王，使产生于五十多年前‘大跃进’时期的众多高污染工业企业关闭、搬迁，大量毒地亦随之被暴露于城市的阳光之下。由于其地理位置往往优越便利，几乎所有的地块都被开发。其中，有不少毒地未经治理，就被‘正常使用’。”（来源：中国资本证券网　2012 年 06 月 04 日 10:16。）

这种未来（哪怕它并非未来的全部）就是我们在 40 年前欢呼的那一位吗？可以说，这个未来我们每个人都曾经举手、鼓掌，如果这个未来终于动摇了人们对于未来的信心，那么每个人都难辞其咎。郁闷。郁闷是一种清醒状态下的失语症，一种知道结果但无法改变的无可奈何感。一种分裂感，一方面，他的心灵世界、记忆、经验、习性、语言依然与过去保持着千丝万缕的联系；另一方面，这个形而上世界在周围的现实中已经失去了载体。他的精神世界属于过去，而他的身体在奔向未来，身体与精神南辕北辙。不错，他还在使用汉语，这种农耕文明创造的语言已经使用了 5000 年之久，而同时，这种语言所创造的世界正在灰飞烟灭。难道新世界不正是一个仅仅使用英语也可以表述的世界吗？甚至更准确地表述的世界吗？一方面，我们乐于做的我们不能说。另一方面，我们对能够说的已经失去了兴趣。言行不一、阳奉阴违在中国日益成为普遍的存在状态。

郁闷来自郁结。当 1979 年人们朝着未来欢呼奔跑的时候。过去时代的郁结并没有解开。当代对历史采取了一种后现代的方式，“存而不论”。以为时间会抹平一切。但历史的郁结乃是一种语言的郁结，这种郁结的结果就是对存在失语。是历史创造了未来，而不是未来自己创造未来，这是一个真理。没有历史的未来是一匹野马，最后是任何力量都将无法驾驭。在物质世界的水平上突飞猛进，精神世界却像黑暗中的野蛮人。比野蛮人更郁闷的是，我们曾经有过语言、有过记忆，我们曾经叹道“天地有大美”“世界美如斯”。

“毒地”，很像是一则寓言。乘我们还能记得汉字，重新想想：我们是谁，我们从哪里来，要去何处？如今这个未来真的是我们向往的吗？ 1979 年，想都不用想。今天不想是不行的了！

孔子是普世价值的象征

孔子被称为圣人还是孔老二？在中国文化中，对孔子的态度一直是历史运动的一个风向标。20 世纪 60 年代的革命，孔子这一中国文化的象征抵达了这个象征的最低点，不可能再低了，这个昔日中国人立庙供奉，几乎等同于耶稣的圣人，已经成了一个丧家犬和流氓。

此种情况在其他文明中相当罕见。孔子其实意味着中国文明的底线，如果孔子都可以随便糟蹋，那么还有谁不可以糟蹋的？国家主席算个什么东西？这是“文革”的最重要的成果。

打到孔家店的呼声自五四以来就没有断过，“文革”终于修成正果，孔子确实是打倒了，他提倡的仁义忠孝之类，在“文革”时代都成为粪土。在今天也是半信半疑。

孔子出生于乱世，那个时代礼崩乐坏。非理性的“怪力乱神”非常强大。“必也正名乎”，孔子试图为中国建立一个理性的底线，这个底线是什么？克己复礼。吾从周。周，就是文治。孔子要建立的底线是“文明”，不是比谁的力气大、谁敢玩命、怪力乱神。怎么个文法呢，就是以诗意、审美、道德的眼光处理人类生活的矛盾。孔子提倡诗教、文教、雅驯。文教与其他民族不同，文，既是“不学诗，无以言”，也是“文以载道”、文化一切。“《诗》三百，一言以蔽之曰：思无邪。”孔子用诗书礼乐来为文明设置底线，当然也是最高的价值标准。这个文，就是尊重各种各样的活法，在各种活法之间建立一种文质彬彬的关系，和其光，同其尘。因此颜回这样的穷人可以在陋巷而不改其乐。千乘之骑的贵族也受到尊重。尊卑有序，修敬无阶。人皆可为圣，圣是一种修养，不是等级、待遇、座次。道发自然，造物主没有将人造成一个平台，不是电脑那样台台配置一样的软件，人是金字塔结构的，尊卑有序，就是说天才与愚昧的差别是自然的结果，但是，善是一个平台，人人都可以止于至善，人人都可以文明，无论贫富贵贱。

孔子的底线其实是一种普遍价值。人类从非理性的黑暗走向理性世界，无非就是建立一种普遍价值。各民族走向理性之路的路数不同，或视人为原罪，非强力改造灌输理性不能祛魅。儒教是信任人，相信人，承认人，人之初，性本善。无论如何，雅驯之、武驯之、神明之……各种文明都要建立理性的普遍价值，而这个价值无论如何表述，它都要止于至善。如果一种文明居然主张儿子可以杀害父亲，朋友可以互相出卖、告密。那么这种文明就不是文明，只是地方性的怪力乱神。孔子的文是道法自然的结果，中国思想早就意识到人的普遍性，人有心，有恻隐之心。食色，性也。人之初，性本善，这种先验的普遍性使人区别于野兽。孔子进一步将这种先验的人性理性化了，升华为文明的底线，这就是人与人关系中必须遵循仁、义、礼、智、信、忠、孝、止于至善等等。

孔子的底线基于周的，甚至更古老的中国经验，并非“一声炮响”。而这个底线后来被中国文明选择持续千载，也是经验告诉人们，孔子的文教是能够“生生”去蔽的、文明人生的，是能够让中华民族从黑暗、愚昧走向大道的。但是文明并非一劳永逸。文明是不断丰富的过程，在丰富的过程中，文明也会偏离文明。文明总是有它在某个时代的具体性，孔子提出中庸，就是说，文要适度，要把握住度，如果过度，就会产生以“三寸金莲”之类的诗意命名的酷刑。如果不够，则文胜质则史。文明就固执守旧、僵化、停滞。

中国历史上无数次的五胡乱华，为什么后来都被文化了？最近的例子比如清朝，乾隆下江南，服了，服什么？文。如果文不具有普遍价值，它又怎么服胡？

孔子是中国文明的象征，但他不仅仅是一个地方文明的象征，他也是人类普遍价值的象征之一。法国启蒙运动的领袖伏尔泰编写的《哲学词典》里就有关于孔子思想的专节，他将孔子作为启蒙运动要宣扬的普世价值之一介绍。

最近一百年否定孔子，其初衷或许是否定儒家文化里面的地方性因素，例如那些导致了“男尊女卑”之类的方面。这些方面并非儒学的全部，有时候还是“过犹不及”的结果。但是这一否定孔子的思潮到60年代成为对孔子的全面否定，全面否定孔子，势必否定普世价值。“文革”成为一场摧毁普世价值、摧毁常识的革命，其悲剧之惨烈我们已经见识。更为悲剧的是，历史开玩笑地让我们以孔子摧毁孔子，孔子最重要的思想之一是“一言以蔽之，思无邪”。林毓生先生早就洞见到五四的要害在于“从思想文化上解决问题”，而这种解决又是一元论的，知先行后，“思无邪”。“思无邪”曾经导致“罢黜百家，独尊儒术”，当然它也影响到中国历史上无数次以“诗无邪”来绞杀、消灭异端。不同的只是，孔子这一次自己作为异端被“诗无邪”打倒了。

100年过去，孔家店被彻底砸烂的结果是什么？就是现在这样的局面嘛！今日之中国，儒教在人心深处已经没有多少权威性。人们信奉的是道在屎溺，怎么都行，只要能富起来。近年国内有些提倡儒教的迹象，在我看来都有游戏性质，要么是借儒教玩“比你较为神圣”的自我圣化游戏，要么继续解构孔子，玩世不恭地将孔子进一步流氓小丑化，以正剧的方式。广义的“后现代”在中国是有传统的，道在屎溺。但经常忽略：屎溺，并不是道。

当然需要孔子，严肃地迫切地需要孔子。需要孔子并非什么怀旧、复古，更不是要回到三寸金莲，而是重建普遍价值的必须。“必也正名乎”，因为污名已经过度了、过分了。长期名不副实、阳奉阴违在这个国家已经成为常态。如果其他民族的圣殿、金字塔、先贤寺一座座岿然不动，而这个民族总是处于那种围观它自己的圣贤、权威、大师、文化、尺度、经典、常识……被史无前例的屎溺化的历史虚无主义狂欢中，那么这个民族就会在世界民族之林中低贱、轻视。我相信许多去过海外的中国游客都有体会，财大气粗不会赢得尊重，你不尊重你自己的历史，别人会尊重你的历史，他们轻贱的是我们丧失了历史赋予我们的普遍价值。

天不变，道亦不变。道可道，非常道。西方文艺复兴越过十字军向后看，在更遥远的希腊获得灵感。我相信，中国文化的复兴也一样，必须在自己的全部经验和历史中总结教训、寻求灵感。100 年的革命也并非白革，至少它使我们认识到，有些东西是永远不能革命的，金字塔尖可以去掉，但不能铲除金字塔的基础，革命、平面化一切的结果，只能令我们重返黑暗的野蛮之邦。野蛮就是一丝不挂的“兽尽可夫”，因此只有奉行丛林法则。

裤腰带上的古玩店

在伦敦，我的一个深刻印象是，这城市到处是女王般仪表堂堂、衣冠楚楚、表情傲慢、高贵、尊严无比又亲切和蔼的老同志。也有许多老妇人打扮得花枝招展，光明正大，坦荡磊落。他们为什么不理直气壮地坦荡磊落？这个伟大的城市是他们建造的，是他们的青春为这城市的辉煌奠基。随处可以证明他们曾经创造了这个城市，伦敦没有拆迁，所以 92 岁的设计师可以指着那座教堂的窗子说，这是我设计的！泥水匠可以告诉他的重孙，你的足球场是我铺的草坪！老人依然活跃在教堂里、地铁中、报刊亭、大公司的总裁办公室、沙龙、酒吧、剧院、音乐会……我朗诵诗的那个下午，大厅里全是中年人和老人，提问踊跃而深刻。他们不仅是爷爷、奶奶，更是教师、顾问、长者、大师、高人、师傅……伦敦有许多老人用品商店，不仅是凤毛麟角的一两家，老气横秋专为敷衍老人赚几个小钱的粗糙丑陋专卖店，而是老人的时装店、老人的日用器皿店、老人的手工皮鞋店、老人的雨伞店、老人喝下午茶的咖啡馆、老人的手杖店、老人的体育用品店，哦，老人的首饰店！老人不是包袱，而是那个国家的最高智慧、精神容器、准则、成果、审美尺度、良心、道德楷模、故事、活史书、美食秘方、医生、某种久经考验的生活品位……我想给老父亲、老母亲买点拿得出手的礼物，在中国我买不到。与老人有关的世界基本上已经销声匿迹了，这些老怪物大多数时候只有躲在公寓里守着一台电视机。市中心基本上是青春靓丽者统治着，很难买到老人的用品。设计师们从来不为自己的老父老母设计时装。那种背街背巷萎缩自卑灰乎乎的老人用品店出售的次品你好意思买给父母做礼物么？现在买到了，一个绣花的专供老妇人用的小羊皮钱包，因为老人出门不会带许多大钞票。一个药盒，里面可以陈列应急的药丸，就像首饰盒一样漂亮。在伦敦，年轻人有年轻人的玩场，嬉皮士有嬉皮士的玩场，雅皮士有雅皮士的玩场，老人有老人的玩场，酒鬼有酒鬼的去处，流浪汉有流浪汉的蜗居。（许多流浪汉不是失业，而是一种世界观的选择，故意失业，故意拒绝进入小康世界。）大家各美其美，各玩各的，互相尊重，互相照顾，互相鼓掌。老人还占优势，英国女王，那位老妇人引领着英国生活某种高品质的时尚。女王的存在使老人的地位也非同凡响，这种顽固的守旧是英国的民族性还是人类的普遍性？为日新月异前往英国维新的中国游客大失所望，伦敦如此落后，举目皆是老房子、老街道，地铁完全是古董，完全感受不到想象中工业国的焕然一新。他们很迷惘，怎么如此落后而陈旧！那个哈罗德百货公司，看上去更像是保皇党人的沙龙，一点也不先进嘛。

最近一百年的思潮是维新。“维”到今天，新的就是好的，新就是有用，旧就是无用，害怕无用，已经成为具有民族特色的中国常识。普天下焕然一新，而且还在继续更新。老人日薄西山，不再是早晨八九点钟的太阳，与落后、保守、无用、累赘，甚至反动同义。如果不是传统的三纲五常还在血液里暗地发生作用，在自家骨肉眼里。老人依然至高无上（但这种传统也岌岌可危了），老在中国，恐怕就是被判了死缓。五四时期，精英们说到传统中国的比喻是棺材板、僵尸，说到未来的比喻是少年中国、救救孩子，本来是一些象征性的说法，用少年中国、孩子来象征一种有活力的、自由的、开放的思维方式，针对的是封闭、僵化、腐朽的思维方式。现在这些象征却被现实化、具体化。中国思想，总是在象征与现实、精神生活与世俗生活之间根据眼前利益摆动，利益所在，无比的实际具体，利益所在，也无比的抽象朦胧。在商业方面，可以说少年中国已经实现。中国哪一个大城市的商业中心不是依据消费力微弱的老人莫入，只为有经济力的新潮族设计的？孩子也受影响，因为有未来的、能够成龙的不是老人，只是孩子，于是无用的老人去接有用的小孩，像银行运钞车去接存款，为他们背着书包，在世界教育史上可谓天方夜谭。总之，各行各业，老人毫无希望，前途，只有青春才是资本、热钱。我有个同事，在编辑岗位干了一辈子，可以说在编辑这个专业上是个默默无闻的大师，甫一退休，黯然离去，抱着一包用旧的文具、词典、计算机，连个送行的人都没有，就像自动走向垃圾站的垃圾袋。这倒无关紧要，紧要的是，接替他的是一个刚刚招聘进来的小伙子，单位连请元老指点一下的念头都没有，这是一种无情的侮辱，他干了一辈子的事业，毫无价值，一个小青年就可以从头开始。他进来时这个单位还在打地基，连办公室都没有，现在是摩天大楼一栋，但是与他毫无关系，没人尊重他的一生，自个儿一边待着去吧。心寒！

中国所谓的老龄问题，在我看来，不仅仅是如何安置老人的问题，根源是我们的文化出了问题，拆迁老建筑还是表面的，在这个表面后面，是对历史、经验的蔑视和恐惧。这种只讲维新、进步、维新是从、历史虚无主义的文化，拒绝守成，忽视经验，忽视积累，总是拆掉，从零开始的文化，已经深入骨髓。

我曾经坐在泰晤士河畔的一个小咖啡馆里喝过一杯咖啡，跑堂的是位白发苍苍的爷爷，腰上拴着一个磨成了宝贝的牛皮钞票夹，为年轻人端上一杯咖啡，并非耻辱，而是高档，大爷跑堂 60 年，收杯摆碟地做工，风度已经是大师级的了。我一直盯着他腰上那个包浆深厚的皮夹子看，估计他为了做好这业务专门定制了一个耐用的、设计雅致、与咖啡馆相称的牛皮夹子，所以可以用到这种地步，说不定有的咖啡客来此喝上一杯，就是为着瞟一眼这夹子。哦，裤腰带上的古玩店！坐在泰晤士河畔，有一位终身热爱跑堂的大师为你端来咖啡，那不仅仅是享受，而是沉思，他一生有那么多跳槽的机会，完全可以放弃，还有更好的工作嘛，赚更多的钱嘛，为什么顽固保守得像泰晤士河那样，永不改道呢？看得出来，他德高望重，来这里喝咖啡的有许多老者，他们或许已经在这里喝了一生，他们都不吩咐，他知道他们要什么。也许他的人生理想没有女王那样伟大深远，也就是为这几个老朋友端端咖啡，让他们惬意一辈子。而在他们眼中，这位老亨利的恩泽未必小于女王陛下。

彼 岸

过去一百多年，在说到彼岸这个词的时候，我们多半指的是大洋彼岸。大洋彼岸，在知识分子心目中，不只是地理位置，也是精神生活与物质生活的终极向度和标准、范式。左派与右派也许你死我活，但大洋彼岸是不容置疑的。参照此向度标准和范式，中国传统的此岸此在逐渐成为贬义词，落后、腐朽、封闭、保守、封建等等。在 1966 年的革命之后，传统中国的此岸此在已经被摧毁，我指的不只是价值系统，也是生活方式、建筑、人际关系，甚至此岸赖以存在的大地本身。宋朝诗人苏东坡所歌咏的那种世界观："且夫天地之间，物各有主。苟非吾之所有，虽一毫而莫取。惟江上之清风，与山间之明月，耳得之而为声，目遇之而成色。取之无禁，用之不竭。是造物者之无尽藏也，而吾与子之所共适。”已经荡然无存，从物各有主到“三山无岳开道，我来了”，中国已经与大洋彼岸一样，人成为世界的唯一主人。刘禹锡：“山不在高，有仙则名。水不在深，有龙则灵。斯是陋室，惟吾德馨。苔痕上阶绿，草色入帘青。谈笑有鸿儒，往来无白丁。可以调素琴，阅金经。无丝竹之乱耳，无案牍之劳形。南阳诸葛庐，西蜀子云亭。孔子云：‘何陋之有。’” 之类的人生观已经被弃若敝屣。“更快、更高、更强”的西方奥运会精神已经成为普通人的生活信条，殊不论没有一家电视台、报纸、学校会鼓励它的观众读者或学生追求“陋室铭”所宣扬的那种无为生活，就是有个把另类想标新立异，他恐怕也很难再找到“苔痕上阶绿，草色入帘青”之类的地方。古代中国讲究“达则兼济天下，穷则独善其身”，而在今天，你只能“达”，而绝不能穷。在古代，穷也是一种高尚的生活方式，“耦而耕”令人尊敬，穷可以“在野”呢，但今日，不仅无野可在，一个信奉“君子固穷”的人恐怕要为千夫所指。就是你自己愿意选择一种相对穷的生活方式也是不准的，云南有些少数民族的传统是得过且过，喜欢住茅草房，今天被视为“小康标准”的绊脚石。地方官员以行政手段强迫他们抛弃“落后的生活方式”，这些土著的刘禹锡们不习惯令内地人兴高采烈的水泥钢筋塑料电视的小康，闷闷不乐，但说不出来。全球化已经把中国这只曾经亘古不动的船划得离世界越来越近，而离那个不动的以不变应万变的古代中国越来越远。在摧毁传统的激进方面，中国令整个亚洲都落后了，令世界也黯然失色。法国的革命无法与之相比，1966 年的五月风暴更是小菜一碟。不只是“南朝四百八十寺　多少楼台烟雨中”那样的风景大面积地消失，被兵营似的马赛克建筑取代，就是菜市场、茶馆、林家铺子、酒肆、集市、马匹、丝绸、宣纸、清明上河、卤菜……令这个国家出现曹雪芹那样的伟大人物的日常事物都已经死亡。看屈原、李渔，他们居然在改朝换代之际依然过着亘古不变的生活，真是腐朽啊。这一百多年来中国一直在动，从战争、革命的大动，到具体的生活方式的永不休止的小动，拆房子、时尚、整治山河、拿来主义指导着一切……我不知道人们是否发现，在一百多年后，大洋彼岸已经几乎成为此岸，而传统中国已经被彼岸化了，那个诸子百家唐诗宋词明月清风才子佳人的中国已经被彼岸化了。当一个中国人在讲到传统的时候，他的意思是“生活在别处”。我在新年的时候重读孔子的《论语》，那感觉就像是在读圣经，在黑暗中升起来，它将要像一部圣经那样引领我们吗？

2005 年 1 月 13 日

不好玩了

巴黎，回来的人只说购物中心、香水皮革。很少有人说，那是一个很好玩的城市，简直玩疯了。无边无际的玩场，满城的露天咖啡馆、画廊、剧院、电影院、小店、古玩店、鲜花店……人们仿佛只是在尽情地享受生活，这是一个生活之城。我随便与咖啡馆里的一位女士攀谈，哦，她是从马达加斯加来的，正在写剧本。我遇到一个祖传三代的铁匠，他的作品前面标着，这把刀打造的时间是 8 小时 34 分钟。巴黎每周出版一本刊物，上面全是各式各样的电影、音乐、戏剧、新书发布会、诗歌朗诵会、摇滚音乐会、画展、跳蚤市场、书店的广告，有人告诉我，每个夜晚，巴黎同时有数百个新创作的戏剧在上演。

我又去了纽约，也是如此，人们在市中心巨大的露天公园里晒太阳、听音乐。阿姆斯特丹，也是如此，人们在排长队看马蒂斯的回顾展。美国最著名的杂志，叫作《生活》。《巴黎竞赛报》从第一页到最后一页，都在告诉人们，生活！生活！生活！就像中国宋代，明清的某些时代，生活，好玩，似乎成了社会的唯一方向。乾隆是中国最喜欢玩的皇帝，三次出巡，玩遍江南。

人们涌向城市去，那倒还不仅仅是入市。古代，人们入市，然后“卖鱼人散”，回家，睡觉。城市是比乡村更丰富多彩的地方，城市比乡村更好玩，锦城丝管日纷纷，半入江风半入云。城市精神生活的场所更丰富，无边无际的玩场，痛饮狂歌空度日，飞扬跋扈为谁雄。人们在城市里不仅仅是入市，也在那里过日子。过日子，哪里都可以过，乡村可以过，荒山野地也可以过，但只有在城市过日子最丰富、最好玩。看看《红楼梦》描写的中国古代城市生活，看看张择端的《清明上河图》，或者张岱们的散文，或者刘侗的《帝京景物略》，就知道古代中国城市之好玩，简直到了玩物丧志的地步。

玩的本义，并非20世纪以来那种负面的意思。“文革”时代，玩是禁止的。革命才是正事，谁敢玩？不准玩一直暗中影响着中国世界。而人生，正在于好玩，中国之文化，不外乎就是如何令人生好玩，入世而不是基督教般地出世。玩，玩古知今，特可宝爱。《颜氏家训·杂艺》玩的古义，就是弄玉。玩字，由元和玉组成。“玉，石之美者，有五德。润泽以温，仁之方”（《说文解字》），“元者，为万物之本”（《春秋繁露·重政》）。元就是开始、太初、本源。玉，就是石头中的石头，大地精华，它们超越了普遍石头的平庸，把玩这些石头，可以使人觉悟到生命的本真、觉悟到超越性的永恒。在玩中回到文明的起源，说得更高档些，就是在把玩中一次次追问“我是谁，从何处来，到何处去”。这种超越，在西方文化里一般是在教堂里面领悟，在中国，则是通过无用的玩，寓教于乐。“若夫白珩，先王之玩也。”《国语·楚语下》在中国，就是一只吃饭的碗，描上青花粉彩，寓教于吃。这样的碗使你吃饭不敢浪费，瞧瞧，大米饭是盛在什么样的碗里。大米被一只碗升华了，很神圣，就不必像基督徒那样进餐前先画十字了。玩玉，可以令人意识到无的存在，从有的控制下得到升华。不以物喜，只有玩物，玩物，但不丧志。玩物丧志不是玩的错误，是玩过度了。中国文化所以喜欢这些无用的东西、好玩的东西，玉石啦、翡翠啦、花鸟虫鱼啦、兰花啦、书画啦……因为这是中国文明的明法。中国文化的形而上世界不仅在书斋里，更寓于日常生活世界，从一家人的中堂，从一套椅子的排列领悟天地国亲师，这就是中国文化。中堂在中国，那就是家庙。苏州园林，那是中国之玩、之教化的最高境界。我曾经说，苏州是中国的西斯廷大教堂。陆机在《豪士赋序》里说“心玩居常之安”，玩是安居乐业导致的精神升华，惶惶不可终日，谁会想玩。

昆明人有句从红楼梦时代传下来的古话，叫作玩场。指的是好吃好喝好在，活着有滋味有意义不寂寞无聊的地方。一个城市就是一个玩场。如果城市只是到超级市场购物，上班，到银行取钱，遵守交通规则，害怕汽车喇叭，担心城管突袭……就不是玩场了，那是熬场。有人说别说得那么绝对，还是搞了一些玩场的，比如歌剧院。呵呵，中国特色，如果你不是达官贵人，能进去吗？而且，日常吗？可以天天玩吗？天天听歌剧那不得累死？那是西方人的玩场，中国最好玩的场须有庙会码头性质，适度的无序，随心所欲。我少年时代的昆明文庙、茶馆、少年宫、小人书店那是可以天天进去玩的地方，街道也是，不仅仅是些交通支线，你可以沿街没完没了地一直玩到倒下。我就在这些玩场中觉悟到君子之道。就算那些高档到只是撑个城市形象、地标的玩场，也是寥若晨星啊！城市建设，盖了那么多的一点都不好玩、没法玩的商品房，请问，盖过几个书店、电影院、剧院、音乐厅、文庙、教堂、寺庙、集市、菜市场、图书馆、公园……在中国这个讲究寓教于乐的社会，这些地方大约应该三步一岗五步一哨吧？

今天中国的城市，只是一群群商品房，其价值只在增值，不在诗意地栖居、安居、定居，不在传宗接代。人们的下一个目标是搬家，再搬家。雷同，单调，物的繁荣里面藏着精神的荒芜。除了象征政绩和财大气粗外，一点也不好玩。那些基本上不购物就不会去的市中心，好玩吗？虽然也人山人海，但不是玩场，因为在除了房子和绿化以及一两家超市数百台电视机的小区寂寞得要命，空虚压抑，出来散闷。闷也难散，因为这些伟大城市的基本价值观是奔着有钱才有尊严、待遇去的，作为囊中羞涩的普通平民，在那些高大雄伟宽阔亮丽崭新昂贵的……们之间，总是觉得自卑、惶恐，很不好玩。

不好玩的城市隐藏着危险，普遍的空虚无聊，必将酿出多事之秋，因为郁闷须有出口。为什么一点小事就足以导致大动静，因为不好玩嘛。

2011 年 8 月 4 月　载《南方周末》

八月中旬的午餐

意大利导演吉安尼· 迪·格雷格里奥的处女作“八月中旬的午餐”是部好电影。这种电影中国没有。说的是意大利一个小镇上的故事，失业者、年过半百的儿子吉安尼照顾着自己年过七旬的母亲，住在老房子里，在中国，这房子顶上是势必悬着一把拆迁公司的达摩克利斯之剑的。这是意大利，老屋高枕无忧，儿子每天为母亲读 18 世纪的骑士小说，做比萨饼，在废物堆里捡个旧风扇什么的。八月中旬的圣母升天节，两位朋友将自己的母亲托他照顾两天，电影讲的就是吉安尼如何照顾四个老妈妈吃喝拉撒，老太太们总是说，我在这里渡过了美丽的一生，我要享受这个美丽的夜晚。电影获得 65 届威尼斯电影节最佳处女作奖。

有句台词是物业公司的管理员说的，他不仅带来自己的老母亲，还带来了更老的婶婶，“你总不能只让母亲来，丢下婶婶不管吧”，“这样太不孝顺乐”，孝顺，这是天道，谁也不能违逆。道可道，非常道。道是看不见的，但须臾不可或缺。各民族替天行道的方式各异，在西方，那也许是一座座教堂；在印度，也许就是神庙；在中国，是儒家道家的文化体系、佛教寺院；在云南的各民族中，村子里的神树、山洞里的石头、某座山峰……都可能是替天行道者。形式不同，道通为一，道枢是一样的，有道，世界才会正常运转。道总是通过语言、符号、文化主持着世界之仁。

20 世纪以来的中国开创了先例，道被意识形态取代。主持正义公平的不再是至高无上的隐匿者（那是迷信），而是具体为权力。比如在村庄中，村委会取而代之成了村子的公道主持者。农民有什么不平之事，就去村委会论理。在 60 年代，村委会被信任到这个程度，就是夫妻口角也请村委会主持公道。村干部翻出毛泽东的小红书，将辩证法与传统的天理糅合在一起，也常使人心服口服，村干部与社员心连心。主持公道虽然成了行政，但行政还是要主持公道的，只不过是菩萨变成了马列主义。

但现在不同了。比如在昆明滇池平原上的惨烈的城市化进程中，许多村委会不再是主持公道的基层组织，村委会不为村民主持公道，而是站在房地产开发公司的立场上，出卖村民的事情时有发生。村委会理直气壮，他们在执行拆迁政策。当政策与天道冲突的时候，坚决执行政策，抛下祖母不管。

当意大利小镇的老太太们开始遥远的八月午餐的时候，我在热灰滚滚的滇池平原的村庄里遇到十几位老奶奶。她们白发苍苍、老态龙钟，满脸忧虑的皱纹。她们商量着要去乡政府的大门口下跪哀求，不要拆她们的家。“老人搬不得家”，她们要在故乡颐养天年。

传统中国的故乡与别处不同，那是一座座儒家文化“老吾老以及人之老”这种思想支持着的天然养老院。在这种养老院里，相处一生的左邻右舍已经成为亲人，彼此相爱相亲，彼此照顾，知根知底，善解人意，一人有难，大家相助，已经成为常识。故乡，不只是一些旧房子，也不是高昂的土地出让金。那是一个天地神人四位一体，各种功能都高度成熟完善的具有诗意的生活世界，可以举行“八月的午餐”。电影里有个卖葡萄酒和面包的铺子，已经开了上百年，左邻右舍可以赊账。昆明平原的村庄与别处不同，在这里，由于边疆外省的封闭，使得传统中国的生活方式保持得相当悠久。这些老太太穿着绣花鞋，日日在村子的大庙里听花灯。庙会继续在良辰吉日举行。村子里有理发店、缝纫店、粮店、茶馆、集市、卫生所、小学校、寺庙、饭馆、小吃店、杂货铺、洞景乐队、牙科诊所……以及两座寺庙。故乡是她们的天堂、乐园。她们当然拒绝搬到全是陌生人的新小区里去，守着一台电视机孤独地死在某道防盗门后面。

拆迁政策对于一个 20 岁的小伙子来说也许是好事，换来一套新房子，他们的一生就此开始。但对于祖母们却很残酷。新房子对于她们决不会更好，只会更坏。因为新房子没有生活的经验、没有记忆，而这对老人来说，是维系生命最重要的因素。那些充满记忆的事物，那些习惯，那种中国式的相依为命、手拉手安享晚年的故乡天然养老院将被摧毁，八月的午餐荡然无存，搬迁对于她们，无异于在 80 岁的时候被流放西伯利亚。读者啊，别以为这种命运轮不到你头上。

这种政策今天大行其道、冠冕堂皇，就是可以抛下“少数人”，抛下那些祖母、婶婶不管，任凭白发苍苍者丧失自己的生活世界。其实所谓少数人的利益是个谣言，我说到的这个村庄，有上万居民，为人祖母者数百之多。她们所谓的“利益”其实可怜得很，求爷爷告奶奶了，让她们在操劳一生的晚年，安静地享用“八月中旬的午餐”。谁来替天行道?

菜市场

现在街道都被只是有利于汽车的各种法规霸占了，是不准摆摊设点的。而过去，中国的户外生活主要是在街道上，看看清明上河图就知道。80 年代有一段时间我在云南德宏州教书，生活枯燥，每个星期最盼望的事情就是赶街。云南叫赶街的就是普通话里面的赶集。那是一个巨大的节日，日常生活的自由博览会，各民族的人都穿着自己的服装来，平常你不可能一下见到这么多民族。不只是贸易了，社交、谈恋爱、走亲戚、看电影、理发、修理家什工具、唱歌什么的都在这时候。就像一个巨大的集体的行为艺术，一个狂欢节，中国人就是喜欢用节日把世俗功利的事情与风雅娱乐的事情混起来，统统搞得像玩一样，而不是赤裸裸的现金交易。每一次赶街都令我兴奋激动，每个星期都有个盼头，就盼着这一天，去吃卡朗寨的老大娘的豌豆粉，去买景颇人打来的山鸡，去看德昂人打的腰刀。我最近参加了一个青年人搞的行为艺术活动，名称叫作“江湖”，地点是在昆明一个工厂的旧车间里。作品都是现成的，就是把展览厅外面的生活场景搬进来，越过一条线叫作展览馆的线而已。有点像赶街，算命先生，烧烤摊子，卖书法的，狗在里面跑来跑去，现场还有沙发、吧台，可以跳摇滚，娃娃叫，老人东张西望，后来知道是其中一位艺术家的妈妈。妈妈、孩子和不相干的普通人已经多年没有出现在这种自命为“前卫”的场合了。多牛B的地方，都是大胡子、长发、破裤子，这两年剃光头的多些，言必威尼斯或者“我刚刚从英国回来”。母亲、姨妈、二舅、三叔、表妹这些是不敢进来的，被邀请的都是些人物。齐白石与这些艺术家比起来，是多么俗不可耐的一个画家，就画些妇孺皆知的老鼠偷油、大白菜、海鲜之类。小孩偶尔跑进来，被最前卫的疯人院般的画面和血淋淋的什么东西吓得长出噩梦，没有读过西方现代艺术史的愣头青伸头看一眼就溜掉了。内部都知道目标就是要先富起来，对外面口径统一却都说什么前卫先锋后现代还“地下”。我听说个笑话，一伙先锋正在开会研究

“目前先锋派的形势和任务”，忽然一声喊，某某开着他的奔驰汽车来了，某某是先富起来的先锋，以前搞艺术，如今兼开舞厅，评论家说一边做生意一边搞先锋派艺术是中国当代艺术的新方向（还不如说有中国特色的现代艺术准确呢），把老凡·高笑得从棺材里面爬起来抹眼泪呢。忽然一声喊，看奔驰去！就不开会了，都跑出去看，摸，蹲下去看底盘，艺术家左手扶车，右手提着墨镜，做上海模特状。“江湖”这个展览不同，很好玩，像赶街一样。谁是艺术家根本看不出来，很好地实践了“艺术就是生活”。莫说这是从杜尚那里学来的，中国过去的传统就是要把生活艺术化，只是这一百年来革命革多了，我们已经完全丧失了记忆，需要老外来提醒。庙会、赶街，就是中国最大的行为艺术现场。看你怎么看了。杜尚的小便池我在巴黎的蓬皮杜见过，又呆又笨，等着人溺的样子，每幢办公大楼里面的男厕都要安装的那种。那就是一个尿盆，当然你也可以就此说一本书，还是精装的，看你把那尿盆怎么看了。

我居住的那个小区有一个菜市场，是沿街摆的，很像赶街。只是天天赶罢了，我为自己住的附近有个这样的去处而暗自高兴，每天没事都要走过去转转，没有德宏的街子那么丰富盛大。但日日新，每天总有些新鲜，因为这街子后面的老板是大地。卖菜的婆娘们把自己的蔬菜整理得整整齐齐，红一堆、绿一堆、白一堆、黄一堆。旁边还有一个大大的盆，里面养着鲤鱼，很是赏心悦目。有一日，甚至来了一辆马车，拴在梧桐树上，车兜里是一车水绿的宝珠梨呢。没几个月，忽然一天，这个菜市场已经不翼而飞了。梧桐树上贴着通告，依法取缔非法自由市场，原来这个菜市场是自发的。大街空空荡荡、冷冷清清。交通通畅了，汽车飞驰，废气难闻。我们这个时代的进步就是这样，一定要把生活搞得千篇一律，像办公室那样枯燥，干净卫生，管出死气才罢休。

拆迁主义结束了吗？

修改后的新拆迁条例已经公布实施，虽然还有含糊之处，但毕竟否定了强制拆迁，悬在许多中国公民头顶的那把达摩克利斯之剑现在牢固些了。至少，拆迁的难度大了许多。

我所担心的是，在中国，“拆迁”其实是一种主义，有着深厚的思想基础，影响着无数受过现代教育的地方领导的思维方式。维新是从，破旧立新，不破不立，只有一张白纸才可以画最新最美的图画，所以，拆是必须的。

溯根寻源，拆迁主义其实肇始于20世纪初。拆迁首先是从文化上开始的，最激进的时候，甚至提出：“汉字不灭，中国必亡！”（鲁迅《病中答救亡情报访员》）

鲁迅们当年的意思是，“中国人的性情是总喜欢调和折中的，譬如你说，这屋子太暗，须在这里开一个窗，大家一定不允许的。但如果你主张拆掉屋顶他们就来调和，愿意开窗了”。鲁迅主张的是开窗，让世界的风涌进来，但殊不知到后来，事情不仅仅是开窗那么简单了。1966年的“文革”，已经不只是掀去屋顶，掀了屋顶，地基还在。“文革”是把地基都挖掉了。文革通过破四旧、移风易俗从生活细节上妖魔化了中国生活经验。人们通常更在意“文革”的政治迫害，但在我看来，影响更深远的是移风易俗。“文革”在精神文化上为最后的拆迁铺平了康庄大道。100年前，法国人在云南修铁路的时候，地方士大夫担心的是风水、祖坟被破坏。“文革”之后，这些障碍就不存在了。传统中国故乡世界中的天地神人四位一体秩序被破坏了，神和天已经被踩在脚下，“三山五岳开道，我来了”。其实“文革”后的大部分拆迁中，人民和知识分子是欢呼的。传统中国世界的“落后”“反动”“腐朽”已经成为小学生的常识。“生活在别处”，在“彼岸”，人们渴望着走向世界，将故乡中国“国际化”，“拿来主义”早已过时，现在追求的是“国际化”。共识使得大拆迁得以摧枯拉朽地进行。

对大拆迁的反思是最近几年才开始的。如果说，拆迁主义的前两波，主要是在时间的、形而上的层面，所谓“世道人心”的层面完成的，那么最后一波则是在空间上完成的。故乡消失了，“去终古之所居”，中国世界焕然一新。事实上今天的拆迁运动，其对象早已不是“故乡”，故乡早已荡然无存，但拆迁依然在继续，现在开始拆的是新房子，为了“更X”的未来。盖起来的都是商品房，而不是“栖居”。“栖居”可以传宗接代，而商品房必须流通才可以增值，要增值就必须拆迁、再拆迁。未来就像塞缪尔·贝克特的那位“戈多”先生永不到来。新的就是好的，未来成为一个无休无止的拆迁过去的过程，而这个过程已经失去了时间深度。过时，在过去，还有一段历史化的时间，现在连历史化的时间都不给了，拆迁成为过去、现在和将来。

我以为，终结“拆迁主义”，不仅仅是修改拆迁条例那么简单，必须反思我们对历史和未来的态度，未来必然是“更美好”的么，或者过去必然是落后的？

拆迁主义意味着生活只有一种方式。拆迁主义的恐怖是，它一旦认定某种生活方式是“唯一正确”的，就消灭历史、消灭经验。梁思成先生是“拆迁主义”的最早反对者。我们可以把梁先生的意见视为另一种主义，这种主义就是“加法主义”。与拆迁主义不同，在梁思成那里，历史和未来的关系是“加法”，而不是你死我活的、非此即彼的“拆迁”。

如果不从根本上反思“拆迁主义”，如果一个社会只讲拆迁、不讲守成，那么我们将永远不得安居，生活世界永远不会尘埃落定。海德格尔曾说，人充满劳绩，但还诗意地栖居在大地上。是的，我们已经充满了劳绩，中国经济的胜利世界瞩目。但我们也“诗意地”栖居在大地上么？“诗意的”并非风花雪月的陈词滥调。诗意的，通俗些说，我们也依然能够安心么？无休无止的拆迁，是一件让人安心的事情么？如果你刚搬进一处新家，就盘算着下一次搬到何处，就担心拆房子的人何时会来，如果你在白发苍苍的年纪还要搬家，你在这个世界中安心么？

别以为拆不到你头上，“月是故乡明”都拆掉了，那还是有浩如渊海的古典文学为其“诗意”辩护的。如今这些钢筋水泥的新东西，拆起来恐怕不再需要什么借口。

匪夷所思

匪夷所思这个词的意思是，言谈行动离奇古怪，不是一般人根据常理所能想象的。

我发现，在判断今天生活中发生的事情的时候，这个词使用率相当高。

比如有个城市忽然决定种树，好像过去一千年来这个城市从来没有种过树似的。种树嘛，好事情。过去都是从小树苗种起，我少年的时候就种过，排着队，跟着老师，扛着锄头，还唱着歌，园林局的叔叔拿来树苗，挖个坑，种下去，日日盼着树长大。现在呢，一纸命令发下，次日街头就魔幻般地出现了参天大树，看得你目瞪口呆，以为夜里乘飞机落在了另一个星球。而且一刀切，无论路面多宽都规定种两排，结果呢，许多地段，种到步行落脚的地都没有了，走路就像在原始森林里披荆斩棘。匪夷所思。

比如许多单位新领导走马上任，第一句话就是，本单位的工作，我虽然是个外行，但我有热情搞好这个工作……这种开场白相信大家不是偶有所闻。这种开场白往往立即让这个单位的专业人士心中冰凉，混日子的思潮弥漫。熬过十年，此外行终于离任去另一个单位履职，他新官上任的第一句话依然是，我虽外行……更匪夷所思的是，这个被外行折磨多年的单位盼星星盼月亮迎来的新领导，第一句话也是：我虽外行……

比如现在餐桌上敬酒，必须先敬领导。哪怕他旁边坐着皓首老者，坐着德高望重的名流、教授、高僧、大师……而此领导乃不学无术的小青年一个（他还当仁不让地坐在上席、中间）。更匪夷所思的是，在婚宴上，新郎、新娘也是抛开父母，先敬领导。我担心下一步进庙里烧香，清明节去上坟，也要先敬领导，再敬神灵祖先了。其实已经是了，有一年我参加祭祀屈原的活动，屈原被遮在大会主席台后面，领导致辞鼓掌什么的过后，才敬屈原。匪夷所思。（这怪不得敬酒的人们，如果不先敬他，你就得罪他了，这与饭碗有关。）

比如，某领导干了在民间社会看来非常冷血的事情，被撤职了。过一段，此人又在另一岗位上任了。匪夷所思。干部就这么稀缺，少了谁都行，就少他不得。

比如，在奶粉和大米里下毒的人，毒害的不是一个两个，一个人下毒害命尚且要毙了，领导着伟大的企业向千千万万的人下毒，何其严重。民间社会以为是十恶不赦的，却没有按十恶不赦处置，量刑轻得让新的冒险家跃跃欲试。匪夷所思。

比如，领导去澳大利亚参观回来，就要把他履职的地区照着那个模式推倒重建。建筑是一种生活语言，而不仅仅是水泥玻璃钢筋的堆砌。建起来以后才发现，住在里面的人是不讲英语的。更匪夷所思的是，这样的西方小区已经被实践证明大多数没有人气，被民间讥为“鬼城”，以个人意志为基础建造的西式小区不适合传统乃崇尚“和为贵”、团结、集体的民族，依然置若罔闻。

比如，首都里面，时常有人提出要限制外来人口。这个话，中国任何一个城市都可以讲，但首都不能讲。谁是外来人口？古语谓，条条大道通罗马，你不是首都吗？如此危险的离间言论，一再发表，居然还出台制度，真是匪夷所思。

报载有政协代表坚持“不主张农村孩子读大学”的观点，她说，农村孩子读完大学想要留城，他们不是富二代、不是官二代，在城市里没有关系、找不到工作、买不起房子、娶不到老婆。在城市中他们常常是二等公民，过着没有尊严的生活。最后她说，她也没读过大学。要用战略观念引导他们……人大代表，不是从事情的根本，比如如何使每个人都能不需要关系就能够获得公正；怎样使每个人都能找到工作、住上房子、娶到老婆；使每个人都成为一等公民，过上有尊严的生活上去想问题，却号召农村孩子自我牺牲以维持这种残酷的局面，一个全国代表的议政思路，居然如此糊涂，真是匪夷所思！

在中国被认为匪夷所思的事情，往往都是民间舆论。民间以为已经超越常识的事情，在某些掌握权力者那里却一为再为。匪夷所思的是，权力是最忌讳超越常识行事的，一个人可以超越常识行事，后果无非送进疯人院，掌握权力者却绝对不可！但情况却是，某些缺乏常识的人却往往掌握着权力，奉行与人民不一样的是非标准。人民的是非是普遍的、世界性的，人性、历史、经验的普遍共识，而某些权力者的是非却更像是私人的、自我的、小集团的，真是匪夷所思。比如那些拆迁者，拆掉了一个个故乡，也不为自己留条后路，就算你丰功伟绩，将来你去哪里衣锦还乡？匪夷所思！

沉默表演者

会议上为一些人颁奖，都是些很不错的人，来自沉默的大多数。但在仪式上，他们基本上都不说话，依然是沉默者。或者被主持人逼着说两句，说出来的话依然是沉默。因为他们只好学着主持人的话答话，用主持人的词汇，学得很笨拙，像是牙牙学语。台上的词汇：倍增、闪亮登场、精彩、大家鼓掌、坚信、感谢、爱心、风采，乃至世界……我估计不会超过一百个。就是这百把个单词变幻成数以吨计的发言稿。这份讲稿与那份讲稿只是词序颠倒一下、数据不同、专名不同。其实本来就没有什么可讲的，要讲的那一套听众耳熟能详，要在第几段鼓掌也心知肚明。但不讲一堆就无法完成仪式。节目单上永远是这几项。领导一讲话、二讲话、三讲话。

领导四讲话，前面的讲话是“非常重要的指示，认真领会，进一步……”颁奖。领导三上台，领导二上台，领导一上台。文化单位的发言，讲成绩与经济单位一样，完成了多少产值，盖了多少房子。念稿子的人念得无心无肺，稿子完全不能激发兴趣、激情。就是几分钟的稿子，也念得敷衍了事，有人迟到进来，演讲者斜眼瞟一眼门那边。甚至开着手机。这场合，却是耗资不菲地布置得庄严、隆重、豪华、威风凛凛、先声夺人， 红地毯，大屏幕，进口麦克风，进口照相机咔嚓咔嚓，就像开的是全国代表大会。模仿得很到位，规模略次。

来自沉默的大多数中的那几位获奖者与这气氛格格不入，穿得不对，姿态不对，说话不对，口音不对（方言或者被憋得青紫的普通话）……因为在这类场合，他们一直属于沉默的那一边。现在就像几袋子土豆突然被挖出来，倒在一个珠光宝气的舞台上，不伦不类。这地方本是为明星设计安装的，那灯，那音响，那个麦克风……无一不为星们打造。现在是屈尊使用。这些被奖励者局促不安，眼睛不知该看哪里，走台时预演过、交代过，但还是站错了位置，没正对着摄像机、领导席。与那种西装笔挺、大步上台，鞠躬，一亮嗓门，尊敬的某某领导、朋友们、同志们的风度翩翩比起来简直是土得掉渣、笨得丢脸。这种不知所措的自然反应被主持人称为质朴、憨厚、害羞，用来调侃，调节僵硬的气氛。质朴，憨厚，害羞？主持人自己成功是靠这些？巧言令色、随机应变却假惺惺地表扬会砸掉他饭碗的那类品质，为何不干脆说傻帽？而其实在沉默的大多数里面，这些获奖者可能一点儿都不木讷，也可以滔滔不绝、能说会道。只是他们的惯用语与主持人完全不同。那些话可以在这里说么，那些令他们生龙活虎、堂堂正正的话？虽然正是这些在颁奖现场永远听不见的话导致的生活，令这些人中彩似的从大多数里面被挑出来颁奖。他们在台下本来妙语连珠，在台上却成了沉默的表演者，如果命运开玩笑，让他们永远留在台上，他们就得重新学习说话。

散会的时候遇到一个获奖者，来自山区的农民，穿着解放鞋，听见他在打听去长途汽车站怎么走？呵呵，谁也说不上来。长途汽车站？直接驶进泥巴里去的那种班车，这种过时的玩意还存在着么？颁奖给他的人们大约不会坐长途汽车，他们要么自己有车，要么乘飞机。

一方面是公开的话语，另一方面是沉默的大多数，他们真的沉默么？石头无法跟着洪水滔滔不绝，也不要以为这是默许。

从菜市场之猥琐说起

在吾国许多城市，菜市场总是鬼鬼祟祟、躲躲闪闪的阴暗去处，只能借助城中村、建筑之间的夹缝、旧城区、小街小巷栖身。菜市场仿佛城市身上的肿瘤、污点，看不顺眼又无可奈何，影响着城市的“现代化”形象。它们绝不会在大都会获得百货公司的地位，就是房地产开发也绝少考虑菜市场，他们设计许多购物中心，却绝不设计菜市场。菜市场要么东搬西攒，要么鬼鬼祟祟，城管的工作，主要是对付菜市场的，它才不会去对付百货公司和麦当劳。

但是，百货公司可以没有，菜市场却不可须臾或缺。传统中国的大部分都已经被拆迁了，菜市场这种农业社会遗留下来的脐带却无法根除。菜市场拆不掉，因为民以食为天。因为它连接着餐桌和大地。天不变，道亦不变，天是无法拆迁的。这令菜市场得以在这个什么都要拆掉的时代得以幸存，只是幸存得猥琐、非法。

为什么对与生命如此息息相关的菜市场如此的蔑视、遮蔽，这与20世纪流行的文化倾向有关。传统中国道法自然，赞美大地，热爱生活世界，天堂样板是古老的苏杭，张择端的“清明上河”画的就是中国生活的天堂啊！在我看来，20世纪的革命其实更重要的不仅仅是对传统中国世界观的革命，更是对生活世界的革命。摧毁生活世界才是“文革”的根本。最近读阿赫玛托娃的传记，很是感慨，就是斯大林主义最猖獗的时代，人们依然可以弹钢琴、穿裙子，穿得像电影明星一样。而在“文革”中，中国电影明星赵丹甚至由于在口袋里被搜出一枚硬币而写检查。“文革”创造了一种反生活的文化，这种“文革”新文化为全面摧毁中国生活世界准备了思想基础。20世纪，反传统成为主流，人们忽略了中国世界的“天人合一”曾经合到什么程度，这意味着反传统就是反生活。到“文革”时代，已经极端到生活就是罪行，人们无法生活，一切生活趣味都成为罪恶。戒指、耳环、项链、高跟鞋、烫头、美食、文房四宝、集市都成为罪恶。我记得在革命最激烈的时期，鞋店里只卖草鞋，因为这是红军穿过的。菜市场也一样，因为任何私人交易活动都是投机倒把。“文革”最深刻的恐怖不仅在于对人们的思想站队画线，灵魂深处闹革命、言论钳制，更在于日常生活就是罪行。“文革”盛行的历史虚无主义和反生活并没有得到反省，人们对“文革”的有限反省只停留在政治范畴。鄙视日常生活世界，成为中国社会发展的一种流行模式。今日中国的城市化乃是一种有着洁癖的城市化，它将日常生活世界的历史、经验、丰富、细节统统视为脏乱差，在某些行政者看来，日常生活只有唯一的一种模式，就像飞机场、加油站一样。其后果现在已经非常明显，传统中国那种自然而然、其乐融融、活泼泼的、乐趣无穷的生活世界越来越罕见，（幸存的少数小世界已经成了旅游参观的对象，也在同质化，仅仅保留着建筑空壳。）同质化席卷中国。拆迁消灭的不仅仅是传统中国的建筑物，也是它的生活世界。不仅是画栋雕梁，作坊、老店、集市、庙会……建构其中的社会也消失了。建筑物的同质化其实导致的是生活世界的同质化。更严重的是，同质化世界中的文明也将因此成为一览无遗的贫乏苍白的文明。在未来，它是否依然能被称为文明我很怀疑，也许只能称为一种地方性知识。

城市化摧毁了无数的菜市场，行政者们在这方面可以说是眼都不会眨一下，张择端的清明上河图之所以伟大，不能理解为他仅仅记录了古代的“超级市场”，这不是超级市场，这是一个生活世界，这个生活世界总是鬼鬼祟祟的。

从李煜说到低碳

前几日读宋人蔡絛的《西清诗话》云："南唐后主（李煜），围城中作长短句，未就而城破：'樱桃落尽春归去，蝶翻金粉双飞，子规啼月小楼西。曲栏金箔，惆怅卷金泥。门巷寂寥人去后，望残烟草低迷。'"不只李煜如此镇静，就是宫廷乐队也一样，"最是仓皇辞庙日，教坊犹奏别离歌，垂泪对宫娥。"（李煜）为什么能够如此镇静，我以为倒还不只是后主们对诗的沉溺、迷狂，也是对"国破山河在"的信赖。城破了，国亡了，但"雕栏玉砌应犹在，只是朱颜改"。一江春水，继续东流。诗还会继续写下去，"千秋万岁名，寂寞身后事"。

在我们这个全球化的时代，一般来说，“国破”的事情越来越少可能了，或者说“国破”的事情恐怕只是发生在银行的账本上，例如去年世界经济危机中冰岛国的“破产”。国破不可怕，大家可以在账本上调剂一下，共渡难关。最可怕的是“球破”。最近在哥本哈根召开的联合国气候变化大会，讨论的就是“球破”问题。

李煜的镇静来自“国破山河在”，诗还是可以继续的，所以后来成了亡国之君，又写了“帘外雨潺潺　春意阑珊　罗衾不耐五更寒　梦里不知身是客　一晌贪欢　独自莫凭栏　无限江山　别时容易见时难　流水落花春去也　天上人间”《浪淘沙》千古绝唱，一直传到现在。但现在，《浪淘沙》恐怕真的要成绝唱了。哥本哈根，群雄大会，一国未破，但山河已经危在旦夕。气候变化，就是老天出问题了，天怎么可以出问题呢，天经地义、天长地久的天怎么可以出问题？可是，我们一日日发现，“春意阑珊　罗衾不耐五更寒”还有五更寒么？气候之一年年变暖，我们恐怕是越来越深刻地体会到了。有一年我在滇西北高原上的香格里拉，明永冰川下夜宿，整夜听着冰雪融化碎裂垮台之声，那真是在听地球的末日到来。“帘外雨潺潺”的那种雨也成了酸雨。李煜，当兵临城下之际，依然写诗。因为他对“山河在”没有危机感，对永恒没有危机感，对天经地义没有危机感。“千秋万岁名，寂寞身后事”，他知道，这位诗歌皇帝在陵墓里等着。

我们没有被宋朝大军灭国的危险，但却面对比李煜更可怕的局面，诗很难再写下去了。季节都要消失了，还有什么“春意将阑”呢？更可怕的是，李煜们的语词世界，将没有对应的经验世界。尤其严重的是汉语，“见龙在田，天下文明”《易·乾》“天下文明者，阳气在田，始生万物，故天下有文章而光明也。”（孔颖达）大块假我以文章（李白）汉语这种道法自然的语言，失去了自然，将不知所云。城市化不仅大幅度增加了二氧化碳的排放，更严重的是它消灭了李煜诗歌中的自然世界（南唐是历史，但“雨潺潺　春意阑珊”不能成为历史），现在中学生读《浪淘沙》，背多少遍都记不住，因为已经不存在诗歌中的那种诗意世界了。“小楼一夜听春雨，深巷明朝卖杏花。”可怕的还不是城管对卖花姑娘们的围剿，而是：春天，没有杏花。

哥本哈根大会，表面讨论的是低碳问题，其实在我看来，根子还是文明的方向问题。李煜诗歌中的世界，那种使诗人兵临城下依然继续写诗的文明真的就那么次，那么一无可取，只有全面“维新”一途么？我想，当崛起的中国终于摆脱了那个腐朽没落的“低碳中国”，在哥本哈根拍案而起的时候，“高碳”的西方恐怕要后悔1840年将炮舰驶向广州湾的轻举妄动。清人钮琇曾经说：“予既喜身亲古人未言之见闻，复重慨夫文明之璞一旦割裂而出，天地真蕴，山川元气，渐至竭耗。”《觚賸·石言》。西方的“竭耗文明”在20世纪有所悔悟，出来了海德格尔这样的人物，开始讲“诗意的栖居”，出来了“垮掉的一代”。“垮掉的一代”绝不是时髦，说通俗些，就是要回到低碳世界。可是，难道世界历史上还有过比李煜的世界更诗意、更低碳而又文明灿烂的么？郁郁乎文哉！为什么中国文明如此重视文明而不是“碳明”？中国文明为什么崇尚“道法自然”，而不是“更X”，难道仅仅是因为落后腐朽愚昧么？皇帝李煜的“诗意栖居”，甚至国破家亡也不能动摇，所以这位国家领导人永远不会成为哥本哈根大会上的一员。李煜的深意在于，国可以破，但山河不能破，如果山河破了，国有什么意思呢？语言、历史、信仰、制度、主义、意识形态、货币、权力……又有什么意思呢？易曰：天行健，君子以自强不息；地势坤，君子以厚德载物。天地出了问题，君子们将惶惶不可终日，德再厚也是白搭！哥本哈根大会，全世界的政要都去了，完全不同的国家代表终于必须坐在一起，讨论最根本的人类命运问题，不是讨论战国七雄的问题，不是讨论塞尔维亚、伊拉克的问题，是讨论人类的命运问题。也许碍于各国的文明传统，他们谁也不好意思承认他们在讨论的是文明的总方向问题，他们也许永远不想在这个方面达成一致。但是，文明不只是印刷着各种语言不同的书本上，文明，明的就是存在。存在说到底，那就是必须“国破山河在”！中国伟大的哲人庄子说，夫大块载我以形，劳我以生，佚我以老，息我以死。故善吾生者，乃所以善吾死也。哥本哈根会议是否意识到，大块出了问题，大块不善生死了！人类从此生死未卜。

低碳，在我看来，这是一个隐喻。意思就是，如果大块不能再假我以文章，那么做任何文章都是白做。

2009 年 12 月 24 日星期四

从上海话进入教材说起……

最近出版的上海小学语文教材的《语文综合学习》中收录了有关上海地方方言的篇目，这在中国基础教育教材中尚属首次。因此很有些话要说说。

20 世纪 30 年代，昆明还有《昆明乡土教材》一书，老师上课呢，也是说昆明话。后来这些作为“地方主义”就完全取消了。

昆明搞语言学的，研究昆明方言的书有多种，而且还出版过一本《昆明方言辞典》。

20 世纪 50 年代昆明有个作家叫刘澍德，用晋宁一代的方言写小说，是那个时代小说里面的上品。

普通话没有出现以前，各地作家都用方言思考、用汉字写作。汉字典籍，在中国是用成千上万的方言被阅读的。

汉语的伟大就在于，字是大家通用的，但发音不一样。因此既可以通用，又保持了地方性。汉字统一中国，发音丰富中国。你去到广东，说话听不懂，写字就可以交流了。

我为什么要用昆明话念我的诗呢，因为我写作的语感是昆明的。为什么你到了中国任何一个地方，感觉都不一样，一个重要因素就是方言不同。如果到了陕北一个老农家里，大爹说的也是电台里面的话，这个世界么就太难玩啦。城市建筑今天搞成这个样子，这么难看乏味，就是不断地消灭建筑方言造成的。

在方言上，老北京人、上海人、四川人是很自信的。吴语有《海上花列传》。在北京。老北京以讲老舍那种北京话为荣。四川人一直认为四川话是中国最好听的，你看看四川电视，有多少节目在说四川话。

昆明在正统中原文化面前总是自卑。昆明人好像是越来越以说昆明话为耻。前久昆明电视台整的《东寺街西寺巷》，多少昆明人在家里面躲着看，笑疯掉，一回家就开电视，在单位上却做出满脸鄙夷，“那些小市民”。昆明方言喜剧《支花篮》让我乐了一个星期，说这就是昆明的莫里哀。高雅人士很不以为然，说是庸俗。说起来，我发现昆明人比上海人、四川人都怕庸俗，怕当小市民，而昆明的魅力之一正在于它对过日子的热爱超过了对“逐鹿中原”的热爱。这些家乡宝赖在这里不走，观念上瞧不起昆明，以普通话说得标准为荣，身体上又离不开这里的四季，这里的小锅米线、卤饵块、臭豆腐、火腿脚……昆明人累啊，吃碗豆花米线还怕说普通话的熟人撞着。昆明人均 GDP ？全国倒数第三，小轿车拥有量全国第三。什么道理，虚荣噻。这个意思就是，爱吃过桥米线、卤饵块的全国第一，以说普通话为荣的也是全国第一。20 世纪的“文化革命”最可怕的一件事，就是“过日子”被视为庸俗、低级趣味成为常识，深入人心。

普通话么，念念社论教材还可以，你敢用它和昆明姑娘去翠湖谈恋爱？

汉语昆明话从明朝发达起来以后，它一直保存着许多中原已经消失掉的古话，有个玩语言学的人对我说，老昆明其实是在用《红楼梦》里面的语言说话。我想昆明人大约不读《红楼梦》。昆明有个词叫鳌糟，就是曹雪芹玩过呢。昆明啊，去北京出差、上海、广州进货这些事情整呢太多了。

能说老昆明话的人就像昆明的老房子一样越来越少

了。许多家长甚至在家里面也不准孩子说昆明话，残酷呢。前几天去拜访省博物馆的云南青铜文化专家易学钟，他那个昆明话讲得之纯粹，我听着竟像是古董。

昆明自古以来就是个移民城市，这个城市的风尚是赶时髦有余、守成不足。过去交通不发达，守成是被迫的。现在交通网络的发达正应了昆明人的时尚，我担忧的是，再过几十年，都是发展开放，北京还是北京，上海还是上海，粤还是粤，昆明恐怕就找不着北，在地理上，春城名存实亡（是报纸上说呢嘎）。滇池死水一潭。又不是日内瓦，满城说着不三不四的普通话，连官渡区的大嫫出来表演，唱的都是歌剧。

昆明人咋个才是个昆明人，怕要想想呢。

2005 年 8 月 29 日

从印度的神说到中国的富

印度给我最深刻的印象是不拜物，不以物喜，为神活着。

从新德里到加尔各答或者孟买，印度的城市很少用高楼大厦、汽车、高速公路之类的物来证明、炫耀自己。满街的烂汽车，许多被撞得鼻青脸肿，皮塌嘴歪，只要还有一口气，就要开到底，物尽其用。印度的城市，以中国的水平，基本上是城中村。杂乱无章，满街车水马龙，各式各样的小贩摩肩接踵，市中心的人行道全是摆摊的，生活像洪水一样涣漫。新德里的香料市场，距离中国类似故宫的地区只有几里，巨大的集市，水泄不通，光着上身的搬运工，马车、面包车挤成一团，大群的猴子在电线杆上沿着纠缠如亚马孙森林的高压电缆前进，胡椒、咖喱粉的味道一公里外就呛得你鼻涕横流。没有因为位于京畿、面子难看而被拆迁。我问了问，那些香料店都开了三百年以上了。道路坑坑洼洼，但不堵车，一辆辆老老实实地慢悠悠地老牛般地跟着走，遇到牛还要停下来，让它先走。一座座不同时代盖起来的旧建筑，彼此相安，不是以一个标准来拆迁历史。许多房子老得不像话，仿佛马上就要倒下来死去。人们的物质需求似乎只到满足日常生活的基本需要为止，知足常乐的社会，神庙比比皆是，人们心有灵犀、乐天知命、天真朴素，看不出什么焦虑的迹象。在印度，开着一辆凯迪拉克你什么也不是，乖乖地跟着神牛走吧。人们攀比的不是物的多寡高低，而是与诸神的距离。物也不落后，高科技也很发达，但不是神，不崇拜它们，只是佑我神国的工具而已。我在瓦拉纳西一位恒河船夫的家里做客，他家掌管着恒河边一座印度神庙的钥匙，这个庙世界闻名，许多照片上都可见到，他们住在城中村的一个简陋但坚固的楼房里，已经住了三百多年，他家的光荣是，这个年度向寺庙捐献的卢比最多，因此可以管理神庙三年。管理，就是每天去神庙开门关门，上香洒水打扫卫生。

印度是一个用加法的社会。奈保尔说到印度时，也用了一个词，垒叠。印度仿佛文明的岩页地区，各时代的文明都裸露着、保存着。在瓦拉纳西，要进入 1000 年以前的神庙，并抚摸它，不是什么难事。物尽其用，就是神庙也不例外。神龛不是供着，而是用着。印度只有极少的古迹被博物馆化。那位船夫家相邻的墙就是八百年前的古庙的墙，他家的人随时穿着拖鞋跨进庙里敬香，庙里的湿婆铜像铸于八百年前，美轮美奂，价值倾国，完全可以搬起来就走，但没人会动一个指头，不是不敢，而是，那不是钱，那是神，你怎么动？中国今天的古玩潮，其实在某种意义上，也是把古代的神都视为人民币了。

印度人重视的不是物质文明，而是精神文明。不以物喜，就像古代中国。古代中国也是不以物喜的社会，像石崇与王恺那样的斗富，乃是笑话。石崇可谓遗臭万年的典型。中国没有印度式的宗教，文明的最高核准权，在诗里面。所以孔子说，不学诗，无以言。这个诗也是广义的，中国的诸神，拯救性、超越性的力量，是在文里面，在诗里面。雅就是文教、诗教，雅驯就是文明，以文明之，以文照亮生命的野蛮与黑暗。文雅是中国文化的最高境界。过去中国的富裕，要落实到雅上。精神生活才是人生的最高价值。所以孔子肯定颜回的生活方式，“贤哉回也！一箪食，一瓢饮，在陋巷，人不堪其忧，回也不改其乐。贤在回也！”两叹贤哉回也，这是昔日中国的贤。“回也”不会发家致富吗？不是，他追求的是安贫乐道。为了精神世界的丰富，穷又何妨，“回也”，很像我在印度见到的那些苦行僧。

“文革”消灭了传统中国的价值观，雅斯文扫地，在许多方面，仁者人也，又回到野性去了。“文革”何其残忍、凶悍，我少年时代亲眼看见，至今战战兢兢。但对“文革”的总结，只在经济落后上，没有意识到文化被革命在中国之严重。其负面因素我们今天可以看到，中国已经日益成为一个拜物斗富的社会，以凯迪拉克为荣而斯文扫地。经典大学都要盖“真维斯”楼了，莫此为甚。诗人今天在这个国家传为笑话，就像当年人们嘲笑颜回一样。而在往昔那些伟大的时代，诗人是全社会的座上客。我听到一个故事，一群富翁在开会讨论当代艺术的走向，忽然有人进来高呼一声，某某开着新买的凯迪拉克来了。主席说，走，出去看看，号称中国的毕加索、马蒂斯的一群巨腕就散会了。

意识形态、主义可以领导革命，但无法领导生活。《资本论》讲的是经济规律，《共产主义运动中的左派幼稚病》讲的是革命的斗争策略。《论持久战》讲的是游击战略。当一个时代要夺取政权时，这些都是经典。但如果社会要休养生息，人民当家做主，那就要重返“诗意的栖居”，这时候你得学《诗经》《论语》。论语是教导人们如何生活、做人的，“结人心、厚风俗、存纪纲”，孔子孜孜不倦的乃是建立人伦、道德、礼仪的秩序，这个秩序用王阳明的话说，就是“活泼泼的”，其乐融融的，和谐的，诗意的，以人为本的，人性的，驱善的。其实不止《论语》，全部中国古典学问都是（除了厚黑学）教导人们如何生活、做人的。从诗发展起来的雅，乃中国精神之最高境界，存在之归宿。

印度的方式，物质生活的简陋也过于极端。人生在世，不是在天。市场经济，将商人的地位提高，这是一个进步。但又走到另一极端，从革命（与人斗，其乐无穷）到拜物斗富，物成为中国的神龛，里面供着富。富成为中国之神，一切以它为中心。精神的空虚，文化的粗鄙，以富来填补，也非常要命。《世说新语》在那则斗富故事的最后，用了四个字，惘然若失。革命之后，两败俱伤。斗富之后，惘然若失。如果颜回之流的人生价值得不到肯定，全社会只是斗富，能赢的毕竟是少数，斗不过的大多数将越来越焦虑、自卑、郁闷，甚至仇富，那么，大约又该去重温《国家与革命》了。

从印度说到文明

最近去印度走了一圈，感觉印度许多城市，现代化程度远远不如中国，混乱，脏，灰尘，垃圾，但很好玩，没有今天中国现代化小区正在传染的那种孤独感。那些集中营般的荒凉小区，一搬进去，人生似乎就被搞定了，不外乎工作、挣钱，超级市场购物，然后回家待着上网、发呆或者看电视机里的战争片，打麻将，左邻右舍都关着防盗门。现代化是现代化了，但世界也不好玩了，只有物质的豪华，没有生活的乐趣。

印度没有中国式的城管，小摊贩到处都是，百货摊摆在人行道上；公共汽车没有门，随时可以停下来上人；三轮车夫在大街小巷欢乐地飞，人们公然在大街上洗澡，乌鸦在公共汽车的车篷上蹲着，神牛站在街心岿然不动，汽车害羞地绕开。大师穿着脏兮兮的白袍，神采奕奕地在人群中飘过。城市天天赶庙会般的热闹，而且还是民主社会，即兴召集起来的示威游行队伍，跟着往恒河边抬尸体的队伍、祭祀的队伍呼啸而过。以中国现今风行的官方市容标准，印度可以说是“脏乱差”。但人们普遍安心、纯朴、善良、诚实。到处是寺庙、神龛。（印度很少垃圾桶，但神龛无边无际，甚至有马赛克瓷砖砌的。）价值连城的文物在大街上摆着，很少有人会朝它值多少钱这方面去打主意，那是神的家具。

各民族有各民族由历史、经验、传统所影响的生活方式。中国官方认定的脏乱差，在印度不是问题，那是根深蒂固的生活方式，就算联合国卫生组织也无权说三道四。我之所以说中国所谓脏乱差乃是官方标准，是因为在中国民间，普通人的市容标准与官方不同，好吃好在好玩好住而不是漂亮。城管在中国名声不佳，几如古代所谓恶吏。所谓的脏乱差永远管不绝，因为那是人们的生活传统。城市在中国必须有庙会的感觉，只是干净如飞机场医院军营，人们会窒息。但也与印度不同，没到印度那个地步。印度好玩，但长期住下来，如果你不信神的话，也受不了。中国讲中庸、适度。人民是知道度的，但掌管着“度”的城管不知道，暴力城管，不分青红皂白一律砸，已经过度了，所以民怨沸腾。

中国没有印度式的宗教系统，但中国未必就没有对神的敬畏。古代中国没有西式宗教，但也信神，《说文》云，神，引出万物者也。中国人讲“天道”，与印度人讲梵，也有相似处。文在原始时代，是文身，百兽皆有身，但只有人才能文身。仁者，人也。为什么呢？仁就是第二个人，第一个人是野兽，第二个人是被文照亮的文明之人。文使人在黑暗里去蔽，亮起来，所以是文明。文身后来发展为文字、诗、雅驯、文明。在中国最高的文是诗，孔子说：不学诗，无以言。诗是广义的，我理解，就是文明的最高标准，只有把握了这个标准，你才知“道”，你才有发言权，发言权就是“说法”，中国人喜欢讲给某事个“说法”，说的是“法”。说法就是以文明之。

中国的神不是教条、偶像、庙堂，中国讲天人合一，有无相生。“天”“无”与人生不是二分的，是和谐的、入世的、在场的、活泼泼的，不是宗教式的观念、教条。文是复杂的，天地国亲师、仁义礼智信忠孝……都是文。敬惜字纸，春节要贴福字、请汉字来辟邪。汉语里面的神可谓多矣，神态、神色、神采、神姿、神志、神清气爽、神来之笔、　神秘、神奇、神异、神机妙算、神品、神勇、神医、神通、神圣、神速、劳神、凝神、神魂颠倒、神N……神是体现在文上，文是神的媒介。所以杜甫说，落笔惊风雨，诗成泣鬼神。中国人也不是唯物的民族，中国的神灵隐身于日常生活中。中国是“文物”的民族，做什么都要文，就是家具和厨房里的家什，甚至泥巴、草木都要文，明式家具、青花瓷瓶、盆景、园林……中国的教是文教，不是宗教。中国文化的精神世界、安心靠的是文明。狭义地说，文明，就是以文明世，而不是以神明世。物质文明，最终也要明在文上。中国如果没有文，那就是黑暗社会。

印度文明也不是没有我们可以借鉴的地方，欧美文明我们借鉴得多矣，但印度文明我以为对当下中国，更有可取处。欧美文明，曾经有独尊耶稣、铲除异教、血流成河的历史。对其文明影响至深，喜欢用减法，一旦自命真理在握，就唯我独尊，非我族类，就要消灭。比如中世纪捕猎女巫的大规模运动，比如希特勒、斯大林之流。印度文明最迷人的地方是一直用加法，从萨满教到婆罗门教再到印度教、耆那教、锡克教、佛教、伊斯兰教、共产党、基督教、英语……最后都成为印度之一员，但印度还是印度。在一种文明里面已经被遗忘的东西，在另一种文明里依然继续，忽然想起来，中国文明曾经也是用加法的，比如唐朝，儒教、佛教、道教、边疆民族的萨满教都可传教。和就是一种加法，和谐的谐，就是人皆可言，都有说话的自由。

在瓦拉纳西，我看见一个男子晨进恒河水行过数千年前就开始的仪式，然后冒出水淋淋的头来，走去岸边。从脏衣衫里刨出一个苹果牌手机，给新德里的一家软件公司的老板打电话。

2011 年 6 月 3 日星期五

大地震，心复活

这个春天祖国有点多灾多难，但我民族也空前地团结，万众一心在今天不再是一句冠冕堂皇的空话。我每天看电视滚动新闻，禁不住热泪盈眶，已经很多年没有如此感动过了。

大地震来袭时，我正在写信，房子摇篮般地晃了几晃，我立即意识到这是地震，这是我平生第一次感觉到大地在动。我继续写信，我知道这是地震，但我没有打算逃走，在我居住的小区，就是逃下楼也没有躲避的空间，水泥太密集了，唯一的办法就是听天由命。后来我和我的长诗《飞行》的法国翻译者魏简在夜晚的街道上走，人们惊魂未定，还站在黑暗中议论着。忽然魏简的电话响了，他父母从巴黎打来。那时候全世界都在打电话，各种语言不用翻译也知道是在说什么。很久不通音讯的朋友纷纷出现，鼻子发酸。美国诗人帕特来了电子邮件，问候平安。黑人诗人阿发来信说：面对别人经受的灾难，我们感同身受。日本翻译者谷川毅也来了电子邮件："四川大地震你们那里有影响吗？牺牲的人越来越多起来了，看了报道我心真痛。"

大地震动的瞬间，倒塌的不只是建筑物，死去的不只是遇难者。某种看不见的东西猛烈地痛起来，眼泪夺眶而出，仿佛也受了大地一掌，这是心痛。就在前一刻，人们也许还麻木不仁，开着新买的奔驰轿车在别人的老母亲、小姑娘身后不耐烦地按着喇叭，嫌她们占道。在浑身汗味的民工前掩鼻而过，听任白发苍苍者在公共汽车上忍受汽车型地震，决不让座……心是有的，但是烦、乱、焦虑。趋于麻木、冷漠。

天地无德，大地震可不管你是中国，还是美国台湾缅甸，别墅还是贫民窟，社会主义或者民主政治。腰缠万贯或者乞丐，羌族、藏族或者汉族……几分钟之后，一切从零开始。

为什么救灾人员进不去，那不是抢修的问题，他们面对的是重新崛起的高山、刚刚形成的湖泊，一个原始世界。

瞬间，心痛，看不见的血流出来，恻隐复活。

心痛遍布世界，心痛超越了国籍、种族、路线、立场、历史、图书馆、知识、意识形态造成的种种偏见，人类的恻隐之心复活。那些埋在废墟下的不是中国人，只是婴儿、妇女、老人、小学生、男子、父亲、母亲……只是人类。无数的普通人在捐款，他们的捐献也许只是杯水车薪，但一定要略表心意，只顷刻，涓涓已成滚滚巨川。篮球明星姚明在捐款、布什总统和美国人在支援、日本人在支援、韩国人的救援队来了、俄罗斯来了、马英九先生在捐款，我甚至看到只有最后几天的陈水扁政府在捐款……我忽然想起 1965 年 11 月 6 日的纽约大停电，一位亲历者事后回忆说："那天晚上的气氛令我想到了德国投降和对日战争胜利的日子，那时人人相爱。当时的狂欢气氛和一场大暴风雪后的气氛差不多。"

巨额资金慷慨注入、挖掘工具、直升机、工程车、医疗队，十万大军风尘仆仆开赴现场，几天几夜不停地挖掘，甚至用手指，只是为了从那一大堆水泥废墟的某条缝中，大海捞针般地救出一条命。为的什么？只有如此，人类才能心安理得。

是的，大地震，惨，令人心痛，于心不安、不忍，心上长出了刀。

只有心动、痛心，才可以治疗这无名的痛，才可以安心。

世界开始博爱。博爱，就是最基本的爱，这个爱儒教讲、基督教讲、佛教讲、伊斯兰教讲、古老的萨满教讲、云南彝族的祭师讲……人类最基本的教义。各民族或细节不同，爱是根本的教，不讲博爱，教传不下去、传不高级、传不深邃。

爱是什么，就是恻隐之心。在中华祖先创造的汉字中，爱是愛，爱的中间是个心字。

心是什么，这个中国文化独有的说法很难概念化。但我今天可以明确地告诉人们，在中国四川汶川大地震是发生在人类身上的一切，完全可以证实心的存在。

说文解字说："心，土藏，在身之中。"身就是存在，只有事情触及身，触及根本的存在的时候，心才呈现，心不是知识、主义、路线、意识形态。

对于中国人来说，心比所谓上帝更重要，在大地上，在这里、此地安心比来世进入天堂更重要。

孟子说："所以谓人皆有不忍人之心者，今人乍见孺子将入于井，皆有怵惕恻隐之心；非所以内交于孺子之父母也，非所以要誉于乡党朋友也，非恶其声而然也。"

孟子说，人之初，性本善。心是先验的。

孟子说，仁义礼智根于心。时代过去，曾经喧嚣的一切口号都成为过眼云烟，心出淤泥而不染。仁义礼智各时代的表现和说法不同，国难识忠臣、家贫有孝子，这是心在不同情况下的表现，但心是根本。心是比主义意识形态更根本的东西。

世界从心开始，然后有仁义礼智，文明开始发达。文明由心而来，却也会遮蔽心，发达离开了心，为发达而发达，人就麻木不仁。今天，开着奔驰汽车是一个很大的面子、很大的发达，全民追求，心被发达遮蔽着。

大地震令人心痛，大地震令“有”“发达”在瞬间回到一无所有，回到无，回到死亡。大地震令人重新看见，看见生命的真相，那是虚无。只有意识到虚无，知白守黑，人类才能有无相生。只是发达，只是有的世界，有无就停止相生了。

这几天，现代汉语中可谓心字泛滥，人心、寸心、小心、民心、齐心、关心、爱心、担心、揪心、操心、痛心、伤心、心碎、撕心裂肺、心心相印、当心、在心……我查了一下汉语词典，以 X 心、心 X 组成的词有两百多个，如果再加上那些竖心旁的字，心就更多了，我中华民族是最重视心的民族，没有一种语言像汉语这样有着这么多的心。

心是无。人心因为无，因为死亡呈现。电视为什么如此空前地让人牵挂，因为它不再只是说教，宣扬“有”的无边无际的广告，它面对死亡、面对了无。

20世纪后期以来，我们无数次地在时代的广场上万众一心。那些心其实只是盗用了心的名义的标语口号。“文革”其实是一场灭心的运动，人们不能有心、不敢有心，只能有口是心非的立场、路线。我少年时期，经常看到身为孕妇的老师被毒打。没有老人、儿童，没有幼吾幼以及人之幼、老吾老以及人之老，不讲良心、善意，只有立场、路线，“X正确”比生命、恻隐之心更重要。“文革”导致了中国人心灵的恐怖、麻木，很多年，人们不敢有心了。已经很少讲心了。解放思想，但心灵阙如。市场经济唯利是图，你死我活，恻隐只会丧失利润。为富不仁、仁义礼智皆以货币衡量，马加爵事件……绝非偶然，那是恻隐不存、心被遮蔽所致。

“大人者，不失其赤子之心”“君子以仁存心，以礼存心。仁乃天地生物之心而在人者”“人民生命高于一切”，这就是“民为贵，社稷次之，君为轻”。

仁义礼智根于心。那么多人在最近几天电视屏幕里的那些镜头前泪流不止，心痛了。不仅仅是几滴眼泪，心痛就好，这是仁在复活、义在汹涌、礼在积聚、智在行动。

人们重新信任生命，信任根本。

我曾经说，“文革”之后，传统中国已经被彼岸化，论语犹如圣经。有人指责我复古。我说，这场大地震中中国人的表现，那就是在复古。

人之初，性本善，这就是古。天地无德，但人有仁心，这就是复古。

穿越各种本本，回到心，回到生命的根，这就是一次伟大的复古。

大地震使人们越过各种偏见回到人之初，回到性本善，回到恻隐。

大地震使我们重新尊重生命。生命就是生命，没有错误的生命，没有敌人的生命，没有不值得珍惜的生命。

尊重生命，就是尊重生命不同的存在方式，这是和谐的基础。废墟下的待救者没有阶级、没有财产、没有贫穷、没有性别、没有年龄，贵贱高低，芸芸众生，一视同仁。一个字，救！

生命高于一切，这样的认识来之不易。这才是最根本的救。

我以为，20世纪的一切灾难，皆因忘记了“天地之大德曰生”，形而上地、反自然地崇拜“正确”，糟蹋、改造生命所致。

漠视生命是反自然的，尊重生命就是道法自然。

我记得有一个“文革”的回忆录，一位母亲因为是所谓的阶级异己分子，她的婴儿居然无人敢去喂奶。

这一页终于翻过去了。

大地震，心复活。

2008年5月17日星期六

单向度的风景

《世说新语》有一段说风景：过江诸人，每至美日，辄相邀新亭，借卉饮宴。周侯中坐而叹曰："风景不殊，正自有山河之异！"皆相视流泪。唯王丞相愀然变色曰："当共戮力王室，克复神州，何至作楚囚相对？"风景是一样的，但所见的立场不同，因此有山河之异。

如今不同了，各风景区人满为患，手机或照相机就像筷子或清朝的辫子一样，几乎是男女老少人手一台，从风景到晚餐盘子里的食物什么都照。照相的角度可谓五花八门，但照片千篇一律，仿佛照相者只是一个人。摄影只是一种留念活动，而非写真活动。写真是在真实中取景、真实的无限敞开。照相是在真实中选美，真实被选美遮蔽着。美不是因人的观点不同而异，各美其美，美美与共，而是单向度的——“风景这边独好”，人人皆知的既定观点。人们并不会因为镜头的普及而发现真相，真相恰恰在这种缺乏灵感的复制中被遮蔽起来。这种“拍即得”活动暗藏着一种功利主义，照片虚拟的是对既定份额（风景这边独好）的复制性占有，而无关艺术创造。

马尔库塞曾经提出“单向度的人”。这种人缺乏想象力，放弃了自己对世界人生的独立思考、阐释，趋同于被给定的思维向度，听任权力的意缔牢结。这个时代，标准化的“更美好”的生活模式已经被复制（例如从新加坡的某小区）出来并以行政的方式强力推行，拆迁的普遍理由就是“给你们更好的！” 到处都是一模一样的街区、单元住房、大楼、高速公路、购物中心、电梯、麦当劳、牛奶、苹果、飞机场、加油站、时装杂志、抽水马桶、浴缸、玻璃窗子，甚至私人卧室都一模一样，旧世界丰富多彩的地方性知识几乎全部消失，（比如特产，在那些新的小区里面还有多少？故乡则无影无踪。）哪怕这种生活模式与人们的生活经验、传统、世界观完全抵触。只有被动接受，否则你就无家可归。人一旦被纳入这些给定的模式，必然成为单向度的人。世界变小了，一个小区、一份麦当劳就是整个世界。无人能够逃脱单向度的世界。未来都已经设计到位，人生的唯一终结只是更N的房子、汽车……的升级换代。当然，人类无论如何提高智商，也无法将山水风光改造成单向度的。但是也无人能够逃出单向度的现实世界，就算是风景依然保留着许多原始，人们从照相机后面看见的世界依然是单向度的，因为他们的观点早已被单向度的生活世界定型了，与既定观念吻合的才是美的。

单向度之人即同质化之人。同质化的城市必然产生单向度之人。与马尔库塞观察到的单向度之人不同的是，中国社会人的同质化不仅始自今日大拆迁先导的城市化。同质化始自“文革”。“文革”导致了人们对文化的恐惧。在“文革”时期，菜谱、服装、化妆品……都分成正确的和反动的，景观也被控制起来，红是正确，黑是反动，风景只有一种：“山河一片红”。文革导致的是文化的弱智。一种杜绝了创造、独立思考、想象力、灵性、传统的只有一种观点的新文化——黑板报文化得到普及。中国传统中的反智倾向本来就鼓励人们放弃对是非的判断，“文革”的恐怖更令人们将反智世俗化了。弱智才是最安全的生存技巧。难得糊涂，本是老庄式的智者吊诡的存在方式，现在成为活着、在世的避害掩体。“文革”之后，单向度之人在如何富起来方面不再恐惧，令他们有恃无恐、所向无敌的正是文化上的弱智。为富不仁，正是“黑板报文化”的结果。许多在贪污方面足智多谋的官员在法庭辩解时的一种自我辩护是，虽然贪污，但开会发言举手一贯正确（弱智）。

“文革”时代的单向度风景的观点，一旦被用来取舍现实风景，那些在无数时间中被文化积累起来的各式各样的风景（比如苏式园林创造的那些风景），就被极端弱智地拆迁、毁灭。从新世界的任何一个窗口或者镜头看出去，风景都是一种：“山河一片红”，很干净，很统一。

但愿一识韩荆州

据报道，一项加拿大全球民调的问题是：您觉得自己大材小用了吗？结果，觉得自己被大材小用的人们中中国人比例高达 84%，全球最高。

这种调查也许不太靠谱。就想起北宋嘉祐二年那场科举考试，主考官欧阳修、点检试卷官梅尧臣，录取的 899 人中包括苏轼苏辙兄弟，曾巩三兄弟，张载、程颢以及王安石改革的第一助手吕惠卿等等，那时代的英才几乎被一网打尽。神话！

怀才不遇，遇，必须有欧阳修、梅尧臣。“生不用封万户侯，但愿一识韩荆州。”有人说这是李白巴结权贵的证据。不然，在李白看来，韩荆州乃是一个在位的内行：“人物之权衡，一经品题，便作佳士。”够资格和权威认识李白之流的才华。李白的意思是，让我做事，比封万户侯更重要。“所以不归他人，而愿委身国士。傥急难有用，敢效微躯。”

但是，如果一个社会，人才只能寄希望于伯乐、韩荆州，那么迟早有一日要像李白那样长叹：“大道如青天，我独不得出”。

当年，奔走于韩荆州门下的乃是“海内豪俊”，虽布衣，但“心雄万夫”之辈。韩荆州们“不以富贵而骄之、寒贱而忽之”。而在我们时代，伯乐、韩荆州们的“人物之权衡”的尺度变了。一个人是否有才干，是否能够做事已经是次要的。人才，首先考虑的是与领导者的关系。不是看他们是否有做事之良知、能力、经验、水准，而是看他对当权者个人是否有用、是否忠心耿耿。领导喜欢你，你就是人才。领导不喜欢你，你就永远怀才不遇吧。于是，社会越来越业余，每个部门都人满为患，真正能够做事，精于业务、琢磨业务的人不多。而专业人员，愿意做事的人，在做事之前，先要搞关系，学会奉承、胁肩谄笑、陪酒、睁一只眼闭一只眼，然后或许有机会稍微做点事。像李白、杜甫那种“天子呼来不上船”“我志在删述，垂辉映千秋”的家伙是不会有机会的，如果全单位的人都必须轮流上去给领导敬酒、赔笑脸、请安，这位鹤立鸡群的李白不是自我流放吗？

而做事的人，要做的不是该做的事，而是通过做某事来为自己谋利益。也许事是做一点，但到获利为止，不获利就不做。所以，许多事总是做不到位，事功到货币为止。勤劳致富，如果勤劳而没有致富呢？而是致美致善呢？这种事现在恐怕一般只有民间才有人做了，比如诗人。许多时候，在其位者做不了那件事，知道如何做的人干着急，插不上手。事情只有那样做才能做好，却偏要这么做，只因为领导者的面子、权力，他做的事无论如何平庸低劣、暴殄天物都照做，皇帝的新衣很普遍。能够做事的人两手一摊，一定要这么做么就这么做嘛，反正你是领导。这种潜规则在人事制度上当然看不出来，但它却实实在在地运转着人事。许多事，从来不与能够做事的人商量，只叫不做事的人来参加听证会，因为他们要做的事只是听话。庸人、势利小人于是乘虚而入。你要做事，先得牺牲君子操守、独立人格，先得或多或少的妥协，做一个小人。而趋炎附势者不是来为国家社稷做事，而是来为自己谋利益。只要有好处，怎么干都可以，干什么都行，哪怕所做的事最终对供养他们的根本制度有害也照干。

能够做事的人、人才自“文革”以来的际遇非常悲惨，杰出人物基本上被消灭。正常社会，人才是一个金字塔结构，“文革”将人才金字塔铲平，庸人的胜利。只要站对路线，不能做任何事也有饭吃，这就是大锅饭。君子常戚戚，小人坦荡荡。“文革”之祸在这些方面从来没有得到过深入的反思。贪官，男盗女娼、贪污枉法都黑透顶地干了，彻头彻尾的“黑五类”，却在法庭上振振有词地说，俺是忠于路线的嘛！

在另一方面，社会风气对何谓人才的看法也变了，现在，衡量人才，是存款高度、轿车型号、房子大小……总之，一个人挣钱之能力的象征符号。这一点与西方不同，西方讲金钱万能，但金钱也忌惮与上帝的距离不能太远，社会赞美金钱，但文化也监督着人们与上帝的距离。“赚得个钵满”无可厚非，腰缠万贯者确实人才济济，尤其是那些在体制之外，靠自己白手起家的人们，值得尊敬。但是，不挣钱的事就得不到尊重已经成为社会普遍的价值观。不值钱的事情，比如宗教、哲学、美学、数学、写诗……的人们没有前途。而如果他们有前途，那必须是他的象征性资本转化成了现金。一家医院，一个大学。其权威不在于医术学术是否精湛，而在于教授、医生们是否开着小轿车，名称不同，都是商场。

我中国就无人了吗？其实这个时代，君子也不必戚戚了，市场经济和自由职业的兴起，君子也可以在人格独立的前提下自我实现。但是，这也导致了某种分裂，一方面，是思想自由、专业日益精湛的个体；另一方面是体制内普遍的平庸，唯唯诺诺、人浮于事、混日子。庸人以在体制中不劳而获为正常上班，君子满腹经纶，却无法加入到“济天下”的事业中，只是鹤立鸡群地自我实现。小人炎炎，君子远远。不屑与谋，远之，该干啥自己干去。小人愈小，只关心钱途。君子愈精，君子们日复一日的精益求精的专业水平，已经与体制内的不务正业形成巨大鸿沟。

在民间社会，其实可以做事、能够做事的人不在少数。他们并非所谓的反对派，他们唯一的独立就是因为日复一日地热爱做事而专业、明白事理。如何设立一种机制，既可以流通让能做事的人们做事，又制约人浮于事？我以为，目前恐怕还只有舆论监督是有效办法。无法保证当事者就能够做好事，做事需时间，路遥知马力。如果建立某种机制，无论大事、小事，从国家大事到单位的事，每件事都纳入与此事生死攸关的人们的监控范围，监控仪后面是事必躬亲者，而不是碌碌者的红眼，恐怕并不难做到，技术而已。我相信以中国人的现代智慧，是不必再盼星星盼月亮地等着伯乐、韩荆州的。如果韩荆州不再是个人魅力，而是一种机制，那么，没有韩荆州，人才照样会大道如青天。比如在网络上，不通过正式的出版渠道，写作天才们还是有机会鱼跃龙门的。

“汉室中微，王莽篡位，士之蕴藉义愤甚矣。是时，裂冠毁冕，相携持而去之者，盖不可胜数。杨雄曰：‘鸿飞冥冥，弋者何篡焉。’言其违患之远也。光武侧席幽人，求之若不及，旌帛蒲车之所征贲，相望于岩中矣。若薛方、逢萌，聘而不肯至，严光、周党、王霸至而不能屈。群方咸遂，志士怀仁，斯固所谓举逸民天下归心者乎。”（《后汉书卷八十三》）这段话可以深思。

德国箭头

德国，对于当代中国，从某种意义上来说，那就是一个指向未来的箭头。嗯，不仅仅是马克思主义，也是奔驰。奔驰汽车寓意着高贵、高质量、高档、高不可及等等，对于某些狭隘的意识形态来说，所谓未来，就是“像德国那样”，成为一辆奔驰或者大众。

德国，那是无数指向各种幸福所在的箭头。指向慕尼黑或者海德堡，指向莱茵河或者瓦格纳，指向 93 号公路或者加油站，指向日夜供应优质卫生纸的 WC 或者用绿灯显示的 EXIT 等等。在北京，一位中国诗人用谈论奔驰 600 的口气谈论着保罗·策兰或者本雅明。他忽略了他们的犹太人身份，德国人并不认为奥斯威辛也是一种德国质量。

有个箭头印在我的车票上。从法兰克福指向多特蒙德。我将在那里的一家公共图书馆朗诵我的诗歌，这是我的德国五场朗诵的第一站。为筹划此事，德国人从春天就开始忙碌，一个箭头指向另一个箭头，一个站牌指向另一个站牌，一个路标指向另一个路标，一台电脑连着另一台电脑，一个电话接着另一个电话，一项资金链接着另一项资金……这个单位负责我的住宿费，那个单位负责我的飞机票，另一个单位负责我的火车票……箭头后面各个点上负责接待我的人们并非都彼此认识，他们仅仅因为一个即将发生的事件而联系在一起。

一个箭头就是一个指示、命令、任务。

就像电梯上的数字，如果你决定了到哪一层，那么就不能拐弯或者停止了，可以放弃，但这意味着失败。这种失败是不可饶恕的，因为不是你一个人的失败，而是一部机器的失败。你将因为这个失败被这个机器抛弃。机器仍将直线地，从这一层到那一层。

黑暗中有一根看不见的线，将在未来的某个黎明成为现实，我以及一群德国人将在箭头的终端出场，而最终指向数百行用汉语和德语念出的诗，结果不过是它们将空气般的消散在难以确定之处。就像一座教堂，由无数的有着重量和体积的石块、雕塑、彩窗、金属……组成，最终指向一个尖顶或者箭头，终结于苍穹。

我在初冬抵达德国，此地没有人见过我或听说过我，邀请我的人们仅仅有少数几个读过我新近翻译成德语的诗集《0档案》。为此事牵头的皮特有些紧张，我是这一群箭头中最关键的一个。他根本不认识我，仅仅因为对几首诗有好感是不足以推进任何事情的。如果我在这一堆最终指向一本诗集的箭头中失踪了，那么彼此素昧平生的三十多个人共同完成的工作将前功尽弃。门票已经预订，那些喜欢计划时间的德国人在夏天之前就已经把生活的一个箭头指向10月31日晚上8点钟在Mittlerer Hasenpfad 5,60598 Frankfurt am Main举行的诗歌朗诵会，并为此预付了门票。

但事情进行得很顺利。我像一辆已经行驶多年的列车，行程被铁路当局精确到分，准时地出现在每一个城市的站台、旅馆和每一场朗诵会。最后一场在法兰克福一家旧工厂改装的地下酒吧里，为我朗诵德语版的是白发苍苍的电影和戏剧演员莫里茨·施特佩尔（Moritz Stöpel），为我配乐的是白发苍苍的爵士钢琴演奏家马蒂亚斯·弗赖（Matthias Frey）。朗诵会开始之前，由于翻译误会，德国人以为我要求更换预定朗诵的诗篇，他们惊呆了。那两位时间就是黄金的著名演员已经为此准备了数周。莫里茨在我的德语版诗篇上画满了代表重音或者激越、低沉的符号，看起来就像乐谱。皮特有些愤怒，怎么可以有如此荒唐的想法，我不是这个意思，但是在中国，就是有这个意思也不值得大惊小怪，难道莫里茨·施特佩尔和马蒂亚斯·弗赖不可以即兴表演吗？

德国某地有一只著名的钟，走了一个世纪，误差只有几秒。它的直线和箭头永远指向准时。

游记常常告诉我德国的火车从不晚点。不对，晚点也是有的，因为迷信火车必然在某时某刻到站，我差点儿下错了站，预定到站的时间到了，那是另一个站。

我与一位德国人谈到德国的火车晚点。他说德国的火车决不会晚点，晚点的是时间。

如果这个远在它到时之前十个月就被搞定的时间晚点，被颠覆的将不是一列火车。

在德国是不能出错或者临时更改的，这将导致世界失事。

晚上8点钟，朗诵开始，我以为这是我一生到目前为止最辉煌的一场朗诵，一切都准备得那么一丝不苟，就像发生在表壳后面的一场梦。这个夜晚我感到虚无，几百行我在非理性状态下即兴而就的诗行被精确的德国箭头送达了目标。我很少有这种经验，诗被像钟表那样精确的组织过程最终传布出来，其间它经历了形而下到机械、呆板、严苛的做工，最后回到了形而上。皮特松了一口气，这场朗诵会非常成功。他在给我的一封信里说，这是他参加过的有史以来最精彩的朗诵。他组织这样的活动不止一次，他的时间表上有很多这样的活动，很多箭头，他是个杰出的组织者，他也是音乐家、乐队成员、诗歌爱好者和德国一家德中友协的负责人。

一眼望去，德国真是一个幸福的国家。已经完工的高速公路遍布大地，上面行使着五颜六色的奔驰或者劳斯莱斯，小宫殿般的红色或灰色的别墅，珠宝般散落在绿色丘陵之间。莱茵河已经不像河流了，而是一条被精致地绣过的飘带，蜿蜒地围在德国满缀着各种奢侈工业品的脖子上。有个火车站在杜伊斯堡的蓝天下闪闪发光。这个火车站与传统的火车站相去甚远，那是一堆不锈钢搭起来的钢架，起源于包豪斯的后现代风格，模仿了一堆胡乱堆砌着的三脚架。用最优良的钢材，故意将精致与原始的混乱组合在一起。大地已经被工业化捆绑得结结实实。大地不再指向自己，而是根据各种箭头指向各种用途。莱茵河指向航运，但我首次看到这条我早年在罗曼·罗兰的小说《约翰·克利斯朵夫》中读过的河流的时候，有些失望，它看起来不太像河流，而是被绿化得很好的码头或者风景区。童话中的风景被摆布在大地上，显得很不真实、很不自然。哦，这不是大地，是德国。

火车在各种道路之间行驶，穿过风景单调的区域，人们根据“更美的”或者“更幸福的”改造了风景，蜂巢般的红色村庄，黑教堂，打理得整齐有序的田野、湖泊……根据季节精选种植的树木，绿色的春，金红的秋等等，风景完全合乎理性。理性认为，这样的风景才意味幸福。对于我这种漫游过大地的乘客来说，德国风景真的是太德国了，以至于大地已经在这种德国风景中隐匿了。

这土地上的一切都是千年来德国历史不断追求幸福的结果。幸福之意义在各个时代或有不同，追求被上帝接纳的幸福，追求世俗人生的幸福，追求通过阶级斗争获得平等的幸福……但毫无疑问，幸福作为历史的目标已经成为一种德国理性。

幸福是一个德国箭头。

只要照着那些直线和箭头的指示去行事，世界就简单、方便，而且指向幸福。

德国理性不是纸上空谈、玄想、未来。它就是德国本身。

德国理性首先体现为做工。

有一次晚餐我因为对付一份德国牛排而浑身大汗，吃饭得用力和技巧。这在我是新鲜的经验。

每天吃饭的刀叉首先是武器、工具。吃饭像在切割，就像修一个工事。这与筷子很不同，筷子倾向于风度。

这是一个工人、战士和农妇的国家。在德国，我每天接触的朋友都是知识分子。他们无一不给我动手能力极强的印象。教授先生用餐完毕，立刻洗干净自己的餐具。参议员女士钻进车头下面看汽车是否漏油。马蒂亚斯·弗赖（Matthias Frey）是誉满一方的大师，与中国仙风道骨的大师不同，朗诵会开始前，我看见他打开一只随身带来的皮箱，从里面取出一堆金属工具，弯腰干起活来。

德国不是有一打以上的思想家和哲人吗？是的。我的意思是他们首先是工人、士兵或者农妇，然后才是康德、尼采、黑格尔、马克思、海德格尔、本雅明、阿伦特……他们首先是具有动手、做工之能力的人，然后才是文人。就像唐以前的中国文人，首先是农夫、士兵，之后才是文人。这一点与我很相像，我早年在工厂当了十年工人，我的技术曾经娴熟到可以磨出倪式钻头。

杜甫一日上树能千回。李白是登山家。陶渊明回到故乡，还能用锄头，他没有失去身体。那是中国历史上最完美的时代。宋以后，身体就被文逐步遮蔽了。

中国文化之衰落，与文人大都失去了身体，文胜质则史，手无缚鸡之力有关。

如果我说康德首先是个工人，中国文人恐怕不同意。他们总是将中国文人的斯文形象套在西方知识分子身上。我以为说康德是哲学工匠更为准确。康德的生活乃是一种精确的工人生活，而不是“草堂春睡足，窗外日迟迟”的文人生活。康德的传记可以证明。

工人、士兵或者农妇，并非泛泛之人，中国所谓的那种无目的的散人，他们都是有目标之人。

每个箭头都指向一格。

吃饭也是在练习分类 ，分类就是准确地抵达每个箭头所指的格。比如桌子上有一群杯子。每只杯子形状不同。因为用途不同，它们都暗藏着箭头和直线，指向果汁、水、啤酒、葡萄酒、牛奶，或者咖啡。你不能取消这些箭头，用一只杯子喝所有的汁液。在中国可以，在德国则意味着你将不会被雇用。

当海德格尔说思之路的时候，那是一条德语之路。但中国读者往往理解为语言之路。德语，有许多词格将混沌的意义限制在一个清晰的点上，那是一个个箭头。但汉语是圆的。

我的诗译成德语，句子变得很长。因为限制意义的助词增加了。

当德国思想家说人的时候，他的箭头所指是日耳曼人，而不是所有人。

身体一直是理性控制和改造的对象。身体从未退场，我经常感觉到德国身体。他们喜欢训练和规范身体，健美只是一种，还有站立的姿势，或者系围巾的样式。

这是一个被美或者幸福高度规范的身体，日常生活就像一场关于正确、文明、美学、优雅、民主、尊重他人等等理念的演习和表演。

我的印象是德国身体被训练过度，太规范了。

我有时候遇到来自东欧的日耳曼人，明显与德国的日耳曼人在风度上不同，他们纯朴而散漫。

德国人很做作。做作可以是一种传统，就像崇尚“忘机”也是中国传统一样。

这不是一个道法自然的民族。在有着强大的理性主义传统的社会，道法自然是野蛮的。

中国文化并不规范身体，反而在这种文化中，身体似乎隐匿了、弱不禁风了。

缠脚是非理性的、残酷的诗意。德国人对身体的规范是把人假定为士兵、工人或未来的圣徒。

在科隆，我看见那世界著名的教堂就在火车站外面。这个大教堂由一组磊叠密集的石块组成，每一块都精工打制，严丝合缝。这样的磊叠持续了六百年，没有一块偏离预定的线。落日时分，这座教堂风琴般的直立、坚固、坚硬，纹丝不动，高耸入云，就像瓦格纳的音乐，每一个细节都指向高处，无论深刻在岩石上的神像们的表情，还是装饰的纹路，全都一波波地朝向最高处，向下跌落的线条只是为着下一环更高。没有丝毫要摇曳多姿、迂回曲折、阴阳变化的迹象，每根线条都坚定不移地指向最高处。这座伟大的直线群在终端收缩为一个箭头 ，指向虚无。

做工本身就是在天堂。理论上说天堂是另一个世界，但事实是从来没有人从那里回来证实，能够证实的是为上帝工作本身。做工越好，越接近上帝。这或许就是德国箭头的奥秘。

上帝到场是因为那些最杰出的做工，科隆大教堂确实是一个伟大的场。

我聆听了大教堂的弥散，这座天主教堂的仪式像千年前那样庄严，细节或有改变，但营造崇高、庄严、敬畏和感激的那种功能从未改变。也许这是千年来最完美的时刻，甚至应用了现代技术，有一面彩窗由当代艺术家设计，他巧妙地抽象出传统教堂彩玻的特质，幸福被校正得更准确了。文明就是向幸福王国的一次次校正，就像校正钟表。

德国箭头指向幸福乐园，无数的德国思想都在思考如何抵达这个乐园。康德和尼采看上去似乎是不同的思想方向，但线和箭头这种形式是一样的。

但在中国，文明似乎总是在幸福与灾难之间摆动，文明并不绝对地指向幸福，而是指向道。因为幸福的意义太不确定了，别个时代以为是灾难的东西，另一个时代或许以为正是幸福，比如现在。阴阳太极，黑与白并非价值，而是状态。重要的是状态、在场，而非幸福与否。

理性化的幸福之路使理性成为一个个箭头。它指向何处并不重要，重要的是这样的一根直线和箭头无处不在。这是德国给我的深刻印象。

在终极上，德国与中国相似，都有一种虚无感，但德国的虚无在终结处，中国的虚无在当下。我揣测。

现实本身就是虚无，色就是空，虚无不在死亡那边。幸福与否无所谓，重要的是在着。

在着，是否具有意义无所谓，重要的是在着。而这是世界得以世界的最根本的目的性，除此再没有任何目的了，幸福与否是次要的意义。

幸福的德国已经成为现实了吗？

那是无数的指向不同方向的直线及其箭头所导致的复杂的迷宫。

也许它们自相矛盾。但它们都是直线和箭头。

要么跟着那箭头指向幸福，要么相反。

卡夫卡是恐惧的、迷惘的、迟疑的。对于工伤事故调查员卡夫卡来说，奔驰恐怕不是未来，而是恐怖的父亲。

他的写作指向德国箭头的反面。他怀疑这种幸福，但他依然是一个箭头。卡夫卡只是德国箭头的另一端而已？

我曾经在《从诗的蓝调开始》一文里说到某种乌托邦式的诗歌朗诵会，没想到在德国实现了。之后我回到深圳，参加另一场朗诵，海报和诗歌小册子一个月前就印出，媒体也公布了即将出席的诗人的名单，最后一刻，有位诗人来电话，说是不来了，主办方一笑了之。他是一个幸福的人，他因此而存在、孤独、傲慢、鹤立。我们倒因为目标明确地出席而获得一大堆庸俗的意义，那些意思是太喜欢凑热闹、出风头等等。

2011 年 11 月 21 日星期一在北京

法兰克福书展印象

秋天之末的德国法兰克福书展，确实有大丰收的气象。从大厅的电梯上一眼望去，人山人海，摩肩接踵，络绎不绝。德国的城市像西方城市那样，很难看到人，许多街道从黎明到夜晚，基本上是空无一人。大家都在房间里工作，更准确些，在电脑上工作。电脑、网络如今已经像纸那样普及化、日常化了。所以在书展上忽然看见那么多人，真是大吃一惊，以为全世界的人都来了。这令我这个作者非常欣慰，虽然电脑在一日一日蚕食着纸的王国，但喜欢看书的还是大有人在。德国喜欢看书的人太多了，我曾经在法兰克福前往柏林的火车上看见某节车厢，几乎人手一本都在读书，火车厢就像移动的阅览室。电脑便宜，大约二十本书的钱就可以买上一台。

比较之下，书相当贵。有一台电脑，就可以把半个图书馆放进去。方便是方便，但没有书架，没有发霉的书籍味，你那个家也太像穷山恶水了。茫茫荒野上，摆着一台电脑，就是里面塞满《红楼梦》《全唐诗》、莎士比亚、歌德、海德格尔、福柯、普鲁斯特……什么的，也还是荒得厉害。书不一样，一本就是一本，而且每本书的打开都是一个仪式。电脑没有这个动作，打开一吨经典你也是像个档案管理员那样乏味，整理目录、索引。书，我不说内容，这个家什，这种开封阅读的古老仪式，包括书香气息、翻阅浏览的快感、书签、折页、用一支漂亮的笔在警句下面画杠、批阅、注解，甚至揪出错别字……那种感受是电脑无法取代的。电脑普及的结果是，书越来越贵族化。那是一本书，总是令人肃然起敬。那是一台电脑，嗯，我会想到某位衣着寒酸、没洗手的打字员。

在各出版社的书架、柜台之间一眼望去，全是作者的大头像。一排一排地贴在书架上方，每个潜在姿势都是要显出自己大师的那一面。出版社对作者奉若神明，作者是大爷，出版社的衣食父母，出版社当然要供着他们。这种出版社与作者的关系与中国的出版社与作者的关系真是太不一样了，后者经常是，爱出出，不出拉倒。能给你出就不错了，你还要怎么着？出版社是大爷。当然也有例外，如果畅销，出版社可以代表一个组织跪下来。

无数的作者与读者见面会在大厅里举行，大师，新秀，一场接着一场，每场人不多，也就十多个。我的那场是法兰克福 ARTE 电视台举办的，40 分钟。朗诵我的诗和访谈。在此地没有人认识我，但开始的时候，现场也坐满了人。听众非常礼貌，没有人接听手机或者交头接耳，全神贯注，仿佛我是一个牧师。我看看访谈提纲，主持人为此做了认真的准备，不是来串场子的。出版我诗集的那家出版社非常小，摊位只有两米宽，这个出版社出版亚洲作家的作品，并不能赚钱，仅仅可以维持四五个人的生计，但出版社的老板热爱亚洲文学，这就够了。她有点毕恭毕敬，我很不适应。她说，她的出版社关注的不是那些国际化的流亡者，而是那些生活在祖国深处的作家。我本以为会有些祖国出版社的人来听我朗诵，我最希望他们能出现，前来参展的出版社甚至有出版过我的书的。这届法兰克福书展，被邀请的中国作家只有我一个。书展上的每一场活动全都有预告，而且都印成了小册子，人手一份。我想他们或许有兴趣了解一下，为什么在中国声名狼藉的诗歌在德国却受到尊重。在中国，我已经很久没有机会出版诗集，最近几年，只有民营小书店的老板自己出资为我再版了一本。诗集的前景并非如他们想象得那么不堪。但一个也没有出现，深感孤独。

中国出版社的展台在三楼，刚才还人山人海，到了这层楼，人们仿佛逃走了似的，安静、空旷起来。喜欢中国文化的德国人皮特无可奈何地耸耸肩，说，每年都这样。展位辽阔，出版社云集，书千篇一律。大多是关于中国风光、旅游或者看图识字的。这里没有作者，没看见一张作者肖像挂在外面。我看了一眼，不得要领。我觉得一个正常的读者不会对这些书太感兴趣。如果你不想去中国旅游，但你想知道中国人在想什么、如何想、写什么、如何写，及他们的审美趣味、他们的世界观、他们是怎么恋爱的、他们与现代世界的关系、他们的梦想与现实，这些书毫无帮助。而且很奇怪，大部分书是汉语版。德国有那么多懂汉字的人么？就算给汉学家看，这个展览的规模也太巨大了，我以为很浪费。当然，象征中国国家的存在倒是很成功，但这是一个怎样的存在呢？如果中国书店的德国文化类书架上只是些风光照片集或者旅游地解说词，又会有多少读者？在中国的，德国包括歌德、席勒、布莱希特、卡夫卡……德国给中国读者的印象，那是一个思想体系、一种生活方式、一种经典语言，一系列的诗人、作家、伟人、思想家……古典的，也是现代的，那是一个可以去留学的地方。而法兰克福的这个中国书展制造的中国形象仅仅是，诺，那是一个旅游点。许多展台只有书架，看不见工作人员。这在二楼那简直就是犯罪。他们哪里去了，不会是买书去了吧？

2011 年 12 月 4 日星期日

出国旅行之深度游指南

过去，如果你出过国呢，那就是一种资本。“我刚刚从伦敦回来”，很是令人羡慕、嫉妒，甚至肃然起敬。出国，那是何等的大事，那就是发迹、就是得到上级提拔、就是考起名牌大学……到过香港的不如去过东京的，去过东京的不如去过巴黎的。出国难，难于上青天。如今好啦，国民中有钱人多起来了，出国也没有什么“叛逃”的嫌疑了。在外国的大街上，经常可以遇到一个团一个团的中国人，大包小包地提着，从超级百货公司的云端趾高气扬地顺着电梯降下来。或者在风景如画的地区探头探脑，照相机响成一片。可是游了一趟回来，外国有些什么玩场呢，细数起来，无非就是购物、观光。这种旅游太吃亏，乘十多个小时的飞机，腰酸背疼，被时差搞得晕头转向，最后拖着两只塞得满满的箱子回家，清醒过来一清点什物，发现大部分的外语商标里都藏着一行CHINA，多费力。又看看照片，与在云南省、长白山、海南岛……照来的也差不多少。白去一趟。

其实呢，出国旅行，我以为大可不必跟着旅游团东奔西跑。旅游，那不仅仅只是购物、看风景，这种旅游太粗糙。其实你也可以把那些地方当成一所所学校，你可以看看在那地方人们是怎样生活的，与你的生活有何不同，就此悟出些人生之道，也说不定。

比如在美国：

你可以享受一下汽车停下来为你让路的待遇。这个待遇大家都知道，但是与跟着旅游团鱼贯而行的感受是不同的，比如你独自一人时，发现让你过路的汽车乃是一重型大卡车（比坦克还重），大力士司机高踞在驾驶室里哀求般地请你先走。你在国内患了汽车恐惧症。你大吃一惊，汽车居然停下来，让你先走。你不知所措，不敢动，等着它怒按喇叭。对不起，汽车上的喇叭基本上没人用，都生锈了。汽车总是静悄悄地开，总在为它侵扰行人的世界而内疚着似的。司机在等你过街，你太不好意思了，装着并不过路的样子，等大卡车走掉，才猫着腰飞快溜过。如此几番，过大街就放开胆子了，汽车恐惧症不治而愈。看着排成一条龙的汽车恭候着你，你发现你不是什么过街老鼠，你乃步行之王。

你也可以独自迈进一家餐厅。你发现那里的侍者已经年过六十。盘子端了一生，已经端到炉火纯青，大师风度。人家不是在这里混个饭碗，而是一生都在琢磨端盘子这个伟大事业。已经端出了风度、典雅、美感、诗意。你坐下来，慢慢地享受一位大师为你服务。嗯，先来杯咖啡，你看他为你上咖啡的那个动作，那个叫作斯文，美好的一天，就此开始。

在美国小镇（纽约就不一定了，这也是要老实说清楚的），你可以试试把你的包随便扔在一个地方，保证没有人会动它。我曾经在旅馆里把一个包忘记在房间门外，进门插了销就倒头睡去，醒来已过去 12 小时，清点什物才发现。天哪，我的相机，我的电脑……猛地开门出去找，这大傻瓜还在过道上待着呢。

如果你开会呢，会议就是享受而不是受罪了。那些会议没有什么领导致辞这一项，基本上没有领导，只有专家，决不会从“尊敬的某某长”开始。来开会的人都是要把这个会开到底的人。直接切入主题、深入讨论。比如我在美国，开的是与诗歌翻译有关的会，开了三天，我都不知道领导是谁，第一句话到最后一句话都在讨论诗歌的翻译，与会者都是真诚之辈，都有非常专业并琢磨多时的话题要讲。在国内，我也开过多次诗歌会议，大多数都是诗歌旅游团，诗歌乃是大家在会议期间集团保持沉默的话题。

你也可以买点小礼物。买什么并不重要。重要的是看店员怎么包装那礼物。她或他在这一刻忽然变成了艺术家，在收款机上手指飞舞起来，折叠纸鹤般地，把你的礼物用彩纸、丝带包扎成另外一个礼物，里面是礼物，外面也是礼物。无论你买的礼物是便宜或者贵重，经他们这么一包装，礼物就更贵了。贵的意思不仅仅是指钱，这也是贵。你顺便注意一下他们如何找零给你，那一定是把多余的钱放回到你的手心里，决不会啪地扔在柜台上。

听听叫作“谢谢”的音乐吧，这种音乐用各种不同的音调，从早响到晚，那真是最美妙美国蓝调。

你可以享受一下排队之美。排队的意思，并不仅仅是人多需要排队，人不多，就是只有两个人也要排队。排队是对权利的尊重，排到的人，你得等着他把他的事情做完、做好、做妥，做到心满意足。这是他的位子、他的时间、他的权利，在此一刻。不必着急，不必担心有人催你、按喇叭。店员只盯着你，只为你做你要做的事。决不会左顾右盼，看看有没有熟人需要插个队什么的。绝不可能有人此时敢插进来打断你的待遇，绝无可能发生职员忽然拔出手机来接电话这种事情，或者把你的事情办到一半的时候，又接另一个人的事情来办，同时办若干人的事。你的事情就是耽搁半小时、一小时，下一位也得彬彬有礼地等着，你不必有丝毫歉意，OK！这是你的位子。

你可以享受被信任的乐趣。比如信用卡，美国的信用卡是不用密码的，卡一刷，签个名，奔驰轿车你开着就走。你账上没有钱？或者别人盗了你的卡，那也是一样，你自己负责。信任你，就是你可以为自己的一切行为买单。自然啦，一旦发现你不能买单的时候，你就失去信任，失去信任在中国没关系，下一站去混。在美国你就完蛋了。

你可以欣赏那些挂在屋宇外面的牌子，“这是私人的领域，禁止入内”。那种庄严、神圣、安静。什么是暴力拆迁，没有这个词，也无法翻译成英语。

要是还有时间，可以看看美国工人是怎么干活的。大家都知道美国富裕，但那可不是上帝把馅饼扔在美国。那都是美国人一榔头一榔头地敲出来的，早上5点钟，从新泽西到曼哈顿的高速公路上赶着去上班的汽车已经水泄不通了。美国人工作的时候，那真的是埋头工作、心无旁骛、技艺超群、一丝不苟。美国的富裕不是粗陋的暴富，那是有很高技术含量的富裕，富裕的程度越高，技术、文明的程度也越高。富裕是一种文明，富裕也是哲学的富裕（比如杜威的思想）、文化的富裕，比如安迪·沃霍尔、劳森伯格，富裕并不仅仅是一只装钱的袋子。我曾经在美国的一个小镇仔细观察一家 1846 年开业的毛纺厂出品的外套的做工，这个厂的作坊是可以参观的，如果你买产品，就免费参观，如果你只是参观，就得花 3 美元。一位店员带我去参观，她先交代，你不能和工人说话。工人在缝纫机前工作的样子，那绝不是在熬苦工，他们是在创作一件件衣服。热爱自己的工作，从清洁工到签支票的百万富翁，在美国是普遍现象。工作不是为了“先富起来”，不是过河拆桥、打一枪换一个地方、哪里钱多投奔哪里的机会主义，工作就是生活的乐趣，首先是做工的幸福，然后才是报酬的幸福。美国是一个以工人为基础的国家，我说的工人不是无产阶级意义上的，是“做工”的这个工。美国的服装，基本上是由各种各样的工作服演变而来。无论这是一个演员、诗人、政治家，或者商人，他首先是一个工匠。在传统的美国人中，几乎家家都有自己盖房子、修汽车的本事。我参加一个诗歌活动，美国女诗人与中国女诗人完全不同，后者基本上是一群林黛玉。前者，我认识两位，都已经近七十岁的人了，还在写诗。开着汽车来参加会议，老太太坐在汽车方向盘前，伸直脖子，先看右方再看左方再一次看右方，然后一蹬油门蹿上高速公路的样子，绝对是最专业的司机。当然，深度旅游，游到这里也太深了，先打住。

挂在脸上的古茨包

纽约长岛地区有个超级购物中心，环形的，周边是一家接一家的名牌商店，中间是停车场。这里的名牌商店，据说都是厂家直销。所以经年累月，顾客川流。

都是名牌，但只是在古茨店的门口排着长队。顾客要分批入内。排队的人，一望而知大部分是中国游客。隔窗望望，觉得里面那些浑身印着字母的浅咖啡色的包包真是难看，唯一的特点是显眼，老远就可认出，哦，古茨。这东西可不便宜，就算是店家直销打六折七折，也是上千上万的东西，可进去的顾客基本上个个都是财大气粗，怎么都要提着两三个包出来，多的提着七八个，像买面包一样，也算是世界奇观。看着人们喜气洋洋，像是挎在脸上似的提着大群大群的古茨包从玻璃门后面拥出来，其精彩就像看鲸鱼喷水。就奇怪，上百家商店，家家都是名牌，何以单单钟情古茨？

一方面，古茨意味着材料、做工的一流。在中国，名牌就是做工好。非名牌往往就是理所当然的价廉质次。另一方面，古茨是名牌里的名牌，中国观点，古茨一到，其他就不是名牌了。崇拜名牌的心理，世人皆有，中国略胜一筹。细想了一下，也许和中国的面子文化有关，名牌是一种身份和地位的象征，拥有一个古茨的象征性大于实用性，只有傻瓜才会买个古茨包只为结实耐用。打六折的古茨包，拿到中国，那象征要增值多少？象征下面，其实是个算盘，这种中国式计算很奇妙，人民币换算，价值却是象征性的。是这么算，在国内卖一万的古茨，在这里只花六千，赚了四千。这是算人民币。还有象征性资本，手腕挎着价值一万的包，那就是一张显眼的皮包名片，自动介绍你是成功人士，贵族、中产……面子大了，走进哪个场合人们都刮目相看，嘘寒问暖，不敢小看。我有个朋友开皮包公司，一穷二白，借辆名牌轿车开着去谈生意，签合同就比较顺利。小汽车只在中国才称为轿车，交通那么堵，小汽车却供不应求，那是交通工具吗？那是一乘乘轿子。算盘打到底，象征其实不是虚无，古茨可以周转资金。

这种面子文化，近年发达到疯狂的地步。以最小的代价获取最大的象征，金玉其外，败絮其中，已经成了许多事业的潜规则。豆腐渣工程，人们以为只是偷工减料，其实更可怕的是，以偷工减料来维持象征。垮掉、露馅的那些还不可怕，可怕的不是豆腐渣、败絮。可怕的是木渣、棉花（嗯，我也玩点象征）。这些东西比豆腐渣稍微结实一点，露馅的时间也会晚一些。比如现在许多小区，只是象征了欣欣向荣、经济发达，但没有丝毫人气。房子还没有卖出去就垮掉这是万幸，可怕的是十年以后还空着，只因为人们发现谁也没法住在象征里。比如现在的开会，设计会场的心思超过了开会要讨论的话题。会场是面子，媒体曝光的要点。许多会议，开幕式一过，要人都走光了。留下那些没有发言权的家伙们继续开会，胡说八道，无关虚荣，也就宽松些。

比如现在的城市建设，基本上不是从身体、生命、生活的立场考虑，而是从象征去考虑。只考虑城市象征什么风貌，不考虑身体在其中的感受，一味的高大宽阔、雄伟豪迈。象征很壮丽，人的处境很丑陋。几年前号称西南最大最现代的昆明火车站，设计者将车站出口设计成鲜花簇拥的喷水池，旅客只得从两边狭窄的小道出入。春运一来，这样的火车站就是现成的灾难。刚刚完工剪彩使用，立即招来骂声一片，只好把喷泉砸掉改成广场。批评者只说这是设计不周，在我看来，这是更隐秘的偷工减料。设计者的设计思想本身就是偷工减料的，只想着城市的大象征，火车站一出来就是诗意的喷泉，象征着美好幸福的生活。却减掉了火车站最基本的功能——流通。不从这个工程最重要的功能流通考虑，而是从车站完工时剪彩的效果考虑，重视的是车站的象征，才设计出如此糟糕的车站。我甚至怀疑工程师先生在画图纸的时候想象中的车站使用者都是领导而非旅客。这种偷工减料的可怕在于，它减掉的是以人为本。以象征为本，而象征又以领导的好恶为本，而许多领导的好恶又如此简单，只是一个雄伟、壮丽与否。雄伟、壮丽，在今天，其实只是个巨额资金得以运转的算盘。为城市设计一个菜市场能运转起资金么，不能，也没有象征价值。所以我们时代的建筑大师们，没有一个为母亲们设计过菜市场。

在纽约长岛的超级市场买古茨包的人里面，本地人很少。美国其实没有名牌，名牌在实用主义的美国不是象征，名牌就是做工，做工是一个制度而不只是德行。古代中国也有无数名牌，但靠的是普遍的德行，比如北京的内联升。美国的做工真是没什么可挑剔，随便什么东西，精致、牢固、耐用、放心。瞧瞧波音飞机上那些配件，行李箱滑合时的咔嚓一声。如果不是太爱面子的话，在美国，根本不必买什么名牌，在做工上，都是名牌，只是古茨的广告做得更强大而已。美国的现代化开工已经两百年了吧，现代化是一个大活计，材料和做工非常要紧。如果现代化只是完成一个象征，而做工倒在其次，那将后患无穷。

从长岛回来，车子经过 1883 年完工的布鲁克林大桥，在东河边远眺，桥的外表真是丑陋，已经锈迹斑斑了，像条挂在天空中的垂死恐龙。但看不见的做工非常结实、精良。河流在下面，逝者如斯；桥上，无数汽车信赖着桥，川流不息。有人说，实用主义毫无诗意，我不苟同，从身体、生命、生活出发的实用可以抵达诗意的象征。所谓彻底的形而下才会抵达形而上，彻底、纯粹的有才可以有无相生。布鲁克林大桥的做工激发了诗人的灵感，“你的巨缆吹静了北大西洋 / 幽暗，就像犹太人的天堂 / 你的奖赏……你授予的无名爵位 / 连时间都无法解除……”（哈特 · 克雷恩）从实利主义出发的象征只看事情是否有利可图，无关生命之美妙。所以，古茨包挂在脸上，暗示的只是财大气粗。

2010 年 10 月 31 日星期日

爱因斯坦之故居

在普林斯顿，朋友要带我去瞻仰爱因斯坦故居。我青年时代就心仪爱因斯坦，他的那些非物理学的言论在写作上给我良多启发。

即刻想到代表团、大轿车、停车场、五星级宾馆、车如流水马如龙，游客毕恭毕敬、鱼贯拥向那个恐龙般的巨大建筑（世界著名的设计师设计的）……里面，占地最小的故居被重点保护起来，只能隔着红色丝带远观，手稿、遗照、家具，伟人用过的牙刷、枕头、沙发、假牙……导游用各种语言背诵着赞美诗般的解说词，照相机喊成一片……

爱因斯坦一生最后20年在此渡过，这是一笔多么巨大的象征资源、旅游资源。绝好的爱因斯坦主义教育基地，国家民族之大光荣、大面子、大象征。爱氏之名声有多么宏伟，这个故居的建筑规模就应当有多么宏伟，在所不惜地宏伟，几个亿几个亿地宏伟。

我听说，爱氏辞世前立过遗嘱：

“我死后，除护送遗体去火葬场的少数几位最亲近的朋友，一概不要打扰。不要墓地，不要立碑，不要举行宗教仪式，也不要举行任何官方仪式。骨灰撒在空中，与人类和宇宙融为一体。切不可把我居住的绸商街 112 号变成后人朝圣的纪念馆。我在高等研究院里的办公室，要让给别人用。除了我的科学理想和社会理想之外，我的一切，都将随我死去。”

伟人的遗嘱又怎么样呢，还有比弘扬国家荣誉、教育后代更重要的事么？有关部门完全可以重新规划，让故居的象征资源得到最大的开发，一本万利的何止是门票收入。

相对论之信徒恐怕仅次于各宗教，且其教义超越宗教，遍布全世界的小学生课本。

到了！我下车后，站在人行道上，在哪里啊，伟人故居？茫然四顾，老街道上只有一排被一个个小花园环绕着的普通楼房，没有哪一栋在摇旗呐喊。那边！朋友指着某处说。扑了一空似的，墨镜几乎从鼻梁上滚下来。

那边，街道上看不见一个人，某栋两层楼的白色小屋，被门口私家花园的栅栏围住，旧的，甚至都没有粉刷一下使它稍微显眼一点，还有点脏。栅栏门上挂着块小牌，写着“私人属地”。牌子很小，不注意都看不见，但威力无穷，谁还敢越雷池一步？白宫也不敢。

这就不能进去啦。绕一圈都不行，张望也看不见什么，毫无动静，灰乎乎的玻璃窗后面，似乎大师还活着，正在午睡。

朋友提议给我照张相表示到此一游，取景的地方都没有，得跑到街对面去才可以照到全景，等着汽车飞驰了一阵，一得空便飞过街道，赶快按快门。可惜还是照着某辆汽车的尾巴，左下角模糊了一片。

如此斯文

一个小摊贩，乡村靓女，卖山茶花的，违章在街边摆摊，城管过来就打就砸就抢。

这个倒是司空见惯了，中国特色嘛。

可怪的是，大家在诸如飞机场、银行、商店……之类的地方，也会偶尔违章，比如随地吐痰，但谁敢打我？

更可怪的是，城管违章后，怎么就没人敢打？

小贩哭着回家去，大胆些的也只是写个状子。

如此斯文。

如果盐巴都出了问题……

在核电事故和抢盐事件中，有些舆论认为，一方面，体现了日本作为公民社会的冷静有序，另一方面，中国走向公民社会还有很长的路。我觉得这些舆论还是只看到事情的表面。

在最近再次经历一场二战的大灾难面前，日本确实很冷静，冷静到冷酷的程度。据说福岛核电站是由几十位 50 岁以上的人在里面坚守、清理。而且有人已经死了。对如此残酷的事情，公民的日本社会的反应好像是理所当然。我对这种事情很难接受，我已经在 50 岁以上了。这意味着最危险的事情，日本的态度是可以由那些身为爷爷奶奶父母的人去承担。在中国的道德文化中，这种事情有违孝道。起源自西方理性文化的公民社会的道理之一是实用，50岁以上的人，没有利用价值了，赴死也是应当的。就想起那部日本电影《楢山节拷》中年轻人将老人背到山上去等死的凄凉场面。这是理性的还是非理性的，很难说。在中国文化中，就是爷爷奶奶们自愿组织敢死队，儿女们也不准啊，否则有何颜面面对江东父老、列祖列宗？我的意思是，公民社会也有各自不同的文化背景，而文化（其实它的创造力恰恰来自非理性的冲动）更使“公民社会”不是那么简单地非此即彼，模式统一。公民社会不是孝为先，而是理性为先，如果在“少年中国”的时代氛围中成长起来的新一代中国精英也像日本公民一样，以为《楢山节拷》顺理成章，这意味着“孝”道在中国已经岌岌可危了。今天，“少年中国”“救救孩子”已经不是一百年前的口号，已经成为现实，“孝道”“五十岁以上的中国”正在被市场和城市化日益边缘化，（我在80岁的老母过生日时去市中心给她买件衣服，走过中国多个大城市，找不到她的“时装”，几乎所有时装只为青春和成功设计。）这种前景对于中国是理性的进步还是非理性的？

精英们借抢盐事件再次对中国民众进行了鲁迅式的指责，“丑陋的中国人”再次使许多精英获得了“比你较为神圣”（林毓生语）的优越感。但是事情也不是那么简单，为什么那么一个缺乏常识的谣言能够迅速扰乱人心，仅仅是因为民众愚昧么？当时，我有位朋友拒绝去商店抢盐，他的理由是，盐巴就是天，如果盐巴都出了问题，那么就不是抢几包盐的问题了，那就是天要塌了。他相信天不会塌，杞人忧天，一笑了之。但是，这些年一而再、再而三发生的许多事情，使“杞人”越来越多，因为这些事情都是与“天”有关的事。比如，毒奶粉（报道说香港的奶粉都断货了，因为不信任大陆生产的奶粉）、食物农药超标、地沟油、苏丹红、医疗黑幕、毒大米、瘦肉精。（公司只是道歉了事，大不了某位替罪羊坐几年牢，但倒霉的食用者就可能买了彩票“中大奖似的”生病、患癌、死掉。）比如拆迁，出门一趟，回来你的房子就被扒了……这些事情，都是关天之事，民以食为天嘛！（食是象征性说法，包括衣食住行等等日常过日子的基本资料。）如果这个天得不到社会的决不容丝毫含糊的保障，社会如果听任那些肇事者应当就地正法的事情长期泛滥，此起彼伏，屡禁不绝。（意味着无可奈何？这种事情任何社会都无法杜绝，但在我国，肯定是超过概率了。）那么，就怪不得民众成为“杞人”。如果人对天已经发生疑虑，日常生活像抽签一样，没吃到瘦肉精算你走运，那么“盐巴吃不得了”的谣言一起，民众想到的就是“叫天天不应”，只有自己为自己负责。那些抢盐的人其实不是愚昧，他们只信任自己的经验。

最该抢盐的日本没有抢盐，很简单，他们相信就是地震了，天也塌不下来。

地震、海啸已经过去，但是核电站依然在肆虐，世界有点无可奈何。我以为这种伟大的高科技成品应该有超自然的本事，不是有官员说可以保证一万年嘛。30 年前，我们还崇拜东芝、索尼到疯狂的地步，现在已经觉得国货比日本货更牛了。自信当然很好，但保质期一万年，哪位顾客可以活到那个时候来证实？当年福岛核电站建造的时候，也是信誓旦旦，保证万无一失的。如果它老实告诉人们不确定，谁还在福岛买房子？有位日本妇女说，如果早知道核电站会爆炸，她是绝对不会住在那里的。即使那个岛叫福岛。

唯一可以证实的是，福岛的灾难，用来救它的东西是最古老的水。载过挪亚方舟的那种水，这东西可不是高科技。

如果水出了问题……

福岛核事故的启示

核电站是人类为自己建造的漂亮死神。这个死神的复活只是时间问题，它有一个开关，只是等着某只手来开启而已。这次是地震这只巨手。

人类并没有汲取原子弹的教训。原子弹爆炸在日本积累了对付化学武器的经验，现在却正好派上用场。真是见了棺材也掉了泪，抹抹泪，继续建棺材。

地震也会导致死亡。但这种死亡是人类存在于大地上的先决条件，你要活在这个大地上，你就得接受地震。老子曰，天地无德，大地不是为人类的目的而存在的。核电站导致的死亡不同，这是以“德”为目的的死亡，核电站给人类带来利益，但这个利益是以死亡为代价的，死亡永远处于一触即发的状态，说穿了，所谓核电站，就是立在地面的一颗颗原子弹而已，无非其开关方式与原子弹不同。

大地没有地震那就不是大地。但大地上没有核电站还是大地。

人类知道地震，但依然可以在大地上活下去，人类顺天承命。没有人会因为存在着地震、海啸而逃离。道法自然，也顺应它的死亡方式。顺应生命被抛入世界的“被抛性”。

福岛地区的一位女士说，若果早知核电厂会爆炸的话，她一定不会住在这个地区。注意，她刚刚经历了大海啸，但她没有说，如果早知道地震、海啸的话，我一定不会住在这地区。这位日本妇女很诚实，这种死亡我们无法接受，很冤枉。她当然知道地震、海啸先于知道核电站，她的祖先就知道地震、海啸。

很简单的真理，人类可以死于地震但不能死于核电站。

有位俄罗斯核专家叫人们不要大惊小怪，说是福岛比切尔诺贝利事故轻微多了，我建议他即刻就前往福岛，敞开肺叶呼吸一番。专家们总是强调这是技术问题，他们忽略了这里面暗藏的世界观问题。

在缺乏电力、秉烛夜游的古代世界同大量用电但死亡也一触即发的现代世界之间，倾向何者，我以为这不是技术科学的问题，而是一个世界观的问题。

秉烛夜游显然是不可能了，这将遭到不只是技术的抵制，而是整个人类图书馆的抵制，但我们还是可以重温一下古典作家莎士比亚提出的那个问题，我到底是谁？我从哪里来？我到哪里去？

2011 年 3 月 17 日星期四

“甘当一个零”

——读杨绛先生答记者问有感

我很喜欢杨绛先生的书，曾经一读再读，微言大义，春秋笔法，炉火纯青。当中国多数身为作家和受害者的当事人还在对“文革”王顾左右的时候，她已经秉笔直书之了。我相信在她那一代人中，她是少数几个将要不朽的作者之一。

近日是她百岁生日，《文汇报·笔会》采访：“杨先生，您一生是一个自由思想者。可是，在您生命中如此被看重的‘自由’，与‘忍生活之苦，保其天真’却始终是一物两面，从做钱家媳妇的诸事含忍，到国难中的忍生活之苦，以及在名利面前深自敛抑、‘穿隐身衣’，‘甘当一个零’。这与一个世纪以来更广为人知、影响深广的‘追求自由，张扬个性’的‘自由’相比，好像是两个气质完全不同的东西。这是怎么回事？”

大师说：“这个问题，很耐人寻思。细细想来，我这也忍，那也忍，无非为了保持内心的自由、内心的平静。你骂我，我一笑置之。你打我，我决不还手。若你拿了刀子要杀我，我会说：‘你我有什么深仇大恨，要为我当杀人犯呢？我哪里碍了你的道儿呢？……’我甘心当个‘零’，人家不把我当个东西，我正好可以把看不起我的人看个透。这样，我就可以追求自由、张扬个性。所以我说，含忍和自由是辩证的统一。含忍是为了自由，要求自由得要学会含忍。”

一百岁的人了。电视镜头里，写写读读，周围兰茂书香，其人儒雅高贵、淡泊慈祥。却不料一开口，这位中国大师就说到刀子，“人家不把我当个东西”。可想见一辈子是如何的含辛茹苦、忍辱负重。一代人杰，却只想当个零，为避开刀子而忍着。“要求自由得要学会含忍”。一般来说，自由是不忍的结果。忍出来的自由，倒也是一种地方性知识。自觉地把自己处理成某种零，不仅仅是杨绛老师的人生之道，恐怕也是20世纪中国许多知识分子的人生之道。杨绛先生的零并非空洞无物。只有做零状，她才能自由地做自己想做的事情、写自己想写的书、说自己想说的话。这就有点像别号地基破坏者的鼹鼠，表面只是一个洞，下面却深入地髓。“甘当一个零”，成就了杨绛，零后面的那个杨绛，乃是100000000。但我还是深感悲哀，地灵人杰，稀有如杨绛者，为什么不能像露天煤矿那样，堂堂正正，一就是一，二就是二呢？为什么他们总是些出土文物？想起王勃，“十旬休假，胜友如云，千里逢迎，高朋满座。腾蛟起凤，孟学士之词宗；紫电青霜，王将军之武库。”那人生是何等磊落！其实在杨绛先生答问的字里行间，我感觉到的不是老人百岁的释然，而是淡淡的苦笑，她只是把刀子之类的戾词吐得更轻、更慢，更温雅些而已。

夜得数语：杨绛能忍 只因头上悬刀一丝

默存突围 全仗书中管锥万卷

甘当一个零

我估计世界上的文学大师，在100岁的时候还在使用诸如刀、杀我、杀人犯、深仇大恨这类词语的……恐怕不多。

悲夫！悠悠诗国，戾气何重之至此！

想起一些最后的话：

司汤达：

“安眠于此，他曾经活着、写作、恋爱。”

普希金：

“这儿埋葬着普希金，他与年轻的缪斯爱神做伴，

慵懒地度过快乐的一生……”

歌德：

“群山　一片沉寂

树梢　微风敛迹

林中　百鸟缄默

稍待　你也安息……”

2011 年 7 月 18 日星期一在昆明

垃圾桶

我经常看到人们把垃圾桶做成熊猫、青蛙等等各种动物的形状或者房子、蘑菇、汽车什么的。垃圾桶的样子倒是好看了，只是往里面倒垃圾的时候，心里面常常不适，把垃圾倒进一个熊猫的肚子、一只青蛙大张着嘴里去，感觉肯定不会舒服。而且为了照顾形象的逼真，那些接受垃圾的嘴不能张得太大，因此倒垃圾很不容易，经常有人倒不进去，所以那垃圾桶周围经常一片狼藉。

人们的意思是要把垃圾这种丑陋的东西用美遮蔽起来。美作为一个工具、面子，用来遮蔽丑陋的事实，已经成为一个传统，又何止是倒垃圾？人们一定要把我们的生活装饰成没有任何垃圾的样子，经常搞这种欲盖弥彰的事情，结果往往适得其反。垃圾不但没有被遮蔽起来，反而那情况比垃圾本身更糟糕。孩子们看到垃圾往熊猫的肚子里倒，他们在逻辑上怎么把爱护动物和垃圾桶协调起来？他们如果可以适应的话，那是非常可怕的。

在西欧，我看到垃圾桶就是垃圾桶，一个个做得又大又结实，一看就是垃圾桶，使用起来非常方便。同样，他们也不把艾滋、吸毒、妓女这些事情遮蔽起来。在有些旅馆里面，甚至把马桶设计成公开的。

中国的文化传统是只承认生活的雅，不承认生活的俗。高雅的目的是为了遮蔽庸俗。因此高雅很不高雅，撕开一个角，马上俗不可耐，庸俗躲躲闪闪，登不得大雅之堂，但总是令雅兴难堪。承认垃圾乃是存在的一部分，没有垃圾的世界是不存在的，就是亚当、夏娃，每天也有一堆垃圾要处理。垃圾在世界上应该有它自己堂堂正正的位置，它不是人类的耻辱，而是存在的必须，因为存在既是高雅的存在，也是垃圾的存在，如果生活的目的只是为了证明这个乌托邦不存在垃圾，那么这种生活是虚伪的生活，难免总是处于漏洞百出、名不副实、阳奉阴违的尴尬里面。

炼油厂后面的文化冲突

某些大型工业项目一再遭到民众的质疑和反对。当事者以为这仅仅是环境安全问题、技术问题，相信科学，一切都可以解决。往往担忧民众对这些现代化项目的无知。比如炼油厂，当事者列举了许多数据，以及这些项目的西方起源地的成功案例。对此，完全可以确信无疑。炼油厂确实可以建造在距离居民区 400 米的地方。事实上，就是福岛核电站周边也曾经安全地居住过一代人。

但是，就是最自信的当事者也无法保证“万一”的不发生。这个万一，与地震、火山、海啸导致的“万一”不同，天地无德，这种“万一”乃是人必须接受的，人一旦被抛入世界，那就是他与生俱来的命运。这是大地的一种。人类学会以此为乐，在与不可知的游戏的较量中创造了文明。但是炼油厂项目的“万一”并非人必然的命运，没有炼油厂，就不会有“万一”。

被当事者忽略的是，这些项目并非仅仅只是一些图纸、技术、材料、操作规则等等，只要照办就行了。这些项目后面有一个历史悠久的文明，而这个文明与中国这种道法自然、“原天地之美”“民以食为天”的文明不同，这种文明习惯于将自然视为一个开发对象，资源、材料，可以一再地被重新摆布、设计等等。在这种文明中，大地乃是负有原罪的人们的流放地，生活在别处，天堂在来世。“夫大块载我以形，劳我以生，佚我以老，息我以死，故善吾生者，乃所以善吾死也。”（庄子）“人之初，性本善。”（孟子）与信任人和大地的中国文明不同，人因为负有原罪而不被信任，因此一方面是上帝、教堂威慑、感召下的敬业精神、“富人进入天堂比骆驼穿过针眼还难的”的信条；另一方面是事无巨细地都被纳入契约。经过千年的实践这种制度已经相当完善，如果它对人性的压抑忽略不计，那么这种制度可以高度信任。我的意思是，炼油厂项目其实是一种基于西方历史和文明的制度，而如今，这种从拼音文字翻译过来的项目被远涉重洋安置在异国他乡完全另类的语境中，它的制度依然是有效的吗？反对者的疑虑其实正在此。而事实上，人们看到的正是这些制度如何在本土一再地被修改、人情化、关系化、偷工减料等等“去上帝化”的所谓“中国化”，例如生产奶粉的制度，如果其图纸乃是荷兰独创，其原旨乃是人类乃上帝羔羊的话，那么在中国某个企业那里，它早已成为不可信任的无良者的奶粉利润投机活动。

在我们这个时代，文化的力量被严重低估，文化仅仅被理解为意识形态的各种宣传样式，或者茶余饭后的插科打诨，甚至产业之一。而1966的“文化革命”，已令中国文化遭到重创。最近四十年的拆迁运动，更令传统文化的生活载体面目全非了。确实，一个满脑袋子曰诗云的书呆子曾经自得其乐的中国世界已经在空间上消失，但并没有在时间上消失，文明已经成为血液、基因，文化依然通过汉语和民间社会私人世界中的无文秘传承着。这种传承最显著的迹象就是人们依然迷信“原生态”（“低碳”，一个粗陋的西方术语，在这方面，中国文明早已有无数美妙的说法）。迷信“野菜”“土鸡”，也就是迷信“天”。“天行健，君子自强不息。”只要中国人依然讲汉语并使用汉字，那么，源自西方的那些工业制度永远要被怀疑，因为在这种文化中，人与大地的关系是“顺其自然”“知足常乐”“大块假我以文章”。

我注意到当事者对引进炼油厂的主要解释，是因为汽车数量的增加，汽油供不应求。当事者忽略了这种解释后面的虚无主义后果，这意味着炼油厂将无休无止地建下去，人们的肺部将永悬着“万一”的达摩克利斯之剑，永不安心。汽车、炼油厂都是空间消耗运动，而空间是有限的，就算连星球也计数为人类可以利用的空间，那也有耗竭的时候。而“知足常乐”“道法自然”却是一种基于时间的世界观。而过去五千年的经验，这种世界观恰恰成就了一种伟大的文明和美好的生活世界，在这种文明中并没有汽车或炼油厂，但也并不意味着幸福从未降临中国，汗牛充栋的文献都表达了对这种文明的感激（比如诗人苏东坡的《赤壁赋》）。我的意思并不是要完全回到那个今天看起来已经成为“乌托邦”的过去，而是以为可以反思，基于 1840 年的教训，也许必须足够的原子弹、航空母舰，但是我们必须有这样多的汽车和炼油厂吗？为何不可以发展公交车之城、自行车之城（这也是西方文明的经验，但我以为是可以“生生”的经验）……这样做完全无损于所谓“现代化”的面子或生活质量，完全可以美好地安居乐业。知足常乐、“大块假我以文章”作为一种世界观，在中国这个人口众多、地面有限的世界并非一种保守的诗意，乃是一种深刻的经验。中国先人一直试图将人的欲望和竞争保持在诗意、至善的范围内，曾经导致了一个诗国、道德伦理之国，这绝非一种小国寡民式的天真，乃是一种伟大的世故。

民众也许对某些现代化项目无知，但对于他们要如何生活在这个世界上却绝不无知且经验丰富，不需要别人指手画脚。许多炼油厂项目的反对者居然引用似乎早已虚无缥缈的古代山水诗歌来表达不满，以诗意的“天地有大美而不言”为由来反对强悍、现实的工业项目，颇有螳臂挡车的味道。但别小看这种诗意，它源自一种古老的知识、经验和世界观。20 世纪的西方知识界已经在整合它们。就世界观来说，工业化及其意识形态在许多方面都已经过时了，如果本土由于 1840 年以来的自卑感依然盲目地膜拜某些已经过时的世界观继续重蹈覆辙，那么今日的丰功伟绩不过是明日的灾难和废墟。

没人让你

我去银行存点钱，人多，好不容易排到我，前面的人刚走，我没有及时填补空档，低头数了一下，后面一位已经一个箭步填上去了。

在一条轿车那么宽的小巷子里步行，后面来了辆车，那位司机大人跟在我后面不停地按喇叭，我无处可以让他，也飞不起来，只好赶紧跑，披头鼠窜了，我相信那个司机从前也是步行的，他恐怕从来不敢对前面的步行者按喇叭，开辆汽车，怎么就觉得整个世界都得为他让路了。有一日我去巴黎的一家文具店，进门的时候一个青年在后面碰了我一下，我下意识地退一步，让他先走，但那个青年已经非常羞愧地退回两步，非常抱歉的样子，搞得我非常激动，我已经习惯于谁也不让你。

中国过去也是奉行温良恭谨让的社会，与西方某些方面是一样的。在西方国家的街上，如果你要过街的话，汽车会停下来，司机微笑挥手，意思是，您先请。电梯上，所有人都靠左站，右边空出来给赶时间的人走。我小学时学过的一篇课文，叫作孔融让梨，把好的、方便的让给别人，好像曾经在中国也不是什么需要大力表彰的美德。良知、常识而已，你是个人么，你就得有这点起码的规矩、礼貌。是的，革命不能温良恭谨让，革命的出发点是由于这个国家落后、腐朽、苟且、挨打。国防科技绝对不能温良恭谨让，但在其他方面，例如邻居、老人、妇女、儿童、病人……温良恭谨让并不落后腐朽，而是一个社会的起码良知。但情况是，革命之后，一切都军事化，刺刀见红了。温良恭谨让在今天，大家嘴上不说，内心恐怕很鄙夷。奉行这种教条的恐怕总是没有竞争能力的迂腐憨戆之辈。更高，更快，更强，这个时代追求的是“更某某”，不独体育界，到处都是奥林匹克，温良恭谨让简直是反动。人们奉行的是唯利是逐，作为市场经济时代，唯利是逐不可厚非，如果依法守纪的还应当鼓励。但有许多事情，并非什么巨额利润，不过是一个门的宽窄、先一步后一步而已，也要竞争、奥林匹克、互不相让，你看看在中国公共汽车站，哪一趟公共汽车到来的时候，那些刚刚还呆若木鸡的人不立即成为拥挤项目的选手？也许匮乏、座位少是个原因，过了这个村就没有这个店了，可是，住店的不只是你一个人，还有父老乡亲么，是不是该温良恭谨让？有部电影叫《冰海沉船》，说的是曾经发生过的事情，船沉的时候，救生圈很少，但获救的并不是船长本人，而是妇女和儿童。我曾经目睹三个人在一辆空车的门前挤到谁也进不去的场面。这种场面司空见惯、麻木不仁、习以为常，这个民族就有大问题了，富起来比温良恭谨让还重要？时间就是金钱，但分分秒秒都是钱，就没有一秒针温良恭谨让一次？有些道理说着我自己都觉得无聊，不就是 1 + 1 = 2 的问题么。如果温良恭谨让已经不是天理良知，可以从家长那里自然习得、养成，不是家教的结果，而必须通过学校来教育、考试，通过法律来制约，就太恐怖了。

普遍的互不相让，结果是真正该当仁不让的时候倒没有人见义勇为了。报纸上经常说到的那些冷血围观别人溺水的观众，那些见死不救的医生，不消这时候才发现他们冷血，我相信那个在小巷里按着喇叭催我快走的司机，那些门一开就一拥而上的人，在需要当仁不让的时候，他们都会退避三舍、逃之夭夭的。

一个人有无良知不需要“国难识忠臣”，从你对谁按喇叭就可以看出。

过马路的时候你必须与汽车抢路，我指的是有斑马线但没有红灯的地方。大人与汽车抢路也罢了，我经常看见，当幼儿园或小学生的队伍过路的时候，这个国家的汽车并不停下，而是把他们冲断成几截，孩子们像惊散的麻雀，分开小手，惊慌地跑过马路再拉起来。司机完全麻木不仁，孩子们也习以为常，他们将来也会这样开车。

过马路也就罢了，如果是在剧院里，发生了火灾，没人让你，大家争先恐后，再加上中国特色的“领导先走！”而你是儿童、妈妈、爷爷、祖母、女士、残疾人……你怎么办呢！只有听天由命，这倒是一个不朽的传统，什么革命也是到此为止。

魅　力

诗是语言导致的魅力。

中国曾经有过一个强大的崇尚魅力的传统。以前别国给中国的绰号之一是“诗国”，就是这是一个崇拜魅力的国度。古老的汉语就是一种招魂的语言，某种程度上，我们依然在用7000年前刻在甲骨上的文字写作，这些文字从前都是用来记录巫卜的。

诗人屈原很自信，作为楚国的头号巫师，他深信自己“身既死兮神以灵，魂魄毅兮为鬼雄”。果然。我们至今在五月的一天还要焚香纪念他。

杜甫：笔落惊风雨，诗成泣鬼神。这意思是说，诗是招魂的，要有魅力。

唐朝诗人刘希夷有名句“年年岁岁花相似，岁岁年年人不同”，传说其舅宋之问欲据为己有（他要据别人创造的文字招来的魂为己有），刘希夷不干，宋之问无可奈何，就派人将刘灭掉。他明白，要夺取他人的魅力，只有灭口。

“文革”流行的“灵魂深处闹革命”，就是要祛魅，革那些不可知的命，“别以为我们不知道你想什么”，但最终无可奈何，所以也盛行灭口。

《蕙风词话》里面有个故事，说的是宋代诗人李之问遇长安名妓聂胜琼，彼此很有好感。但李之问已婚。“饯行于莲花楼下”，李之问走后，聂胜琼寄来《鹧鸪天》一阙：“寻好梦，梦难成。况谁知我此时情。枕前泪共帘前雨，隔个窗儿滴到明。”李之问还在路上就收到了这首词，“藏于箧底，抵家为其妻所得，问之，具以实告。妻喜其语句清丽，遂出妆奁资夫取归。琼至，即弃冠节，损妆饰，委曲事主母，终身和悦，未尝有间隙焉。”诗的魅力至此！

有些前科写诗的，后来挣钱去了，赚得个钵满，开着轿车回来。怪了，浪子回头，还要来写诗。不是已经成功了嘛？诗还在勾魂。自掏腰包开作品讨论会，与会者都说好。但会后心里面还是不踏实，魂不守舍，这个好是钱好还是诗好呢？这就没有办法了，笑而不答。

好！说出来也是诡秘得很。比如当年在昆明翠湖公园图书馆附近，沈从文正在散步，有陌生人从柳林楼阁之间逸出，鬼魅般地立定鞠躬，您的文章，我读过。好！然后飘去。沈大师进了图书馆，又发现他的书，被翻得账本似的，烂兮兮的，不知道是谁看过，看得这么狠。

许多诗人追求了一辈子的“好”，但心里从来没有踏实过，研讨会滔滔不绝，获奖无数，但总觉得这个世界在蒙他。好，无法量化、打分、颁奖，这是人心深处看不见的秤砣。

魅力只可意会、不可言传，就是你言传了，也不见得就有魅力。但你还是要言传，也许有一天会被鬼撞上。诗成泣鬼神。

在中国，魅尚未消逝。因为魅植根在汉语中，依然在用“老物精”的语言说话。

汉语中魅的意思有二：吸引人的神秘力量。鬼怪。《说文》说，魅，老物精也，也可以说就是古老事物的灵魂。魅字的声符是未，《说文》说，未，味也。六月滋味也。五行，木老于未，象木重枝叶也。意思是有某种味道，枝叶幽深。

本雅明讲的“灵光”与魅有某种相似。“一种奇特的时空交织，一种独有的、无论离得多近都总是带有距离感的表象或外观”（the unique phenomenon of a distance, however close it may be）。“夏日午后休息，对着天尽头的山峦或头顶上播撒树荫的枝条凝神追思，直至这个凝思的时刻与之所关照的事物的物象融为一体——这就可谓吸纳了山峦或枝条的灵光。”阿多诺认为“灵光”是“体现出超越自身的某种东西”。在一篇评论陀思妥耶夫斯基的文章中，本雅明第一次提到“灵光”。他认为《白痴》这部小说“表现了人类和民族充分发展的形而上学法则之间的绝对相互依赖关系。因而，人类深沉生命的任何冲动都能在俄罗斯精神的灵光中找到其肯綮。对这种处于自身灵光中的人类冲动进行表现，使之无所挂碍，自由地悬浮在民族性中，而又与民族性及其地点不可分离，这或许就是这个作家的伟大艺术中的自由之精髓”。

本雅明的感悟基于“机械复制的时代”，工业文明的祛魅席卷欧洲，“灵光消逝”令他忧虑。纳粹德国的矛盾是，它的方向似乎是返魅的，这甚至吸引了海德格尔。但其结果却是毁灭性的祛魅。无数古老的教堂在战争中被机器炸毁，战后德国重建教堂，但是魅力可以重建吗？那些“夏日午后……山峦或枝条的灵光”。

其实荷尔德林早就意识到灵光将逝。这比“上帝已死”更可怕。灵光来自人类更古老的游戏，来自那些古老部落迷信万物有灵，文身，戴着面具招魂，魅力无穷的现场。祛魅，说得通俗点，就是不好玩了。一切唯物，不再游戏。世界一切都标准化、量化。兑现而不是显现。从孔子的“仁者人也”到亚当·斯密所谓的“契约动物”，“仁者人也”靠的是看不见的“慎独”，契约则一清二楚的钱物两清。世界越来越容易掌控，也意味着不再有诗意了，不好玩了。

昆明曾经有巨大的旧货市场，充满魅力。有一回我带住在法兰克福的皮特去里面找旧音箱，他大叫一声，发现了一对德国箱子，1975 年的产品。懊恼运回去不容易，恨不得移居昆明。买了一只钟，一个老花眼镜盒。第二次来，人还没有落地就问这个旧货市场。我平常一到星期六就去里面淘旧书，许多旧版书，便宜得吓人，居然敢卖 5 元一本。去年我调入云南师范大学，就是前西南联大，立即带领学生去淘书，迅速建立了一个“古老的”小图书馆，柜子里全是旧书，已经出过几批人才的样子。现在崇拜焕然一新的图书馆，看上去像是文盲们附庸风雅。书肆一带散发着霉味，似乎有幽灵出没。有一次淘得绿布封面的《汉园集》一册，以前也淘到一册，丢了。忽然想到，李广田以前就是云南大学的校长。

他来昆明，或许会带着一批书过来吧。昨天再去，已经拆迁，郁闷。说是搬到一个更远的地方，魅力、人气搬得过去吗？

1940 年 9 月 27 日，本雅明在西班牙一个边境小镇自杀。我注意到他最后的信件里面，1940 年 8 月 2 日致阿多诺的那封信有个附言："请原谅这令人痛苦的全名：这是官方的要求。"这个细节很有意思，本雅明与阿多诺是好友，他的意思是本该只落更亲密的"瓦尔特"。

这也许是他写给阿多诺最没有魅力的一封信。里面说："从马赛领事馆得到了一封信，这使我又重新看到了希望之光。这封来自领事馆的信可能会允许我去马赛。（事实上，我还不能决定是否应该和已沦陷领土的任何领事馆取得联系。在德国未占领波尔多之前，我寄到了那儿一封信，得到的答复虽很诚恳但未做任何表态：所需文件还在巴黎。）"

就像一份文件。

2014 年 4 月 14 日星期一

民以食为天

老话说：民以食为天。中国与以神为天的社会不同，非常注重当下、现实、在场，注重一日三餐。“一日三餐”有着天的地位，一日三餐稳固、安全了，天就塌不下来。而通过一日三餐，人又能抵达形而上的“味道”。饕餮与知味在中国都是从一日三餐出发，但一个在形而下，一个在形而上。天人合一，从一日三餐的天出发，可以抵达人的精神世界之味。味这个词，在中国不仅是一个厨房概念，也是一个哲学概念（姑且在哲学的广义上说）。可以说，中国之形而上，中国之道，讲究的是体味，而不长于冥思、空想、虚构。体味，词典解释说就是：体味道的哲理，体察道理。没有体，味就不存在。体是天，味是人。天人合一，才有味，才可以味“道”。

否则要么是面包，要么是冥思。味道，味关乎道、关乎天，这是一种中国深刻处。《列子·天瑞篇》说“有味者，有味味者”。味味者，可以说就是思想者。“满纸荒唐言，一把辛酸泪，都云作者痴，谁解其中味？”（《红楼梦》）“安贫乐潜，味道守真。”《后汉书·申屠蟠传》，真不是脱离存在、大地、一日三餐的抽象玄思，味道守真必须在它的源头——很庸俗的一日三餐之来源上，道法自然，回味、品位、寻味、吟味、玩味、况味、味谏（黄庭坚发明的词）……以超越现世的乏味、腻味、无味、倒胃口、味同嚼蜡、“瓦不成味”《礼·檀弓》……抵达生命的鲜味、趣味、意味、韵味、真味、美味、三味……

民以食为天，什么都可以塌下来，食这个天决不能塌下来。像长征那样靠吃皮带、草根度日，靠意志、精神支持，摩西率领以色列人出走埃及式的壮举，只是个案。依着这条路一意孤行，就是“文革”那种局面，宁要社会主义的草，不要资本主义的苗。“文革”不是别的，“国民经济濒临崩溃的边缘”，很简单，就是天要塌了。邓小平的英明，在于女娲补天，补的就是“民以食为天”。不争论，白猫黑猫，先补起天来再说。

现代中国，受西方文化影响，总是有一种追求形而上与形而下分裂的冲动，尤其是在思想家们中间。风气使然，鄙视一日三餐成了某种精英文化的特征。积弊是，思想一味地与人生脱节，味同嚼蜡，人们已经不关心那些哈贝马斯、德里达、萨伊德、新左派、老右在嚼些什么了。人们关心的是自家的餐桌，关心的是这只汽锅鸡不是土鸡？这碗过桥米线是不是用了吊白块？这个鸡蛋炒番茄用的是不是地沟油？这种关心与1979年不同，那时候关心的是面包有没有？如今关心的是味之道是不是真，是不是有假（毒食品就是造假）？从有无到真假，意味深长，这也是一种中国“味道”（哲学）的微妙变化。

当代中国总是担心思想之乱，热衷于统一。其实，思想是无法统一的，思想统一，无非“众口一词”。但是人心依旧叵测。沉默并非默许。一旦让人讲话，就会发现那统一史不过是阳奉阴违。近年网络兴起，过去被阴着的一面暴露出来许多。事实证明，让人说真话，天并没有塌下来，似乎还有补天之功。

真正可怕的倒是天塌下来。在中国文化中，五味与五行对应，战国时期，邹衍就创造了“五德终始”说，五行配五方（东、南、西、北、中），五行配五色（青、黄、赤、白、黑），五行配五味（水配咸、火配苦、木配酸、金配辛、土配甘）。五行配五音（宫、商、角、征、羽），五行配五星（金、木、水、火、土五大行星），五行配五征（雨、阳、燠、寒、风），五行配五藏（脾、肺、肾、肝、心）。如果金木水火土，咸苦酸辛甘已经不可信任，道所法的自然已经不可信任，天就要塌下来！

这是一个怀疑的时代，人们已经不信了，人们怀疑爱情、怀疑友谊、怀疑合同、怀疑长者、怀疑真理、怀疑主义、怀疑历史、怀疑概念、怀疑答案、怀疑未来，甚至怀疑DNA……但没有比这种怀疑更可怕的了——这是不是最后的晚餐？

乱世不是思想混乱之世，百家争鸣，就是思想混乱。思想混乱，只要天不变，“民以食为天”这个天不变，天不变，道亦不变，天就塌不下来。如果人们日复一日地处于对一日三餐的怀疑中，水是不是污染了？鸭蛋是不是用工业盐巴腌制？盐巴是不是有毒？大米是不是转基因了？蔬菜洒农药了吗？鱼可以吃吗？空气可以呼吸吗？喝牛奶是不是会结石？大米是不是用蜡上了光？住了三代人的房子是不是明天就要被强拆……这才是最危险的乱世。

乱世需用重典。吾国的近世的传统总是热衷对思想异端用重典，自由思想总是很压抑，对言论的恐惧、收敛、隐喻化已经导致了中国思想的平庸、萎缩。“文革”难道不正是中国思想的空白区吗？或者对那些海洛因毒贩用重典。而对那些打着美食、美味旗号，为利润（只要能搞到钱，不顾一切，怎么都行，已经成了一种“政治正确”。）而更广泛地、间接地、隐喻式（名不副实）地危害消灭生命的刑事犯罪轻描淡写，以致许多在一日三餐上制造谣诼、乱世的毒贩以为通过假广告和食物贩毒、制毒的后果大不了就是道歉赔偿了之。为什么不用重典呢？对那五十多种毒食品的毒贩、那些地沟油制造者们为什么不处以极刑呢？他们直接威胁的似乎不是思想，但是比思想异端更严重，他们在危害人民的生命安全，他们在翻江倒海。“菽粟如水火”（孟子），水能覆舟啊！

民以食为天，食不可信之日，就是天塌之日。

哦
大海　你不能收回你的彼岸
我的存在需要一个永不怀疑的庇护者

——于坚《沙滩》

牧童遥指杏花村

这个时代造了一个新词，叫作城中村。百度一下“城中村”，官方资料说，这些地区城市化进程相对滞后，人口密度大，外来人员相对集中，违法建设、违章建筑和私搭乱建严重，市政基础设施匮乏，房屋破旧，环境脏乱，社会管理混乱，城市公共安全隐患多。已成为困扰城市化进程的“痼疾”。这还是比较克制的说法，在媒体上，城中村声名狼藉、藏污纳垢、脏乱差、黑社会、色情温床……好像那些村庄，是天外飞来的妖怪，硬插在城市眼睛中的钉子，必欲除之而后快。已经成人人喊打的过街老鼠，舆论使拆迁运动理直气壮，即使过程中时有粗暴残忍，引起人们的同情、愤慨，但对最终拆除城中村势在必行是没有异议的。现代化就是要消灭城中村，已经成为GDP发展的一个指标。

上学时去乡下实习，老师总是指着这些“痼疾”，告诉我们何谓“牧童遥指杏花村”“柳暗花明又一村”，农民伯伯的家。乡土中国，几千年的经验都是，乡村先在，城市后来。杏花村居民天生不喜欢高楼，否则过去数千年中，以他们的智慧，早就盖了，何须学美国。现在忽然疯了，“违章建筑、私搭乱建”，一定要把自己的杏花村搞到乌烟瘴气、暗无天日。城市化也许是势在必行，但历史也要尊重。别假装不知道，把城中村说得似乎天生就是垃圾堆。城中村，始作俑者不是农民，而是城市化，这个是非不能混淆。很简单，那就是失去土地的农民，断了土地这命根子，要靠房子活下去。后来者不为先在者考虑，占了人家的土地，没有丝毫良心上的不安，却还造出“城中村”的恶名，使拆迁占地运动理直气壮，天理何在？如果确实是为了公共利益要消灭城中村，公共利益是否也包括先来后到？如果在这方面稍微有些内疚，拆迁运动也不会那么惨烈。没有对具体的、个人利益的尊重，一家一户一人之利益的尊重，公共利益就是空洞，很容易成为巧取豪夺者的幌子。人民不是概念，是由一个个血肉之躯组成。唐福珍事件的教训是什么？公共利益，但不包括唐福珍。

城中村果真是藏污纳垢之地么？五星级宾馆，衣冠楚楚，同样在纳垢藏污。一味夸大城中村的某些现象，已经使这种夸大成为一个谣言。城市不仅仅是一堆建筑物，城市就是生活世界。今天中国新城市最明显的特点就是，传统的生活世界消失了，崭新的荒凉。宽阔明亮的大街、高楼大厦，超级市场，没有为“脏乱差”留下丝毫的余地，洁癖患者的乐园。生活的载体焕然一新，但生活是旧的，在旧世界生活了几千年的中国身体，一时半会还无法在新世界中醒来，适应。好比忽然被空降到新泽西，生活意识依然是旧意识、旧习惯。存在分裂，存在但没有存在感。陌生、孤独油然而生。搬进了新家，感觉却像是被抛弃了。

从某条光线阴暗、建筑物挤做一团的小巷进去，世界忽然亲和起来，人气旺了。我发现在大街上已经消失了的传统中国在都市里的村庄继续着。卖花姑娘、串街小贩、缝纫店、补鞋匠、菜市场、小吃摊、杂货铺、棉花铺……全躲在这里，逃难似的，那个洁癖之城消失的一切，都躲在这里，其乐融融。人们甚至在这里唱花灯、听京剧、下象棋，乡村寺庙香烟缭绕，叫卖声此起彼伏，茶馆居然还在烧开水。可以当街散步，站在街中央发呆。春节、元宵、清明、火把节、中元节、八月十五、冬至……过得毫不马虎。有一家卖清汤蹄花的已经卖了四十年，因为他是在自己的家里卖，不是租的房。你要说脏乱差，那也是脏乱差，自由，散漫，一团乱麻。但生活就是乱麻，快刀斩乱麻后的世界，历史证明已经是白纸。雅斯贝尔斯把西方那些新小区称为兵营。张择端清明上河图山寨版，已经没那么自在坦荡了，有点鬼鬼祟祟，有点惶惶不安。拆字像一把达摩克利斯之剑，悬在一线天上。

单就建筑说，如果以西方小区的标准来衡量，那么确实只一个字，拆。但是，如果换个角度，从以人为本的角度，那么城中村很成功。如果人不是抽象的而是具体的，那么城中村建筑家恰恰是最优秀的建筑家，因为他们植根于中国传统的栖居方式，以人为本，是以住在此地而不是彼地的游客、检查团、参观团的安居为本。城中村的建筑标准很简单，现代材料，但遵循传统，老吾老以及人之老，幼吾幼以及人之幼，因地制宜，怎么盖都行。建筑五花八门、高低不齐，止于经济条件，止于芳邻，实用、好在、好玩。它没有国家建筑普遍的光辉伟大象征，其貌不扬，却满足了人性最基本的需要，住在这里的人没有孤独感，整个村庄是一个来者不拒的大家庭。确实很挤，捉襟见肘，光线不好，没有煤气、下水不畅等，这一方面是宅基地盖高楼所至，也由于城中村出现初期，地方政府在这方面的无政府主义。我估计中国还没有建筑学家研究过城中村的建筑学，我估计《美国大城市的生与死》的作者会佩服这些乡村建筑师，他们的建筑正符合那部书里面向往的人性建筑的指标，比如街道宽八米左右最人性。比如人性化街道是你上学的路上总是会遇到与你微笑的鞋匠。虽然看起来有些丑陋。但这丑陋也不是乡村建筑师愿意的，当他们鹦鹉学舌的时候，总是很丑陋。

相对于中国新兴城市的焕然一新的呆板、同质化，装模作样的经典风度。城中村真是有“后现代”风格，解构的、松弛的、亲和的，城市人气最旺的一角。人气不是商业气。两者都很热闹，人气的热是靠安心、开心、顺心、称心凝聚起来的。

都说要尊重群众的首创精神。我以为城中村正是现代化进程中农民建筑家的一种首创，使用了最新潮的现代建筑材料，又将传统中国的栖居理念融合其中。首创，在中国这个有着迷信历史和经验之深厚传统的中国，一般是少有人敢于冒尖的。因此，首创在中国，大抵都是走投无路的结果。

求救的信号

——读小学生的诗有感

我很荣幸受邀参加2012年小学生诗歌节，因此有机会看到许多孩子们写的诗。这些诗，就我看到的来说，质量很高。我不以为孩子们只能在一些所谓的“快乐天真的儿童主题”下写诗。这次写诗比赛的题目，有些是在当下的教育中不大会出现的，或者说缺乏诗意的命题。比如《电梯》，日常的事物，在教育看来或许毫无诗意。其实正是在这个主题的许多诗里，我感受到孩子们对于这个大人强加于他们的物质世界的真实感受，而且是较为复杂生动的感受。如果不是因为孩子并非一心一意地写诗，因此语言的力度还弱，那么我认为在感受生命和世界的深度和出人预料上，他们确实比大人深刻，惊心动魄地诚实。

今天的教育太伪善了，而这种教育的目的似乎正是为了遏止孩子们的天真、诚实、诗意。写诗使孩子们解放了，这恐怕是他们写下的唯一不需要标准答案的东西。作业、考试、分数、书包，甚至学校在孩子们的诗歌中显而易见地看出是绝对的贬义词，几乎与魔鬼同义，教育当局为什么从来没有注意到这一点呢？这些“祖国的花朵”一旦可以自由地写，却像大人那样说话，写考试之可怕、学校之压抑，写下岗女工。“晚上／不用上课了／减去一点烦恼／梦里／看到了仙女／减去一点烦恼”“妈妈／我想对您说一个秘密／为了到达假期这个游乐场／必须穿过考试／一座好大好高的山”“在我的文具盒里住着很多精灵／橡皮精灵，黑笔精灵，蓝笔精灵，铅笔精灵……它们都会武功／每天都帮我消灭邪恶势力／每当邪恶势力中的语文作业大军进攻时／我的黑笔精灵就会用它的铁砂掌／把语文作业大军消灭”“这个礼物独一无二／那就是：永远永远不写作业！”“同桌／你是一个真实不加掩饰的人／如果对方很笨／你绝不会说他聪明／即使他是校长的儿子”。也许会问：“这是应当出自孩子们的笔下吗？”过于矫情，为什么不呢？这是他们的生活世界、他们的存在状况。其实孩子们什么都知道，他们明白“你们的教育”。一旦准写，比如在“诗歌比赛”这样的自由天地而不是课堂作文里，他们想些什么，他们梦想什么样的世界，以及教育在他们心目中是个什么形象，立即昭然。孩子们在这样的教育下，从小就被迫做两面人，他们在诗歌中所表达的世界、感情和爱憎，永远不会在他们的课堂作业中出现。

20 世纪中国“历史虚无主义”“维新是从”“生活在别处”的主流文化反映在当代教育中，就是教育总是在支持一种与生命和存在无关的伪天真，知识脱节于生命，学校成为脱离生活世界的“彼岸”。更可怕的是这个乌托邦并非基于一个马克思所谓的“自由、天真、人类童年的”希腊式彼岸，而是基于某种标准答案的“塑造”。这种答案的前提是假定视受教育者为绝对愚昧，蔑视他们的经验和常识，蔑视天真、诚实，将受教育者在标准答案下量化为规格统一的知识容器。如今，这种塑造已经粗暴简单到仅仅是分数的塑造。主观思想改造式的教育或许还可能导致怀疑，例如我们这一代人（我曾经是 1966 年的小学五年级学生）的教育，而通过分数进行的“量化式”“客观化”塑造，则几乎杜绝了对这种教育的任何怀疑。分数就像物理一样，绝对真理。

许多诗之所以令我震撼，是这些诗在正常情况下似乎不应该来自孩子们的想象力。孩子们恰恰没有去关心泰迪熊或者什么白雪公主，有的孩子甚至提到“下岗的母亲”！这些诗与教育背道而驰，教育拼命维持一个分数乌托邦以杜绝孩子与生活世界的联系。但孩子们似乎是顽固的现实主义者（他们居然是现实主义者！关心着教育拼命要回避的现实世界），他们拒绝教育所指望的“分数天真”，他们的想象力依然自由，或者比正常情况下更为自由。一旦脱离教育对想象力的控制，回到生活世界，被压抑着的自由想象比在正常教育中培植的想象更为猛烈大胆。读这些诗，我欣慰的也仅仅是在这样的“分数”统治下，孩子想象力也许非常逼仄，但并没有丧失。但这就是孩子们想象的整个世界吗？如果世界是一片大海的话，孩子们似乎只是在一个小岛上挥手呐喊，这些诗看上去更像是一种求救的信号。

你太农民了

都说中国是个大国，只是到了春节，才知道也大不到哪里去，再大也就是一个家，而且每家都在看电视，而且只看一个频道。我平常不大看电视，每到春节，看看电视倒成了乐趣。又是一年，看看那些歌啊舞啊亚克西啊又闹些什么。嗯，我们的生活日新月异，当了一年华侨的人回到老家，北都找不到了。电视节目倒像故乡一样，还是那些老面孔、老嗓子。

就看见小品在演农民。今年演的农民还算好的，甘于平庸，没有一门心思想着哗众取宠，恶搞老农。观众没有笑够，所以恶评如潮。仿佛不寻点开心，不开涮下什么，不笑个一塌糊涂就过不了春节。倒让人以为是不是一年都不开心。过去的春节，不是以开心为主，倒有些庄重，朴素、安谧、拜天地、敬鬼神、闭门思过什么的。但这个小品表现的农民形象，还是20世纪以来的那个基本套路，怎么看都有点阿Q的影子。那个小品的意思是，农民作秀，捐三千，愚昧，多按一个0成了三万。又要保住面子又心如刀割，贫嘴、狡猾，Q！年轻人看了这台晚会，他可能努力要成为刘谦、王菲那样的人物，谁愿意成为那三个土疙瘩笑料呢？

在每个家庭刨根问底三代以上其祖先必是农民的中国，在最农民的中国，农民居然是个贬义词。“你太农民了！”是一句用来贬人的汉语熟语。鲁迅笔下的阿Q，不知何时起已经被教授们解释成中国农民的传统形象。网上随便一搜，便可见这类汗牛充栋的高论：“阿Q精神实际上就是以传统农民为主体的个体小生产者整个不健全心理状态或习惯……”“质朴愚昧又圆滑无赖；率真任性又正统卫道；自尊自大又自轻自贱；争强好胜又忍辱屈从；狭隘保守又盲目趋时；排斥异端又向往革命；憎恶权势又趋炎附势；蛮横霸道又懦弱卑怯；敏感禁忌又麻木健忘；不满现状又安于现状……”“得过且过，昏天黑地硬胡混，混一天是一天。愚而诈、呆而坏、刚而奴是他们共有的心理习惯。”这是不是鲁迅的本意，不知道。当年《阿Q正传》连载时，“有许多人都栗栗危惧，恐怕以后要骂到他的头上”，这些人不是农民，而是读书人。但阿 Q 也确实是个“乡下人”。无论如何，鲁迅的阿 Q，只是他个人虚构的文学形象。却被当作传统中国农民的现实形象，流毒甚广。现实里有这种放之四海皆准的形象么？本质主义对 20 世纪的中国影响至深。农民，那是汪洋大海，岂止赵庄一个阿 Q 可以概括。比如云南高原上少数民族村庄中的农民；比如辛弃疾词“醉里吴音相媚好，白发谁家翁媪。大儿锄豆溪东，中儿正织鸡笼。最喜小儿无赖，溪头卧剥莲蓬”里的农民；比如摄影家吕楠在《四季：西藏农民的日常生活》中拍摄的那些农民，我敢肯定他们之中没有一个阿 Q。就是在绍兴乡下，恐怕与阿 Q 水火不容的闰土式农民也不在少数。阿 Q 如雷贯耳，可我们身边的阿 Q 是谁？恐怕完全符合标准的一个也找不到。阿 Q 在现实生活里子虚乌有，某些导演却一塑造农民形象，就或轻或重地把他们朝 Q 席对号入座。

20 世纪 50 年代，一些作家试图塑造农民新形象，他们不再是阿 Q，而是革掉了阿 Q 之命的新农民。但埋下了一个伏笔，阿 Q 依然是农民的典型形象，他们要再生，只有革命一途。当革命不再是乡村社会的首要任务，乡村重返传统的勤劳致富、过殷实小日子的老路，阿 Q

是不是又回来了呢？嗯，那些小品调侃的正是当代农民。字母有 26 个，调侃一下赵庄那位 Q 未尝不可，但用一个 Q 代表其他 25 个，且年复一年地调侃挖苦，恐怕不是“止于至善”。

阿 Q 家喻户晓，但也有关于“乡下人”形象的其他看法。社会学家费孝通在《乡土中国》一书中的研究，我以为比较靠谱。“靠种地谋生的人才明白泥土的可贵。城里人可以用土气来藐视乡下人，但是乡下，‘土’是他们的命根。在数量上占着最高地位的神，无疑的是‘土地’。”全书语气没有丝毫居高临下、批判、调侃、挖苦、同情的语气，在中国，倒显得另类了。米勒的《拾穗者》异曲同工，农民被画成大地上的圣徒。印象派大师凡·高也画了许多农民，画劳动之舞，画劳动时穿的靴子。凡·高画的可不是“勤劳致富”的农民。勤劳，而没有致富，是不是劳动就应当被抛弃呢？中国今天普遍是这么想的，在这种价值观的引导下，乡土中国毫无尊严，无数村庄人去楼空、自惭形秽。劳动就是劳动，劳动着是美丽的，致富不是劳动的唯一目的，失去了劳动的富裕是贫乏，凡·高赞美了劳动的无用这一面。20 世纪西方哲学伟人《存在与时间》的作者海德格尔高度赞美凡·高这双沾满泥巴的破靴子，为此写了长篇论文。

海德格尔斥责那些城里人，他们“在村子里，在农民家里，行事往往就跟他们在城市的娱乐区‘找乐子’一样。这种行为一夜间破坏的东西比几百年来关于民俗学的博学显耀所能毁坏的还要多”。

《存在与时间》的作者还说：“让我们抛开那些屈尊俯就的熟悉和假冒对‘乡人’的关心，学会严肃地对待那里的原始单纯的生存吧。”

2010 年 2 月 22 日星期一

牛奶是好的。但是对不起，我只想喝水。

有些小孩对牛奶深恶痛绝，一喝就吐。但大人总是强迫他们喝下去。因为大人的观念，牛奶对健康有益。小孩不喝，大人不仅认为违反观念，而且面子上很是过不去，连娃娃都管不住。事实上，许多中国孩子的体质排斥牛奶，但牛奶还是那么畅销，可想见有多少小孩在受罪。

忌讳事实本身，忌讳存在，观念和面子盛行。知先行后影响甚为深广。只讲观念，不讲观念与存在是否契合，是否指向事实本身。以某种观念通过强权暴力去对生活世界削足适履很普遍。观念更被利益作为牟利的旗号，冠冕堂皇地上演了许多生搬硬套的惨剧。

比如那些鬼城，哪一个会承认其初衷就是为鬼而造？其观念当然是“给你们更美好的”。

鬼城制造者无不自命真理在手，他们比原住民更懂得何谓美好生活，他们是先知，比你较为神圣。这个更好的不是来自对居民的存在、传统、历史、经验、人性……的体察，而是来自图纸，观念于它并非因地制宜、量体裁衣的理性选择，而是非理性的依样画葫芦。许多小区，用的是美国小区的图纸、新加坡小区的图纸……那些外来的设计图依据的是该地方的传统、经验、历史、世界观与上帝的关系等等，移植过来，只剩下图纸，没有对存在的尊重，没有世界观。现代化的就是好的，已经成为一种观念。只要打着现代化的旗号，怎么干都行，只认施工图的推土机可不管那在灰尘中轰然倒下的是一个个盘根错节、血肉相连的生活世界，这个世界住的是人，是已经创造出无数四合院、画栋雕梁、琴棋书画、花鸟虫鱼、正堂里供着孔子牌位、尊重天地君亲师的人，而不是连房子怎么盖都不知道的鬼。

在世界观上，现代化难道不也是与非现代化一样，无论进步或守旧，只是要止于至善，安居乐业么？而什么是止于至善、安居乐业，“上有天堂，下有苏杭。”传统中国早已局部地回答过这个问题，现代化只是以新的形式和材料全面抵达而已。守旧，如果可以安居乐业、止于至善，为什么不能守着呢？

汽车，在许多城市，早已不是交通工具，而是观念、面子。它象征现代化。它是面子：轿车。已经不是再修几条路的问题，而是空间上已经塞不下这么多叫作汽车的砖了，还要造，还要买。汽车创造的利润已经成为死亡之源，完全不顾这个事实本身。

艺术界也盛行观念艺术，所以展览的前言很重要，解释，自圆其说，为什么这么画。画什么超过了如何画。在古代中国，如何画是第一位的，画什么是其次的。王季迁先生在谈论古代中国绘画时，强调的是笔墨，没有笔墨上的创造，无论如何搜尽奇峰打草稿，总是二流。但这个时代流行的是“笔墨等于零”。一部分中国当代艺术虽然靠题材上的怪招赚了大钱，但在笔墨上毫无建树。弗洛伊德不是题材，而是画法。八大山人也不是题材，而是笔墨。

整容盛行。观念认为只有某些脸型才是美的，这些脸型被电视、电影、大众趋之若骛。网络上有一个帖子，说是如果将食指搁在下巴与鼻头之间，指头碰不到嘴巴的才是美人。这显然依据的是西方人的高鼻子。转发这个帖子的作者并不指出这一点，令读者以为这个模式放之四海皆准。以这个标准，中国人能达到的恐怕不多。

发帖者不知道的是，在19世纪的法国，在艺术家中曾经盛行模仿中国人“呆若木鸡”、面无表情，以此为美。以表情生动、挤眉弄眼、耸肩摊手为平庸。

许多教材将鲁迅撤去，观念变了，以和为贵，据说鲁迅先生的愤世嫉俗、斗争哲学会对青少年产生不良影响。但是，撤去鲁迅，乃是现代汉语的巨大损失，鲁迅的伟大在于他不仅仅是一些观念，鲁迅首先是一位白话文写作的语言大师，然后才是思想家。他首先是一种经典的白话文，一种有效地为我们时代命名的“笔墨”，他的白话文是现代汉语的基石之一，白话文写作的合法性因此再也无法动摇了。我以为，就是那些古代的文言文大师从坟墓里爬出来读鲁迅，大约也无话可说。鲁迅的某些观念我是不同意的，但是不得不佩服他的“笔墨”，当年他骂梁实秋，梁实秋并不见得就比鲁迅理屈，但是梁实秋的“笔墨”确实太软，他为另一些观念所困，比如“文质彬彬，然后君子”。

面子可以说是观念的世俗化。给个面子，意思意思，不在于事情本身如何，而在于这件事情的象征性意义、隐喻。无论事实本身如何“败絮其中”，“金玉其外”的面子一定要维持到底。许多会议，领导进来坐几分钟，只是给个面子。哪怕那会议讨论的就是该领导每天领导着的工作。给个面子，罔顾事实本身，一切都在象征、隐喻的层面运作，这是中国文化中最根深蒂固的非理性力量，清朝就是被这种力量摧毁的。这种古老的非理性借助现代技术，其后果更为可怕。

一个鬼城，仅仅维护了某位领导人的观念、面子。他的观念是正确的，给你们更好的嘛！而这些观念、面子通过权力将纳税人的巨额资金、生产资料、劳动力浪费这个事实本身，却无人负责。窃以为，法律，应该在观念、面子前面一律平等，无论你打着什么主义的旗号，为了维护多大的面子，如果事实本身是一个鬼城，都应当绳之以法。中饱私囊，法律比较容易辨认，但是清算观念、面子导致的危害，却不重视。或许他们并没有因为鬼城而中饱私囊，但是，人民因为这些观念、面子的削足适履而深受其害，比中饱私囊导致的灾难更为深重。

是的，也许牛奶是好的。但是对不起，我只想喝水。

2014 年 5 月 23 日星期五

忽然间，人们彼此隔绝孤立……

中国曾是一个整体主义社会，个人与群体之间的密切联系是这个社会最重要的基础。人们总是从属于某个单位、群体、组织，某个由同志、熟人、左邻右舍、亲戚、朋友……组成的亲密社区，这些组织又连接成一个巨大的共命运整体。广场是比私人房间可以获得更多生存资源的地带。毛泽东时代将这种整体主义发挥到极致，人们只有在时代广场上才可以找到自己的位置。“文革”时代甚至致力于清理和消灭人性中那些最黑暗的从不显形的私密空间，所谓“灵魂深处闹革命”。隐私、私人生活在那些年代几乎绝迹。毋庸讳言，人们一方面感到空前的压抑，却也时而体会到来自整体的畸形温暖。那个时代的巨型关怀甚至包括个人婚姻。

昨天去昆明一家公园里会客，路上发现，公园附近出现了一个自发的、规模庞大的婚姻集市，征婚者的父母、亲戚，甚至本人聚集在那里窃窃私语，花园的栏杆上一排排挂着各种年龄求偶男女的照片和简介，就像超级市场货架上的标签，求婚小广告就像商品介绍或者供货条件。人们来自一个巨大的空间，其间相距数十公里到上百公里。他们是完全彻底的陌生人，而且是信用难以保证的陌生人，这些人除了广告上那几行字和一个电话号码，没有任何历史、档案、口碑、担保……成功地碰上一桩良缘，双方都是好人家，全靠运气。这种情景恐怕世界罕见。以熟人社会为基础的青梅竹马或者媒妁之言的时代一去不返，显然，人们已经失去了传统婚姻的古老媒介，他们必须寻求一种新的方式。

中国城市化乃是国家强制推进的结果。社会并没有完成城市化所必需的心理准备和文化呼应。人们措手不及，一夜之间已经离开故乡，失去了左邻右舍，失去了家具、聚会、生活方式、诗歌、风景、秘方、大师、祠堂、方言、乘凉的大树、喜好的口味（街口那家吃了三十年的李记过桥米线）……搬进焕然一新、周围全是陌生人的小区。中国传统是“天人合一”，生活世界不仅仅是一堆空房子，它是一个由传统、经验创造出来的活泼泼的生活世界。一切都连根铲除了，世界散发着油漆和甲醇的味道。这种搬家就像以色列人出埃及，从水井、家园搬到一片沙漠之上。我在小区住了六年之久，至今没有一个邻居。并非隔壁的房间没有人，而是我无法信任一个每天嘣的一声关闭防盗门的陌生人。这种从名称到建筑格局都模仿西方建立的小区没有任何相应的、可以使人们建立信任、友谊、邻里、婚姻……关系的文化构造，比如教堂、舞会、沙龙……就是中国式的也没有，比如集市、茶馆、庙会、节日……如果这位居民是一位单身汉，在这种小区他永远无法找到伴侣。西方是以个人主义为基础的陌生人社会，但是并不意味着人们彼此隔绝。上帝是一条纽带，文化是另一条纽带。文化，并不是电视节目播放的单指令性文化，而是无数的私人和沙龙创造的自由主义文化，家庭音乐会、圣经研究小组、诗歌朗诵会、狂欢节、小剧场、杂耍、小书店、跳蚤市场、时装表演、足球……家是搬了，也焕然一新了，但文化搬不过来，要使新的小区产生故乡世界的氛围，需要漫长的时间。西方为此准备了三四百年，至少从文艺复兴就开始，从基督教文化的一统天下到多元共存的现代文化，其过程直到 20 世纪中期才逐渐完成。西方城市化是一个缓慢蚕食的过程，它使得文明有时间来转型、消化、磨合；随着伟大都市的屹立，西方发生过无数的文化运动、产生了一大批文化巨人。

忽然间，人们陷入了彼此隔绝的孤立状态，人们比中国历史上任何时代都更为孤立。但文化依然是过去时代那种整体主义的文化，这种文化并没有对人们忽然被卷入其中的孤立状态做出反应。今日中国的主流文化，依然将社会想象成某种一神教的广场。其实社已经成为碎片、会已成为形式，人们并不会因为那些空洞的、面和心不合、只是浪费时间的会发生实质性的血肉联系，这些会不会再为他们带来爱人、朋友、知己、后代……社会已经成为无数的碎片，无数的小单元、小圈子，人们缺乏文化上、精神上、感情上的联系，通常的联系只有手机。有人会说，不是还有单位嘛？今天的单位更像公司，人们只有业务联系，一下班，大家各自开车回家，步行者与驾驶员彼此心怀阶级的戒备。同单位的人，天各一方，彼此住在什么地方都不知道。电视、媒体一厢情愿的整体意识形态宣传并不能将这些孤立的人们联系起来，因为它们自己也成了自以为是的小圈子。网络也许是一条最有价值的纽带，但网络虽然已经成为我们时代须臾不可或缺的孤独缓释器，但网络并不被主流文化真正尊重，网络可以发出声音，但它缺乏实质性的文化核准权。一方面人们越来越独立，而另一方面这种独立在文化中毫无价值，它的存在和创造力得不到肯定和释放。文化主流依然是整体主义的，依然在肯定那些日益烟消云散的、空洞的整体主义价值观。主流文化提到网民（他们就是人民，被各自孤绝在小区单元房里与世界失去了联系的人们），口气轻蔑而警惕，依然将这个巨大的星空视为另类，其实广场上早已人去楼空了。

孤立的时代并非完全负面的，它具有某种原始的活力，人们在空间上中被解放了，失去了庞然大物的“怀抱”，具有独立精神的人们不必再在集体主义的通铺上阳奉阴违，虽然为此丧失了温度统一的空调，但他们也获得了自我做主的空间和拒绝大合唱的自由。对于中国人来说，这是一种新经验。与整体主义的社会不同，在孤立时代，人们很难再万众一心，每个人都心怀叵测。这种以个人为单位的社会要求人必须自己对自己负责而不是依赖整体，人必须自己判断事物而不是依赖整体意志，这意味着多元社会有了一个真实的空间基础，文化的当务之急是，为这些彼此独立的空间提供联系、交流、表达的平台，整合、传统、经验和文明的遗产，重建社会，重建文明的坐标和金字塔。只有广场已经完全不够了，只是在网络发出声音引进不够了，社会要求更多的社交、沙龙，如果一方面是彼此越来越孤立的巨大空间，另一方面又总是担心舆论不一律的整体主义文化及其意识形态，那么孤立者将更加孤立，这种孤立绝不会只发生在小区的单元房里，人们也可以关掉电视，将报纸扔进垃圾桶，在会议上冲瞌睡，仅仅在经济层面与社会发生关系，而拒绝它的文化说教，让某位电视盒子里的大王待在黑暗里自己演自己的独角戏。

山寨版的哈姆雷特

小道打来的电话，说是 12 点 15 分要地震，时间相当精确，已经在内部小范围传达了，撤退吧！

残酷的消息，残酷地传达，中国特色。自古以来，某些消息就是只告诉内部。传递者并不是内部之人，但他有内部关系，他的电话号码比我多着一位数。我相信确有蛛丝马迹，我有经验，不可掉以轻心。我有个朋友是炒股票的，先知了内部消息，赚了一大笔。我见过一种装名酒的酒瓶，很朴素，没有商标，只贴着一张白纸，上面印着“内部特供”。

有些人奋斗一生，就是为着打进这个内部。

消息传到我这里，恐怕已经成了谣言。时间早传岔了，中午 12 点 15 分传成了夜里 12 点 15 分，但还是惴惴，不敢睡了。12 点快到了，摇醒我家的高中生。宝贝，是不是下楼去躲躲，万一呢。人家正做梦呢。掖着被窝咕哝了一句，不去。翻个身，又飞向另一片云。阳台上那些夏天的花子在黑暗里耷拉着脑袋，陪着她继续睡。看看窗外，月华在天空，梧桐树在地上，汽车在大街上打着灯悠悠地走着。银行灯火通明的玻璃窗里，有个值班的职员在打呵欠。对门那家拉起窗帘，接着就熄了灯。万物，一派听天由命、随遇而安的样子。

只有我这个捷足先登，很不幸地掌握了内部消息的倒霉蛋，思想斗争激烈，睡还是不睡？逃走还是留下？活着还是死去？心烦意乱。

像那个谁来着？呃，伦敦城里的哈姆雷特。

山寨版。

生活的魅力就在于它是一团乱麻

有一日去宋庄看方力钧的画，车间般巨大的画室里全是大亮蛋（光头）。他为什么不画头发呢？头发难画，每一根都是细节，直的卷的、粗的细的、长的短的、白的黑的……光头么，就是一个梨子似的圆，相对容易。方力钧自有寓意。

生活的魅力就在于它是一团乱麻。

与西方祛魅后的契约社会不同，中国人的生活世界是一团“道法自然”的乱麻史。中国讲情理，情先理后，讲心安理得，心先理后。麻状，无违天地国亲师，怎么过都行，重要的是“活泼泼地”（王阳明语）。不是住院部般地死寂、整饬。中国今日依然活泼泼的地方在乡村，城市基本上给城管搞得没有多少生活趣味了，不好在了。

（因为城管部门不以为“小楼一夜听春雨，深巷明朝卖杏花”是一种最人性的生活方式，他们想象中的宜居城市和住院部差不多。）今日中国城市，除了开车购物、开车上班，还有多少令人生“活泼泼的”功能呢？中国不是西方那种逻辑社会，非理性的诗性很强大，实践理性也很强大。一阴一阳，有无相生，生生之谓易，以中为度，是为中国。传统中国的日常生活世界是一双在“道法自然”的哲学中生长了五千年的大脚，生活世界总是曲里拐弯，充满细节、血肉、一团团乱麻。天人合一，人同此心，情同此理。剪不断，理还乱，这正是中国生活的魅力所在，鸦片战争时代的中国在经济上、政治上，及外交、军事方面也许很落后，但在文化上、生活方式上，诗歌、艺术、建筑、饮食、古玩、园林等更辽阔的生活世界方面则未必。例如，在是否适于人居上，与摩天大楼相比，苏州园林、四合院不是落后，而是宜居。与以购物为唯一目的的超级市场比较，庙会、集市，卖花姑娘不是混乱，而是顺乎人情，巩固亲和，抵抗人生之孤独，预防铤而走险。人类社会，要有秩序，天地国君亲师，是必须的。道理固然要理麻，但也不是剃个光头那么简单。西方社会，契约化的人际关系，固然钱粮两清，却也冰冷无情、乏味。一定要用美国、新加坡等地的摩天大楼、麦当劳、超级市场式的生活模式来摧毁中国传统的生活世界，将中国经验判决为脏乱差而一刀切断，结果只会比西方更糟糕。西方讲契约，但也有教堂。有理性，但也有人道主义。以观念、模式、标准，一刀切，将中国生活剃成同质化的光头，是现代化进程中的一个非常可怕的大趋势。仿佛这是一个原始民族，连怎么盖房子、怎么生活都不会，连梳子都用不来，须模仿藩国。几十年的城市化运动，结果是传统中国的丰富多样的生活载体日益消失，中国生活越来越模式化而无趣了，中国越来越不像一个中国地方，而是某种次西方了，有目共睹，不须我多说。

美国、新加坡建筑格局，是该地生活因地制宜、量体裁衣的结果，适合该地的生活经验。比如美国辽阔，适合发展汽车工业。新加坡逼仄，适合盖高楼，人少，适合罚款。现代化在西方，各国有各国的传统，各地有各地的特色，各地有各地的现代化。我最近去了趟印度，以中国的标准，印度就是个巨大的城中村，并不见得人家就活得惨兮兮的。印度，一边打手机，无线电穿过宇宙的边缘去谈生意，一边为湿婆大神进香。印度用加法，诸神都显着灵，高速公路也欣欣向荣。

生活世界最忌讳的就是一刀切。现在，削足适履已经成了行政的家常便饭。一刀切省事，因地制宜比较麻烦。生活世界如果不像麻一样地繁，那还是世界吗？整齐划一，一刀切成方阵的那是军营，是士兵的生活，不是百姓的生活。以军事化的思维来管理生活世界，已经成了许多行政部门的传统。一刀切只是纸上的一个文件，量化、百分之多少、一律、坚决。但一刀切下去的地方，永远不会像刀口预想的那样就是蛋糕，这一刀下去，伸的伸、缩的缩，断的断、碎的碎，皮开肉绽，总是有无数生命在刀下惨叫。这种一刀切的传统很可怕，反右的时候，规定每个单位的右派要占百分之五，那些单位一个右派也没发现，也要抓出百分之五。我有个朋友，开了家小书店。绿化城市，规定必须完成X平方米。书店位于两个建筑物之间，走三步就到头的一点空间，七八平方米，也要拆掉绿化。绿化自然是好事情，但什么地方该绿、什么地方不该绿，却不因地制宜，那么小的一个地方，是留下一个很有品位的小书店，还是不伦不类地只是为了敷衍指标而一刀切下去好呢？书店与绿化，难道不能共存？决不考虑。为了绿化，把街道上的小吃店、杂货铺、单车棚、报刊亭……一律拆掉。最可恶的是，为了达到指标，树就种在人家门前，让你出门都要绕着绿化走，因为不如此就完成不了百分之X的绿化面积，因为检查团只看得见街面。化是化成了，生活世界也完蛋了。没有吃早餐的小店，没有散步的地方，那绿化真是寒碜啊。

理顺生活世界，只能因地制宜，而不能削足适履。这是一个常识。行政者中只要读过小学的都知道“削足适履”这个典故。善良者以为是文化水平的问题，其实是钱的问题。以经济建设为中心，但结果应当是世界“活泼泼”的，而不是削足适履之后的惨痛。

生活世界本来就是一团乱麻，剪不断，理还乱。这才是世界，这才是中国世界。行政人员领薪水，就是麻烦你的，剪不断，理还乱，世界因此微妙、美丽、活泼、生动、复杂。图省事，一刀剃成小平头，削成亮蛋，要他做什？烫头发我不会，剃光头谁不会，拿把刀来！

方力钧的那些大亮蛋，也可解释为对一刀切的反讽。

圣诞节有感

多年前，圣诞节通过青年一代悄悄潜入中国，如今竟然已成为大城市一年一度的狂欢，高潮时几乎超过传统节庆。从20世纪80年代偷偷摸摸地搞到现在，把大街挤个水泄不通，圣诞节始终是自发的。现在，社会进步，一年年过着圣诞节成长起来的年轻警察俨然在维持着节日秩序了。在这天，我估计许多人一分钟也没有想到过上帝。有人或许认为这是信仰缺失所至，但我更以为这是精神生活被高度控制、逼仄，导致的对精神虚无的渴望。中国圣诞节更像是某种新潮聚会、标新立异，狂欢、放松、发泄，也许还有对某种西方式的“更X”生活世界的向往，与信仰没多少关系，人们并非要皈依基督教。

“文革”以来，中国所有的节庆都成了政治性的，成为枯燥乏味的宣传活动，成了政治表态、斗争、工作、任务，人们被迫过节。而且这种节日几乎延续到每一天，大红大绿、标语口号、东方劲吹、旗帜招展、锣鼓喧天，热烈庆祝……成为中国生活的日常景象。街道、广场、会议、工厂、农村、学校、机关单位……无时无刻不在营造节日气氛。就是公园也天天过节，四季，自然界，甚至夜晚被标语口号张灯结彩地遮蔽起来。我甚至看见人们在滚滚大河、无人居住的山坡上悬挂巨大标语，就像克里斯托夫弗的大地艺术。浓墨重彩地营造节日氛围已经成为一种习惯、风俗、文化，甚至施政风格。就是城市建设，也是要建造某种象征喜庆、胜利，正在过节似的高大雄伟、焕然一新。崇尚大巧若拙、返璞归真、素面朝天的中国传统被夸张乖戾的符号化粉饰取代，甚至都影响到艺术家，可以看看中国当代艺术。其实，这一套早已令人厌倦，某些空洞口号被一些单位悄悄放弃，但一些单位依然如故。有些单位聪明，将固定要挂的节日标语做成永久性的，每年到期就将同一块牌子搬出来。有什么意思或效果呢？不追究。这种营造节日氛围的习惯至今没有明文终止，几十年下来，空耗浪费巨大，如果算算那些用去做了标语的棉布的长度，我估计大约可以从火星上再拉一条标语垂下来。而这样巨大的浪费，导致的却是人们对节日的反感和冷淡。这也是圣诞节在民间蓬勃兴旺的原因，圣诞节好玩，怎么玩都行，唯独没有“热烈庆祝圣诞节”这种大标语。

最近四十年，一些传统节日逐渐恢复，但是已经失去它们的本来面目。比如春节，人们千辛万苦地回到家里，仅仅是吃上一顿。几乎所有节日成了旅游活动、黄金周购物、休闲活动。节日成了假期。但是，就像圣诞节不仅仅是假期、狂欢，而确实是宗教仪式一样。春节、中秋、端午也不仅仅是购物、旅游、聚餐的法定机会。圣诞节是庆祝耶稣诞辰的宗教节日。这一天，基督教会要举行礼拜，唱赞美诗；天主教教堂要举行子夜弥撒，过节就是过节，绝不会利用这个机会去购物、旅游什么的。中国的传统节日，自有其类似宗教节日的仪式、含义、细节。这些仪式有家庭规模的、家族规模的、村庄规模的、乡镇规模的……繁文缛节，过节就是过节，真过节的话，在中国节日中其实也是没有时间旅游、购物的。节，《说文》解释说，就是竹约。约，缠束也。以竹节的节引申出节制、管束的意思。节日，就是自我节制、管束、停顿的日子。中国的节，一般都是停下来，通过古老的仪式、细节，追思先人之德、念旧、调整和谐与周围世界（亲人、邻里、朋友、同事）的关系，或闭门思过，或饮酒叙旧……春节从祭祖开始，清明思念祖先、端午纪念成为仙人的古代诗人、中秋怀念亲人……所有的节日都是要回到对先人、历史、经验的纪念、沉思。谁说中国人不讲形而上，天人合一，中国的形而上（天）蕴含在人生世界当下的人事、细节、仪式中。为祖先灵位上香，不就是哈姆雷特所谓的“我们是谁，我们从哪里来”么？亲人聚餐，嘘寒问暖，正是讨论“我们到哪里去”“今后要怎么办”的时刻。我记得少年时，春节风俗还残余，每到春节，贴好家父亲撰的春联，放过炮仗，给父母磕头之后，父亲总要把家谱、家族故事一一道来，那意思一般都是，我家祖上清白做人的家风不要到你这一代失传啦。当然，这是秘密进行的，不能让外人撞见，否则要被告发。试想如果正常的话，族人都在祠堂，仪式一项项演绎，那不正是一个盛大的“弥撒”？

我们时代在文化上的损失惨重。圣诞节在中国民间充满着创造力，完全没有什么传统。在西方，这是一个古老、中正、庄严之节。在中国，这是一个对节日政治化的狂欢式解构。这不是上帝的节日，人们借着圣诞想象、虚构了一个自己的节日，有没有上帝不重要，重要的是好玩、放松、解闷，而不是借机说教。年轻一代对圣诞节的热情显然比过春节强烈，但这种热情仅仅是一种消费式的热情、饮烈酒式的热情、一夜之间的热情。而在另一方面，古老中国大地祖先崇拜式的“弥撒”——春节已经失去了大多数仪式、细节，只剩下“大吃一顿”。那些什么联欢晚会，恕我直言，正是令春节更加娱乐化、宣传化、无聊乏味、丧失自我反省之机的一道道“大餐”。

“文革”时代以广场取代庙会，以集会取代节日，自有其时代性要求。但节日是一个民族的根基，失去了节日的民族就是失去了图腾的流浪者。窃以为，一个有着七千年历史的民族的节日庆典祭祀不能只是宣传活动或者放松、狂欢、旅游、看电视、吃一顿。这样的活动要有，但春节、清明那样深刻的追思反省式的节日更重要。仅仅将传统节日法定并不够，还要恢复节日的意义和细节，这需要全社会对节日的反思和具体的重建。比如，如果所有的城市设计只考虑如何购物、如何卖房子、如何开汽车，而不考虑如何过节，城市必然肤浅乏味。曾经听一个西方设计师说城市设计，他第一考虑的是教堂的位置。过节先得有一个过的地方吧？比如文庙，比如祠堂，比如集市。在台北，我发现那边传统节日过得有声有色、庄严中正，因为市中心的龙山寺一直都在，那是台北人气最旺的地方，也是寓教于乐的地方。年轻人常常会去，耳濡目染，因此大多彬彬有礼，面有消极谦和之态。就像基督徒礼拜日去教堂一样，追思祖先，敬畏神灵在台北也是日常作业，初一、十五，条条街都有人焚香祭祀。春节这样的大节，那就更隆重了。

圣诞节真的是节，那是一个西方集体忏悔的时刻。把这个节日当作购物狂欢时间的只是少数的拜物者。

失败的同事

我有个朋友，报社编辑，60 岁退休，接替他的是刚刚考进来的大学生。单位上不觉得有什么不妥，退休了，走人，还愣着干什么，不是有养老金的么。很郁闷，悄悄回家去了，再没声息。我知道他的郁闷，他干了一辈子的工作，毛头小伙子一来就顶替了，这意味着他白白干了一辈子，他那工作不需要什么经验、智慧、技术和由此而来的尊重，那单位当年只有几间用石棉瓦盖着的办公室，如今已是峨峨一栋巨楼了。他形单影只地下楼去，周围的冷漠仿佛他和刚刚混进这个单位的家伙一样，没有一块砖是他奠基的。

春节后，小区里原来卖皮鞋的那家，换成了卖出口转内销的衣服店。铺面易主，已经不是一次两次，十年间，不计其数。你刚刚适应了这家的北方饺子的口味，忽然就不翼而飞，转租了另一家，卖起火腿来了。你才跟卖北方水饺的老板混熟，知道你每个星期三会来要20个荠菜馅的，外加一碗酸辣汤，事先就给你留着，忽然被通知油烟大，不准卖了。下家收废品，门口总是杯盘狼藉。后来的转租者已经厌烦根据自己的营生换招牌，里面在卖大米、香油，招牌却是“南方低音炮中心”。打一枪换个地方，什么赚钱干什么去，铺面走马灯似地变换，却苦了我们这些要在这里住一辈子的居民，总是不得安生，生活永远没有积累、定位，没有历史。

本来，我那朋友干了一生，对社会可谓硕果累累，安全感应该水到渠成，不能一个人60岁出了单位大门依然像20岁的小伙子一样没有安全感吧？不是有退休金吗？退休金并不能带来安全感，如果他赖以为生一辈子的价值观、社会关系、尊严、自信这些平常看不见的部分，当他一退休，就被弃若敝屣，哪怕这些东西曾经支撑过社会大厦，他就不会有安全感。接替他的后生从零开始，再来一个后生，再次从头开始，那份报纸永远是朝气蓬勃，却缺乏积淀、厚重。

这意味着他的一生是一场失败。

社会普遍地追求立竿见影的进步，因此无法守成，制度不提供守成的可能性。过了四十岁就行将就木了，所以社会不尊重经验，行行业业也流行青春崇拜，标新立异。打一枪换个地方的老板告诉我，我也想做成百年老店，可铺面不是私人的，都是租，刚刚生意兴隆，人家就不租了。刚刚生意兴隆，人家要拆了。刚刚生意兴隆，这个产品被淘汰了，你怎么守成？唯新已经制度化了。一百年前要被杀头的事情，如今是以“日日新”为常。进步，不断地进步，已经到百尺竿头了，再绑根竹子接上去，还要更进一步。进步必然就是好事情么，今天没有人问这个问题，进步本身成了进步的目的。只有进步才有利可图，原地踏步、守成意味着被抛弃，人们必须不停地跟着潮流跑，疲于奔命，停下来你就失去安全感。退休就意味着被社会抛弃了。“老某某”在中国是个贬义词。社会大厦是时间和经验积累的结果。老人不只是年龄，他们是经验、时间、历史、成果。人们需要感觉到对他们劳动成果的尊重，这种尊重不是发了退休金就了事的。今天在中国很难感受到这种尊重，人们缺乏那种更深刻的安全感，就算是年轻有为之辈，想到退休后的孤独，那种无人问津，是不是内心害怕？

在台北的时候，很是羡慕那边的市民社会。小街，卖烧饼的已经卖了一生，铺面和上面的三层楼都是自家财产。人生目的不是富起来，而是生活。热爱着生活，生活当然包括赚钱啦，但赚钱不是生活的目的，生活才是目的。所以一辈子乐滋滋地卖着烧饼，卖得春去秋来、地老天荒，却也供着三个儿子在美国念书。附近街坊早上起来，靸着拖鞋，走到铺子里，口都懒得开，大娘和老伯就知道他要的是两个芝麻饼子、一碗黑米粥。整条街谁也不敢小瞧，都是吃他家烧饼长大的。尤利西斯流浪回来，先不忙回家，进得店来，啃一个 30 年前啃过的烧饼，他外婆领他来过这家，热泪盈眶。我虽第一次进这家烧饼店，却有回故乡的感觉，仿佛自己是贺知章似的。

师出须有名

昆明最近拆防盗笼一事，闹得沸沸扬扬。有几天，可以说到了家家户户晚餐必切齿诅咒的地步，因为涉及每一个阳台。

本来，拆防盗笼是有道理可讲的，谁愿意住在笼子里面呢。但是舆论在为什么要拆上面说得很难听，似乎这是住在防盗笼后面的人们的丑陋和愚昧所致，主拆者高人一等。子曰:“名不正则言不顺，言不顺则事不成。”《论语·子路》政府忽略了这件事的“正名”。

老百姓的第一反应就是，这是我们自己要安装的吗？如果不是你们盖了这样厨房狭窄、没有晾衣空间的房子和这样的治安环境，我们会安吗？当初为什么不管，事隔多年，许多阳台已经花草成荫，藤绕百花鸟落户，倒要拆了？

没有不会过日子的人民，只有不为人民过日子着想的政府。说得比政府有道理。如果政府事先的“正名”对防盗笼的历史成因有一个诚恳的解释，在实施上不那么“坚决”“一律”，而是具体分别对待，民怨会如此沸腾吗？

说句题外话，过日子的是住在防盗笼里面的人们，只要他们的日子过得下去，已经安身立命、安心，何苦一定要把他们再撬起来，搞得个鸡犬不宁呢？是城市的光辉形象、象征重要，还是过日子重要？这后面还有别的原因，比如政绩考核，不是考核人们过日子是否安心，而是考察光辉形象。再多句嘴，防盗笼本来就是下策，老的防盗笼本来也是监狱模样，但经过各家各户别出心裁地多年摆弄，已经千姿百态，成了一道诗意风景。咔嚓！拆！有天看着工人将邻居家阳台上的热带植物小王国扒掉，真是心痛！安装了统一的镀铬防盗笼，反倒使昆明大街看上去又像监狱了。

维新，在100年前是个激进口号，要杀头的。今天已经成为中国社会的基本常识。任何事情的目的都是维新，再进一步，天天向上、焕然一新。满世界都是新城、新人、新潮、新X。毫不夸张地说，今天，这个国家的一切都在为“新X”服务。新就是好，新就是标准，一切都要为新让路，于是这个国家拆得厉害。“文革”暴拆一回，现代化、城市化再暴拆N回，旧世界已经告罄。旧世界，不只是文物古迹，老城老家，还有旧山河。为什么要新呢，新到滇池污水一潭，（庄蹻开滇千年，滇池都是清汪汪的，变成死水，也就是这几十年的事情。）新到吃什么都要问有没有农药，这是为什么呢，不说，不争论。

这个国家今天真的是很魔幻。一方面，我们在使用着世界上最古老的文字，这一页说的是哥本哈根气候大会，翻过来，论语，之乎者也，只要上过小学，你就能大体明白。另一方面，语言继续古老，周围却焕然一新，没有丝毫历史感，就是有历史，也就十几年吧，比少年美国的历史还短，与汉字的历史毫无关系。有些词我们能懂，比如“浅草池塘处处蛙”，比如“尽珠帘画栋……都付与苍烟落照。只赢得：几杵疏钟，半江渔火，两行秋雁，一枕轻霜”，意思都明白，但没有对应的现实。这是从诗的方面说。

诗对应的世界不存在了，其他也就不存在了，因为诗是存在之家。

语言是古老的语言。现实是全新的现实，这叫作名不副实、名存实亡，又不能说真话以名副其实。于是，阳奉阴违成为中国生活的普遍现象。做任何事，都要师出有名，而这个名与“师出”要做的事无关。开会说会话，会后说实话。难道不是小学生都知道的常识么？在老师面前说大话，同学之间说小话。说真话的是谁，还是有的，比如电视剧里面的反面人物，正面人物只能说教。

有本书叫作《潜规则》，潜规则，就是不可言说的规则。运转社会的规则，却不可言说。语言和现实发生了分裂，你要做的你无话可说，你要说的不是你要做的。做任何事情都要说假话，因为名已经不副实。前段时间，《南方周末》报道小学语文教材说假话的事情，其实那是过时的真话。因为那些真话对应的世界已经不存在了。普遍地，为什么国人出了国门就判若两人，因为内外一致、言行一致、名副其实了嘛。

我以为，今天中国之所以越来越进入名不副实、名存实亡导致的种种尴尬，是那种不准说话、害怕说话的历史惯性所然。不争论，在一定历史时期有干实事现实需要，但实事干到某个程度，它就要求“必也正名乎”。现在，名的不顺已经越来越成为事继续下去的阻力了。比如拆防盗笼，如果老老实实先承认，过去没有以人为本，忙着阶级斗争，事情会至于如此么？让人讲话，天不会塌下来。但不让人讲话，天真的会塌下来。

最危险的是，许多事情因为无名，所以师出有名也顾不上了，我就这么干，你要怎么着？我是流氓我怕谁。

死要面子活受罪

去看赖声川的话剧《宝岛一村》首演，很好的话剧，话很好，演员很棒，剧本也不错。话剧靠的不是动作、表情，主要是话。但剧场的音响极差，为了强调人物出生地，演员南腔北调，基本上听不清。这是巨资修建的地标性建筑，本不是演戏的剧场，是会堂。这几年建造了许多大建筑，投资最给力、盖得最气派的是会堂，远远超过医院、学校、图书馆、菜市场……可见对开会的重视。开会，一年也就几天，如此庞然大物，很难养着，出下策，庄严伟大的场所，出租给不开会者搞别的活动。巨大的圆柱，巨大的门，巨大的会议厅可纳千人。高大、气派、贵重、庄严、肃穆，在夜晚则阴森凛然。得开着车去，步行很难到达这种地方。缺陷也很致命，音响的水平也就是开会的水平，有人认真听过吗？我以为这个地方既然豪华如此，音响也必是一流的，太次了。赖剧租用这个会堂，也是无奈，盖了那么多会议室，却忽略了话剧院、歌剧院、音乐厅……所以，看话剧去大会堂。不仅音响很次，那场所是为营造威严庄重深大气派之类的象征而建造的，是否真能用于开会或者演出，如何有效地开会，恐怕没怎么在意过。演员在遥远的台上，就像些小木偶，白白浪费表情。

建筑物建来做什么不重要，重要的是这个庞然大物的象征性存在。哪怕它一天也不开会，也得供着它。这叫作面子，中国是世界上最重视面子的地方。比如开会，在哪个建筑里开会是一种面子，谁出席了会议是一种面子，在哪里请客吃饭是一种面子，至于开会都开些什么倒在其次。领导出席只是给个面子，坐几分钟立即走掉。面子一词，汉语独有。面子来自古代社会的图腾崇拜，人们对自身能力的不自信，对自己物业之合法性的不自信，对某些无法通过实力的较量来控制的东西的恐惧，因此通过语言、艺术、建筑物等将那些不可控制者象征性地转移到人身上，令在世的生命获得某种形而上的庇护、解释、合法性。文一身老虎花纹，你就像老虎那样有威力且合法了。面子也是一种象征性资本，开着轿车那就是权力并合法，门卫立即放行。步行且赤足，门卫命令你出示身份证。在历史上，面子来自文化，文质彬彬，然后君子，一般来说，文化水平的高低就是社会地位。宰相大臣同时也是大诗人、大文豪的很多。现代社会，面子来自知识，知识就是力量，文凭就是待遇。“文革”时代，面子为政治面貌取代，政治立场意味着权力，文化斯文扫地。最近以来，面子又被货币拥有量的多寡取代，有钱能使鬼推磨，俨然成为常识。人们重视面子，甚于重视身体、生命，许多事情只为了象征性资本的积累，象征性资本到货币资本的无限循环，而不顾生命在其中的感受了，压抑着生命、戕害着生命也在所不惜。死要面子活受罪，这句中国话在中国历史上恐怕从来没有今天这样打击面大。以前仅可用于揶揄某人，现在可以揶揄一座城市。人们拥往城市去活受罪，城市是对身体损害最严重的地方。那些雾霾深重的城，哪一座不是面子的天堂？一方面喋喋不休地诅咒空气，一方面又在毒气室里变本加厉地灯红酒绿、风生水起着。这就是中国的面子文化，一种地方性知识。

曾经，中国文化，是关于人在此世界中如何“活泼泼地”（王阳明语）生活的文化。证据见张择端的《清明上河图》。如今物质水平的丰富并不是生活世界的丰富，一方面物质过剩，一方面生活世界日益萎缩，有趣有意思好玩好在的去处越来越少。所谓进步只是面子、象征、隐喻之类的升级换代。比如那些与生活为敌的鬼城，只是建造来象征丰功伟绩。比如小汽车，在某些大城市，即使其速度已经远远低于步行、公交车，拥有量却越来越多。交通形势形成了一个金字塔结构，牌子越高档，拥有者越少，但地位和权力越高。金字塔底端的是步行者，交通规划却不为这个底服务，讲交通就是汽车，人行道被占据、自行车道被占据，甚至取消，汽车横行霸道，世界罕见。与西方发明这一工具的初衷早已南辕北辙，无人在意买一辆汽车只令你更快地失去速度。这不是速度问题，交通也为面子服务，它不追求速度。子曰："必也正名乎。""名不正，则言不顺；言不顺，则事不成；事不成，则礼乐不兴；礼乐不兴，则刑罚不中；刑罚不中，则民无所措手足。"在现今这个时代，如果你居然还没有汽车，还在步行，那真的是只有手足无措。不是已经有学者发表高论了嘛，"许多人没事就坐地铁"，这位学者不知道，他们手足无措，在汽车霸道的地面瞎晃有失城市颜面。

中国还有一句老话是"表里如一"。"行之以忠者，是事事要着实，故某集注云：'以忠，则表里如一。'"

《朱子全书·论语》与面子相对的是里子。金玉其外，败絮其中，如果里子是败絮，那么面子当然就非常重要，它仅仅是为了将里子遮掩起来，自然也不敢“着实”“以忠”，“以忠”就露絮了。

只为面子而活，是对自己生命、身体不忠，活受罪是必然的。冤枉的是，赖声川的话剧一票难求、票价不菲，你还得陪着人家的面子活受罪。

谈见解

写作就是从世界中出来。

这好比你本来置身在一个场里面，大家红男绿女，活着，过日子，锅碗瓢盆，七情六欲，无所谓谁是谁非。忽然你得了一台照相机，就拍起来了。这照相机总是有个角度，你照什么不照什么，俯拍还是仰拍，特写还是全景，自然就要选择，根据什么选择，当然是好恶，你自以为的美或丑、远或近、亲或疏。那么你就从世界中出来了，你成了一个旁观的人，看热闹的人。你没有保持沉默，你要写出来，这一写，必有是非。这是非无论如何轻微，总是在为世界定一个你的角度，你的看法，也就是给个说法，有所见解。纯粹客观的写作是不可能的，你一说话，那就是在表达意思。意思有浅薄有深刻有刻薄有宽厚……完全无意思的话，只有说鸟语。所以，如果你要写作，就不要忌讳搬弄是非。

见解，在我看来，有这几种：一呢，是一己之见。这种见解，只是你个人的见识，比如家人都在吃饭，独你说吃饭是要生疮的。当然可以，说说而已，大家也一笑了之。这种一己之见，往往喜欢标新立异，独辟蹊径，不讲道理，写在日记本上，自己欣赏，也未尝不可。在地方上，成为特殊风俗，也很好玩。地方，有很多民族特点，由古代的一己之见发展来的。比如图腾，只在某个民族中有效。最近有个导演拍了部电影，说是这种电影，他国没有，独吾国特长。很好，这就是特色。这个时代，许多人都想靠一己之见出名，达人秀上疯上一刻钟，也无可厚非。最可怕的是，一己之见，却要靠行政力量来强加于人。这个时代喜欢自我标榜，自我本可使人精神独立、自由飞扬。但鹤立鸡群的见解，如果鹤导演掌握了权力，一定要所有的鸡都飞起来，唱仙鹤之歌，也很可怕啊。斯大林同志，就是这么干的。

第二呢，是识见。这种见解往往来自知识。不是作者自己的，只是人云亦云。比如，文章一开头，就来个某某茨基说。识见的写作也不错，读这种文章，可以开拓知识面。我偶尔会读读这种文章，因为可以偷懒，有些用功的大知识分子，把大部头里面的格言都抄下来了。而一本书呢，读得这几句也就够了。何况还有出处、索引。这个时代识见泛滥，已经到了过度引用的地步。要不被识见所惑，唯一的办法是多读原著。

第三呢，是洞见和灼见。作者有自己的见解，但这种见解不是一己之见，而是能够提醒普遍经验的，放之四海而皆准。洞见是灼见的基础，洞察秋毫，才可以有真知灼见，才不会想当然耳、自以为是，才能不虚美、不隐恶。文明，并非一次完成，明的过程是无限的，这就需要灼见。这个时代你见出这一层，那个时代他又见出那一层，仿佛是打着火把，在页岩上照。层次不同，矿是一座，淘金是一致的。灼见，往往乍一看，很平常，只是些常识的复述而已，但细心的读者发现，页岩已是另一层了。在常识上深刻，比标新立异难得多。比如陈寅恪，他的书相当好看，你就是不喜欢研究历史，更不通什么隋唐政治史，但不妨碍你获得普遍的真理和智慧。

胡说八道。我并非要标榜自己就是灼见。灼见最难，洞见要诚实，不执、不自欺，识见要花时间。一己之见，在原始时代很牛B，一鸣惊人，因为普遍愚昧。现在就难了，小聪明滔滔天下皆是。其实呢，写文章，有时候是洞见，有时候是识见，有时候只是执迷于一己之见。在一个作者那里，也是很自然的。如果谦虚些，从一己之见到识见，再到洞见，也是有希望的。只要别自己忙着当主编，而且硬要把自己的一己之见，按姓氏笔画，排在别人的洞见之旁。固然可以得逞一时，但终究，历史无情，它总是淘汰过于乖戾的一己之见，忽略平庸的识见，尊重洞见，长存灼见，这就是文明，以文明世，照亮世界。

2011 年 7 月 1 日星期五

谈谈理想

理想这个词的出现是西方文化影响的结果，ideal ，理想的、完美的、最好的、完全或相当令人满意的、想象的、假设的。理想在西方曾经导致空想社会主义、乌托邦、威尔逊主义等等，曾经天翻地覆地影响过 20 世纪的人类历史。

道法自然的中国过去没有这个词。中国有理这个字，理，最早是作为动词使用，《说文》说，“理，治玉也。顺玉之文而剖析之。”“物之脉理，惟玉最密，故从玉。”治，一种水流动的状态。“王乃使玉人理其璞而得宝焉。”（《韩非子·和氏》）理，要道法自然，顺玉之文，但玉也不是自然，而是自然的升华，治玉的是人而不是水。理又会意出道理的理。在中国传统中，理总是在动词和名词之间。玉是石头不能忽略，但玉乃石之美者才是终极 ，而终极又总是从璞开始。玩这个字也很有意思，由玉和元组成，元就是开始。玉不是假设，而是顺玉之文导致的升华，这一点非常重要。

1937 年商务印书馆出版了我国第一部现代汉语词典《国语辞典》，里面列有“理想”这个词，被解释为“根据事理，构成空想”。20 世纪，这个词在中国如火如荼，成为热词。人们一谈理想主义，即刻热血沸腾、大抒情怀。新诗里面，歌颂理想的篇章可谓汗牛充栋。著名的如食指的诗《相信未来》。1966 年以来，中国分行排列的文字，大多是歌颂理想的。

古代中国的理与存在、过去、经验有关。“郑人谓玉未理者璞”（《战国策・秦策三》）璞是过去的，玉这个未来乃是基于过去这块璞。琢磨玉要顺玉之文，玉之文需道法自然，自然者，璞也。理想却是假设的完美，“一张白纸，可以画最新最美的图画”。理想更被等同于未来、进步。在当代中国，未来、进步已经成了理想的代名词。

在云南某小镇的一面土墙上，刷着这样一条标语：“轻视过去　迷信未来　做彻底的革命者”。这条标语可以肯定是写于 20 世纪的 50 年代或 60 年代，已经有些模糊，土墙周围是牛屎、干草堆和牲口。作者或写标语的人已经杳无踪迹，这可能是某位乡村知识分子领悟了时代精神创造的作品，不像是规定的口号。这样的思想，能够如此清楚、如此准确地表达，并出现在远离中国文化中心的云南高原上一个鲜为人知的偏僻小镇，说明这种思想在中国曾经是多么深入人心、多么影响普遍。我以为要把握 20 世纪的中国思想的核心，根本不用去读多少书、研究多少历史，知道在这么一个地方、这么一个环境中有这么一条标语就够了。

如果摧毁过去是具体的行动，那么迷信未来已经成为人们生活的精神支柱，未来已经成了一个总是可以“更某某”，总是背着一个装得满满的口袋的魔术师，一个永远不能证伪的神话。它从那只口袋里拿出任何东西来都不会遭到怀疑，却立即被迷信，并且成为摧毁旧世界的新借口。“面向未来，拥抱新事物。”一个世纪以来对中国过去文明经验的革命、轻视、忽略，已经导致了民族文化的深层贫乏。

人们再也不相信永恒，再也不相信那些一成不变的事物。这是一个在路上的世纪。在路上，当然是民族活力的表现，但路已经被理解为只有一个方向。凯鲁雅克们的“在路上”是没有方向的，它重视的是此在的重新被感受到。而“在路上”在中国只有一个方向，就是“未来”，即使这个未来已经遮蔽着存在本身，人们依然义无反顾，那是一个永远的神话。一次次的搬新家，最终被抛弃的东西，其实并不仅仅是一些住处，而是故乡。“去终古之所居”。拆迁主义之所以在中国势如破竹，其实有着迷信未来的“大义凛然”。

未来确实有着令人憧憬的未知，但未知并非总是指向善。比如许多西药，设计者的初衷也许是善，但后果却未可知，当时间证实这是灾难的时候，后果已经发生，人们无辜地成为试验品。例如斯大林们的社会实验。中国思想中的善，总是基于“道法自然”“理其璞而得宝焉”，基于的是对历史、经验的尊重、总结、继承。一切善，总是要回到璞这个基础，如果玉的煌煌最后导致的是璞的终结，这种理想或未来只通向死亡。

理想，如果是私人的人生设计，自我奋斗，我赞成。可惜中国多的不是那种个人奋斗的理想主义者。一谈理想，就主张重新洗牌者大有人在。

任何民族都是基于自己的历史去理想未来，过去是一个身体，未来是一种观念。人们能够面向未来，是因为有一个后面。世界，有些部分确实需要变化，例如体制、意识形态、知识。有的部分却需要原在，例如大地、某些基本的传统。如果脱离过去的身体、经验，将过去视为一张白纸，仅仅为理想而理想、为未来而未来，最后遭难的必然是身体。削身体的天足、经验的适足，以适应未来之履，这种削足适履的惨烈之事我们已经干得够多了。

我以为在此文化、生活日益物质化、日益贫乏的时代，不妨向中国的过去学习生活。在今日中国，过去已经成为一座座废墟了，但就像希腊和罗马的那些废墟一样，它们依然能够激发出文艺复兴。

理想是什么？说到底，还是人类之家、人类的安身立命。我最近再去苏州，深感今日中国迫切地需要向过去中国曾经创造过的那个家学习生活。苏州当然无法全盘照搬，今日的形势、材料、做工都不允许。但中国人对这块璞的理，却有着许多伟大的经验和理念。苏州不是理想主义的结果，而是温故而知新的创造。

2013 年 4 月 27 日星期六

学生腔时代的另类刊物

——《天涯》十年有感

十年前，《天涯》出现于海南。十年后，它已经成为中国文学思想领域的一本重要刊物，其影响力独一无二。它是思想的，但它不是学术。它有精英倾向，但不是知识分子的象牙塔。它是放在大众的报刊亭里出售的，比起十年间许多昙花一现的精英刊物来，它具有持久的生命力。它是倾向民间的，它主张的“民间语文”丰富了汉语的语文界域。它是文学刊物，它的作者不是“作者已死”的语文修辞技术玩弄者，而是有心灵、良知、立场、为天地立心的文人。它是外省的，这样的刊物出现并立足于远离文化中心的外地，在当代中国具有深意。最重要的是，它是一本坚持原创性的刊物，它既不是西方思想的读后感，也不是西方文学的读后感。它基于中国世界的经验和感受。中国写作的传统是文章为天地立心，而不是各种知识主义的阐释和修辞技术，《天涯》十年的历程正是要努力回到这一点。

思想是创造性的。中国的20世纪文化的主流是“拿来主义”。虽然在早期，鲁迅们提出“拿来主义”还要有自己的思考，拿来是思想的结果。但是到了20世纪末，“拿来主义”已经成为“引进”“资源共享”。作为20世纪初的先锋派倾向，“拿来主义”到世纪末，已经成为泛滥中国的媚俗。在我看来，100年来，可以拿来的基本都拿来了，没有拿来的那就是拿不来的。完全彻底的拿来是一个乌托邦。北京以发表读后感为主的《读书》杂志，为70年代末再次大规模兴起的“拿来”运动提供了一个平台。但如果最权威的文化刊物充其量只是一本读后感，也是这个国家的悲哀。活到老、学到老固然精神可嘉，但也未免太书呆子气。读后感几乎成为唯一的思想方式，令汉语写作充斥着学生腔。在学生腔泛滥的当代中国，《天涯》的出现是非同寻常的，它并非石破天惊，它只是与言必引进的风气比起来，是一本回到了正常水平的刊物。

这是一个反自然的时代，反常成为时代的普遍风气，自然的、常识性的立场凤毛麟角，中国“道法自然”的伟大立场已经被彻底遮蔽。“正常”就像古典时代的精神病患者一样罕见。在今天，我以为“正常”是对精神品质的最高评价。《读书》是“拿来主义”在当代中国的一个典范，但是《天涯》是一个思想者与创造者的平台。中国读者今天已经厌倦了学生腔，汉语如果总是某种从小学生到博士、教授的毕业论文，那么这种语言是不值得文明史尊重的，今日中国在世界中的文化形象依然是一个古代形象，当代文化的形象、地位与学生腔有关，一种连韩流都模仿的文化，可想见其浅薄。读者们潜在的厌倦是《天涯》十年来能够鹤立鸡群的原因。反自然得到意识形态的全方位支持，美容院的普及、学校与天才、心灵、良知无关的分数线、广告、各种日新月异的技术、夸张怪异的现代艺术、大规模的自然界改造运动、对科学的绝对迷信……克隆成为最理想的反自然时代的终端（我们有一天可以复制人类“分数最高”的历史），行为艺术在反自然方面已经成为当代艺术的先驱，过去时代的一切自然和常识的基础都正在被全面摧毁。人类今天自己扮演着上帝一角，创造了一个完全不自然的世界。而曾经有过“道发自然”这一传统的中国，只是这一巨大的反自然运动的学生而已。在中国，反自然是以当学生的方式进行的，因为中国自己的传统是“道发自然”，是从自然领悟存在的意义，中国在反自然上面完全没有经验，它是一个全面引进的结果。

当代中国的写作最大危险就是学生腔的陈旧化。学生腔使写作成为一种作文技术。所谓文学者越来越成为一个泛象牙塔，一个媚俗的象牙塔。无数的写作者都在玩空心的语言游戏。心灵阙如，空心之人的写作，作者没有立场，以后现代的“怎么都行”为时髦，其精华部分不过是写作的技术化，写作的技术难度。调侃、解构已经日常化，已经不只是昔日先锋派写作的另类武器，都已经成为中国大众手机的基本写作模式。《天涯》的出现意味着人们对漫长的学生腔时代的厌倦。中国过去的文章传统是为天地立心，及写作不是一个纯技术的语言游戏，更不是各种意识形态的文学性宣传或者阐释。人们或许已经对 20 世纪 50 年代以来盛极一时的宣传文学保持了足够的冷淡，但更早时候开始的对西方现代派文学中各种主义的汉语阐释继续保持着迷狂。

为什么要写作？写作就是文明，文——明。语言如何可以照亮世界，因为语言是人心的载体。主义、知识、意识形态都是低层次的东西，一个作家可以拒绝意识形态，但他不能没有心。最高层次的写作是为天地立心的写作，自古以来的文学都是要为天地立心。中国文化的伟大就在于它是讲心的，任何主义和思想都要立心，思想、主义是万，心是一。拿来主义只讲万的利用，不讲心的唯一。这一百年，拿来了多少令中国世界忐忑不安的东西啊。今日中国的无心写作，当然与1966年的灭心运动有关。心灭之后的拿来，只是彻底的实用主义，到后来，实用都不讲了，拿来成为绝对正确的迷信。在1966年的灭心运动之后，重建中国人的心灵世界是当代文学的使命。但令人担忧的是，成为先富起来的人群的一部分，与写作本身的魅力相比，对中国作家似乎有着更大的诱惑力。我们今天很难在文学界遇到那些曹雪芹、卡夫卡式的那样“批阅十载”“在最深的房间里”写作的作家，生活的一切目的，包括精神活动最终的目的都只是要富起来。“买车了吗？”文学艺术聚会上的话题与中产阶级晚宴上的话题同样庸俗。以文为生是正常的，但通过写作“先富”起来，那就是媚俗。没有原创性的学生腔写作正是“为先富起来而写作”的技术基础。写作与一切技术一样，与心灵的质量、智慧、天才、创造力和立场无关，不过是一套知识，谋生手段之一。心中装着读者，走向市场，已经成为作家们富起来的不二法门。富起来无可厚非，但可怕的是这已经成为当代生活的唯一价值、唯一前途，也是精神活动的唯一方向。

诗歌因为在富起来的全民运动中由于毫无前途而被当代文化集体开除，这个国家曾经“不学诗，无以言”。而今天，对诗人的冷漠仅仅是由于诗歌这种写作无法勤劳致富。无非“在陋巷，一瓢饮，人不堪其忧，回也不改其乐”罢了。当诗人的地位下降到中国历史的最低点的时候，《天涯》一直在发表诗歌，对诗人保持了古典的敬意。

作家们比过去任何时代都“心中装着读者”，而今日的中国读者却比过去任何时代都更疏远文学。如果写作只是无数发家致富的道路之一，只是无数技术活动中的一种，如果作品不再是“为天地立心”的千秋大业，读者又有什么必要对写作给予特别的尊重呢？谁不是依靠技术在谋生呢？

《天涯》是一本缓慢的杂志，就像沉在河底的石头，不为各种时尚所动，十年来有多少文学刊物为了适应市场，这样改，那样改，换成这样，换成那样。多少故乡被房地产公司拆掉了，多少自然之脸被美容院拆掉了。而《天涯》不动，学生腔时代的另类刊物，就像河床上的石头，落后于时代，没有前途，很不自然地、勉为其难地坚持着自然状态，自然是没有前途但日日新的。当它不在乎前途的时候，它却是一份前途无量的杂志。

2006 年 1 月 17 日在昆明

“后现代”可以休矣
——谈最近十年网络对汉语诗歌的影响

网络首先是一场颠覆。它基本上颠覆了传统的发表制度，解放了所有存放私人手稿的黑箱，为各种言论的自由发表、交流奠定了一个史无前例的技术基础。

限制当然存在，但这种限制现在是个人自己负责，这一点意味深长。限制除了意识形态的国家限制，在美学上完全没有什么限制，而在此之前，发表作品既有意识形态的“诗无邪”的限制，也有审美观念的“雅驯”的限制。语言有一个明暗的疆界，暗的部分难见天日。现在，语言弃暗投明的关卡取消了，黑白是非，需要重新划定，而这个黑白是非现在不是依靠权力来判定，而是向读者敞开。

在中国，就像先锋派诗歌首先从民间刊物开始那样，诗人群体再次敏感地意识到网络的自由本性，诗歌在场立即向网络上转移。我发现，先锋，首先还不是形式或者内容上的革命性，而是文学在场的选择。我注意到，就像当代小说的复兴是从官方刊物开始那样，这一次，小说家又拒绝了网络，他们依然满足在传统媒介上被权威刊物发表。诗歌再次先锋，最近十年，当代诗歌的在场已经从纸媒转移到网络上。

对已成名的诗人，是否在网络上继续拥有读者，是作品有效性的一个试金石。网络的读者是开放自由的，而不像传统的媒介是一厢情愿、依靠权力强加。最近十年，当代中国最有活力的诗人无不现身网络。抛开各种诗歌圈子、诗歌主张、审美倾向不论。我以为最近十年的诗人可以分为在网的和不在网的。著名诗人遭遇网络考验，作品必须直接面对读者，过去时代由刊物的权力建立的名声一旦失去了齐宣王式的庇护，直接面对读者，作品是否名副其实自会呈现，滥竽充数、名不副实的作品在网络上将门可罗雀。而同时，无名诗人也可以通过网络发表，直接被真正的读者注意到。网络信任的是点击率，作者与读者的直接对话，而不是权威。我注意到，最近十年，最优秀的青年诗人几乎都来自网络。继续保持活力的诗人也活跃于网络。

同时，聪明的诗人也意识到网络在建立名声上的快捷性。被注意到，成名成了网络诗歌的一个动力。这深刻地影响了最近十年的诗歌写作。诗歌呈现快餐化的趋势，语言更直接、更浅白，口水化、段子化、广告化、新闻化、杂文化，匕首式，短、平、快。奥林匹克风格。形式千篇一律，诗成了快餐型的，观念、意义、结论片段，耸人听闻，哗众取宠。总想在什么地方戳上一刀，渴望虚拟的象征性的血腥味。最严重的是观念化，诗歌成为观念、意义、结论、是非的载体，语言退隐，意义喧嚣，而这些意义、结论、短小精悍、分行排列的形象思维的关于现实的小论文往往缺乏说服力，令人难以苟同。好诗的标准已经降低到分行论文中的结论苟同者多，那就是好诗。将语言作为工具，指向意义、观念，自我小真理的诗泛滥，指向存在的诗很少。

我以为新文化运动说到底，它是一场汉语的语言革命，从“雅语”到生活世界的日常语言，从“雅驯”到怎么写都行，这是汉语写作一场深刻的写作上的空间和时间上的转变，其目的是为现代中国命名，激活、重建象征系统。如果新文化运动内在的价值观更为激进，非此即彼，排斥异己，一直用的是减法的话，那么汉语却在最近一百年中显现了它的伟大本性。作为一种圆的语言体系，它不是像许多语言那样，沿着时间的线朝一个未来的方向飞跑，而是在最基本的语词基础上循环往复，对未来宽容、接纳，用加法。白话文写作无法取消“雅语”的存在，最多就是将它束之高阁。而更多的情况是，汉语写作总是能从汉语的经验世界中汲取活力。“致虚极，守静笃。万物并作，吾以观复。夫物芸芸，各复归其根。归根曰静，静曰复命。复命曰常，知常曰明。不知常，妄作凶。”（老子）最近一百年，新文化此起彼伏，崇尚机会主义，以及标新立异。当下见效为时髦。语言却守着常，这是汉语之大幸。

网络的匿名化，使汉语的阴阳二极被全面释放，这是最恶毒下流的时期，也是最高尚纯洁的时期，是最浅薄无聊的时期，也是最深刻有效的时期。其意义有待将来慢慢认识，现在下什么结论都为时过早。因为网络对整个世界来说都是一场史无前例的人类言论发表方式的革命。就像印刷术的出现。

我感觉到，“我手写我口”，从胡适开始，在20世纪60年代“合法化”，到八九十年代逐渐成熟，这是一个经典时代。最近十年，已经走到极端。就像“雅驯”曾经令汉语写作窒息一样，口语化已经成为主流，并泛滥成灾，形成口语暴力。出名就是硬道理，不惜声名狼藉以获取名声、为名忘义者大有人在。网络上的后现代，道在屎溺，现在干脆就是，只要能出名，吸引眼球，写什么都行。口语泛滥并没有使诗歌的边缘化得到改善，反而加速了新诗的边缘化。网络诗歌十年，诗人体验到自由的快感，但先锋诗歌写作也面临着危机，象牙塔在十年前只限于晦涩的玩弄修辞游戏的所谓知识分子写作，现在以解构、搞笑、娱乐为先锋性的口水诗歌也被关进了声名狼藉的象牙塔，成为小圈子的游戏。

从 80 年代初开始，我一直强调要继承胡适们开创的白话文写作，我意识到生活世界的日常语言写作的玄机在于“大巧若拙”“大音希声”。但泛滥的口语只剩下拙劣，而没有大巧、大音。

博客的出现是一个伟大的转折，那些自重的、严肃的个人写作因此得到一个技术保障，我欢呼博客。我后来越来越感觉论坛有一种跳梁表演的性质，对个人写作的意义不大，这倒还不是因为论坛的言论自由具有暴力性（我这十年在网络诗歌论坛可以说是经历了一场小“文革”）匿名者的白色恐怖，造谣、诽谤等等，而是论坛的方式与诗歌精神不符。论坛以为个人黑暗中的诗歌秘方是可以讨论和交流的，通过争论是能够写出好诗来的。论坛是论理的地方，但理没有论出来，非理性却遮蔽着作品。自由争论是民主的形式之一。但诗歌不是在争论中发展的，它不是一场运动。争论试图将写作中的黑暗秘方光明化，将消极的东西变成积极的东西。而其实它只是一个获取注意力的工具。论坛的虚拟性，往往令作者产生幻觉，以为全世界都在关注。论坛的语言暴力往往令人生畏，最后成为一个个小圈子而不自知。论坛使作者产生依赖性，像体育竞赛的现场，写作产生一种狭隘的论坛风格，为赢得小圈子的廉价喝彩而写。事实证明，所有诗歌争论都在非诗的领域生效，而诗歌创作的所谓规律性的东西从未被总结出来。我以为，网络对于诗歌来说，仅仅是一个自由发表的平台，而博客是最理想的版面。博客才是诗歌最真实的发表平台。网络只是一个文本传播方式的革命，它并不意味着诗歌的基本性质发生了变化，发表的方式变了，但诗歌创造依然是诗经时代的那些招数。

后现代可以休矣。我以为，民间解构主体性的“文化运动”从 80 年代到今天，已经导致了主流价值的碎片化。这个世纪“左倾”文化创造的主体性其实比我们估计的要虚弱得多，它其实只是各种机会主义的大杂烩。今天，如果当代中国的每一部手机里都藏着后现代，都在玩解构。那么后现代在我看来，已经成为一种当代的主流文化（依然是机会主义），主流文化的在场已经转移，早已不在传统上以为它们在的那里，许多诗人今天对主流文化的攻击由于缺乏方向而南辕北辙。最粗糙意义上的“后现代”其实成为我们时代的主流。许多诗歌其实与电视台的娱乐节目殊途同归。先锋是什么，如果依然是对主流文化的永不衰竭的怀疑和拒绝，那么今天我以为中国的先锋诗歌缺乏对后现代的怀疑、反省和拒绝，缺乏 80 年代第三代诗歌对主流文化的决绝的反抗精神，已经非常媚俗。七九八是先锋艺术的根据地吗？太搞笑了，那是一个象征性资本的流水生产线。我发现后现代诗歌的价值观与主流文化完全一致，就是娱乐、拜物，玩世不恭，维新是从，对全球化的盲目崇拜。布迪厄说：全球化“搬用自由、自由主义、自由化、非调控化”的语汇，其目的却是赋予经济决定论一种宿命的影响，免于任何控制，致使各国政府和公民屈服于如此‘自由化’的经济社会力量。（皮埃尔·布迪厄《遏止野火》）网络诗歌的自由狂欢其实缺乏对自由的真正思考，它的自由通常只是一种自私的自由。

我以为八九十年代的先锋诗歌没有解决一个问题，就是先锋、后现代有没有终极价值，有没有神灵在上？

仅仅是怎么都行吗？彻底无神的写作今天和拜物教的市场经济一样泛滥。庄子说“道在屎溺”，他说的是道的在场，而不是无道。怎么都行，肯定的是周行不殆的康庄大道。

今天越来越多的人提出好诗和坏诗的问题，我以为不是如何说的问题，而是德的问题。自由主义固然是现代社会的基本价值观之一，但是它有没有一个终极价值。就是说，它有没有一个德的底线。自由上面，有没有神灵？道在屎溺而非道是屎溺！“礼失而求诸野”是历史所趋，但最终是要回到礼，而不是一味地野怪黑乱下去。《诗大序》：“雅者，正也。”杜甫说“再使风俗淳”。李白：“大雅久不作，吾衰竟谁陈？”（《古风》之一）李、杜可谓唐朝的先锋派，开风气者，但他们确立的是大雅。写作在根本上是为世界守成。古人云，文章为天地立心。中国和别的民族不同，诗意须臾不可或缺。别的民族有宗教，宗教之类的东西，中国人是靠文化、诗教的。诗意是中国精神的核心。诗歌写作如果放弃了“为天地立心”，必然被文明抛弃。新诗要尊重它的成熟，不要总是一场场青春期的胡闹。汉语写作在呼唤我们时代的高僧大德。

我以为现在是再次思考为何写作的时候了。

这是我的一点意见。

2009年10月15日星期四

2009年11月20日星期五改定

（这是作者在成都芳邻旧事诗歌节“网络诗歌十年讨论会”上的发言）

网络上的文化复兴

现在有一种舆论，似乎网络主要是一个谣言、诽谤、不满、诈骗的滋生地。这令喜欢在网络上发言的人们就像是一群异端分子。他们的处境非常悬，就像暴风雨与蔚蓝天空之间的乌云，达摩克利斯之剑一触即发，前途未卜。许多人于是销声匿迹。明哲保身，还是别自找麻烦吧。已经有人警告，如果自己不清白，还是不要到网上混。问题是，何谓清白？从吾国的历史来看，例如在“文革”中，一贫如洗，那叫清白，而家财万贯虽取之有道也要锒铛入狱。但今天，清清白白的百万富翁多的是。何谓清白，在缺乏法制保证的社会环境中，那是三十年河东，三十年河西。如果清白指的是思想、言论、立场上的唯一正确——这种谁坐庄谁说了算的方面，那就更可怕了。在这方面，谁敢自命一贯正确，一贯清白？如果法制不为这方面的不清白提供保障，那么还是沉默为妙。比如有人诽谤英雄、捏造英雄并不存在的历史事实，这是造谣。但是，对英雄的事实提出怀疑，并讨论、反思，这是一种清白。而在中国，这往往容易被一概视为谣言、诽谤。上网发言要考虑清楚，今天不追究你，未必将来不追究你。

而如果冷静地观察网络言论，人们会发现，这是中国当代文化空前自由活跃的一个大社区。如果说今天有什么思想解放的新迹象，那么我以为它正是发生在网络上。20 世纪 80 年代是中国思想最活跃的时期，那场伟大的思想解放运动导致了中国文化的繁荣。90 年代市场经济兴起，文化走向低潮，拜物教普及；流行一时的“文化搭台、经济唱戏”鼓励大场面、大舞台、大灯光、大红地毯、巨资聘请大腕……以象征壮丽辉煌、高大雄伟，更令文化生活浅薄贫乏空洞低档庸俗。一方面大红大紫、挥金如土；另一方面，文化也丧失了文教的权威性、公信力，成为为货币涂脂抹粉的高级广告。已经到这种程度，不仅是体育馆里的大排场，为老板写作的作者队伍也蔚为壮观。最近针对文化活动出台的禁令其实就是对这种丧失了文化的文化表演的一种警醒和拒绝。

但是，这种拒绝仅能在有限的方面发生作用。中国当代文化的困境是，拆迁和建设已经转移了传统中国文化的在场，就像摩西领着以色列人渡海迁移一样，这种空间的巨大转移其实也令人们来到一个文化的不毛之地。那些无边无际的小区，为什么被人们讥为鬼城，我以为倒还不仅仅是房子空着，就是那些人满为患的社区，文化也非常贫乏。文化并非一群老年人在傍晚跳跳健身舞。可以去看看鲁迅的小说《社戏》或者老舍的《茶馆》，与今日的社区相比，可知当代文化生活已经贫乏到什么程度。现代化已经导致了一个西方思想家曾指出的陌生人社会，如果在物质生活层面已经全面地效仿西方，高速公路早已水泥封顶；如果经济基础决定上层建筑依然是真理，那么今天这个已然接轨且非常活跃的经济基础与其上层建筑之间显然已经不似以往那样严丝合缝了。文化是一种精神生活，一种生命之意义的语言符号交流活动。没有这种交流，人与野兽无异。在中国这种缺乏宗教传统的社会，文化就是文教，文化的质量决定着生活的质量。今日中国之空虚不是物质的缺乏，人们需要生活的意义，而提供这种意义的系统，文化——由于阐释生命之意义的能力的伪善、陈腐、匮乏、自以为是、唯利是图而令人厌倦。

但我们是否发现，有活力、有吸引力的文化生活在某种程度上已经转移到网络上。人们并未因为主流文化的乏味而放弃精神生活，网络文化正是陌生人社会的产物。精神生活失去了广场，却获得了私人房间里的自得其乐，而网络为这些私人笔记本上的精神生活提供了公之于世的空间，其潜在的影响力被释放了。在网络上，一方面，居心不良的谣言、诽谤固然时有所闻，但更强大的一方面，洪流滚滚的是爱智、思辨、反思、建构、解构、古典精神、现代性、审美、幽默、诙谐、新诗、旧诗、小说、摄影、咖啡馆、都市夜场、音乐、小剧场、美食、独立电影、朗诵会、书店……哲学也出现了！宽容已经日渐成为网络文化的一种基调、常识。一种重建中国生活世界的文化力量方兴未艾！这股洪流早已在民间社会悄然复兴，只是在网络上获得了自由发表的平台而已。我有个朋友，他上网的唯一目的就是向网友发布他搜集的古典音乐。而另一位一直在发布花草虫鱼志。如果舆论不是去保护、肯定、通过法律去保障网络文化的这些主流方面，而是对它的次要方面如临大敌，那么，那些热爱生活而厌倦政治的网民也会举一反三、噤若寒蝉。毕竟，历史记忆犹新，在“文革”中，先是那些“历史反革命”“现行反革命”首当其冲，之后，那些爱好雪茄、咖啡、听黄梅戏的人们也在劫难逃。1966 年我 12 岁，令我难忘的一幕是，红卫兵站在大街上，拿着剪刀，将那些裤管窄的人的裤子剪开，因为这种裤子模仿了资本主义的香港，叫作港裤。在我看来，“文革”对人们的政治迫害固然惨烈，但更可怕的是它对日常生活世界的摧毁，那是一个戴一只戒指或听听巴赫阅读论语就可能入狱的时代。世界历史上可谓绝无仅有，而这方面很少得到反思。

我以为中国今日新兴的网络文化正是人们一直呼吁的文化复兴。在某些呼吁文化复兴的知识分子看来，文化复兴必是五四那样轰轰烈烈的运动。而在我看来，文化复兴首先是私人精神生活世界的复兴，主流文化的发布平台其实往往遮蔽着这种私人精神生活的复兴，因为这种复兴缺乏投资的回报，也不符合宣传口径。网络的出现，为这场在陌生人社区中静悄悄地发生的文化复兴提供了一个发表言论的平台。主流文化可以专利权制造粉丝的假象，但是在网络上，粉丝无法强迫，因此这场文艺复兴必须植根于文明最深厚、最普遍的经验，要求更古典、更保守的共享。其实它早已超越“文革”以来那种以政治为核心的陈旧文化，也超越了那种以经济效益为核心的文化。这一文化复兴与 80 年代的文化复兴不同，它完全来自民间社会，它是常识的，更为深刻，它超越了地方性知识，与世界文化同步。人们仅仅是在创造生活世界的文化，别无其他，绝非居心叵测！人们只是要生活！生活！生活！更有意义地生活！告诉他人，我这样生活！

网络不是一个集团，而是无数陌生人的大社区，它貌似某种势力，但细究起来，无非也就是形单影只的身份证号后面的一个个小网虫而已，如果没有法制的保障，它们真的是不堪一击。

微博，中国精神生活的新空间

微博就像夜晚的星空，已经在中国生活中不可须臾或缺. 唯物的白天逝去之后，精神世界就通过微博灿烂起来。人们在物质的白昼劳作、感受、思考，而在精神的夜晚说出他们的所思所感。在没有网络的时代，这些黑暗中的精神活动大部分无从知晓，精神世界的展示只限于少数的精神贵族。现代技术使文明更加灿烂，微博解放了中国精神世界的黑匣子，任何人，只要你注册一个账号，你也许没有任何权力，但你可以发言，舌头和文字就是你的权力，你可以立即公布你的所思所感所见所闻，这是文明的又一进步。以文明世，文明的进步说到底，不过是精神世界的一次次去蔽。从只有丛林法则的野兽到仁者人也，从口语到文字，从甲骨上刻字到纸、笔的普及，从毛笔到钢笔到电脑，无不是一次次精神世界从封闭到自由，从特权到普及的解放。让每一个人都能表达自己，文明不是少数人的明，而是每一个人都有权力参与的明。网络最深刻的革命更在于，以往文明也许一方面在普及文明的工具上做出努力，而另一方面也在维护一个由少数精神贵族或宣传机器把持着的编辑制度。如果每个人都是作者，也是自己必须负责的主编和出版者，那么传统的编辑制度就日薄西山了。

这并不意味着仅仅是无聊、平庸泛滥。如今，在网络上，恰恰是依靠编辑制度庇护的平庸之作无人问津，而真正有读者的作者却脱颖而出，粉丝就是证明。粉丝不是编辑制度，而是读者的自由意志。你可以通过编辑制度强迫读者，但无法强迫粉丝。编辑制度总是基于种种意识形态或者现实形势的限制，例如，“文革”时代盛行的是反文明的编辑制度。而网络却基于五千年的文明史。文明并非横空出世，文明本身就是植根于人民中间的巨大网络，现代网络无非令这个古老的文明网在其根系上通过现代技术活跃起来而已。民间有高人，过去的时代，高人也许饿死首阳，或需茅庐三顾。而今天，高人自动现身网络，网络其实已经成为中国智慧最活跃，最丰富灿烂的地区。

人是通过语言立了心的动物。文明就是立心。心不仅人有，动物也有，但动物没有立心。心的去蔽使人不会再仅仅满足于吃饱喝足的动物性存在。人需要兴观群怨、需要诗意的栖居，只有人才能不仅仅是筑居，而是诗意的栖居。孔子说：“不学诗，无以言。”诗意的栖居意味着生命需要交流，交流知识（多识于鸟兽虫鱼之名）、经验、趣味、感想、体会、心得、思想、道理……文明不断地为人创造出越来越丰富的交流方式，交流、总结、批判、监督、反省、淘汰、创造，文明因此丰富、深邃、充满魅力、活力、动力。

在我们这个时代，交流尤其重要。铺天盖地的房地产、拆迁运动已经全面摧毁了传统中国的栖居方式。熟人社会及其交流系统土崩瓦解。房地产公司依样画葫芦照搬来的西式筑居、新城、小区……已经将中国社会全面推入一个陌生人社会。西式城市在资本主义兴起的数世纪中已经创造了成熟的交流系统，无所不在的教堂、咖啡馆、博物馆、剧院、书店、沙龙令陌生人社会一方面彼此独立，不受干扰，一方面又紧密联系。微博在西方并非唯一的交流方式，因此并不特别普及。而在中国社会，传统的交流渠道已经消失，人们在现代化的筑居（商品房）里面彼此隔绝，成为彻底的陌生人。精神生活空前匮乏，人不能只是闭门思过，人们需要交流。电视机似乎是一个最普及的精神缓释器，但是电视是单向度的，它只是灌输而不在乎你的反应，它根本不能取代茶馆。茶馆作为传统中国最悠久的社交硬件已经消失，而从前，比如西南联大时代，中国的大师都活跃在茶馆里。

需要重建交流渠道，而网络恰恰适应了这个时代人们对交流的强烈渴望。中国有着世界上最庞大的网民群毫不奇怪，人们渴望交流，人们拒绝仅仅是作为幸福的猪活在世上，人们需要宣泄、消耗他们的精神产品、发掘他们的精神资源。日新月异的筑居摧毁了传统的中国社会，对如何重建社会却一筹莫展。因为西式筑居的基础，西式筑居的诗意栖居，乃是植根于西方社会的历史、宗教、文学、艺术、音乐、社交、节日、咖啡馆、酒吧、俱乐部、夜总会……如何既模仿了它的筑居，又拒绝它的社会，如何在一座座没有教堂的小区里重建具有精神空间的、能够交流的汉语社区，以免人们由于过度孤独和空虚而铤而走险，是一个巨大的难题。

于是人们自发地来到了网络上、来到了微博上。他们是因为无所事事吗？不是，这个时代事太多了，疲于奔命。教育只培养分数比赛的运动员。一切都必须更快、更高、更强，极端就能成功，消极必被淘汰。稍微慢些就有可能被拆掉。他们来到微博上，他们只是想聊聊，以证明自己依然存在、并非文盲。太无聊了，今天网络以外的现实多么无聊啊。如果一切事物图穷匕首见的匕首都是货币，一切生存活动都只是在竞赛先富起来，这个世界不是太乏味了吗？不上网，让他们在唯物以外的时间中做什么？去看那些意思一目了然，只在于将陈词滥调再说上一遍的电视剧？去参加那些假大空的合唱团？去购物中心、超级市场再消费一次，以显得自己像个时尚的白痴？房地产公司在设计图纸的时候，或者始料未及的是，人们固然搬进了新房子，但作为具有心灵生活的人，他们已无处可去了。

现代化固然为人民带来了物质生活的变化，也将他们抛入历史上从未有过的孤独中。文明是孤独的缓释剂。1966 年之后，文明有待重建，它甚至比经济发展更为重要。我想人们今天会深刻地意识到这一点。在中国当下的环境中，可以将微博的兴起看成人们重建文明的一种自觉的努力。

不上网，让他们到何处去证明他们依然活着，并明白生命的意义？网络、微博是无法阻挡的，这种交流其实非常温和，中国精神世界中最光明、最纯洁、最黑暗、最乖戾、最流氓、最高贵、最智慧、最无耻、最弱智的方面都有呈现，而天并没有塌下来。而网络上的主流趋势，却令人感到希望，善依然是中国精神世界的主流，而这种善意由于自由、真实、新鲜的表达使古老的是非再次获得澄清，而不再是那种由于惯性的陈词滥调只令善日益声名狼藉的伪善。

如果他们不上网，重返黑暗，对于技术如此发达的现代社会，重返密谋恐怕才是最危险的交流。

未来世界会怎样？

世界将怎样很难说，但我想低碳主义会超越过去时代的一切主义而成为最迫切的现实主义。低碳作为人类历史的一种隐喻，它意味着一个天长地久、可以信任、诗意在场的世界。低碳，作为一种人类曾经生活过的历史，这是一切主义、意识形态、宗教、文化、生活方式得以存在的基础。“天地有大美而不言，四时有明法而不议，万物有成理而不说。圣人者，原天地之美而达万物之理，是故至人无为，大圣不作，观于天地之谓也。”（庄子《知北游》）　“神领你进入美地，那地有河、有泉、有源，从山谷中流出水来。如此你们可以承受这美地，遗留给你们的子孙、永远为业。”（《圣经》）

低碳主义是一种全球政治，而不是国家与国家之间的政治。哥本哈根会议使各国意识形态大异其趣的领导人坐在一起，也许他们终于意识到，20 世纪普遍迷信未来、否定过去的世界思潮应当反省了。“我立大地根基的时候，你在哪里呢？”（《圣经》）“治不法天之纪，不用地之理，则灾害至矣。”（《黄帝内经·素问·阴阳应象大论》）

人们是否意识到，以摧毁低碳世界为代价的发展，导致的历史之终结将不是某种乌托邦（上帝的、共产主义的）在全球的胜利，而是人类文明史的彻底终结。文明的普遍性也在于它们在不同程度上都是“道法自然”的结果。就是虚构了上帝的《圣经》也是从春天、光明、黑暗、植物获得灵启。我担心的是未来的某一日，世界的孩子们走进教室，令他们的困惑的问题将是，春天是什么，什么又是燕子？黑夜又是什么？无论是李白、杜甫的诗歌或者荷马、华兹华斯的诗歌都将因为自然的变化而成为不知所云的天书，彻底失去与之对应的经验世界。无论儒教社会，还是基督教社会的古老教义都将失去存在的根基。

无独有偶

最近看到奥运飞人刘翔在 2001 年 11 月 23 日训练日记中的一段话："上午六点三十分，奶奶与世长辞，享年 78 岁。下午 4 ×100 米。"觉得似曾相识，想起来，作家卡夫卡也有这样的言论，在日记中，这位住在布拉格的德语作家于 20 世纪初写道："某月某日，上午，德法战争爆发，下午游泳。"我估计刘翔是不大可能阅读卡夫卡的，因为卡夫卡对于他是另一种专业，这也不是一种对生活的见解，只是生活的继续而已。对有些人来说，任何事件都不具有足以毁灭他的日常生活世界的意义，高于一切的是生活本身，是个人的生活世界，而不是任何特殊意义。卡夫卡的生活世界就是写作和在保险公司工作，刘翔也一样，他的生活就是训练和夺取冠军。

就是亲爱的奶奶逝世，也不能改变这一点。任何事件和机会都不能令他们出卖自己的生活。对某些人来说，生活不存在更好或者更坏，任何一种生活都有它们内在的魅力，就是流浪汉的生活也是如此，这种被当代生活标准所歧视的生活曾经激发了塞万提斯写作的灵感。只有对生活仅仅视为某种价值的体现的人们，才总是渴望着在事件到来的时候捕猎意义，意义中总是隐藏着新的机会。在“德法战争”或者“奶奶逝世”的借口下，生活完全可以造就出一整代投笔从戎的热血青年，并且把卡夫卡继续在保险公司工作、下班回家写作的生活视为犬儒主义。而刘翔将被作为冷血动物遭到指责，他为什么不“丁优”三个月呢？

20 世纪的中国在“知难行易”的思潮影响下，追求生活的意义大于生活本身，人们关心的是主义的正确与否（高尚的动机后面隐藏着功利主义的价值观，“更某某的”），而不是生活本身，凡事情首先问的是“为什么”，而不是“那是什么”。如果“为什么”不符合正确，人们首先想到的就是摧毁。这种摧毁可以细微到不只是社会结构，而是普遍的个人生活。经常可以听见这样的话：“偌大神州已经容不下一张书桌了。”于是在事件最危急的时候，中国生活可以全部停止，作家投笔从戎，医生弃医从文，鞋匠喋血宣誓，厨师提着刀就跑了……都不干了，所有人在同一意义下成为一支巨大的激情澎湃的队伍。丰富的生活世界成为一只单向度的锥子，只有锥子尖端的那种生活才是体面的生活。不是么，今天，除了拥有汽车、别墅的生活是体面的以外，其他一切都很自卑了。一个当代的桑丘或者陶潜当然要被视为落后对象并有待改造、消灭的。当我们回顾 2 0 世纪的文学史的时候，那种一生的作家几乎没有，有的只是一时的作家。而无一例外的是，当事件或运动结束，生活再次开始，（其实生活从来就没有停止过，它只是被时代的巨掌推入暗处而已。）后悔莫及的作家们重返书斋，却把一切归咎于时代。一个歌德那样决心一生写作、不为时代所动的作家在这个国家中没有任何出头的机会，平庸就是他的死刑判决书。而那些下午继续游泳的人们，被讥讽为“只会过日子”，毫无意义的、亘古的、基本的生活成为他们的耻辱。在 1966 年，这些毫无意义的家伙，终于也必须放弃，因为生活最后只剩一种，正确的，其余都是必须改造和摧毁的，就是有人敢于一意孤行，朝着与锥子相反的方向去追求更为基本的生活，那也是对意义的选择，而不再是生活的本身。

无　心

福克纳有篇小说，说的是一个卖桶的人来到乡村，看见一个村妇正在整理自家种的菊花，卖桶人想把自己的桶卖给她，但妇人并不需要。这家伙就赞美妇人的菊花怎么好看，说得妇人内心高兴，就买了他的一个桶，临走，还送他一盆菊花。故事的结尾是，卖桶人走后，妇人恰好有事情也出门，走不远，就看见她的菊花被倒在大路中间，车轮子压过去，那个狼心狗肺的家伙把菊花扔掉，把盆拿走了，美丽的妇人为此伤心。

这种伤心的事情，今天在中国已经是司空见惯，人们从事某事，只是为了多挣钱。富起来没有错，但不义而富与贵，于我如浮云，富有个底线，就是要讲义。但我发现在这个国家很少有人真正喜欢自己的工作，你听到人们日常的聊天，经常在说调动、换工作，不满意都是因为工资低、嫌钱少。许多人像妓女一样干着对自己身体有害的工作，只是因为工资高。衡量事情的标准只有一个，就是看它是否挣钱、挣多少钱。所以你经常遇到对自己的工作麻木不仁的无心之人，人们可以干任何事情，打一枪换一个地方，只是为了钱而已。为什么生活的质量如此低劣，因为很少有人对工作有心，得混且混，不琢磨怎么干好事情，而是怎么得钱。无心之人是如此的普遍，你经常遇到在专业上一无所知的从业人员，遇到请你自己为自己开药方，只是收挂号费的医生，遇到问你油箱盖怎么找不到的加油工人或者不知道螺丝的松紧方向的水暖工，遇到从自由诗、散文诗、高级音响设备、电脑、纪录片、取名字、赌场到酸辣面条、画廊、家禽都经营过的老板。遇到上课打手机推销商品的大学教授。机场、医院、购物中心、卫生间到处都有“小心地滑”的牌子，因为今日建筑物的本质不是为了安身立命，让人能安自己的心、放自己的心，而是为了财政、政绩。

这是一个无心的时代。

心是什么，心就是理，其核心是一个仁字。理，就是人为什么存在于世界中以及如何存在的一个文明系统，所谓为天地立心。仁就是爱，就是爱人。德、忠、孝、义、信、礼就是心的不同表现。这些都是心，是互相联系的，王阳明说："敬是无事时的义，义是有事时的敬。"中国文明讲了几千年的心，与西方唯心主义的心不是一回事情，与心脏不是一回事，西方没有中国的心这个概念。中国的文化心理是一个传统，它经过几千年的历史逐渐形成，并丰富、盛大，成为在社会中每个人做人的基本常识、良知、良心。心理与真理不同，古代中国讲心，20 世纪讲真理。真理可以由少数人掌握，需要实践检验，会变化，与时俱进。心是不变的，它只是会丰富，从孔子到钱穆，这个心都是一个。所以说，万古一心，万众一心，人同此心，这个心只有中国有。

1966 年的革命是一场灭心运动。摧毁中国传统，也摧毁了中国文明的心灵世界。灵魂深处闹革命的结果，是人们不敢再有心了，讲抽象原则，不讲良心、不讲理了。传统中国讲仁、讲爱人，残酷的阶级斗争消灭了仁。我记得少年时代"仁"这个词已经等同于伪善，为后来的为富不仁埋下伏笔。被广泛鼓励的揭发检举告密消灭了忠、义、信，为了站队正确，人们可以出卖父母、亲人、朋友、老师、熟人。讲孝，不只是孝敬父母祖先，更含有尊重传统和历史的意思，彻底的反传统令人不再尽孝，昔日的红卫兵在晚年一定很孤独，因为年轻一代奉行的是喝狼奶、一切从零开始。基本道德伦理、良知、良心被简单的政治教条取代，礼仪废除，极端时期，连春节走亲访友都不敢了，烦琐的礼和仪式谁会再尊重。用意识形态取代心，是2 0世纪新文化的一个发明。

马尔库塞说的“单向度”的人，就是这种没有灵魂和心灵，没有传统，没有道德感和生活立场的物质至上的维新是从的新人。资本主义的空心人是消费社会异化的结果，我们的心灵匮乏是“文革”的结果。但后来在时间就是金钱、拜物教上面东西方都差不多了。

无心就是不仁，不仁就是麻木、就是不爱。有时候我们已经麻木不仁到了对麻木不仁都麻木不仁的地步了。比如，安身立命，要安身才能立命，身不安何以立命。但对这个道理都麻木不仁。身安在何处？有一日也许可以安在月球，但目前，起码我们这些活着的人们是只能安身于这个地球这块中国地方的了。我今天看到几个报道：雷州湾硇洲岛海边，生活垃圾污染严重，一片白色的塑料饭盒对海洋造成了极大的危害，自1998年以来，广东省海域发生赤潮事件59宗，赤潮所到之处不留一个活口，对渔业经济造成沉重打击。某地发生大规模人群食物中毒，因为食用含有超标农药的缘故。已经治理了２０年，到现在，昆明滇池每天依然流入城市垃圾５００万吨。并不是现在发生的事情，从时间上来看，已经可以说是麻木不仁了，那么有钱干什么，如果无心、不仁，一切确实都是零。

无心的教育

据我所知，现在中国各中学的高中，已经结束了正常的学习，进入轰轰烈烈的高考备战阶段。学校现在只上一门课，就是如何对付高考。家长也密切配合，与高考无关的知识，就是天塌下来，诗歌、音乐、舞蹈、艺术、哲学、美学、伦理……是坚决不学的。算起来，考试技术成为教育的最高知识、唯一知识。这种情况，我估计全世界仅中国。其实从学生一进入学校开始，就在为最后的考试做准备，每门课的目的都为一门课服务，就是最后的考试。平时学生们上课，经常被老师告知，这个不考，那个不考，就翻过去，不学了。比如历史，考试重点在政治经济制度，人文历史就可以忽略不计。教育为最后的高考而实用是中国当代教育的根基。

有一天我送孩子去上学，下雨，路滑，快到学校大门的时候，考试铃声响了，大家争先恐后地跑，有个女生滑倒了，同学中没有一个人去扶她，都要在铃声停止前抢进教室，女生自己挣扎着爬起来。学生觉得这很自然，考试高于一切嘛。我大骇，如果教育的结果，就是对跌倒的同学视若无睹，泯灭了恻隐之心，这种教育就太恐怖了。孟子云："恻隐之心，人皆有之……所以谓人皆有不忍人之心者，今人乍见孺子将入于井，皆有怵惕恻隐之心。非所以内交于孺子之父母也，非所以要誉于乡党朋友也，非恶其声而然也。由是观之，无恻隐之心，非人也。"以追求考试为唯一目的的教育、无心的教育，可以说是非人的教育。

当代对教育的目的是要塑造新人。新人的意思，是要区别过去中国历史塑造的落后旧人。但塑造这件事还是摆脱不了传统，无论怎么塑造，还是要靠日复一日地潜移默化，因材施教。伟大老师孔子的"因材施教"并不是根据一本教材来考试，而是根据学生不同的材而培养，就像中医，根据不同的脉而对症下药。太麻烦了！新人，像雷锋那样的，要在具体的实践、漫长的时间中才表现出来，很难立竿见影。而教育主要是一项政治任务，事关政绩、薪水，要在短时间中见出成绩，只有量化新人标准，以考分高低来衡量新人是否合格。教育向奥运会学习，把学生当考试运动员来培养。考得高分，那就是新人。如果把跌倒的女生扶起来，耽误了考试，没有分数，肯定不是新人。所以学校分出差生、优生，不是人品，而是分数线。过去，老师在家长会上，批评或表扬学生是根据好人好事，现在是根据分数线。高分成了“社会主义新人”的象征，至于这些新人是否有德，是否真的信仰社会主义，是否保持着恻隐，已经不重要了。分数决定一切，考得高分，非人，那也是新人。

学生也开始实用主义，既然学习仅仅是为了最后的分数，学习就成为应付考试的技术，学到什么，无关紧要。老师为考试而实用主义地教，学生为对付考试而实用主义地学。知识的力量只在于对考试是否有用，知识本身毫无乐趣可言，它只是各种枯燥的答案，选择题，A 或 B，学生只是应付，为什么是 B 而不是 A，这不重要，因为这是答案。这导致了一种隐秘的道德败坏，学生没有学习的主动性，一切都是考试答案规定了的，只要答就是了，何必学呢，只要死记硬背照着答就是了。就算教材里也有孟子语录、政治正确，充斥着各种真善美的教诲，但死记硬背已经将“恻隐”强有力地消灭了。天才、别材、特殊的创造力、智慧、独立的思考在这里等于零分。教育的皇帝新衣一旦被识破，学生就对教育阳奉阴违，考试答案是一套，现实又是另一套，更何况教材的许多部分就与下课后的世界无关，也与如何生活无关。教育因此培养出一种不再当真、玩世不恭，见人说人话、见鬼说鬼话的人生态度。考试是考试，做人是做人。在这种教育中，一个学生要保持心灵、保持恻隐的话，他只有靠天赋自我“因材施教”。

这种教育最终培养的是教育的潜在敌人，一旦分数过线，知识就被弃若敝屣。而最严重的是，现代教育与传统的私塾不同，传统的私塾代表的是教师个人的形象。而现代教育，教师的私人风格、品德操行是隐匿的，他们统统代表一份国家试卷。不是吗，分数线高的就是好老师，老师的人格、德行都不重要。老师完全没有必要对德负责，他只要对分数负责就够了。有些无德的老师正课马虎应付，课外收费教考试秘籍。今天的学生不尊重老师，老师只是枯燥的国家考试机器上的螺丝钉，老师不关心学生如何做人，只关心他们的分数，意味着老师对学生也没有恻隐之心。你去救人，导致你考低分，你就是差生。差是什么？字典说，错误。其实老师和学生都没有错，这是教育本身使然。不这样教，不这样学，老师就没有薪水，学生就没有学校。

“小学而大遗”（韩愈）。当代教育在培养教育的叛徒，我不是危言耸听，这是一种无德无心的教育，学生是不会对这种教育“一日为师，终身为父”地感恩戴德的。考试结束后，学生进入社会，而社会不是以分数线来运转的。如果一旦失去了答案，他们就没有判断是非的能力，没有灵魂，没有独立见解，没有个人才能。如此滔滔滚滚的一群，对未来的中国将是一个很严重的麻烦。我的意思是，在面对别种教育培养起来的社会的时候，教育本来是要强国的，现在却为积弱埋下了伏笔。

鲜矣仁

文明一词中国独有。直接讲，就是以文来照亮。照亮什么？人性。人性是什么，孔子早就说了，仁者人也！在中国，人就是文明的亲在（借用海德格尔的术语。）

最近时代，不仁者层出不穷。舆论抨击那些制造毒食物者、制造污染者、暴力拆迁他人家园者……但很少涉及这些现象的根本——不仁！

文革时代，中国鲜矣仁。对仁的革命导致了文明的黑暗。文明具体到一个时代，就是文化。天人合一，文在中国不是抽象的，不是教堂里面的经书，它是文字语言、经典，也是传统，历史、存在方式、生活世界的种种种细节。文制约规范着人的存在。文化在中国营造出一种宗教般的世俗的引导监督控制系统，潜移默化，“百姓日用而不知”。任何事情都必须“仁”“生生”“止于至善”。否则“千夫所指，无病而死”。

“文革”的遗产是，开天辟地，否定文明，一切复零。只要站对所谓“阶级立场”，不仁不义不忠不孝，什么都可以干，怎么干都可以。传统讲“一日为师，终身为父”，而红卫兵可以理直气壮地打死自己的老师。“人之所以异于禽兽者几希，庶民去之，君子存之。”（孟子）君子就是仁者，文人、知识分子是仁者中的布道者、“存之者”，“文革”首当其冲的就是文人以及各行各业的君子。人们并未从根本上反思文化在中国的重要性，文化被视为一种权宜之计、一种宣传手段。（文化化的是永恒的仁，仁泽天下，宣传只是此一时彼一时的概念、观点。例如，“文革”时代“绝对正确”的宣传今天已经声名狼藉。）“文革”后意识到国势衰落是经济的落后，而未意识到其根本是文化的黑暗。（五四的中国先知意识到“仁”在历史中的操作性错误，被教条化、概念化，丧失了“活泼泼”，成为禁锢生命之枷锁这一面，还未来得及总结它有益于人性的另一面。而“文革”恰恰从反面证明了“仁”在根本上有益文明、人性的一面。）如果“先富起来”被文化的终极目的“仁”制约着，那么它必然顾及传统、道德、诗意、美感、哲学、经验以及中庸之度……文明在中国，早已设想出，甚至实现过人间乐园（比如宋词歌颂过的那种现实，钱穆对此有深刻的论述）。人们只是在各自的时代中依据不同的物质条件再次实现之而已。例如，何谓家园，无论建筑材料如何更迭，人们理想中的天堂式的栖居难道不依然是“下有苏杭”么？人的进步仅在于接受“下有苏杭”用的是钢混材料，但不能“鲜矣仁”。可怕的是拆迁者们以为破旧立新就是进步，而意识不到将一位80岁的老妪（与拆迁者母亲同龄）赖以乘凉并将无疾而终的祖传槐树、水井、邻里、祖坟……的“旧”摧毁，让八十老母背井离乡乃是极大的不仁。世界无论如何进步，仁是不会进步的。仁必须守着。仁决定着进步的质量。孟子说：“所以谓人皆有不忍人之心者，今人乍见孺子将入于井，皆有怵惕恻隐之心。非所以内交于孺子之父母也，非所以要誉于乡党朋友也，非恶其声而然也。由是观之，无恻隐之心，非人也；无羞恶之心，非人也；无辞让之心，非人也；无是非之心，非人也。恻隐之心，仁之端也；羞恶之心，义之端也；辞让之心，礼之端也；是非之心，智之端也。人之有是四端也，犹其有四体也。有是四端而自谓不能者，自贼者也；谓其君不能者，贼其君者也。凡有四端于我者，知皆扩而充之矣，若火之

始然，泉之始达。苟能充之，足以保四海；苟不充之，不足以事父母。”（《孟子·公孙丑上》）

就像在西方文化中上帝创造了人那样，在中国，仁决定着人。“文革”的要害在于，它暴力地摧毁仁，最终丧失了人。

那些鬼城、雾霾、毒奶粉、地沟油、死亡的湖泊、河流、贪官……无不是“鲜矣仁”的结果。

“仁者寿”。这不是关于如何延年益寿的医技，而是中国文明之大道。

现代化再思

日本明治维新，狠抓教育，教育的目的就是要脱亚入欧，“脱亚”就是要从中国影响的感性思维中摆脱出来。入欧，就是要理性化。日本的现代化很具体，比如改造语言、限制汉字，片假名的大量使用使日语向着拼音文字靠拢。语言在某种程度上脱离了混沌、感觉，走向精确、直线、逻辑性，日语写起契约来更准确了。日本的现代化教育重在教如何做，这种教育精确到训练学生如何排队，排队时人与人之间的距离在一米之间。学生上课的内容包括接电话的姿势、接通后的话语顺序、在洗手间扯下卫生纸的张数，每次恰好三张，够用，也不浪费。与之相比，中国学生也许上了十年学，拿起电话来，还是说：“你猜，我是谁？怎么连我的声音都听不出来？”然后气愤地挂了电话。日本的教育彻底取法西方，受教育者被假设为野兽，教育就是“驯兽记”“驯悍记”。学生接受训练以摆脱蒙昧、摆脱自由散漫之自然人性，学习按照规范生活，就像士兵。我在东京一处洗手间看到提醒男士小解后不要滴在地面的告示，是一个命令：“向前一步走！”基督教的兴起是一次驯化，文艺复兴是另一次驯化，工业革命是再一次驯化，十月革命也是驯化，改造人，以符合某些强人设计的关于人的最高理念，这是西方传统，比如《呼啸山庄》，那就是在爱情的幌子下改造野人、脏人希刺克利夫的故事。我在美国百老汇看的歌舞剧《美女与野兽》也是这样。这一传统从尼采开始才被质疑，到20世纪，对现代化异化人性的思考，已经是西方思想界的主流。日本的现代化，一百多年过去，欧是入了，日本也没那么诗意了。我的印象是，那个国家被各式各样的契约捆绑得非常厉害。在东京街头，随处可以看见被各种规则绑得呆若木鸡的日本人。日本自杀率很高，地铁站台都是密封式的，因为压抑者太多。人生只是一种事无巨细、见缝插针的契约，一旦违约你就完蛋，契约无所不在，从街头的红绿灯到办公室文件，到室内的财产协议，压力很大，如今日本的自杀率显然高过了《源氏物语》的时代。

与通过理性来控制人的西方世界不同，中国是更重感性的社会。“人之初，性本善。”中国文化是信任人的，不是把人当作野兽来驯化，而是教化，通过文化的教化，文明、照亮人先验的善根。这种教化是，随流赋性，因材施教，自然而然，注重感性。人与世界的关系比较混沌、模糊，跟着感觉走，摸着石头过河，讲情理，情先理后，无情，有理也不尿你。化，讲的是感化、教化，而其化是化回人已经先验具有的善，而不是外在的人性模式，而是基于西方历史的现代化的化，是不容置疑地将人理解为原罪的驯化、强化、标准化、物化，也许在理论上讲的是人道主义，但实际上人是被契约严格规定的。

在中国，现代化已经被作为唯一的未来被普遍认同，现代化被想当然地视为一种唯一的、更高级的生活。中国传统的生活世界是落后的、必须被全面淘汰的。现代化被视为进步、模式、主义、理想、意识形态、象征（某种是否能立于世界民族之林的面子），甚至政绩，所谓进步，就是朝着现代化的唯一进步。从感性社会过渡到工具理性的、量化的、契约化……的现代化社会，中国有限的理性与现代化所要求的绝对理性并不相称。毫不夸张地说，中国的现代化是以一种农民运动式的、感性的方式，头痛医头、脚痛医脚的方式进行的。许多事情没想清楚，只是先干着再说、到时候再说。比如，西方工业化在环境污染方面已经有过巨大的灾难和教训，并已经积累了丰富的有效治理的经验，这些经验也基于西方现代哲学，人们对人与世界的关系已经重新思考。但从现代化之初就没有认真总结过西方现代化历史中的黑暗面，完全无视现代化与中国曾经有过的田园山水世界相比更有害生命的方面，不见棺材不掉泪。

现代化起源于西方。西方的现代化有强大的持续千年的理性传统保证。理性保证着现代化的做工，理性主义和做工是经验的积累。西方文化追求不朽，不朽不仅仅是观念；追求崇高，崇高不仅仅是观念，它们也是做工。因此一座座坚固的大理石教堂、城市屹立千年。在德国，我亲历从一趟列车转到另一趟列车只有五分钟时间的惊险，当我乘坐的列车停下，另一趟列车也徐徐驶来，同时停下，那就是我要转的车次，走过去，只用一分钟。还有两分钟可以发一下呆。这种做工是一种专业精神、知识体系、精致的设计、操作手册、规章制度、施工图纸，是慢工出细活的工具理性，是精确计算的数学、几何，及严格的合同制度、会计制度、审计制度、检验制度、法律制度，一分一毫也差不得。中国人骨子里不喜欢规范化、不适应契约。人们与世界的关系依然是感性的，怎么感觉好就怎么做。而“感觉好”的非理性一旦实际起来，却是只要致富，怎么都行。规范、契约在中国总是在被阳奉阴违地修改、偷工减料、歪曲、省略……某种太极图式的对规则的灵活机动，使中国保持了感性和魅力，也令中国式的现代化天真、粗野、缺乏标准，暗藏着危险。现代化的宏伟象征激发起来的激情以及多快好省、立竿见影、高速度、只争朝夕且日益严重的见利忘义的做工，是否在时间中埋伏了隐患？是否也能够像纽约 1902 年完工的熨斗大厦那样屹立百年？还是未知数。

现代化也许是一种更 N 的生活方式，但这个 N 对于人生、生命究竟是有益还是有害，还是未知数。它不像大米白菜面包牛肉的好处那样有人类几千年生活经验的证实。现代化是西方设计的，它并非基于普遍的人类经验。现代化不是基于感性，而是基于工具理性。现代化植根于西方历史文化的深处，现代化的后面是文化，是上帝、历史、知识、教育、习性和精神生活，甚至是血缘、人种、地理位置。最重要的是，它不是基于中国经验，它没有考虑过中国传统。比如牛奶的争议，中国响应西方的号召跟着吃，后来又发现种种问题。企图以某种食物一劳永逸地解决食物的丰富性、复杂性和神秘主义，只吃有营养的食物，只是一种乌托邦式的试验，但试验的阶段性结果却往往被人们当作自然事实。在有着道法自然这种强大传统的中国，自然如今已经模糊了，塑料是自然还是非自然？城市没有历史感，未必人也没有历史感，人也许在新世界不知所措，但历史并不会在他的血液里变成钢筋水泥。许多时候自然与非自然已经模糊，但人们依然道法自然，凭着感觉、经验与现代化发生关系，现代化是虚构的、设想的、设计的、实验的、试探的、过渡性的……接受它的方式却是感性的、自然的、诗意的、永恒的……非常危险。

中国今日物质层面的现代化的高歌猛进与精神、文化层面的迷惘、低落、失败和挫折感导致的矛盾非常激烈。人们在文化上也许从未如此缺乏自信，2012 年诺贝尔文学奖的颁布在国人中引起的巨大欢呼或者被讥为酸葡萄式的抨击，都显示了这一点。人们失望地发现，就是在曾经引以为自豪的文化的最高核准权似乎也被现代化了，就像百货公司的商品、电梯以及摩天大楼的质量指标、声誉几乎全是来自西方，汉语文学的最高核准也只有期待他民族的表扬、肯定，人们才有尺度和方向了。

也许，基于中国自己的历史和经验，更深刻地反思现代化，是今日的必须。

2012年1月1日

向西部学习生活

这个时代的美学比较虚弱，它害怕西部。西部如今被视为落后，西部也为此而弥漫着某种自卑。也许在物质的层面，西部确实匮乏，但在精神的层面则未必。现代化固然令物质世界眼花缭乱，但是精神生活的衰败也日益严重。那些物质乐园的人们已经没有力量感受西部的魅力。唐代文学的动力在某些方面来自西部。原始、荒凉、雄浑、苍茫、丰富、混沌、神性……如今被视为落后，西部日渐沦入我们时代审美判断的黑暗中。我们时代患着洁癖，它的图纸是将整个世界都改造成五星级宾馆或飞机场那样的地方，西部越来越不合时宜。

但是，飞机场之类的现代化装置从来没有过生活世界。生活是一种经验，生活来自过去、来自大地，来自人们日复一日重复着的油盐柴米的日常生活，这种生活在根本上与制作马家窑那些陶罐的人们并无多少不同。生活是历史的积淀。历史总是彰显世界的本质，无论如何折腾、拆迁、改造……人们只是要再次回到生活世界，无论消极无为或野心勃勃，都不能与生活为敌。

所幸的是，人们开始反思，全球化就是全球的同质化么？民族的位置在哪里？人们如何继续他们古老的生活世界？（这个世界从来没有成为历史，它是一种血液，这意味着在麦当劳与兰州拉面之间，我们总是毫不犹豫地选择后者，而对前者采取猎取的态度。）焕然一新的同质化全球难道是人类的唯一未来么？彻底祛魅的世界如何避免无聊乏味，水至清则无鱼？生活在何处？

西部为这种反思保留着余地。“明月出天山，苍茫云海间”依然存在着李白、岑参们歌咏过的那种大地，虽然它有些忧郁，晦暗不明。

西部依然充满魅力，这是一个保持着记忆的地方，在这里，后辈人依然可以向过去学习生活，向那些滚滚灰尘中跟着长河落日赶着羊群走向故乡的人们学习生活，向那些在晚风中摇晃着风铃的寺院学习生活，向戈壁滩上那些移动在风沙中的帐篷学习生活，向长城上的一块旧砖学习生活，（我仔细地端详过这些砖块，它可不像一眼看上去的那样简单，每一块都倾注着匠人的高超手艺和激情。）向一碗热气腾腾的兰州拉面学习生活，这种面条的历史就像它曾经拉出的长度的总和那样漫长。

伟大的敦煌难道不是一种值得继承的生活方式么？嘉峪关城墙上的楼阁难道不是一种值得继承的生活方式么？天水城正月里的庙会难道不是一种值得继承的生活方式么？秦腔难道不是一种值得继承的生活方式么？这些古老的记忆无不在昭示我们，人们曾经那样生活，那样地将一碗面制作出代代相传的美味，那样地将砂岩变成不朽的壁画，至今我们依然感受得到往昔生命中那普遍的狂喜。如果人们认为那种生活是不值得过的，是生活之敌，就不会产生不朽的唐诗和敦煌壁画！

生活就像大海，抵达高潮又退去，我们拥有了空前的物质世界，但我们能够再次抵达那些伟大的生活之端么？我们中国曾经是一个诗国，三光日月星，四诗风雅颂！历史和经验表明，祖先们曾经生活过，充满劳绩，还诗意地栖居在大地上（荷尔德林），为此他们欣喜若狂地创造了无数的赞美诗。

我们这个时代唯物，人们疲于奔命，越来越过剩的房子、汽车、摩天大楼、电脑……物的无休无止的升级换代。人们已经不会生活了！我们曾经像敦煌的匠人那样在黑暗的洞窟里为某一笔的出场而狂喜过么？

道法自然。大块假我以文章。我以为这个时代需要向过去学习生活，重新向大地学习生活。

中国西部今天恰恰由于它所谓的落后，而成为生活的大学校。

今年春天，我和一干朋友，由兰州朋友邵晓平带路，漫游了敦煌、西千佛洞、天水、麦积山、兰州……记忆被一次次地唤醒。

这次展览的作品就是我一路上拍的。

这些作品仅仅是要学习生活。向伟大谦卑的西部学习生活。

我记得，当我们来到敦煌的时候，一场雪刚刚过去。

世界皆白，只有那黑暗的洞窟中，生活的细节灿烂、美丽、自在。

辉煌的宁静。过去不会过去。

2013 年 10 月 1 日星期二在昆明

（此为作者在兰州“丝绸之路国际高端论坛”举办的摄影展的序言）

小矮人在寒冷的星空中哭泣

著名舞蹈家金星在电视台出任《非同凡响》舞蹈比赛的评委，进入总决赛阶段，接到通知，因为她的变性经历被取消评委资格。看到金星发布这个消息的微薄，我骇然，就像一个雅利安人看着他的朋友由于犹太血统而被驱除。

这几天我正好在看一本关于第三帝国的书，其中讲到，希特勒为纯洁种族，不仅迫害犹太人，也逮捕、消灭了大批同性恋者、变性人士、前卫艺术家，因为他们的世界观有碍雅利安种族的纯正。

变性是一种世界观。其哲学基于，人可以自由地选择自己的存在方式，他或她不一定要作为造物主规定的性别生活在世界上，他或她可以自由地处理自己的身体，选择他或他的存在方式，只要这种存在不威胁到其他人的存在。人无法拥有世界，但可以拥有自己的身体。存在先于本质，萨特说。20 世纪 80 年代中国思想的进步就在于这种另类的世界观得到容忍，尽管很有限度。在此前，我亲历的历史是，同性恋者被公然逮捕。我青年时代有个同事是同性恋，他被逮捕的时候我曾目击，那是 1975 年，我永远难忘那位英俊男子被押上囚车的凄凉眼神。那时候根本不可能变性，只能秘密自残。金星女士是我的朋友，我认识他的时候他还是男性，后来他在北京一家医院光明正大地做了变性手术。作为有影响的前卫舞蹈家，他的行为当时得到普遍尊重。这是 20 世纪中国社会的进步，但在今天，我感觉到这种曾经的进步似乎正在倒退。

歧视所谓"不正常的另类人士"在中国自有历史渊源。儒教传统自有其伟大的一面，但在其黑暗面，我以为对"不正"的歧视也是根深蒂固的。20 世纪之中国，乃处于一个"破旧立新"之思潮狂飙突进的时代，无数的旧被拆迁、摧毁了。但某些更为黑暗、残酷的旧却岿然不动，并且公然得到主流舆论工具的一再默许。

电视台做出此种践踏金星女士的基本人权的"反动"决定，好像只是"正常工作程序"，因为她是"变性人”，所以被取消资格。这是一个国际主义的决定，还是一个民族主义的决定？这是根据法律，还是根据某人的好恶？当然是某人的好恶，当然只是一家电视台的决定。法律决不会规定如此荒唐的条文：变性人士不得担任评委。法律必须尊重普遍价值，而不是地方、个人的好恶，法律必须超越于地方、民族之上，必须普世、普适。在中国，有些时候，做出一个以“公器”之名实施的决定，背后其实只是个人好恶。一个人可以不喜欢变性人士，一个变性人士可以不喜欢“脑满肠肥的常人”。但是，国家电视台不可以，在中国更不可以，你不是私人电视台。电视台是国家公器，代表着国家的基本价值观。而据我所知，吾国的社会主义价值观，其出发点大约也是尊重每个人的基本人权、众生平等的吧？这家电视台歧视变性，理由是什么？如果不是金星缺乏专业资格，那么这个决定毫无道理。有损电视台的光辉形象？那么某种根据某人好恶营造的光辉是一种什么样的光线呢？照耀社会主义国家的“保障人权”之光？如果这个电视台的某人心仪变性人士，是不是评委又可以以变性人士为主，并且“这是思想解放的表现”呢？

在中国，对另类人士的歧视并非金星女士一例。比如对行为艺术家的歧视。比如某些别无分店的电视晚会，公然一而再、再而三地在大庭广众下嘲弄和模仿相貌不符合时尚杂志封面的人士，嗓音不符合“正声”的人士，肢体不符合“正常人”标准的人士……“肢体健全的”明星演员一出场就模仿患小儿麻痹后遗症者、滑稽可笑地模仿方言（这种模仿通常使方言更自卑）。金星是世界知名的舞蹈家，她有雄厚的象征性资本，她被取消评委资格的消息在微博上一披露，就有数万网友声援。可怕的是，影响力广泛如此的金星女士尚且无奈，那些无人声援的“另类”们，其人生际遇就可想而知了。大年夜，明星们在电视机屏幕上又一次拿那些“不正常”的人们开心，好像没有这一出，这个国家就笑不起来。成功人士、满堂嘉宾笑得眼泪横流，电视台接着给出狂笑的特写镜头，以示笑得绝对正确。这种播出司空见惯，被侮辱与被损害者几乎没有什么声援。如果再加上中国电视机前那些沙漠般辽阔的观众的哄堂大笑，这笑声恐怕是世界史上最残酷、宏大的笑声了吧？

我看见 12 个小矮人在寒冷的星空中哭泣。

2011 年 9 月 24 日星期六

小不见了

多年来，诸如“金光大道”、“我们走在大路上”、高大的、雄伟的、宽阔的、全新的、光辉灿烂的……这类大词在意识形态领域一直很流行。

这些词代表的是对国家形象的想象、象征，唯有如此，才是屹立于世界东方的形象。后来，这些大词就不仅仅是文学性的想象了，已经成为我们的生活世界本身。转眼之间，一条条“金光大道”和一座座高大、雄伟、宽阔、光芒万丈的城市在中国拔地而起，黑暗望风而逃。许多人说到今天中国城市千篇一律的同质化，都说它们是马赛克瓷砖、高楼大厦、钢筋水泥的同质化，在我看来，它们更是那些大词的具体化、符号化、空间化、物质化。

象征、面子、所指满足了，也带来了日常生活的荒凉。大家都见过那些荒凉如墓地的中国新小区，它们之所以空着，我以为不仅是由于人们囤房等着升值，也因为这些小区没有寺院、没有庙会、没有菜市场、没有集市、没有卖花姑娘、没有小桥流水、没有补鞋匠、没有裁缝、没有小吃店、没有杂货铺……没有小，日子是过不成的。一个购物中心、一家咖啡馆、一个体育中心这种模式的小区，那是西方人的生活世界。他们还多着一个东西，教堂。每周六，全区的人在那里唱赞美诗，嘘寒问暖。

中国城市改造，一个目标是把散布在城市身体上的各种日常生活细胞，那些密密麻麻的小店、小商贩、小吃、小 X 分类集中起来，以超级市场的模式取代。在昆明，半年就拆除了六十多个传统小型菜市场，取缔了几乎全部有着数百年历史的集市。行政者以为，菜市场、集市只是脏乱差的滋生地，（好像中国人几千年来热爱的只是脏乱差似的。）到超级市场去买就行了，明码实价且干净卫生。他们不知道，从西方学来的超市与中国传统的菜市场、集市有着本质的不同。中国没有教堂，中国的教堂就在人间世中。中国是文化一切的世界，文就是中国的上帝，文化生活在中国无所不在。不仅教育，建筑（画栋雕梁，赞美诗意的栖居）、街道（贫与富毗邻而居，讲究芳邻）、家具（暗示尊卑有序，修敬无阶）……无不在寓教于日常生活。菜市场教的是什么？只是脏乱差吗？是有一点，但不影响全局。菜市场是仁者人也、是群的亲和力、是和而不同、是礼貌、是秤砣上日日要秤的良心、是玩场、是放松、是三教九流人人平等、是四海之类皆兄弟也、是养老院……任何人只要童年跟着母亲去过一趟菜市场就会知道。现在昆明的，许多地方，连找个补皮鞋的小摊都很困难。什么老鞋匠的故事，那更是天方夜谭了，难怪年轻一代不再写诗。

曾经想象中的未来中国今天至少在建筑格局上已经成为现实。这个现实建立在对过去的全面否定上。过去不仅是吃人的礼教、腐朽的政治、文化、小脚、鸦片等等，也是小街小巷、小桥流水，及藏在弄堂、胡同、四合院……深处的一个个小家庭、小吃、小百货、小商小贩、小市民、小日子……与今天为象征，甚至政绩建造的城市不同，过去中国的城市是为过日子而建造的，注重的是人在其中的感受，并非人们拒绝跟着时代前进，甘于落后，小不是意识形态。庸常的人生世界，小才好在，小才养生。革命时代，也许人们会随着大流到广场上去凑个热闹，但无法在广场上过日子，蜗居，绝不是高大、雄伟、宽阔、灿烂的，人无法生活在一个只有象征的世界里。建筑不只是用各种建筑材料搭建的供人居住和使用的物体空间，它也是生活世界的载体，尤其在中国这种一直有着“诗意栖居”传统的社会。建筑改变了，生活世界也随之改变。象征完成了，面子很大，但是，小不见了。地方、故乡的种种细节、秘方都被拆掉了，诗意所创造的丰富性也消失了。马致远的《天净沙》赞美的“小桥流水人家”，那是传统中国的普遍世界。如果今天要仿写，恐怕只能是“高楼汽车大路、超市商品房购物中心”，很难押韵。后者是依照拿来的西方图纸建造的，拆除小桥流水人家的时候，人们并不知道搬进后者是个什么滋味。如今我们是越来越深刻地体验到了。好在吗？令人困惑，语塞。不好在又能如何呢？也许需要100年我们才能回答。

深圳之类的大城市，一到春节就会大逃亡，人去楼空，争先恐后拥向残山剩水中的穷乡僻壤。比如云南丽江的大研镇，不就是一群小日子过了几百年的旧房子么？人们为什么年复一年地怀着这个旧，每到春节，就要大迁移一次，据说中国每年春节期间都有18亿人在路上，向着穷乡僻壤。伟大的还乡运动，只有宗教行为可比，这不是用“怀旧”二字来揶揄一下就完事的。

“故国神游，多情应笑我，早生华发。”（苏轼）是的，确实是高大了、雄伟了、宽阔了、灿烂了，但是，心不在焉。“旧时王谢堂前燕，飞入寻常百姓家”，中国之心依然在故乡流浪。

虚名的时代

中国自古有名教的传统。胡适说："总括起来，'名'即是文字，即是写的字。'名教'便是崇拜写的文字的宗教；便是信仰写的字有神力，有魔力的宗教。"胡适说的只是一面，名教还有更重要的方面，就是名副其实。

老子曰："无名天地之始；有名万物之母。"

小到给孩子取名、给店铺命名，大到从"阶级社会"到"和谐社会"的命名。

《左传》说："太上有立德，其次有立功，其次有立言，虽久不废，此之谓不朽。" 孔颖达疏："立言，谓言得其要，理足可传，其身既没，其言尚存。"

《论语》说："君子疾末世而名不称焉。"

《说文》对名这样解释："名，自命也。从口夕，夕者，冥也，冥不相见，故以口自名。”

意思很明白，名就使人从野兽的无名之黑暗里出来，命名，成为文明之人。名可以使你的实传之不朽、千秋万岁、名副其实。

人生下来，父母命名，表面你现在是个人了，与无名的野兽不同。

名是一种完成。命名是因为有实在，名副其实。

仁者，人也。仁就是第二个人。第一个人是黑暗无名的，仁人就是名人。所以必也正名乎，只有名的确立，人这个实才最终完成了自己，成为文明之人。

名在中国文化中至关重要。名垂青史、名副其实、名不虚传、名不副实、名存实亡……

孔子说：“不学诗无以言。”又说：“必也正名乎。”为什么不学诗，无以言呢？因为诗是最高的名，千秋万岁名。

命名就是文明，文→明，以文照亮。如何命名，如何文，至关重要。四诗风雅颂，三光日月星。郁郁乎文哉！中国最高的命名是诗。与其他文明在天堂获得不朽不同，中国的不朽在名，扬名立万，名垂万世。名，在中国就像基督教徒在身后是否能够进入天堂一样重要。千夫所指，无病而死。中国人最害怕遗臭万年，追求的是流芳百世。

名是时间性的，指向未来和过去，所以杜甫说：“千秋万岁名，寂寞身后事。”

在当今之世，名已经从时间性的变成空间性的了。名是否不朽已经不重要，重要的是在当下出名，西方式的名，“出名一刻钟”的价值观已经深刻影响到中国。

名已经成为一种广告。无所谓名副其实。

虚名盛行，名不副实成为常态。我家附近的店铺已经换了好几轮，后来的店主都无心名副其实，原先的招牌是大西南名片制作中心，后来租给卖皮鞋的、卖塑料袋的、卖猪肉的、卖盗版书的、卖“全场每样十元的”……都不换招牌，只要赚到钞票就行。

这种风气蔓延到大学，真维斯楼的命名可算一例。清华大学的真维斯之命名，在务实的学校当局看来，那是一笔巨款。名只是此一时彼一时，那是杜蕾斯还是真维斯无关紧要。他们已经不相信千秋万岁名。另外的例子，是那些豆腐渣工程。工程质量在其次，重要的是有某个名目，以便获得资金。真维斯之名与“A大桥”“B大桥”之名，前者用于大学，很是不雅，后者用于工程，名正言顺，但殊途同归，都是钱。前者可谓败絮其外、金玉其中。后者可谓金玉其外、败絮其中。

在公众的常识看来，清华大学，这个命名意味着一种古老的时间、一种不朽的学术传统，它的名是千秋万岁名。孔子为什么那么重名，必也正名乎。因为孔子所重之名，不是虚名，而是一种象征性资本。这个词来自皮埃尔·波迪，他的意思是，尽管名望等等东西本身不构成经济的、物质的利益，它们最终却可以带来经济和物质利益。因而它们是一种财富，一种资本，一种可以和经济资本相互转化的“象征性资本”(symbolic capital)。问题是，这种象征性资本是如何积累的？很简单，一贯的名副其实。如果清华大学不是一贯的中国最高学术之堡垒，那么它要把自己的楼命名为真维斯还是杜蕾斯，公众大约不会哗然。公众的哗然是因为积累了一个多世纪象征性资本被糟蹋。象征性资本来自名誉、信用。信用只有在时间中才能建立起来，象征性资本用中国话说，就是经年累月的名副其实。名副其实，所以名望，所以望，因为是名牌，你的名可以信，你的名可以教。名，公器也。(《庄子·天运》)

这个时代，贩夫走卒不在乎名，唯利是图，打一枪、换个地方，声名狼藉，无可厚非。但大学之名，大学的象征性资本不是私人的，而是历史、时间、文明创造的千秋万岁名，任何人都无权滥用。

今天中国社会争名夺利非常激烈，经济资本的争夺已经图穷匕首见，正在转向象征性资本的争夺，都已经争到西门庆、潘金莲、秦桧之辈了。那也是象征性资本，但象征的是什么？这个时代真是利令智昏了。嗯，老辈说，有些钱你是决不能用的。把那栋各科莘莘学子络绎不绝的楼，命名为西门庆楼不是也可以吗，只要西门庆先生当了董事长。争名夺利只在于利，名的资本化，使今日中国日益成为名目繁多的金融沙漠。巧立名目，下面的实只是一样东西：货币。

这是今日中国之空虚所在。如果名不再使人从黑暗里出来，进入文明，名就成为虚名，它反而是黑暗与野蛮的遮蔽者了。

名不副实，或为利益而声名狼藉，挂羊头卖狗肉，狗肉卖多了，羊头也就不是羊头了。羊头不是羊头，最终导致的是狗肉也不再是狗肉。

现代社会，争论：自由谈是非常重要的，那是正名的途径，如果什么都不争论，子曰："名不正，则言不顺；言不顺，则事不成。"所以他大声疾呼，必也正名乎，他的意思是要争论，通过正名回到名副其实。

虚名的泛滥已经影响到事成。如果一切名都已经被阳奉阴违，那么无论那些名如何威名远扬，如何大名鼎鼎、如何名满天下、如何名正言顺、如何欺世盗名，如何名列前茅……都只在助长一个趋势，名存实亡。

牙买加闪电

路过电视机的时候偶尔瞟了一眼。就看见“牙买加闪电”博尔特正俯身在起跑器上，红色的跑道，黑色的等待着点燃风暴的闪电。我估计闪电掠过天空之前也就是这个样子，弯着腰，有两条肌肉饱满的长腿。忽然他一蹬就喷将出去，比闪电还快几秒。他跑得纯粹、认真，把一切都甩掉了，包括那枚金牌，只剩下那两条腿，脑袋夹在肩头上缩进去，似乎这部分也要抛弃。每一块肌肉都在向前跑，似乎这不是博尔特与其他运动员之间的比赛，而是他自己身上的每一块肌肉之间的竞赛，脚尖最快，但胸肌也不落后，逼得空气连连后退，仿佛马上会爆炸，鲜红的心脏就要脱腔而出。跑就是跑。这才是跑，与这样的跑比起来，世界上大多数跑就太左顾右盼了，包袱太多。乍一看，感觉是一个黑骷髅猛地抓起他的头朝着生命猛跑，死神在后面追，还不快跑！死神抓回了闪电，但没有抓回博尔特，他用 9 秒 63 跑掉了。重返生命。新闻说他卫冕，并且打破了奥运会纪录。

毫无意义、毫无牵挂地跑，就像闪电，天地无德。反而令人深思。人本来是会跑的，在大地上，老虎来了要跑，狮子来了要跑，羚羊来了要追，不跑就活不下去。非洲脱离这种世界的时间不长，所以跑的能力还保持着。

在宋以前，中国人也是身手矫健的民族。以诗人为例，现在人一般以为此辈大多是手无缚鸡之力、没有行动能力、自怨自艾、吟风弄月或者装疯卖傻的家伙。唐宋时代可不是这样，杜甫“一日上树能千回”，苏东坡“左牵黄，右擎苍……亲射虎，看孙郎……会挽雕弓如满月，西北望，射天狼”，真是汉子！李白如果在今天，那就是嘴里叼着短剑、手拉一根绳子攀缘绝壁的登山家，否则那些“危乎高哉”的险道，他是怎么走过来的？“明月出天山，苍茫云海间，长风几万里，吹渡玉门关。”写得出这等气势，必有大丈夫的身体。陆游骑着毛驴，吟诗路上看见老虎挡路，众人害怕不敢过，陆游一跃而下，一把捉住老虎扔一边去。“驿外断桥边，寂寞开无主。已是黄昏独自愁，更著风和雨。无意苦争春，一任群芳妒。零落成泥碾作尘，只有香如故。”缠绵悱恻，就是这个陆游写的。写得出这等缠绵，必定是五官俱全、有血有肉、感觉敏锐。在中国历史上那些黄金时代，大丈夫、“闪电”多了去了。唐宋时代那些伟大的文人，身体与精神境界都是一流的，文质彬彬，然后君子。

奥运会比的是身体之活力、是身体的赞歌。身体是文明的根本，奖牌不是。《圣经》开头一句就说：“起初，神创造天地。”就算这些话是从天空里面传来的，也先得有两只耳朵，听见它，有嘴巴来传诵它，有手和脑袋创造文字来纪录它。没有身体，一切都是虚妄。奥运会的意思其实是提醒人类记住身体，但是这一点常常被次要的部分遮蔽了（比如金牌总数）。人类热衷于知识、观念、意义、面子、象征，而容易忘记它们的命根子。建造城市，重视的是这个城的象征、面子，而忽视居民的身体是否好在。这种世界观司空见惯，造了无数高大宏伟宽阔的城，而住在里面的身体非常受罪。历史上的许多观念、理念，其实往往是身体的敌人。文明始于文身，文身就是照亮黑暗的身体。听得见上帝的声音的身体不是一般的身体，是文过身的身体。上帝说话，猴子们听不见，它们也有耳朵的嘛。文身就是文明的开始，文身，意识到身体的价值、意义，重视它，用图腾来保护它、赞美它。文身使人脱离野蛮愚昧黑暗的原始状态成为“文人”，不再是野蛮人。仁者，人也，仁就是第二个人，文人。文质彬彬，然后君子。但一味地繁文缛节、文身过度、雅驯生命，身体就被遮蔽起来，压抑萎缩，不再奔跑，不再活泼泼地，以致不再繁殖。文明一旦名不副实，就成为生命的樊笼、桎梏。

宋明理学兴起后，中国身体日渐式微，文胜质则史。明以后的诗，几无可观，身体脱离了大地，跑不动了，文化一味吟风弄月，玩格律雅驯，生命、诗意越来越压抑，小脚都缠出来了，身体日薄西山。存天理，灭人欲，不再天人合一，身体与文明已经分裂，文是纸上之文（钱穆），身是耻辱压抑手无缚鸡之力之身。到鸦片战争，已是一病夫。五四一代之所以那么激愤，是因为有切身体会。鸦片战争之后的中国思想，一个潜流就是要重新回到身体，摆脱传统已经遮蔽了身体、生命的过度文饰。历史很是会开玩笑，鸦片本是英国人从印度运到中国来的。现在情况反过来了，不是鸦片运来中国，而是中国人雄赳赳气昂昂地跑到英国去比谁身体强壮。但是，轻视身体、重视面子、文过饰非的传统并没有得到根本的反省。如果把奥运会视为面子，金牌至上，那么就走上了文胜质则史的旧路。身体将再次被遮蔽。郁郁乎文哉，而身体弱不禁风。已经有许多迹象，奥运会固然光荣，但在另一面，美容、染发盛行，真身很压抑。全民的健身运动一年不如一年。比如游泳，毛泽东时代，全民锻炼身体，热火朝天，滇池上每年夏天，云集着十万游泳大军，裸体们亮闪闪的就像地中海边的古希腊，游泳的人比鱼还多。现在城市改造，大众的游泳池、运动场地一个个被率先消灭。更可怕的是，因为赚不到钱，对取消冷水游泳池毫不留情，游泳变成温吞吞的玩水运动。最近昆明出了个令人想哭的笑话，水库里面也不准游泳，理由极为荒唐，害怕游者淹死影响“宜居城市”形象。虽是个案，却可见出此时代人们对身体的一般态度正在倒退。

牙买加闪电就是没有繁文缛节的文饰，跑就是跑，从死亡的追赶向着生命狂奔，它其实是来自荒原的闪电，闪电首先是闪电，然后才是光芒、文饰。

一是一二是二三是三

中国文化的老传统之一是喜欢一言以蔽之。

“法先王，统礼义，一制度，以浅持博，以古持今，以一知万。”（《荀子·儒效》）

受西方思潮影响，一在我们时代越来越抽象。比如，被典型化的阿Q，在具体人生中究竟是谁？谁都可以是，谁都可以不是。一个紧箍咒，只要站在鲁迅的立场，谁都可以当唐僧，逮着谁是谁。其实呢，真以阿Q尺寸对号入座，我估计一个也找不到。五四知识分子反传统，但有一个根深蒂固的传统很少得到反思，那就是以一概全、一以贯之、一言以蔽之、以一当十、一笔抹杀、以一削足适履……“五千年只看见吃人”，早吃光了，我中国还有人么?

论语里面有一段，子曰：“参乎！吾道一以贯之。”曾子曰：“唯。”子出。门人问曰：“何谓也？”曾子曰：“夫子之道，忠恕而已矣。”在这里，孔子之道，恰恰不是“一言以蔽之”“独尊儒术”，而是忠恕。我理解，忠，就是忠于自己认定的道；恕，就是也要宽恕容忍别人的道。“道不同，不相为谋。”（《论语·卫灵公》），也就是不相为谋而已。朱熹说：“宇宙之间，一理而已。天得之而为天，地得之而为地，而凡生于天地之间者，又各得之以为性，其张之为三纲，其纪之为五常，盖皆此理之流行，无所适而不在……” 朱熹讲一理，但是也强调一之在场的不同，因地制宜，一也是万。孔子曾问道于老子，孔老之道，南辕北辙，但是都遵从更伟大的道通为一，“生生之谓易”这个一。

“一，惟初太始道立于一，造分天地，化成万物。”（《说文》）“一也者，万物之本也。”（《淮南子·诠言》）“抱一而天下试。”（《老子》）中国式的道，道可道、非常道，只可意会不可言传。这种玄机在个人，需要自我的良知、修养、慎独。在社会，需要道德文章、纲常伦理。但在文明晦暗、道被遮蔽的时代，“非常道”

也经常容易被野心家利用，自命“替天行道”，以“一律”“一致”“一概”“一声令下”“一致通过”“一笔勾销”“一蹴而就”来消灭二、消灭三、消灭万。

道生一，但是一还要能够生二、生三、生万。和而不同，和是道，万是“不同”，一不生万，这个一就是死神。万就是具体、细节，就事论事，一是一，二是二，三是三，不是一锅端、一刀切。看看中国历史，一锅端，一刀切……全盘推倒、从零开始还真是不少。麻将是不是一种轮回不灭的全盘推倒、重新洗牌的游戏？这个怪圈何时能够反省？万很麻烦，就思想立场来说，万须要站在低处，狗眼看世界，就事论事，一件事就是一件事。具体事物具体分析，就不能像“非常道”那样凌空高蹈，有上帝的感觉，“比你较为神圣”。不独中国，这个世界其实都有漫长的“一言以蔽之”的历史，比如西方的一神教，比如近代本质主义思潮。我以为中国现代史上“一张白纸”之类的思潮其实恰与西方的一神教、本质主义之流暗合。

本质主义很容易导致同质化，现在中国的城市千城一面，生活世界越来越趋同，乏味，难玩，无趣，没有地方、特产，就是因为都要表现一个非历史的“唯一本质”，高大、雄伟、富足、终于站起来了。恕我直言，这种城市“本质”后面的西式图纸有可能最终导致民族性的消亡。报纸上某些版面为什么那么单调，因为只讲一、不讲万，成千上万的版块，其实一个主编就够了。某些知识分子，一发表意见，就是全称判断、一锅端掉。他被某人骗了一把，就说中国人都是骗子。一的尺子只量除他之外的整体。又比如“全民腐败”，谁腐败了，那么多民，17亿，是怎样的一种汪洋大海般的腐败？从西藏的雪顶到黑龙江的冰层，从云南热带雨林到长江口，都腐败了？谣言嘛！却信誓旦旦地到处传。你圈子里的某些人腐败堕落了，就殃及整个民族跟着腐败。中国人这个词就像一个大垃圾坑，什么口水都可以朝里面吐。这个腐败透顶的中国人到底是谁，是否包括倒垃圾的这位？这种谎言其实凸显的只是造谣者的伪先知形象。用全称判断来将一切混为一谈，既可以彰显自己的“比你教为神圣”，又可以不负责任，甚至还可以“为尊者讳”，一个个货真价实的腐败者得以冠冕堂皇地混进“全民腐败”的大坑，继续腐败。

比如说所谓“文化堕落”，谁的文化堕落了？在我看来，堕落的只是某种假大空的霸占着麦克风的文化。沉默的大多数们的民间文化并未堕落，只是他们对“被堕落”的抵抗也被麦克风们沉默着。我不讲什么道德力量，沉默的大多数，这是一个事实、数据、常识。民间流传的一种说法是，“微博多高人”。如果微博上透露的微弱信息可以算民间文化的某种波浪的话，那么完全可以肯定，大海般深厚的民间文化并没有干涸，在某些文化模式因僵化停滞而过期失效的同时，民间文化却茁壮、精湛、高端、美丽，与世界文化同步。

胡适说，少谈主义，多研究问题，主义是一，问题是万，胡先生的意思，就是要研究具体的问题、解决的方法，而不是一言以蔽之的玄谈。

一屋不扫何以扫天下，这一屋的垃圾就扫这一屋的垃圾。一思维的恐怖在于，玄谈倒也罢了，只怕“独善其身”时，以“一屋”否定“天下”，哗众取宠以“独善”，济天下更吾道一以贯之，削天下之大屋适一己之小帚，硬要扫得个白茫茫大地真干净。大道如青天，自古还没有哪把扫帚扫得掉的，但是铁扫帚一旦舞将起来，生灵涂炭也是在所难免的，有史可鉴。

2013 年 2 月 6 日星期三

“易”主义与“止于至善”

当年，鲁迅提倡拿来主义，他的意思是：“总之，我们要拿来。我们要或使用，或存放，或毁灭。那么，主人是新主人，宅子也就会成为新宅子。”鲁迅的拿来，是在文艺上，但一个世纪过去，拿来早就不只是文艺上了。思想的、技术的、物质的，触目皆是。连草皮都是进口的，恐怕只有空气和上帝没有拿过来了。

又如何呢？虽然与传统的那个比起来，已经不伦不类，但中国还是中国。看得见摸得着的都可以拿过来，新加坡的图纸可以拿过来，美国的图纸可以拿过来，但图纸后面有个无法画在图纸上的东西，“道可道，非常道”，是拿不过来的。

比如胡适之拿来的实用主义。“在鄙弃一切字面的解决，无用的问题和形而上学的抽象方面，它与实证主义是一致的。”“实用主义首先是一种方法。”但是方法并不是道，实用主义“不会把这些词（上帝、形而上学）当作追求的终结，你必须把每个词的实际价值表现出来，放在你的经验里应用”。真理“是事件或过程”（詹姆斯《实用主义：一些旧思想方法的新名称》），有点像雅斯贝尔斯说的“上帝就是行动”。嗯，就是“易”嘛。实用主义，我以为翻译成“易主义”更有意思。

“天下即人身”。远古中国，道器并重。“乾坤，其易之蕴邪！乾坤成列，而易立乎其中矣。乾坤毁，则无以见易。易不可见，则乾坤或几乎息矣。是故形而上者谓之道，形而下者谓之器，化而裁之谓之变，推而行之谓之通，举而错之天下之民，谓之事业。”（《系辞上传·第十二章》）变通，不是在形而上变通，也不是在形而下变通。而是“化而裁之谓之变、推而行之谓之通”。虽然说“形而上者谓之道，形而下者谓之器”，好像是二分，但是“ 朴（道），散则为器，圣人用之，则为官长，故大制不割”（老子）。后来，朱熹主张“知先行后”，开始坐而论道，重道轻器成为中国思想主流。到清末，理学已经成了本本，韦编三绝，皓首穷经，丧失了行动——“易”的能力。中间王阳明曾经出来修正，讲知行合一，但已经无济于事。五四看起来激进，但骨子里还是重道轻器，盛行的是“借思想文化解决问题”（林毓生）。胡适主张少谈主义、多研究些问题，有拨乱反正的意思。

胡适始料未及的是，到后来，实用主义一路走偏，器成为道。实用主义在中国成了实利主义、实力主义、势利主义、富起来就是硬道理主义……利就是道。有利可图的才做，“生生之谓易”，有益于生生，但无利可图，不做。害生，但是有利可图，做！比如三鹿奶粉。比如诗，像星空一样无用、遥不可及、无利可图，就成为鄙弃和调侃的对象。我有个学生，21 岁，喜欢写诗，他告诉我，他从来不敢在那些立志考哈佛的同学面前承认自己在写诗。一个人秘密地写，像是地下工作者，这种野蛮环境恐怕只是中国特色。80 年代，愚昧如我者，居然敢立志一生写诗，在今天恐怕是自寻短见。

“大学之道，在明明德；在亲民；在止于至善。”大学，大人之学。如今这个时代，是小人之学盛行。君子喻于义，小人喻于利。詹姆斯、杜威们的实用主义并不否定上帝、真理，并不否定“止于至善”。“如果没有哲学远射的光辉照耀着世界的前景，我们是无法前进的。”（詹姆斯）实用主义是大人之学。“人的信念在任何时候都是积累起来的经验。”（詹姆斯）上帝、真理、“止于至善”，“生生之谓易”，是经验的不断积累。实用主义并没有“打到孔家店”这个背景。当杜威在进行“哲学的改造”的时候，教堂没有关闭，善没有被“站队画线”取代。上帝无论怎么实用，“止于至善”是没有问题的。主义不是道，只是方法，终极价值还是在上帝那里。中国的情况不同，实用主义是在摧毁“止于至善”的世纪狂澜中进入中国的。“革命无止境，倘使世上真有什么‘止于至善’，这人间世便同时变了凝固的东西了”。（鲁迅语）鲁迅担心的是“止于至善”的“凝固”。到了“文革”，“止于至善”被“政治正确”取代。事情就不一样了，政治正确并非终极价值，此一时彼一时也。不讲终极价值，不讲“止于至善”，“易”就变成靠欲望、利益驱动的机会主义，也止于欲望、利益之易。

“不是去看最先的事物、原则、‘范畴’和假定是必须的东西，而是去看最后的事物、收获、效果和事实。”（詹姆斯）但是，“万物并作，吾以观复。夫物芸芸，各复归其根。归根曰静，静曰复命”。

不只是“易”主义，还要“复命”，“止于至善”。善是什么？生生。

2010年3月15日星期一

银行台阶上的香灰

银行门外的台阶很高，用的是光滑的大理石材料，路过的时候，头都不抬就知道那是银行的台阶。经常有亮闪闪的皮鞋飞上飞下，或者停着，如果慢镜头式的顺着皮鞋抬眼往上扫，往往经过一处笔挺的料子之后，终点就会出现一位正在打手机的衣冠楚楚的人士。

所以昨天清早路过银行的时候，看见那台阶上一堆黑乎乎的东西，很是抢眼，很是难看。仔细看了，才看出原来是谁在这台阶上烧冥纸留下的灰烬。

最近，经常看见人们在中元节或者其他节在水泥大楼的墙根烧冥纸。中国祖先其实都活着的，以为故人都在上帝那里，是西方的看法。中国的逝者继续活在人们的想象里，被想象为一个神灵世界，监督着我们的一举一动。祖先的在天之灵不仅会带来好运，也会降临厄运，谁敢得罪？煞有介事、战战兢兢、诚惶诚恐地在节日为他们献上食品，烧香，这是老传统。过去烧香是直接在土地上，土地就是祖宅。现在城市基本看不见土了，大家就在水泥地上烧，其实传统还是老传统，但看着很是新鲜，像是新风俗。在水泥上烧，虔诚、敬畏、祈祷这些信息能否像水流穿越泥土渗入根系传到祖先灵位那边去，这是另一个问题。

但是在银行的台阶上烧，我还是第一次看见。

最近时代，人们迷信科学，不再道法自然，不再敬畏天地祖先。孔子从前是神灵，“文革”中被从神位上赶下来，成为孔老二，是谓天翻地覆。这些年迷信有些回潮，寺院里香火旺盛，倒不是大家意识到计算机之外的不可知者的力量从来没有因为科学的发达而稍弱，并非人们终于从改天换地的“造物主”，转向承认自己并非全知全能了。

庙里香火旺，其实是无事不登三宝殿，许多烧高香者念念有词的，不外乎升官发财、考上名校、公务员、出国留学之类。如今在庙里面求这些，光明正大，不必再遮遮掩掩。科学还是有办不到的事，它可以发明取款机，但财神到底还是在冥冥之中，天机难测，所以要烧香。但是，从前烧香，财神庙要烧，大雄宝殿也要烧，老君殿、文庙也要烧，神不只有一个财神。财神殿还是偏殿，躲在旁边，去上香的话，碰到熟人还有点脸热，不好意思，怕被视为财迷。现在不是了，香烟滚滚，南朝四百八十寺，仅供财神而已。在许多信徒眼里，什么释迦牟尼、观音、弥勒、太上老君……都是财神。谁还信仰什么“无量”、什么“四大皆空”。求的不是无量，而是有量。一切都是量化的，明码实价或者暗码实价。有新闻说，有人排头炷香排了一整夜，结果还不是头炷，前面有人给了钱，因此捷足先登。连上香都分着价位，钱出得越多，离神灵的回馈也越近。将所有的庙都视为财神庙，这倒真的是我们时代的一种破旧立新。本来嘛，烧香拜神是因为许多事情钱办不到，神管着呢。现在，连神都敢贿赂，用人民币买通神灵，也忒胆大了，这倒是最深刻的中国式的虚无主义。

无论如何，在庙里面烧香嘛，还不是那么难看，虽然假惺惺的，毕竟还供着个庄严妙相，有个起码的逻辑关系，相信管账的还是神灵嘛。但直接在银行门口烧就匪夷所思了，到底这炷香要烧给谁，行长？出纳员？自动取款机？

有多少是心甘情愿的?

大合唱，不参加者，记过一次或者扣钱两百。参加者也发两百。于是人人都来了，为的是不被记过罚钱，不是合唱。

宴会，全体赴宴者都要给领导敬酒。领导并没有如此要求，但无人敢不敬，不是心里要敬，而是害怕领导不高兴。就是父母双亲、老师在侧，也要先给领导敬酒。如果人人都一一上去敬酒，有一人不去，这个行为本身就成了自动与领导为敌，使自己在单位上的生存环境恶化。

开会，发言，没有一句是自己想说的，自己想说的不敢说，害怕领导不高兴，都知道他喜欢听什么，领导的心思人人都琢磨透了，只有领导不知道大家敢说的是什么。领导做报告时，下面小话猖獗。报告其实无人心领神会，大家心照不宣的却是，怎么把这个会熬过去。

工作，创造文明城市，要求在人行道上必须种两排树，干事的人都知道这么做是行不通的，结果只会是浪费资金和人力资源，且招致民怨。1. 因为已经有一排梧桐树，遮天蔽日，再种的这一排，必见不到阳光，枯萎丑陋。2. 人行道下面埋了电线，挖开的话，电线就要重埋。3. 人行道宽窄不一，有的地段如果种两排树，就很难散步了。每次走到这里，过路人都要骂骂咧咧。但人人都执行不误，因为不执行就下岗。

节日，一定要挂上标语口号。庆祝某日，似乎如果没有这个标语，某日就不存在似的。其实在多年前也许有规定要挂的，但很多年都没有再规定了。一条街看下来，也只有少数单位挂了。但这个单位不敢不挂，害怕。

俄国作家契诃夫有部短篇小说叫作《一个小公务员之死》，里面的主人公因为在将军面前打了一个呵欠。一直在琢磨将军是否为此将惩罚他，将军没有，公务员自己吓死了。

这个故事在 19 世纪之俄国，是一个文学典型。在今日中国，恐怕是普遍现象，违心的合唱、敬酒、挂标语一次也没有干过的，请举手。我估计没有。

这种风气，导致了社会普遍的阳奉阴违、口是心非。合唱轰轰烈烈，宴会杯觥交错，大街张灯结彩……有多少是心甘情愿的呢？

如果不考虑心的问题，不考虑是否心甘情愿，那么事情大多数就只是由于害怕而敷衍。最可怕的是已经深刻地影响到年轻一代，他们也学会了敷衍。在学校敷衍老师、敷衍上课、敷衍考试。在家敷衍父母，一旦脱离教育的控制，年轻人就无法无天、野怪黑乱起来。

“以力服人者，非心服也，力不赡也；以德服人者，中心悦而诚服也，如七十子之服孔子也。”（孟子）

人们什么时候才不敷衍呢？只有心甘情愿。

各民族的文明都有共同追求，比如易经讲的“生生”。但各文明的“明法”不同，西方讲理性、讲逻各斯，印度讲神性，中国自古以来讲心，都是道可道非常道。心是什么，很难概念化，但人人都知道，只要他是中国人。心安才能理得，这是中国文化与其他文化的不同。许多事情，只是理得是不够的，还要将心比心，要心服。只是政治正确是不够的，还要心悦诚服。

无心，社会可以运转么？当然可以。就是经历了“文革”那样的灭心时代，中国社会不也照样过来了么。社会完全可以在事功上“冷了大家的心”，伤心，灭心，只以货币为润滑剂、以利之所趋为润滑剂，或者只讲大道理。但心并不会就此灭绝。看不见的不说，汉字里面有心字旁的字有几百个，成语熟语有几百个，口语中就更多了，什么事都要说个“心某某”。心旷神怡、心领神会、心满意足、心安……是中国式人生的最高境界。心无所不在，如果事功赫赫，但心烦、心碎、心痛、心累、心焦、心酸、心碎、心有余悸……那么，结果就会口是心非、心怀叵测，甚至心死。

比如拆迁、城管、在大道理上、在大局上，或许是在理的。也许你可以为一个大道理而自我牺牲，但不能要求所有草民也跟着牺牲，将心比心，因为拆迁正确，就将别人白发苍苍的父母扫地出门，因为城市的光辉形象，就把别人讨生计的小贩父母打翻在地，这么干，你自己的父母能忍心么？心和文件、大道理不同。心，在每一个肉身之中，来自久远的传统，它并非心脏一词所谓的那个心。

其实许多道理，不需渡洋去求，只消回到被我们遗忘的那些中国古训。老子说：“圣人常无心，以百姓心为心。”圣人常，就是说他并非今天的所谓“领导”，他只是为百姓守常，所以无心，以百姓心为心。要百姓安心，守常即可，“天行有常，不为尧存，不为桀亡。”

（荀子）所以老子又说无为而治。

现代社会，老子式的无为而治是不可能的，但现在某些领导，有为过度。一朝权在手，就把令来行，无“常”起来了。不以百姓心为心，而是野心勃勃、贪心滚滚、心比天还高。连人行道上是种花还是种草、房子外墙是刷石灰还是涂油漆、阳台是封闭还是开放、街道是宽还是窄……这种百姓事、家事、琐事，只要利益所在，就不管青红皂白，一锤定音。不顾常识又大权在握，无怪乎百姓无可奈何，只有心灰意懒。

“夫哀莫大于心死，而人死亦次之。”（庄子）在其他民族的文化中，也许没有心这种东西，哀莫大于进不了天堂，哀莫大于来世继续当牛做马。在中国，心是当下的、在世的、在场的，也是看不见的，只可意会（心领神会），不可言传，是过去的，也是将来的。事功之前，百姓心牵挂着，事功之后，百姓心掂量着，心因此而冷或热、安或烦，心花怒放或心如死灰，悠悠万事，唯此为大，在我中国。

中国盒子

春节要到了。家家都忙着搞卫生，清洗一年的灰尘。忙忙碌碌，平时也无暇细看那些堆在墙角的废物是什么，一清点，才发现大部分是各式各样的盒子。这些盒子个个做得精美无比，藏在里面的东西与它的包装比起来，可谓丑陋黯淡。金玉其外，败絮其中这句古老成语已经不是贬义词，而是时髦。许多设计包装公司，吃的就是如何将败絮包装成金玉的饭碗。不可厚非，这其实没有多少新意，这一套在 20 世纪早就养活了不少人，在大跃进、“文革”时期就开始了，那些歌功颂德的假大空宣传事业，不就是在将败絮包装成金玉么。也非中国独有，美国有个艺术家就靠这个成名，他将自己的大便用罐头盒包装出售，卖得极好。一般人欣赏不了这种艺术，这叫观念艺术，为什么呢？得有个说法，有了说法，大便就能一便千金，所以观念术后面必须跟着一大群教授、批评家，将大便阐释得头头是道。注意到没有，798 的许多展览，你得看前言才知道那是什么，这也是包装。

抬着一大摞盒子下楼去扔，个个都设计得比藏在里面的实物漂亮。真舍不得，但留着有什么用呢，徒占着空间。一放下，立即被等着废纸的小伙子几脚踩扁，用索子绑了。洗抽油烟机的正在叫唤，就请他上楼去。一条汉子，口音是中原一带的，胳膊上戴着油腻的袖套。脸孔发红，眼睛细眯，个子不高，很结实的样子，年纪不小，应是拖家带口之人，目光有点闪烁不定，问他，多少钱洗一个，说35，不贵，好吧。去厨房一看，说是，35 是小的那种，你这个是大的，得 45。加十块。也认了。现在流行以大小计价。昨天晚上看央视的收藏古董节目，几个藏家对彼此的藏品品头论足，说的是，你那个只是个盘子，我的是大瓶子，我的当然比你的好。甚至，彩墨山水的主揶揄水墨画的主，你的是黑白的，我的是彩色的，当然比你的好。我靠！太幽默了，其实一点也不幽默，人家就这么想。就开始拆油烟机，卸下来，把头伸进去，扛起就走。这活计不好干，看着很不忍心，暗暗决定，结账的时候，多加点工钱。在楼下折腾了半天，洗差不多了，要我下去看看， 说抬上来安上不就行了。一定要我下去。好吧。他说，垫圈坏了，得换新的。有两种，一种 35，一种 40。怎么这么贵，一看那就是几块钱的东西。你不换也可以，我给你装起来。一把捉过起子，做出要装起来的样子，我一慌，没有垫圈，那不是要漏烟吗，现在已经拆成这样，垫圈，只此一家，别无分店，他就是说 100 元一根，你还不是得换。那就换 35 的吧，欢天喜地干了起来。过一阵，按门铃了，扛着烟机上来了，开门的时候，看见他正站在楼梯上喘气，心中一阵恻隐，大老远跑云南来谋生，不容易啊，春节要到了，人家还得回家过年，我决定付 100。安装好了，启动，拿张报纸往风口一放，立即被抽进去，看看，跟新的一样，他笑眯眯地说。高兴，就去拿钱。他开口算账了，洗机器 45，换垫圈 6 个，210，一共 255，你拿 250 得了。我一下傻了，原来是这么算的账，我以为 35 就是全套包干，变成 45，我以为 35 就是全部垫圈，原来只是一个。这个中原人是个诗人，很会利用汉语的模糊性。当然得理论理论了，马上变成讨价还价，我们不容易呀，大老远的，你的这个机子比别家的重，五层楼啊 ，你能给多少，200 怎么样？ 150 吧？怎么也得给 130 吧？我给了他 100，满脸不高兴。我也很郁闷，开始做晚饭，打开烟机，声音细滑，油烟抽得一丝不苟，释然。其间有熟人来电话，一开口就表扬，拜个早年啦，你最近出版的书真是写得好啊，写得好啊，您去年发表在《大家》第六期的诗是中国年度最好的诗啊，你看上去气色比去年好多了（我是狮子座的，软肋是最喜欢听好话，利令智昏，他怎么看见的呢，通过电线？）我认识你的一个粉丝，美女。说了一大堆的好，就像那个洗干净的抽油烟机，说得我心情大好。临了，忽然补充了一句，我最近出了本小书，能不能给我写个评论，抬举一下。好心情忽然烟消云散，写个评论有什么了不得，说这么多套话干什么呢。我直截了当说，我还没看过你的书，就是看了，也不见得就要写，还要看我是不是喜欢，你说呢。碰壁后的沉默，挂掉了。我离孤家寡人又近了一步。郁闷。

有种古老的玩具叫中国盒子，就是一个盒子套着一个盒子的那种。与西方人的潘多拉盒子不一样，西方盒子一开，全部魔鬼就放出来了，很干脆。中国盒子是，打开一个，里面又是一个，总是可以无限地小下去。反过来也一样，总是盒子外面还有盒子，所谓黄雀在后。你总是不知道盒子里面是什么，总是有个“里面”或者“外面”在诱敌深入，你得不断地打开，永远打不开。这盒子的机关就是易，“简生道，易生经，固恒，固常，包宇，含宙，无始，无终”。易经是教人做人做事的，易的一方面是变化，交换，这就是中国盒子。另一方面是不易，不变，固恒，固常。只追求变化，交换，不讲固恒，固常，天下就要失道。老子说：“知其白守其黑，为天下式。”“一阴一阳谓之道。”只追求白而不守黑，必然失道。

过天，那个洗抽油烟机的汉子的又在小区里吆喝着了，我骑着单车去买菜，碰见他，老远就招呼，还好用吧，三年保修，出问题给我打电话。

嗯。

左轮枪

一位活蹦乱跳的老友，忽然被查出患了肺癌，晚期。

他很无辜。清心寡欲，按时上班、吃饭、睡觉、性格开朗，锻炼身体，“慎独”，按照《论语》《黄帝内经》的指示生活。乐善好施，自然而然，如果真是善有善报的话，少不了他的。传说中的那种君子、良民、好人。按照以往的经验，他没有任何短命的可能，普遍都以为他必成为人瑞。

佛语云：“已作不失，未作不得。”

未作也得了。

分析他家的大米、香油、果蔬、牛奶、调味品、附近的菜市场、超市、单位的环境、散步的地方、旅游地方……最后分析到水管、盐巴、风向、泥巴……？

不知道他遭遇的是那个方面的伏击。

古人云，道法自然，现在，自然方面险象环生、杀机四伏。

他是不是太过自然了？太信任了？

听到这个噩耗时，大家都心照不宣，逃过一劫似地松了一口气。

从前遇到这种事，大家不会有逃过一劫的感觉。

不会去猜水还是盐巴害他。

因为现在人人都在劫难逃，死神躲在经验里面以为是生命之源的方面。

死亡不是来自自己的孽。

去饭馆用餐、超市购物，是否被地沟油、残余农药、化学烹调法……偷袭，全靠运气。

杀一个人，判死刑。通过食物、空气、饮水毒害千百万人，仅仅为了盈利，比纳粹更恶劣。仅道歉、罚款、撤职了事。

所谓窃钩者诛。中国特色，这种特色也太狠了。

听天由命的意思就是，都被某只看不见的“天地无德”式的左轮手枪指着太阳穴。

一般左轮手枪最多十个弹巢吧？这一支，弹巢也太多，太密集了。

这次轮到空弹，下次说不定就是实弹。生命像是轮盘赌，不是与用左轮枪指着你太阳穴的歹徒赌，是与赖以为生者赌。

像古代那样，摆好碗筷，落日总不至于砸下来吧？

继续你的晚餐。

关于诗人

中国的宗教方式是文明，以文照亮世界之蒙昧、黑暗。文章为天地立心，诗人是文明的祭司，最高守护者。诗人把握着汉语的最高水准，汉语的自由、丰富、永恒魅力，汉语与诸神的距离。

大音希声，大巧若拙、大象无形，诗之用在于文明之易，而易是有无相生的。诗守护着文明的无这个层面。无并非虚无，无乃神灵之别称。生生之谓易，诗是精神生活的生生。

诗是人生的消极结果。中国那些伟大的诗人无不是老子庄子的信徒。而如今是一个只鼓励积极进取的时代，一切都像货币一样，必须当下兑成现金。积极是一种国家方向，在弱肉强食的世界之林，国家必须积极，但是这种积极政策也控制了私人空间，满世界的积极分子，人生成为永不落幕的奥林匹克，后果最终会伤害到那些最有质量的个体，也伤害到诗人的品质。

这时代诗人一词意味着穷途末路，穷途末路也就是牺牲之路。你要写诗，你就是自我牺牲，像僧侣一样，你得放弃世俗的成功，把自己献给语言的祭坛。由于时代的普遍堕落，此时代的诗人比以往任何时代的诗人都意识到无用的使命，更具有宗教精神。诗本来是世俗的宗教，如今，它被时代升华成一种更现实的牺牲，就是模仿古代诗人的吟风弄月都已经非常严峻，大地将死，江南不在，最后的记忆只在汉语中保存。

当然也有一些写分行文字的人们为无用而焦虑，试图削尖脑袋加入到时代的货币大合唱中，这些作者翻腾于时尚之流，声嘶力竭，拼命将语言在浅薄中用罄，诗仅仅是这些东西，智商低下的口水话、段子、广告、小意思、涂脂抹粉的反对派，令人起鸡皮疙瘩的朗诵会、乖戾者、性压抑、青春期骚乱、流氓、修辞术、自恋狂……“长得就像一个诗人。”却导致时代更无情地抛弃诗，也降低了汉语的质量。

但是圣徒们继续在时代的黑暗中守护着汉语。真正的诗人就像黑暗寺庙中的五百罗汉，更黑暗了，也更接近诸神。每个民族之所以令人肃然起敬，不是它的经济能力，而是它与神灵的距离，在中国这种文化中，依靠的是语言的魅力而不是教堂里的弥撒。

尼采说，在自己的身上克服时代。这个时代真正的诗人在克服自己，克服那种积极进取的奥林匹克运动会式的无所不在的诱惑，克服意义的诱惑。

汉语之道在黑暗中葆着光，因为守夜人还在。

过路的是人，不是汽车

最近有舆论批评国人过马路不守交通规则。如果确实做到红灯停绿灯行，交通就顺畅了么？我看未必，见缝插针的交通方式，也许正是某种行之有效的人经验。哈耶克关于自由经济某些说法，也不妨应用在社会领域，比如看不见的手、“自我成长的秩序”（self-generating order）、“自我组织的秩序（self-organizing order）”“人之合作的扩展秩序（extended order of human cooperation）” 哈耶克认为，以人类有限的理性要创造复杂的秩序，本质上是个不可企及的愿望。他认为，依据古典的两分法现存秩序可以分为两种：一是“人为”制造的秩序（artificial roder），亦称被指导的秩序（directed order）或外力产生的秩序，（哈耶克更倾向于将其称为“组织”）另一种是“自然”的秩序（exogenous order），后者否定理性设计的制度型构，而认为秩序是由系统内部形成的（endogenous order）。哈耶克将现存秩序中那些“既非自然又非人为”的中间形态称为“自发的秩序”。

我最近在伦敦发现那边的行人也不遵守交通规则，看看两头没车，飞奔而过的人是大多数。伦敦的交通信号可谓复杂，细节照顾到各式各样的过路方式，比如小巷通向大街的出口，也有红绿灯，但这个红绿灯需要过路者自己按开关。在伦敦，只要你严格遵守交通规则，行路很安全也很有尊严，该你通的时候，全世界都停下来等着你慢条斯理地走。与此相比，中国的红绿灯恐怕还在只考虑某一发达人群之需要的阶段。伦敦交通为各色各样（不仅仅是汽车）过路者考虑，细化周到，人们还是不能完全地、坚决地遵守。大家发现一个规律，中间路段的车流也是随红绿灯的，绿灯亮后，车流滚滚，红灯亮时，车在路口停下来，中间路段会一辆车也没有，是个大空子，此时过街很安全也不影响交通，但违法了交通规则，而其实这种非法飞奔只是把红绿灯延长到整个路段。如今伦敦是千万人的城市，人挤得就像蚂蚁窝，如果没有大量的见缝插针式的野马般飞奔而过，交通恐怕更堵。大约这种“自发的秩序”（不是故意捣乱，而是情势所然。）恰恰有助于交通拥挤的缓解，以契约精神著称、红灯停绿灯行已经成为教养的英国社会也就睁只眼闭只眼了，其实在这种事情上，这种灰色地带，人类无法立法，只是“法无定法，非法法也”。

舆论在批评某种现象的时候，往往不问这些现象本身有没有道理，为什么呢？另一个例子是小贩，为什么禁止了这么多年，他们就是要违你的章呢？是谁在支持这大海潮汐般退去又涌来的违章呢？舆论很少追问红绿灯的责任而只是简单粗暴地指责违反者，“比你较为神圣”，甚至上升到国民性的高度，什么都是民族劣根性。谁愿意每次过马路都提心吊胆地故意违反交通规则去玩命？

以货币重估一切价值、以含金量权衡事物轻重的思维也影响着当今中国的城市交通。交通建设的思路也是根据物价高低做金字塔式设计。与物关系最密切、含金量最高的事物道路最宽，反之最窄。道可道，道路就是一种中国社会的象征。比如，汽车路最宽最多最平坦美观且优先，电动车、自行车的路很窄，步行者最惨，有时候根本就不为步行者设计路面和红绿灯，且任由各种车子霸占步行者的道路。汽车是老大，想走那条道都可以，中国媒体说起堵车，只提汽车被堵，从来不提那些被汽车堵住的自行车道、人行道。向高档机器致敬，为尊贵马达让路。步行族最没有尊严，经常被汽车溅得一身污水，吸废气、咽狂灰，喇叭命令他们让路，仿佛只是忍气吞声，白占路面的贱民。最窄的路面走着最多的人。我估计吾国的交通规则是汽车为先，从汽车的如何便捷的角度去考虑交通，而行人的交通也是从汽车优先的角度考虑。舆论在讲交通的时候，总是指责步行者，其实，在道路上，最霸道的就是汽车。难道不是吗？

如果交通规则不仅仅是简单地以汽车的通为标准的红绿灯，而是考虑到行人、老人（绿灯的时间显然不是为老者考虑，我经常看见老者在定时中为了能够通过马路，提前开路。）残障人士（走得慢）、学生、儿童、自行车、电动车也要通，他们如何通，他们的通与汽车的通不是一种通，他们的灯不是一盏灯就可一了百了。如果交通规则只有汽车的规则，成千上万扶老携幼的步行者就不得不为自己钻交通规则的空子，通过钻空子更人性地修改交通规则。不客气地说，如果不是人们日复一日地用人性修改着交通规则，这个国家恐怕不通。

也许哈耶克所谓“自发的秩序”在中国更为发达，这一方面是中国本身就有“道法自然”的传统，而规划又往往是“非理性”的“不自然规划”，看不见的手非常强大，非理性的理性也非常强大。许多规划从根本上就缺乏理性社会所要求的公平、人道主义。我想，事到如今，红绿灯为什么总是在大多数时候是被视而不见，恐怕不仅仅是普通人的素质问题。如果人们本来就具备人的素质，而红绿灯根本就没有考虑过人的素质?

过路的是人，不是汽车。

何谓之中国天堂

俗话说“上有天堂，下有苏杭”。传统中国世界理解的天堂不在彼岸，不在来世，不是生活在别处，那就是苏州、杭州这些地方。这与西方文化虚构的天堂是不一样的。我的故乡昆明，当初造城的时候，堪舆师也说，他造昆明城的目的，是要“五百年后，昆明胜江南”。中国人的天堂就在中国大地上，就在中国人的历史、传统所创造的生活世界中。这个天堂在 20 世纪被抛弃了。19 世纪西方列强侵略中国触发的普遍灾难，令中国对自己曾经创造过的传统和生活世界持全面否定的态度。但在 2007 年的时候，人们逐步意识到这种全面的否定也是灾难性的，革命的结果不仅仅是腐朽的意识形态被摧毁，传统中国在漫长的时间中建立起来的生活天堂也岌岌可危了。今天人们在假日蜂拥向苏州去，人们仅仅是去怀旧么？人们所渴望的焕然一新的世界不是已经触手可及了么，旧有何可怀？“留园水池中小岛径名‘小蓬莱’，园主颇为自得地说：‘园西小筑成山，层垒而上，仿佛蓬莱烟景，宛然在目。’”

现代化世界只是一个实用世界，并不是天堂世界，西方人创造现代化，但也从骨子里看不起现代化，现代化在西方看来，只不过无数经验搭起来的通往天堂的阶梯，现代化并不能抵达上帝，现代化是现代化，上帝是上帝。在现代化的世界中，贝克特的戏剧《等待戈多》说得很清楚，现代化生活只是令人空虚的物质沙漠，那个叫戈多的上帝是永不到来的。而在中国，人们把现代化理解为上帝。人们把现代化作为天堂来建，这是因为中国人想象中的天堂不是彼岸的，别处的，而是此在的。古代中国天人合一的思想被现代化了，过去的中国天堂是“道法自然”的产物，今日的中国天堂是“拿来主义”的产物。但有一点继承了中国传统，就是，人们依然企图在大地上创造此岸的中国天堂。昔日，中国世界创造天堂的时候，它考虑的是如何安心、安身立命。这并不是一个很低的要求，这个世界没有比安心更伟大的事情了。基督教佛教说到底，也是为了安心。心不是虚构的，心是大地和人的存在所赋予的，天地之大德曰生，生命就是对此大德的感激，因此人随遇而安，在大地上安下来，这是人的天然使命。西方创造的现代化不是安心的，而是为了生存的，西方的心安放在教堂中。所以西方所设计的现代化世界与中国的人的对天堂的理解不同，西方设计的现代化不是“道法自然”“安心”，它是契约、规范、控制、守则、标准。它是反自然的。传统中国理解的天堂是栖居，它重视的是人与天地神人的关系。现代化却是一个设计出来的“建筑”，或者说是“筑居”，它是想当然的产物。现代化为中国带来了实用的筑居，但没有带来心。心是来自故乡大地的东西，心是无法一夜之间构筑出来的，心是在漫长的传统中逐渐积累起来的。人们为什么向苏州去，或者，人们为什么在春节的时候，为什么要集体逃离他们梦寐以求背井离乡前来追求的现代化天堂——例如深圳之类，返回落后的穷乡僻壤，人们为什么总是成为尤利西斯，除了故乡，这个世界的一切都是漂泊。都是别处？因为中国的心灵世界依然存放在故乡，现代化与心是分离的，这一点暗藏在西方设计的图纸中。在西方，人们拥有现代化的时候，也同时拥有教堂。而在中国，天地神人同为一的世界，现代化建筑起来了，实用，但无法安心。人们今天为什么越来越怀念苏州之类的旧物，因为人们在那里可以感觉到心的存在。在中国，心不是教堂里面那个被吊着受难的男子。心是八月十五的明月，是大年初一的梅花，是伟大的诗人苏东坡在《赤壁赋》中所说的“惟江上之清风， 与山间之明月， 耳得之而为声，目遇之而成色。 取之无禁， 用之不竭。 是造物者之无尽藏也，而吾与子之所共适”。这就是寄托中国心灵的上帝。现代主义设计了最先进的电梯和巨大的玻璃橱窗，却没有为“吾与子之所共适”的“落霞与孤鹜齐飞，秋水共长天一色”留下位置，这绝不是所谓“园林景观设计”所能解决的问题。这是根本的世界观上的“天人合一”，反自然的方式是无法抵达的。

道法自然，以自然为法，以造化为师。家是人建造的，是对自然的领悟，是对天地大德的感激。与西方艺术模仿自然不同，中国的道法自然，是从自然中领悟那种可以安心的东西。道生一，一生二，二生三，三生万物。道生自然，人创造的苏州是道法自然的“第二自然”，苏州又是由无数的不同的苏州组成的，无数而不同的苏州又像万物一样自然。苏州是中国人文化自然的产物。中国的这个文非常伟大，文令人从野兽（第一自然）中升华起来，但只是抵达可以安心的高度，并不脱离自然，文使人心从蒙昧中明亮起来。所以是文明。苏州是文明的结果，犹如给自然文身。这种文身不是改造自然，而是道法自然。是人为的，但又是自然的，所谓鬼斧神工，是有为，但要做出无为自然的效果。因为自然，才可以安心。

苏州不是办公室、公寓、小区、工作室、旅馆……它是一个故乡，人的故乡就是大地、就是自然。什么可以安心？只有道法自然。苏州天堂是“道法自然”的产物。它是创造，但它也是道法自然。苏州园林最典范地向人们呈现了中国对所谓“天堂”的理解。天堂是什么，它是栖居之所，也是能够向人提供存在的意义、安心的地方，不仅仅是安身立命，安身立命，还要安心，这就是天堂。中国人讲的所谓“仙境”，不是虚无的来世，就在大地之上，“高处不胜寒，何似在人间”。中国天堂，诗意与栖居不是分裂的，诗意就体现在栖居中，存在的意义、价值不是外在于栖居的理论，而是呈现于栖居中。到 20 世纪，德国人海德格尔才明白这一点，他说西方应当“诗意的栖居”，而在中国，这已经完成了。中国人理解的自然与西方科学说的自然不同，在苏州天堂看来，自然并不是一切，道法自然，就是将自然经典化，自然界并非就是自然的，“自然”是中国人几千年“道法自然”的结果。人意识到他不能永远在荒野中与野兽为邻，因为野兽是无心的，而人有心，人有心，所以人可以感觉到大地存在着诗意，所以人要诗意的栖居。诗意的栖居靠的是文明，过去中国的诗人就是文人，文人，能够文明世界的人，文明就是创造天堂的工作。因此，苏州，道法自然以文明自然，苏州是文明和时间的产物，安心不是一朝一夕的事情，它需要时间，意识到是这样的石头而不是那样的石头能够“道法自然”、能够安心，这需要时间，一个石头要摆在这个位置而不是那个位置才可以清心，这需要时间。中国在漫长的时间中才抵达它的天堂典范，它需要等待自然对山水的伟大理解，王羲之对书法的精湛造诣、陶渊明对“桃花源”的天才表达、李白、东坡对明月的极致解释、石涛对石头的彻底解悟，八大山人对竹子的痴迷……需要人们把物理解为“韵物”，需要匾额、楹联、挂屏、字画、书法、条石、家具、陈设、挂屏、插屏、盆景、瓶花、供石、大理石……的创造、发现与成熟。与这样的栖居比较起来，现代主义的筑居是多么便宜、简陋并令人惶惶不可终日啊！

苏州意味着人对大地的敬畏。苏州是一个登峰造极地将大地经典化并当作神灵供起来而人又可以在其中优游自在、诗意栖居的天堂。苏州令那些对大地下手的推土机、炸药对摧毁每一块石头、每一寸草木都心有余悸。

所谓“苏州园林”是一个现代词语，它是在园林日渐稀有、被毁灭漠视、诗意缺席的时代出现的。苏州不是园林，它是家。天堂是什么，就是家。小小的园林局如何管得了天堂！过去中国的天堂，今天叫作“园林”“公园”，而且还要收门票。现代化使苏州从自然中升华起来，像教堂那样高不可攀了。我们在筋疲力尽的人生中偶然进去，安息我们的心，就像西方人在星期日去教堂中做礼拜。在这里我们回忆中国文学曾经表达过的那个普遍世界，小桥流水，老树枯藤；明月松间照，清泉石上流。“侣鱼虾而友麋鹿，驾一叶之扁舟，举匏樽以相属；寄蜉蝣于天地，渺沧海之一粟。”哦，那门是月门，是从明月得到的灵感；哦，那竹子是君子的象征、做人的典范；哦，那些石头来自太湖，它既暗示“怪”的逾越规范，也越暗示着收敛。那些家具暗示着礼、秩序……一切都反对极端，过犹不及，中是天堂的最高标准。这是中国思想的寓所，绝不是教条，一切都在颐养着人，而不是教育人、拯救人，寓道于家，使你顺应自然，与天地宇宙的浩然之气贯通。苏州天堂，那就是中国人的坛城（佛教想象中的宇宙秩序）。得道成仙在中国其实不是“生活在别处”的事情，就是大地上的事情、家中的事情。钱穆先生说：“中国的艺术文学，其本质上就可以取代宗教的作用。”苏州就是“文”的空间化。中国并不是像以往知识所宣布的那么世俗，中国的精神，形而上无地形地暗藏在家中，只是这个分裂的时代才凸显出来，现代化令中国上帝显出面目。我们在星期六下午四点进入罔师园，（为什么罔师呢？因为中国天堂已经创造了自然这个大师。）明月几时有，把酒问青天，漫步中庭，月光如水，到杨柳岸晓风残月的时候，心已经清了。这一切过去就是家，就是每个人追求的天堂。“危楼跨水，高阁依云。”“围墙隐约于萝间，架屋蜿蜒于木末。”“山楼凭远，窗户虚邻，栽梅绕屋，结茅竹里。”是“建筑或面山，绿映朱栏，丹流翠壑；或临水，飞沼拂几，曲池穿牖，水周堂下”。是清人张潮《幽梦影》说的“梅令人高，兰令人幽，菊令人野，莲令人淡，春海棠令人艳，牡丹令人豪，蕉与竹令人韵，秋海棠令人媚，松令人逸，桐令人清，柳令人感”。是吴云为南半园题联说的“园虽得半，身有余闲，便觉天空海阔；事不求全，心常知足，自然气静神怡”。 是沧浪亭的“见心书屋”，取“数点梅花天地心”之意，是网师园的“月到风来亭”，是取邵雍的“月到天心处，风来水面时”诗意，是留园体现着王阳明思想里的“活泼泼地”，是“窗外鸢鱼活泼，床头经典交加”，是“水流空，心不竞，门掩柳阴早。听雨看云，依旧静中好。但教春气融融，一般意思，小窗外，不除芳草”。这就是中国人的天堂世界！

英国人罗素在《中国问题》中说：“中国人摸索出的生活方式已沿袭数千年，若能被全世界采纳，地球上肯定会比现在有更多的欢乐祥和……若不借鉴一向被我们轻视的东方智慧，我们的文明就没有指望了。”OK！

2007年2月4日

在美国转机

飞机飞临纽约上空的时候，给每位乘客发了一张入境表，这个表是中文的，其中有一栏问，你是否携带了食品，我带着普洱茶、云南小粒咖啡、云南乳饼。我的老乡嘴馋，念叨已久的几样东西。我填了“是”。旁边的中国旅伴告诫我，不必填“是”，填“否”就可以了。你不填他不检查，你填了他倒是要查的。我填“是”。过关的时候，同机的乘客推着大箱小包鱼贯离开，海关官员瞟一眼他们表格上面“否”字后面的勾，他就是带着一头牛，也就放行了，这是信任。

嗯，我的麻烦来了，官员亲切地向那边一指，示意到那边去，我不说英语，麻烦来了。从探测行旅的机器后面走出来一位黑人女性关员，和颜悦色，她说汉语。

请我把箱子一个个打开，纸箱上的封条撕开了。OK！又帮着我把箱子收好，关上，重新封起来，封上绿条。我们还开了两个小玩笑。心情很好。小的欺骗积累过多，心情会沉重的。

之后我还得等另一趟飞机，这趟航班是晚上 8 点 20 分的。晚点了一小时，登机口的显示屏不停地更改着登记时间，其实它就是一次性通知晚点 1 小时，我也可以等，它不是，它随时根据飞机的情况更改着，让你尽量少等。9 点半登机。时差还没有倒过来，系好安全带立即迷糊着睡过去了，等落地的时候再醒吧。忽然被一阵嘈杂声搞醒，看看表，已经过去了一个多小时，飞机依旧停在原处，大家正在走出机舱。这个航班被取消了。异国他乡，而我一句本地话都不会说，这个夜晚怎么渡过？而明天又将乘哪一班飞机离开，而我又怎么找到它呢？

候机大厅里的乘客已经形单影只，清洁工在黑暗的角落里清吸地毯。大多数服务部门都下班了，会讲汉语的职员也下班了。我有点慌起来。同机的约翰或者玛丽已经报告航空公司的职员，指出我是中国人，不通语言，于是我得到特别的照顾，公司职员打了几个电话，从英语打到英语再用汉语打给我，终于明白，今晚我得到航空公司的旅馆去睡，那里已经安排了我的一个房间。而我们的新航班乃是安排为明天同样时间的那一趟，并没有因为延迟而安排提前的航班，票早买光了。但是你可以提前进入机场，排队等候明天任何一趟驶向目的地的航班，只要飞机起飞前空出来座位，你就可以补进去。这真是太糟糕，每个乘客其实都要被延误一天了，其中只有几个幸运者。乘客没有发生骚乱、抗议、暴动，安静得像一群绵羊，最多也就是两手一张耸耸肩，抱怨自己运气不好。这些乘客看起来都是些天真汉、纯朴女、老实人，好欺负。大家安安静静地离开，好像这趟航班的行程本来就是预定如此。经理发给每个人一张餐券，候机大厅里有个自助餐厅，延误飞机的乘客都可以在那里领取 8 美元的食品，早中晚三餐都是这样。

第二天重返机场，很简单，专车就停在旅馆门口。昨夜同机的美国人帮我说话，他指指我，比画着，意思是他是中国人，又不会美国话，你们应该让他先走，我记得这位壮汉，戴着墨镜，胳膊粗得像一棵树，演劫匪相当合适，他带着妻子、女儿。美丽的一家。最后我先于大家上了飞机，捷足先登了。

当然，接我的美国人已经不可能在飞机场等着了。我得打这样的电话，先打给汉语，然后再告诉英语。请遇到的第一位正在接机的美国人帮助我，因为他向我微笑，并说哈喽！我还以为他就是来接我的人呢。NO！我向他做了一个打电话的手势，并给他一张写着电话号码的纸条，想请他带我去打电话，他却拔出自己的手机就拨过去了，咕噜一通，来回几个电话，一切已经搞定。他示意我就待在一个地点别动，那里有一把椅子，对着机场的出口。马上会有人来接我。等的时间稍长，我再次故伎重演，比画打电话的动作，拿出电话号码，屡试屡中，每个人都帮助我。

早就有不少人劝我学英语，但我一直没有学。一来呢，我要写诗，精通汉语恐怕一生的功夫都不够。从六千公里外飞过来，一下飞机，就满口流利的英语，岂不奇怪？而且还是位诗人！另外呢，人类大约不至于因为你是哑巴就要抛弃你。人类最初都是哑巴，没有汉语也没有英语。但人之初，性本善，这是孟子说的，说得对，放之四海皆准。在美国，我失去了语言，却被“性本善”保护起来。

这几天安顿下来后，看看都有什么新闻，结果就看见“挟尸要价”。那照片真是骇人听闻！惨不忍睹！几年前有人做食婴儿的行为艺术，与这个行为比起来，真是小巫见大巫。大家都谴责这已经越过“性本善”的底线。而在我看来，那理直气壮、英雄气粗、旁若无人（有人大约还在等着看他这趟拿得到多少钱，自己也去捞一具？）的场面颇有“文革”余韵，“善”自从那时以来在吾国已经成为伪善，被指为几千年吃人的道德基础、进步的绊脚石。在吾国，冷酷才是积极的生活态度，“温良恭谨让”，如何革命？我记得在 1966 年，无数妇孺孤寡被年轻力壮者当街群殴、屠戮、消灭。父不父，子不子，君不君，臣不臣（想想刘少奇主席在停尸房里那副惨相），人不人，大家习以为常、理直气壮，那是“阶级敌人”。

用绳子拴在船头的尸体当然不是阶级敌人，那是商品。从一切都要以政治路线画线站队到一切都以货币估价，时代变了，冷酷是一样的。

婚　车

昨天看见一路驶向婚礼的喜车，每辆车身上都开着一朵朵红玫瑰。细看，发现这些玫瑰安装在车壳子上的办法有了改进，以前是用胶带纸粘着，现在改成了吸盘，吸盘上有小孔，玫瑰可以插在里面。完了，轻易就取下来，还可以再用，也不会像胶纸那样留下很难除去的痕迹了。如果有文件规定，婚礼花车一律必须用胶带纸粘牢，以免玫瑰脱落，影响市容，那么这种民间社会微不足道的小聪明是永远不会发生的。又比如，许多窗台，都被市民改成了小型花园，一到春天，就花枝招展，煞是美丽。如果规定，阳台一律不准摆花，只能悬挂标语和旗子，那么这份美丽就不会出现了。中国生活之美好的进步总是发生在那些没有规定准或不准的灰色地带，在这些方面，人民的创造力真是其乐无穷。人民要的只是生活，怎么做能够生生、活泼泼、各美其美，他们便创造什么，自古皆然。登峰造极者，就是苏州园林，那绝不是一刀切的结果。“宜亭斯亭，宜榭斯榭。”“虽由人作，宛自天开。”（明 计成《园冶》）

“故凡造作，必先相地立基。”“相地”相当重要，这是对地的尊重、敬畏，“天地有大美而不言”“大块假我以文章”，相地就是要相出这地先验的“美”“宜”“文章”。造作，是相当谨慎的，不能坏了风水，这不是迷信，说得玄奥点，就是“造作”，不能摧毁存在的根基。何谓存在的根基，庄子说得好：“夫大块载我以形，劳我以生，佚我以老，息我以死。故善吾生者，乃所以善吾死也。”（《庄子·内篇》）中国传统文化，不是抽象的观念史，而一直是关于如何生活，如何将形而上具体地置于形而下世界，将当下现场此在创造成天堂的文化，苏州、杭州、扬州、徽州都是例子。明式家具也是例子，那不仅仅是家具，也是哲思、礼数、教化、美学、诗意……何谓道法自然，何谓“随物赋形”，何谓天人合一，何谓历史，何谓经验，何谓亭，何谓榭？何以有亭，何以有榭，这些不通，无法相地。一个地方，宜榭还是不宜榭，要请教地主、居民、历史、经验。相地，“相者”必须通晓中国文化、了解这个地方，这是文盲们绝对做不来的。文盲们的打造、提升非常简单，一台推土机、几页抄袭自他处的图纸即可。

最近几年，许多风景古迹被疯狂摧毁，民居日益丑陋、乏味，鬼城联营，生活世界越来越同质化，在我看来，都是中国文化最根本的方面被弃如敝屣的结果。那些好大喜功的鬼城，一方面是贪，另一方面那些苍蝇、老虎们在“园冶”上根本就是一群文盲。“文革”的影响，在这里也可以看出，文化被革命的结果，是文盲但“思想正确”者在仕途上一路畅通。传统中国的仕途固然有腐朽的一面，但不知道“天人合一”“道法自然”，不通“宜亭斯亭，宜榭斯榭”者，是绝计入不了仕途的，更遑论让文盲去改天换地。

某事之准或者不准，要从事情的根本出发。杀人是不准的，不言自明。摆摊是不准的，为什么？为什么从前可以摆，现在不可以摆？沿街摆摊的罪恶在哪里？妨碍卫生、交通，这个不是不准的根本理由，没有“止于至善”。卫生、交通的结果是居民依然可以“小楼一夜听春雨，深巷明朝卖杏花”，这才是生活，才是“止于至善”。干净，卫生，整洁，这是生活的条件之一，如果这些条件的后果，是卖花姑娘的绝迹、诗意的灭亡，这就是本末倒置了。昆明有些水库、池塘淹死了人，现在报纸上居然在呼吁将“浅草池塘处处蛙”填掉、封掉，真是千古未闻！是不是要把大海也填掉？“再见吧，自由的元素！”（普希金）这种无聊文盲愚昧透顶、非常可怕的“精卫”现在可是一批批出现了。其实，既干净卫生通畅，又“深巷明朝卖杏花”“宜亭斯亭，宜榭斯榭”、以人民的热爱生活的智慧是完全可以做到的。可惜在中国，多年来的传统是，人民不知道生活，生活只有某些先知可以规定。他们甚至规定你的私家阳台安装铁栅栏。

在生活世界的想象力上，许多有权决定人行道是宽一米还是两米的行政人员的想象力远远不如一个为婚车扎花的小工。这位小工后来我在另一家花店门口见到他，笑嘻嘻的小伙子，那辆被黑色油漆打造提升得犹如棺材的长轿车，被他随物赋形，想象成某座花园的黑土地（他的想象力总是止于至善），软化了它的丑陋、沉闷、呆板、坚硬，它再次奔走起来的时候，仿佛也为自己满身的花朵感动，开放了，慢下来。不敢再横冲直撞、盛气凌人，因为怕伤着那些红玫瑰。

2014 年 8 月 9 日

畸形的金字塔

造物主在创造世界的时候，并没有把世界创造成一个玻璃板般的平面，也没有在每个人的脑袋里都装一台配置一样的大脑，而是创造了一个像大地一样的生态，深浅不一的河流，高低不平的山丘、沼泽地带、珠穆朗玛峰……它不是平台，而是海拔不同的金字塔结构。孔子说："唯上智与下愚不移。"这话难听，却也说出一个真理，DNA 决定人类也是一个金字塔结构。"人定胜天"其实是胜不了的，天不是一个可以搏斗、可以比力气大小的对象，天，说大无法说，说小那就是 DNA，决定了人只能带着爹妈给的那个脑袋被抛入世界，这是人无法掌控的命运。但是，文明可以改变金字塔的结构，金字塔的结构不是固定的，而是暗藏着一幅太极图，阴阳变化，流动不居，社会的活力在于维护这幅太极图在金字塔结构中的变化能力。底层保持着流向高端的渠道，高端保持着回到底层的畅通。如果金字塔结构被制度固定，阴阳失衡，社会就要僵化、停滞。

在世俗中有的人会攀向生活品质的高端，但大部分人依然会处于粗茶淡饭、安步当车的低处。这是一个生态系统。完全平面的社会，意味着削平金字塔，苏俄的试验已经证明这是一个乌托邦，其结果将是社会生产力的停滞。20 世纪中国也有过大教训，大锅饭取消了 DNA，流向高端的创造力被阻断了，全社会在普遍的平庸中“宁要社会主义的草”。满街的司机都开着保时捷的事情世界历史上从未发生过。削平金字塔只意味着普遍的平庸。孔子意识到人类原生态的金字塔结构，提出“有教无类”，有教无类，就是上智与下愚是“可移”的，但是要因材施教，对颜回开颜回之大智，对子贡开子贡之中智，而不是设计一个分数平台，将所有材一律以规格一致的长宽高计算。通过教育，保持金字塔的上下流通，为“下智”创造流向金字塔高端的可能性。

我有个朋友说，大年初一去寺庙烧头炷香，整夜排队在第一，开门时却不让进，烧第一炷香的是捐款三十万元的富翁。另一个朋友开着三万元买来的二手车，他抱怨，许多大门不准他进去或者怠慢他，只因为这辆车“寒酸”。如今中国，物的等级已经成为文明的等级，头衔、牌子、型号、价值等等，比人更重要。人们其实是这么看一个人，开保时捷的某某，穿梵希哲的某某，挎古茨的某某，戴200克拉钻石的某某……心照不宣，生活世界的扇扇方便之门、成功之门都自动为某个物价堆积起来的金字塔的塔尖地带敞开。无可厚非，这种情况全世界都有，只是中国尤甚。

毋庸违言，富裕与否是比较的结果。人比人，气死人，为什么会气死呢，斗富、炫富。古代中国，对于生态的金字塔，不是鼓励“与人斗，其乐无穷”（石崇斗富是一个千古笑柄），而是“和其光，同其尘”。通过“止于至善”的社会设计，使每一种人生际遇都能安心、受到尊重、自得其乐。“和其光、同其尘”，既尊重步行者与世无争、素面朝天的生活世界，也尊重更高更快更强、仅少数人才能达到的奔驰、凯迪拉克。既尊重“贤哉回也。一箪食，一瓢饮，在陋巷，人不堪其忧。回也不改其乐”，也肯定“家累千金”“告诸往而知来者”的子贡。尊卑有序，修敬无阶，“人皆可为圣人”。比尔·盖茨们可以至善，流浪汉堂吉诃德和桑丘、茶花女……也可以至善。人不能选择自己的DNA，但条条大道通罗马，在通向圣贤的道路上人是生而平等的，也许大道的终端是一座有形的金字塔，但人的尊严却在于无形金字塔，在于止于至善，在于与善的距离。人之意义的最后的核准是形而上的“止于至善”“明德”，而不是金字塔的物质结构。今日的情况是，无形的金字塔阶梯，也用有形的物的等级来量化，不问善恶，只顾实价，社会为此设计，一切都要体现实价，“实价”俨然已经成为善的标尺了。

中国曾经有许多“至善”的社会文化空间设计，比如寺庙。寺庙是一个门槛最低的“至善”平台，为大慈大悲献头炷香，无论谁，只要他第一个到，头炷香就是他的。如果连这个都要通过钱搞定，这个社会的路就太绝啦。社会要为不同的DNA、人生际遇设计创造“至善”的空间、规则、细节、康庄大道。轿车有轿车的道，步行者有步行者的道，同等的尊重，同等的方便、宽阔，竞争只在看不见的“至善之道”。如果社会设计的道路给人的感受是“自古华山一条道”，只为“更高更快更强”“名列前茅”，及名校、豪宅、轿车、金牌、信用卡、成功……的方便、尊严设计道路和城市，用实物的“天天向上”来取代善的天天向上，似乎物的贵贱就是善的天平，那么这种社会将越来越激烈地抢道、占道、斗富，所有人都前赴后继、争先恐后地要攀升金字塔顶，只有那里才有尊严，最后导致的是金字塔倒掉。

“文革”的教训是，一旦金字塔被铲平，“再踩上一只铁脚”。对“被侮辱与被损害”的人们的专制也非常恐怖，这个平面将是一个愚昧与野蛮的狂欢节。

教堂在哪？

应某大学文学院邀请去为诗歌比赛当评委。这个大学是我的母校，过去在城里，与寻常百姓、钟鸣鼎食之家毗邻，旧时王谢堂前燕子，有时候都会飞到大学屋顶去的。现在搬到郊外的山上去了。很远，孤零零地独占一个山头，像是建在了一个农场里。但建筑规模浩瀚，看得出来，动了脑筋，追求高质量，注入了巨额资金。进得校门，乍一看，完全是普林斯顿或者哈佛的派头，实实在在地模仿，全新的普林斯顿，只是没有苍松古木掩映，新挖来种下的树木还瘦，缺乏掩映的效果，显得荒凉、冷清。最宏伟的建筑是大礼堂，先贤寺那样的圆顶，前面是巨大的广场，空无一人。校园里缺乏老校区的人气，虽然莘莘学子已经入校，但总显得形单影只。

后来发现，这个学校里基本上只有年轻人。中年人、老人、小孩几乎看不见。老校区是个社会，新校区看起来就像一个年轻人的集中营。既然学生都搬来了，为什么看不见老师呢，原来老师还住在老城那边，拖儿带女，社会关系盘根错节，一时半会要搬过来也不容易。老师要搬来，那还得把一个社会搬过来，老师要生活呀！生活就是传统、就是习惯、就是文化呀。书店（不能只是新华书店，大学教师应当去“书屋”）、二手店、CD 店、电影院、剧院、花店、农贸市场、幼儿园、托儿所、商店（不能只是小卖部，否则那感觉跟“文革”时代流放五七干校差不多，会影响思维方式）、菜市场、洗衣铺、擦鞋店、酒馆、茶馆（茶馆相当重要，咖啡馆可有可无，在大学里，茶馆是不可须臾或缺的，当年西南联大，许多杰作都是在茶馆里产生的。）医院、饭馆（如果教授要请来访的普林斯顿吃烤鸭，你总不能带他去公共食堂吧）……远远不够，咖啡馆总得有几家吧，要不然，学生和学生，老师和老师去哪里交流学术心得？没有。就是有了，恐怕也得过几十年了，公共设施好办，但一家咖啡馆要开得能产生法兰克福学派，恐怕要个把世纪。这一代是没指望了，肯定的。所以上完课，老师们就统统乘车走了。夜里面，大学里只有学生和几个辅导员。

其实无可厚非，万事开头难嘛，就当我们刚刚引进了西方文化的经典产物——大学，大学本来就是从西方学来的。但还是觉得即便如此简陋，与普林斯顿相比，还是缺着什么。一时没想起来。后来与美国一所大学的访问学者J教授聊天，说到一个故事，说是某城市的市长把宏伟的城市规划图给来访的美国建筑师们看，啧啧，真是高、大、全。但建筑师先生弱弱地问了一句，教堂在哪里？市长先生哑然失笑，问得太荒唐了，压根就没想过。猛然想起来了，那全盘模仿普林斯顿的大学新区，没有教堂。记起来了，无论哥伦比亚大学、普林斯顿大学……学校里最经典的建筑物，就是教堂。大学固然奉行自由之思想、独立之人格，但教堂是不可逾越的，圣经当然可以批评，也可以高呼“上帝已死”，但无论如何自由之思想，也不能肯定“七大罪”吧？独立之人格，你不能妨碍和危害别人吧，希特勒那样的“独立人格”，必须有教堂镇着他，有个忏悔的去处。就想起新校区最宏伟的建筑，那个大礼堂，意思自然是，西方大学里教堂承担的角色，是由这个巨大的会议厅来承担。想起大学里的思想报告会，都是在大礼堂举行，这是20世纪以来的传统，但效果如何，也许可以反省一下了。是的，大部分时间，当牧师或领导在宣讲教义的时候，下面都在瞌睡。但教堂有个忏悔室，礼拜时你昏昏欲睡，过后你可以单独去找牧师忏悔。而大礼堂的会议，一散会就人去楼空。那些教条就像一把筷子那样，你一定要随时箍着，手一松，它就散掉。现在开大会最重要的工作是什么？布置会场。鲜花、地毯、红包、麦克风、媒体、布标、宴会、领导嘉宾的姓名小牌，千万不可搞错，不可轻视任何一个细节，至于开会要研究什么，倒是次要的。开会只开开头的那半小时，管事的一宣讲完，就走人了，留下爱因斯坦、霍金们讲废话，无关拍板大局。

当年从西方把大学引进中国的先驱们，难道不知道西方大学最重要的建筑是教堂吗？当然知道。但是他们引进了大学而舍弃了教堂，为什么呢？我们有文庙啊。所以大学建在老城里，因为有文庙，教堂就不必了。文庙与教堂那就是两回事了，文庙当然供着至圣先师，但文庙不是只供偶像、听传教的地方，文庙有庙会，文庙最重要的活动就是庙会，寓教于乐，是中国最重要的传统。寓教于日常生活世界，寓教于社会，乃是中国之教育。所以不需要教堂，但文庙不可须臾或缺。我寻思是不是可以向学校的领导建议，在大学新区再补充一个文庙呢？就算领导已经开明到同意，也不行，因为那样一来，文庙就变成教堂去了。没有庙会，没有生活世界，没有三教九流的教育，还是教育吗？中国是天下一家的社会，大学不能只是孤独地接受知识，也要接受家教。所以，过去中国的大学很好玩，你可以遇到爱因斯坦在文庙的古松下喝茶，也可以遇到康德在散步，可以遇到鞋匠老李，与他谈谈他老家的土豆。

诗歌比赛的作品，大部分写的是学生们老家的风花雪月，没有一首提到这所大学。完了离开时，天黑了。在校区门口看见外面搭着几个丑陋的大棚，荒野上有一排灯火，问是干什么的，呃，农民在那里摆了些小吃摊点。立即成为学校最热闹的地方，学生说，一下课就泡在那里，谈恋爱，交朋友。

“进步”，但是要美好

德国的科隆大教堂，据说前后修建了六百多年。六百多年，这需要多少代匠人、多少位主教、多少位执政者。这些人的尸骸如果堆积在教堂旁边，恐怕也是一座山了吧。重要的是，在此建造教堂的理念一旦确定，一代一代人都坚定不移地去实现它。其间或有修改、变动，但这个教堂是必须完成的，修改、变动只是为了使教堂最后的完成更为完美。完美它，后来成为更超越的概念。在第二次世界大战中，盟军的飞机疯狂轰炸法西斯德国，我的印象，这些轰炸的后果简直就是为战后的新德国腾出了地盘。但是，盟军的炸弹也敬畏科隆大教堂，它完好无损。完美它，成为世界性的工作，包括盟军，也包括我们这些异邦来的科隆大教堂的朝拜者。这个教堂似乎早就预见到六百多年后朝拜它的洪水，修建得坚固无比，经得住人类审美之水川流而过。从前，人们来此是为了进一步皈依上帝。现在，无神论者和异教徒也来了。他们为这座建筑的美所震惊、所着迷。科隆大教堂已经不仅仅是一座建筑，它不仅是天主教的象征，也是人类智慧和做工最杰出的象征之一。这是一个伟大的工程。

科隆大教堂的历史是一场缓慢的，但是持续不断的工程进度，这种进步就像一种原地踏步。布达拉宫的修建也是如此，持续了上千年。有一年我进去，看见藏族男女正在用泥土修补顶部，他们一边唱歌、一边原地踏步舂土，好像要把大宫殿朝大地里头再舂实进去一些。

更令人感动的是，天主教的弥撒仪式依然像教堂奠基时代那样举行。尽管有些新教徒对这种令人昏昏欲睡的仪式嗤之以鼻，但仪式依然照常举行。自从路德的宗教改革以来，并没有信仰新教的执政者下令科隆大教堂改信新教或者摧毁它重建一座。因此我得以从教堂附近用钢材、玻璃等材料建造的具有包豪斯风格的火车站一走出来，就进入了六百多年前的某个时刻，红衣主教正带领大家朗诵旧约，管风琴的声音在教堂的拱顶下庄严地徘徊，就像幽灵在合唱。德国人告诉我，教堂的某一面墙上的彩玻最近更换了，换上了一位现代艺术家的作品，我望过去，真的是更美，他取消了彩玻上的圣经故事画面，抽象出那些巴洛克风格彩窗的色彩要素，创造了一种更本质、更迷幻的效果。

科隆大教堂是一个象征，或者说是一个象征群。但它确实也是可以触摸的石头，实实在在的物体和空间，并不是象征一词给人的印象那么虚无缥缈。进步在这里是无数石块乏味、呆板毫无新意的累叠；线条手工的重复，日积月累，彻底的形而下（石料、凿子和击打凿子的形而下）最终指向纯粹的精神性的形而上。所谓的主体创造的不朽的精神性实体，科隆大教堂就是。

也有另一种进步，这种进步是一天等于二十年，在我国已经成为常识，如果一天不等于二十年，那就不是进步。古人云，日日新。这个日日新，其实是不断揩拭某个永恒实体的新。太阳每天都是新的，但一天等于二十年式的新，却遮蔽着一个常识，就是太阳每天也是旧的。

“进一步 X”，是报纸上、电视上、标语口号中、大街上、黑板报上、宣传栏上、单位过道上……最常见的一个词。细究起来，进步的意思大约是下一次比这一次更……更什么？我省略了“更”后面的好，因为好是很具体的，要看相对于什么。一般来说，进步是相对于历史来说的，进步是建立在对历史、经验、结果的反思、总结上的。现在的好，要相对于过去的好；新创造的好，要相对于经验的好，才是进一步。进步是在时间中的，不是横空出世。得知道什么是曾经好过的，才知道现在好不好。

但是这个词用惯了，许多事情，意思只是继续运动而已，至于好不好，早已束之高阁。“进一步”，并不在“更好”上进步，原来的那一步如何了，站稳了没有，是康庄大道、止于至善，还是陷阱、浪费、瞎忙、折腾、独木桥、骨折、狗屎、伤心、损人利己、死路……是否有再进一步的必要？好像是不管的。

高速地遗忘一切。遗忘似乎已经成了高速的推动力。明知湖泊已死、河流发臭、食物有毒、大地残山剩水，依然继续；明知水泥玻璃的小区只是一座座鬼城，依然坚定不移地进一步奠基；明知城管、拆迁已经导致了民怨沸腾，依然由着他们继续横行；不见棺材不掉泪，许多事情，不做到不可救药决不停止。甚至，继续进步。交学费，总不能交给死神吧？

新就是好。如此的进步，如此的多快好省，你追我赶、争分夺秒地是要奔到哪里去呢？太平间还是家？耻于下问，耻于自省，耻于问问：“我们是谁，从何处来？

到何处去？”只是要维持一个高速。许多领导，渴望在自己的任期内就完成百年大计、丰功伟绩。于是高速本身成了面子、政绩，高速就是成功、就是胜利，高速可以辩解一切。

但是，时间不会因为你透支时间就随着你高速。日落依然出现在黄昏时分，落叶依然飘向秋天之末。十分钟建起来的大桥还是十分钟的大桥，一百年完成的大厦还是一百年完成的大厦。进步未必就是好事，世界上的许多事物，恰恰是由于一步未进才是进步。滇池好过，它被迫进步，成为一潭死水。洞庭湖好过，曾经“春和景明，波澜不惊，上下天光，一碧万顷……”它其实根本不需要进步。杭嘉湖平原上的鱼米之乡好过，它们根本不需要拆迁。“小楼一夜听春雨，深巷明朝卖杏花”好过，它创造了诗意。今天我们耗费巨资，痛哭流涕地要回到原地，还不一定回得去呢！

进步的终点其实非常古老，那是先知们在几千年前就指出的，比如伊甸园，比如止于至善。如果我们承认“上有天堂，下有苏杭”，承认“桃花源记”，承认“伊甸园”，承认马克思所谓的“人类童年时代”，那么所谓进步，绝非只是破旧立新。也许立新，但是继续曾经美好过的旧更符合人性。

一个地方换届的时间到了。人们总是惶惶不安，上届的好是否会继续，上届的不好是否会修正。人民不在其位，无权谋其政，但旁观者清，人民知道什么好什么不好。所以要以人民为师。

秋风吹渭水，落叶满长安。世界美如斯。

世界永远不会是一张白纸，世界就是历史、就是记忆。人们记得什么曾经好过、美过。

其实人民一直在琢磨什么才是好。因为这个好事关他们的生计，事关他们的一砖一瓦、柴米油盐，婚丧嫁娶……人民与思想家和设计师不同，人民总是从当下、手边、处境、经验来想怎样才是好。就像科隆大教堂的工匠那样，他们或许不知道大教堂最终的模样，但他们知道某一块石头当前要用在某处，才能奠基，并且再进一步。

越来越多的事实证明，这并非目光短浅。

如果进一步不是经验已经证明过的美好，还不如原地踏步或者后退。

停下来想想，如今不是 1840 年。真的可以想想再进步，不迟。

2011 年 11 月 25 日

进一步

报纸上、电视上、标语口号中、单位过道上……最常见的一个词是“进一步 X”。通俗些的，写成进步。细究起来，进步的意思大约是下一次比这一次更……我省略了更后面的好，因为好是很具体的，看你相对于什么，一般来说，现在的好，要相对于过去历史上的好，才是进一步。好是有时间的，你得知道什么是曾经好过的，你才知道现在好不好。但是这个词用惯了，许多事情，意思只是要继续做而已，至于好不好，无关紧要。“进一步”，原来的那一步如何了，站稳了没有，好像是不管的。

在日本的时候，去上洗手间，看见小便池前面有个牌子，写着“向前一步！”。这使我真正知道“进一步”是什么意思。我当即又进一步，这一步保证了洗手间的清洁。

比如追求普遍高速、只争朝夕，一天等于二十年，已经成为中国生活的普遍速度。这个国家今天像个超现实的社会，高速进步带来各色各样的梦幻般的离奇效果，很像鬼使神差们出没无常的原始时代。比如一大早起来，门前已经长出百年大树（连夜从山上挖来种下的）。昨天还巍峨如云，今天大楼已成废墟。四世同堂三百年的家，昨天还其乐融融，计划着添丁置产，今天去，已经人去楼空，坛坛罐罐碎了一地。昨天还是坑坑洼洼的烂泥路，今天，12 个小时候。一条水泥康庄大道已经辉煌向日（因为要人今天要在五分钟内驶过这里）。以上都是我亲眼见的，不是听说。几天前坠毁的动车残骸还躺在桥墩下，另一例动车已经高速呼啸而过，真是前赴后继、分秒必争。一万年太久，搬开上一趟车造就的冤魂，继续光辉旅程。这幅照片，再形象不过地传达出这时代的方向。

但是，如此的高速，如此的进步，是要到哪里去呢？我估计大家都是知道，现代化啦、小康啦说得一套一套的，可具体到事情本身，却是只有进步、高速，而且总是不见棺材不掉泪。

滇池进步，成为一潭死水。洞庭湖进步，从成，这种进步，是我们所要的么？最可怕的是，做事的人们不是不知道这个道理，而是他们的“进一步”，是做给领导、检查团看的，甚至更可恶的是在这个幌子下，充实自己的钱夹子。因为如果许多事物不进步，一动不动，它也就不会成为资源，无利可图，只有进步它，它才产生利润。于是，许多事物被强迫进步，比如高铁，出了那么大的世故，依然想着提速，那就是另一回事了。

进步未必就是好事，世界上的许多事物，恰恰是由于一步未进才是进步。比如滇池、太湖，保持原样，原地踏步，原天地之大美，那就是进步。进步使它们成为死水。比如云南丽江，几乎被旅游者挤爆，大家呼天抢地、长吁短叹，并不是感叹进步，而是赞美一群破房子，仅仅因为它一直不进一步。退耕还林，那也不是进步，很好。低碳，那也不是进步，那是倒退了。原生态食品，那是进步吗？以今天的生活标准来说，这是在主张退步了。广场上塑起了孔子像，与打倒孔家店相比，那也是退回去了。进步这个词，并非价值观，它只是一个行为而已，好不好，还要看结果。结果不好，你还得退回去，就像开车，前面是悬崖绝壁，你不倒车你干什么？

进步的终点其实非常古老，那是先知们在几千年前就指出的，比如伊甸园，比如止于至善。

今日的考试制度乃教育之敌

星期五，去学校开家长座谈会。老师请一个考试总是名列第一的家长为其他家长讲他的经验。星期一，早上女儿去学校，已经通知了今天要考数学，急得不得了，学校附近在扩街，没有留便道给学生走，大家就从工地上穿过去。走得急，女儿跌倒了，趴在地上起不来，路过的同学，没有一个去救她，都匆匆去考试，都怕迟到。后来解释说，因为要考试，要是平常，我们不会不管你。老师经常说，他也知道，用分数卡一切是不对的，但没有办法，升学只看分数，不管其他。为了考试，每天布置大量作业，学生每天要做作业到夜里一两点钟。严重伤害了孩子的身体。

这种教育太可怕。考试分数已经压倒了良知和其他一切，考试成为学校的唯一政治正确。分数高于一切，甚至高于良知、高于德智体，高于教育的根本目的。我已经不知道这种教育的目的是干什么。教育是为了培养德智体全面发展的人才，这不错，但分数制度把这一切完全取消了。为了分数，可以放弃良知、道德，把分数奉为上帝，为了分数，学生可以不顾为人的基本道德、良知。考试成为学生最痛恨的一件事情，但无可奈何，应付，成为欺骗。教育通过考试的乏味培养学生做他们不喜欢做的事情，从而，培养学生从小就用两种话语生活，考试话语和课外的话语。考试是一套，日常生活又是一套。考试制度培养了合法的欺骗。考试制度必须的死记硬背，导致学生的智力停止发展，不能独立思考，一切思想都要符合标准答卷。学生日后的习惯就是在公共生活中按照既定标准做事，没有独立思考、自己创造的勇气。对身体的摧残，大量繁重的考试及其毫无乐趣的死记硬背，对身体没有任何益处。

这种考试制度肯定会谋杀天才，如果那是一个总是一进考场就紧张的天才，他将永远没有前途。而这种考试紧张恐惧并非例外。为什么集体作弊的事情一出再出，为什么那么多学生把作弊这种欺骗行为视为正常。其后果是，作为公共标准的象征，如果学生可以在考试中作弊，他当然可以在一切公共事物中作弊。

做什么人和如何做人是教育的根本点。我以为，做什么人是无法强制的，只可以引导，但如何做人、如何生活是可以教的，而这正是教育的根本。今日的教育通常是，考试及格，但学生连起码的做人过日子的道理、规矩、技能都不知道。例如，烹饪，每天过日子最起码的要求，学校从来不教。

学校也不能致良知。没有一个老师敢于公开教学生恶，不仁。但不仁已经通过考试潜移默化了，为了考试这个唯一的上帝，学生可以通过作恶来达到。例如应付、死记硬背、不喜欢也要装喜欢、作弊等等，与妓女并没有什么区别。教育的目的是功利主义的。直接与所谓前途（家长的教育投资和利润）联系在一起。前途不再是个人创造的结果，而是由分数决定。前途成为非常实际的东西，一些数字。只要达到这些数字，你怎么干都可以。在这种教育下，没有一个学生真正喜欢学习。但如果期末考出一道“你对学习的态度”的试题，每个人都是八股文式的赞美学习之辞，因为标准答案要求这样。欺骗被培养出来，并不是老师公开培养的欺骗，而是教育的制度必然导致欺骗。

有的教材把所谓“新概念作文”也收在里面，以示另类。但教育是基础，它应该注重那些普遍性的知识，不是正统思想，也不是另类思想。普遍性的价值是不会因为意识形态的变化而改变的，例如基本的做人、爱护儿童、尊重长者、遵守交通规则等等。也许你将来选择做一个嬉皮士或者省长，但无论是谁，红绿灯你要遵守，老人你要尊重，在你的袭击目标以外的妇女、儿童、无辜你不能加害。中国电影里面经常出现这种坏人，就是坏到不仅杀人，连起码的为人规矩都没有，一个坏人，必然连老人、妇女、儿童都要侮辱。是不是教育的结果。西方电影里面的坏人在枪银行的同时可以遵守交通规则、善待妇女和无辜者。

无数家长叫苦连天，西方教育成为人人羡慕的神话。说到自己孩子的学校，无不像是谈论程度不同的地狱，但没有什么办法，老师是有良知的，但老师无法用良知来教育学生，因为考试事关一切。老师的饭碗，学生的前途，家长的负担。老师明明知道布置那么多作业不仅摧残学生，而且令他们对学习本身产生厌恶，但他只能这么做。

因为仇恨考试而仇恨考试所灌输的一切价值。应该承认，今日的教材已经与过去的政治口号不同，许多内容是普世皆准的，但最终，在这种恐怖的考试下，学生成为社会的必然反叛者。教育代表的是国家形象，如果教育是坚硬的、死记硬背的、不准独立思考的、昧着良心的、不好玩的、毫无乐趣的、令人怀恨在心的，那么，其后果是在制度化的教育结束后，国家将继续承担那教育在学生方面留下的经验和可怕后果。

2005 年

可敬的小贩

最近中国的城市由上海率先，对流动摊贩解除了一点禁令，准许他们在某些街道存在了。令我想到毛泽东那两句诗："天若有情天亦老，人间正道是沧桑。"

"流动摊贩"，现在说得这么难听，含有贬义。就像"城中村"一样声名狼藉，其实所谓城中村，就是唐代杜牧写的"牧童遥指杏花村"，宋代辛弃疾写的"茅檐低小　溪上青青草　醉里吴音相媚好　白发谁家翁媪　大儿锄豆溪东　中儿正织鸡笼　最喜小儿无赖　溪头卧剥莲蓬"，就是清代高鼎在《村居》中写的"草长莺飞二月天　拂堤杨柳醉春烟　儿童散学归来早　忙趁东风放纸鸢"，只是到了 20 世纪，这个传统的中国世界，才成了城市化的眼中钉。那些所谓"流动摊贩"也一样，他们就是过去的“货郎”，就是诗人陆游著名的诗“小楼一夜听春雨，深巷明朝卖杏花”中歌咏过的卖花姑娘，就是张择端“清明上河图”描绘的那些人物，介绍这幅画的文字说：“粗粗一看人头攒动，杂乱无章；细细一瞧，这些人是不同行业的人，从事着各种活动。大桥西侧有一些摊贩和许多游客。货摊上摆有刀、剪、杂货。有卖茶水的，有看相算命的。许多游客凭着桥侧的栏杆，或指指点点，或在观看河中往来的船只。大桥中间的人行道上，是一条熙熙攘攘的人流，有坐轿的，有骑马的，有挑担的，有赶毛驴运货的，有推独轮车的……大桥南面和大街相连。街道两边是茶楼、酒馆、当铺、作坊。街道两旁的空地上还有不少张着大伞的小商贩。街道向东西两边延伸，一直延伸到城外较宁静的郊区，可是街上还是行人不断：有挑担赶路的，有驾牛车送货的，有赶着毛驴拉货车的，有驻足观赏汴河景色的。”

后起的现代化世界包围了大地上那些古老的事物和那些先在的事物，令它们丧失了存在的道理。忽然间它们统统被宣布为非法的、丑陋的、落后的“脏乱差”了。一方面，古代文学赞美这种生活的文字继续作为经典在学校里向一年级的新生讲授，另一方面，这些文字所依据的世界正在成为城市化改造、消灭的对象。语言与世界分裂，我们学到的文字说的是一回事，现实又是另一回事。过去说的所谓书本与现实脱节，名不副实，意思是书呆子脱离了现实生活，而现在的尴尬是，书本上的诗意世界，为李白、杜甫、苏轼、曹雪芹们所津津乐道的世界逐渐消失，书本上的纪录越来越成为谎言。中国的名教，现在越来越成为令许多传统事物徒具其名的游戏了。如今还可以到何处去“听取蛙声一片”？按照西方的设计，这些是可以忽略不计的，西方本没有唐诗、宋词、山水画、书法、苏州园林，它如此设计它的世界情有可原。而中国的“拿来”，无法直接照抄，它得先把已有的搞掉，把五千年搞掉，把“货郎”搞掉，把“深巷明朝卖杏花”搞掉，一张白纸，才可以画最新最美的图画。但搞掉了实的，名却搞不掉，如果名也搞掉了，汉语世界就无名了，也许只有用拼音取代了。这么多年过去后，终于又发现，传统的“实”也是不能被彻底搞掉的。“货郎”还是需要的。这不是意识形态，没有这些“流动摊贩”，日子过不顺啊。我最近去过日本，日本的现代化比较彻底，到处干干净净、整整齐齐，完全对现代化循规蹈矩了，许多城市看不到一丁点泥土，已经整治得像一个巨大的医院，非常卫生，生活就是：工作然后购物，购物然后工作。非常到位了，但失去了一个重要的东西，就是生活的趣味。许多人在地铁边站着，忽然一阵绝望，就纵身一跃。这样的人多到地铁站不得不在车站铁轨边修起栏杆，以防自杀。

上海的转变具有深刻的意义。我总担心这些小贩有朝一日彻底销声匿迹，没有他们的叫卖之声的城市固然合乎卫生秩序开会观摩迎接检查团的需要，但也诗意全无，一点也不好玩了。“干干净净整整齐齐地迎接什么”一年中只需要几天，而大部分时间，我们是要过日子的，过日子千差万别，脏乱差是一种生活方式，所以有邋遢鬼这个词，汉语为之丰富。干干净净是一种洁癖。如果所有人全部“洁癖”了，这个城市也和精神病院差不多了。用一种生活标准来规范所有生活，世界只会枯燥乏味。生活的“乐趣”就在于它是一团剪不断、理还乱的乱麻，越剪越没有人气。看看，现在是不是越规范有序、越洁癖的地方越没有人气，越是难在，越是难玩？越古老越有传统的地方人气越旺、乐趣越多？在中国，人生不只是活着，随便吃几片三明治、麦当劳，为来世进入天堂而努力工作。人生在世要好玩。要蹲茶馆，要养兰花，要听戏，要摆弄文房四宝、把玩石头，要有可以闲逛的大街小巷，不担心汽车，不屏住呼吸，不购物，只是看看走江湖耍猴卖狗皮膏药做面人卖丁丁糖糊风筝的……也会心情大好，释然。中国人的天堂就在当下的日常生活世界里面，“何似在人间”？城市里的街道、集市、庙会、寺院、茶馆、菜市……都是玩场，不仅仅是西方发明的目的清楚然而枯燥乏味冷漠的购物中心、车行道以及教堂。被严厉清除的所谓“脏乱差”，其实就是玩所导致的“无序”，人们在这种无序中得到放松，意识到生命的诗意。在一个军营或者医院般井井有条的城市中人们又怎么玩呢？有什么乐趣呢？不好玩而又没有教堂，只靠意识形态的管束已经被历史证明是行不通的。现在的城市管理，只不过是“管住”，它完全无视了最基本的东西，城市是一个“生活”的寓所，它必须是“活泼泼的”、好玩的。中国现在的城市化非常危险，它在发展生活世界的沙漠，只要与20年前的城市比比，我们就知道我们已经丧失了多少聚集着人气的玩场。庙会、集市、摊贩、传统节日、街道上的生活，甚至小吃店都逐渐消失了，星期日如果你不去教堂又不购物，恐怕也只有看电视或者麻将一途了。完全无节制的无序固然不行，但在过去，部分的无序都完全不予考虑。上海的妥协其实就是意识到对部分无序的容忍对有序非常重要，是之才可谓和谐社会。

我要说的不仅仅是这个，更重要的是，人们是否意识到，这样的近乎一场革命的改变是谁促成的？就是那些不屈不挠的流动摊贩。改变世界的其实不见得只是武昌城里的骚乱，改变社会的也不见得只是高谈阔论“中国向何处去”，至少在 2006 年上海关于“流动摊贩”的修改上，这些“流动摊贩”功不可没。正是这些“货郎”和“卖花姑娘”无与伦比的坚持与抗争，才有现在这个结果。那是怎样默默无闻而又悲壮的抗争啊，我们都曾经亲眼看见他们是如何被粗暴对待。几年前，我曾经在一篇文章里描写这些场面：“卖棉花糖的小伙子把单车支稳当，欢乐地蹬着脚踏板，舀勺白糖放进圆盘里去，白云就一朵朵地从他的手上飘起来，立即被中学生牵着走掉了。这个小伙子聪明，做棉花糖的工序之一是要快速转动轮盘，一般都是手动，他用自行车的动力来代替，做棉花糖的速度快了许多。他旁边是个卖荷花的大婶，说荷花是她自家塘塘里的，‘小板桥坐车到昆明，从大东门走过来呢！’大婶说。她旁边还有卖西瓜的、卖日用小品的……还有一个青年在弹吉他，前面放个盒子，已经有不少零钱……其乐融融的样子。我正准备买把荷花，忽然间，风云突变，大婶挑起担子就狂飙起来，疯了似的。连我手上的荷花没给钱也不顾了。那卖棉花糖的、卖水果的、流浪歌手，统统不见了。一群鲜黄的东西滚得满地灿烂，是一个小贩的黄果。我愣愣地站着，荷花吓得立即枯萎，怎么回事情？美国人的坦克来了？原来是城管局的同志们。怒吼着，车子里面已经硕果累累，白菜、番茄、水果，都是没收的。（没收的东西是如何处理的？谁来监督？）之后，扬长而去。有个卖荔枝的骑着三轮车逃跑，车子翻了，荔枝撒了一地，一对衣冠楚楚的男女顺便猫腰拣了两把溜掉，那女的说，我们省得再去买了，谁叫他们犯法，回家喽！”

这一幕已经上演了多少年我不知道，已经司空见惯，但每次看见都要血冲脑门，之后心情郁闷。每一次扫荡、打击都对小贩们意味着一次倾家荡产啊，谁支撑得住啊。但过几天，他们又来了。高举着美丽的鲜花、水果、蔬菜、冰糖葫芦、棉花糖……奏着流传了千年的叫卖之声，已经成为民间音乐……出现在街头，就像巴黎公社的战士，就像大海的边缘，顽固地抵抗着，扑向那坚硬的大陆，每一次都粉碎了，粉身碎骨，然后再次涌来。

说小点，他们只是为了活着，谋点蝇头小利，钻钻城管的空子；（这个空子也够大的，堵了这么多年都堵不住，耽误了多少卿卿性命哪。）说大点，他们是在为百姓服务，人民需要他们存在，他们不可须臾或缺；说深刻点，他们是在为传统中国而抗争，为其乐融融的

“清明上河”而抗争，为李白之流歌咏过的那个“诗意的栖居”而抗争。草根不懂大道理，“小楼一夜听春雨，深巷明朝卖杏花”，货郎和卖花姑娘们也许根本不知道这些诗篇的存在，却在维护着古老的文明。一年又一年，直到文件被修改。

中国的脊梁也包括他们。

2007 年 4 月 2 日

虹桥修禊有感及十二韵

4月15日到16日，我在扬州瘦西湖参加了“国际诗人虹桥修禊”活动。

当我们一群来自中国各地的，来自英国、德国的、美国的诗人乘着木船，穿过扬州的湖面，正是李白所谓“烟花三月”。岸上的繁花老树茂林修竹之间忽然出现了一排排穿着白色衬衣的中学生，穿着古装的古典诗词爱好者，他们齐声朗诵着中国古代诗歌：“春江潮水连海平，海上明月共潮生……”就像死者复活，我们就像戏台下的观众，听着幽灵的声音从远古的时空飘来。船上的西方诗人很兴奋，我心里发怵，被勾魂般的，情不自禁地跟着哦吟。古代诗歌的精气神和韵律在天地之间，学生、诗人们的朗诵依然感天地、动鬼神。“修禊事也”，诗的语词材料必须是神灵接受的，这种材料就像中国人清明时在祖先墓碑前供的香烛、果蔬、食物，都是特定的，随便一首古代诗歌与瘦西湖的春天都是吻合的，都是修禊之诗。但随后我们这些现代诗人的诗的朗诵在这个场合则很勉强，喑哑、啰唆、文不对题、韵律不正，像是更原始的诗。我们并不原始，而且在这个时代还算前卫，因为诗的空间已经转移，从古代诗歌的大地（李白说过“大块假我以文章”）转移到室内。我意识到现代诗就像蓝调那样，从棉花地到了酒吧，乃是一种室内语言。我们已经完全置身在另一个世界，这是语言在场的根本性转变。这种转变也许在诗人的历史意识中并不情愿，但无可奈何。也许在别的时候我们对此不太敏感，但现在，当我们置身在一种被表演出来的语境中，才会发现自己处境的尴尬。而同样，于现代摩天大楼的室内朗诵的古代格律诗歌总是难免做作，我相信神灵也不会翩然而至，甚至有可能被解构并小丑化。我应邀站在船头背诵了我的《在漫长的旅途中》，我从未为背诵而写，因此有些窘迫。此诗沉思絮叨的格调与张若虚的天籁的爽朗明快完全不同。修禊就是在水边祭祀神灵，而祭祀神灵是一种各美其美的献祭，这是在孔子“一言以蔽之”“正音”“律之”以前就存在的古老仪式。各种声音并祭，重要的只是谁更取悦和接近神灵，在愉悦仙人上，古代诗歌早已趋于熟练。那时我在船上想到的是，新诗如何继续取悦神或人？魅力如何重现？这是荷尔德林式的返魅么？或者像西方诗歌那样，并不迷信这种魅力的存在，而将诗仅仅视为一种语言的游戏活动？但修禊不也是一种游戏吗？就是没有招魂不也是一种时间的意义吗，人们毕竟在这个时候被群（团结），兴、观、怨，并多识，比如美国诗人施家璋的作品，他提到了极线。比如邑人杜海、金子，不求闻达，甘当“优秀文学工作组织者”。热爱扬州故乡，杜海馈我扬州三白，又赠大著《何园》，受益匪浅，比那些吟风弄月的花草文学，委实实在得多。修禊活动乃他二位具体操办，若非对扬州历史掌故如此了解，这等大事，如何做得下来？巫也。从与传统理直气壮的断裂到迟疑笨拙的对接，意味着新诗的能量和深度。毕竟，对接乃是新诗的天然使命。新诗也许在神灵们听起来有些陌生，但我感觉到它们很兴奋，因为那些复活在新的行列中的语词依然来自太初，我用的字也是甲骨文上的那些字。无论如何，在扬州的这个春天，我感觉某些东西出现了，在幽暗的怪石与明亮的画舫之间，在新诗的犹豫与徘徊、格律的泰然与迷惘之间……重启修禊意味深长，死亡、复活、东方、西方、当下、永恒……这个修禊之场气象万千，而具有超现实的梦幻感，这正是修禊的结果。那个下午我们在熙春台讨论诗歌，傍晚，天气越来越冷，湖上飞絮迷蒙。我们迷信光明，低估了春天的深度，穿的衣服太少，被冻得发紫。后来我们一个个裹紧单衣，在黑暗里奔跑着逃向宾馆。

扬州写了一些，这是一种：

扬州十二韵

我来扬州洲犹在
二十四桥水清清
鱼向莲叶后面写
鸟朝青天浅处文
月留片石筑山房
花赊点红扮黄昏
平山堂前云未远
熙春台上禊还灵
陈纸半张西湖瘦
留琴一指广陵肥
只恐他乡拆正急

玉人妆罢独依依

注："陈纸半张西湖瘦，留琴一指广陵肥。""陈纸"乃扬州书法家陈社旻。"留琴"乃扬州古琴師刘少椿后人刘扬。

一夜，友唐晓渡带诗人一行往扬州书法家陈社旻工作室，看他的字。出电梯，穿过两边排列着办公室门的过道，一黑衫壮汉自门内迎出，陈不多讲，只说公乃其友，请来弹琴助兴者。已而抚琴，曲柱双腿，端坐如塔，指如排石，琴声泉出。数曲，似乎已顺流至山林幽壑、旷野高天。耳净心清，忽悟余往所闻皆俗，不能听了。间谈琴况，颇有高见。最后一首，拨弦如江，正色吟道："渭城朝雨浥清尘，客舍青青柳色新。劝君更进一杯酒，西出阳关无故人。"深得古士情怀。时诗人明日将天各一方，余返云南。国未破而江山日新月异，朋友乃最后的故乡，愀然欲泣，以茶掩过。琴声方落，已经告辞飘去。后知，公乃广陵派专人刘扬也。

癸巳仲春

黄山教堂

我在秋天的时候跟着来自中国各地的游客走向黄山，在高处看看后面，人们扶老携幼、浩浩荡荡，队伍蜿蜒在群山之间的小路上。

这队伍终年不绝，已经持续了数千年，其固执、顽强、庄重、认真，就像一种宗教行为，就像麦加朝圣。

那仅仅是游山玩水吗？这些山峰所召唤的人群可谓广泛，诗人为首，间有轩辕黄帝、王公大臣、徐霞客、背包客、朱熹、胡适、工农商学兵、白发苍苍的老妪、老翁、婴儿、少年、青年、中年、儿童、妇女、士兵、引车卖浆者流、你、我、他、他们……尊卑有序、修敬无阶，意识形态、宗教信仰或完全不同，甚至彼此对立，但朝拜黄山，那是必须的。

“文革”时代，革命者潮水般涌向天安门，但对黄山的顶礼膜拜也从未中断。那时期，进入教堂、寺庙也许会有杀身之祸，但朝拜黄山，依然天经地义。就像宗教领袖，黄山对中国人有着巨大的感召力，这种感召力与其说是旅游休闲运动，不如说是某种自我的强迫，某种形而上的压力。在黄山上，看看那些皓首白眉的老者，何其悲壮。现在还有缆车可以上去，而往昔，人们只能一步一步走上去。去黄山，必须的。在青年时代，我经常被人问到，去过黄山吗？没去过，这几乎成了我的一块心病。没去过黄山，似乎就像在基督教国家里，你居然没有上过教堂。现在我像一个终于抵达拉萨或者麦加的信徒那样，内心宁静而喜悦。

周围的人们面对山峰的表情我似曾相识，那就是进入了巴黎圣母院的样子 。刚才还熙熙攘攘、嚷嚷搡搡的人群，忽然安静了，望着云烟中的峻峰、古松发呆。像是以色列人面对他们的哭墙，像是基督徒在接受洗礼。什么是叱咤风云，这就是叱咤风云。什么是庄严，这就是庄严。什么是壮丽，这就是壮丽。什么是崇高，这就是崇高。什么是伟大，这就是伟大。相比之下，黄山下的那些伟大、庄严、壮丽、崇高、叱咤风云，那些纪念碑、陵墓、庙堂、宫殿、广场……都太世俗了，转瞬即逝。黄山是超越一切的，这是最后的伟大，这是伟大的终极，这是道法自然的终极。

同行的长者请我为他摄影留念，我受西方摄影的影响，将人作为照片的主体，拍了几张他都不满意，我请他自己取景，我按快门。我发现他将自己置于一个渺小的位置，突出的是黄山，就像古代中国的山水画，人只是其中的一片叶子。其实大部分中国镜头都是如此拍的，将人置于大地或教堂的庇护之中。与高山合影，与石头合影，与松树合影，与流水合影，顶礼膜拜，这样的私人照相簿，在世界上，我估计只有中国。

20世纪的中国口号是："三山五岳开道，我来了。""我是一条天狗呀！我把月来吞了，我把日来吞了，我把一切的星球来吞了，我把全宇宙来吞了。我便是我了！"（郭沫若）我是谁？新上帝？何其豪迈而气吞山河。但就是如此天狗，也不敢吞掉黄山。20世纪，多少好山好水消失了，当我们说到大地，时常忍不住要想到剩水残山一词。黄山无恙！这不是幸运，而是由于敬畏，他们不敢在太岁头上动土。黄山，这是不朽的中国教堂。中国宗教不是虚构一张新世界的图纸来改造改造，不是依靠先知先觉的上帝、观念，而是道法自然，原天地之大美，信任旧世界这个伊甸园，（原生态？低碳？）那些不朽的山峰被造物主摆在那里，天然的山水，那就是圣经，“大块假我以文章”（李白）。敢问何谓浩然之气？ 曰：“难言也。其为气也，至大至刚，以直养而无害，则塞于天地之间。其为气也，配义与道……”（孟子）只须日日夜夜地感悟、领教、受教，还说个什么教呢？ “外师造化，中得心源”，仅仅是画语么？看看明末抗清英雄、士大夫黄道周先生的心得，这是他被清军逮捕后写的：

> 就俘以来，义在必死，生平所历，黄山、白岳、匡庐、九华、浮丘、龙首、穹窿、玄墓、洞庭、三茅、天目、径山、西陵、宛委、天台、雁宕、罗浮、怀玉一十八翁（这是黄道周一生到过的十八座中国山峰。），要当一一谢之。生死千秋，未必再晤；风雷楮墨，载其精神，亦使山灵闻之，谓吾不薄也。
>
> 亦是吾家峰，神物不可谱。
>
> 顶髻在心眸，一一屈指数。
>
> ——黄道周《辞黄山有序》

秋天将晚，我坐在黄山的一块石头上。旁边有块石头上写着“寒江子独坐”，据说明末民族英雄江天一，曾经在这块石头上独坐悟道。群山苍莽沉郁，万壑沉思。面对诸神，我想起歌德的诗：

群山　一片沉寂
树梢　微风敛迹
林中　百鸟缄默
稍待　你也安息

黄山有一座山峰叫作“始信”，典故说，明代黄习远游至此峰，方信黄山之名不虚传，乃题名“始信”。

2010年11月6日星期六在昆明

登泰山记

虽然这个时代最时髦的登山方向是朝着海拔去，人们穿着德国或美国设计、中国制造的登山鞋，朝珠穆朗玛去，朝阿尔卑斯去。但泰山依然是中国最伟大的圣山，至少在普通人心目中。登泰山不难，不必有什么登山装备，甩着两只手，最多在山门那里花 5 元钱买根竹手杖。泰山的一个意思，就是任何人都可以登上去。“泰，安。”（《字汇》）“宇泰定者，发乎天光。”（《庄子·庚桑楚》） “泰而不骄，威而不猛。”（《论语·尧曰》）此山如果不泰，而是奇险危绝，那么大多数人是爬不上去的。比如华山，现在旅游的人多了，因为开通了缆车，过去能够登上去的，基本上是探险家。泰是一种普遍广大深厚永恒的定力，共享的范围广阔。所以登泰山是一种赶庙会式的活动，红男绿女、南腔北调、扶老携幼、浩浩荡荡、摩肩接踵，不是去探险，而是回家，回到某种永恒的怀抱中，安于泰。所以《公羊传说》：曷为祭泰山、河海？山川有能润于百里者，天子秩而祭之。触石而出，肤寸而合，不崇朝而遍雨乎天下者，唯泰山尔。

孔子登泰山，想必与今日大多数人登泰山一样，悠悠晃晃，一路妙语论道，述而不作，把老生常谈说得个字字珠玑。在松荫下听一阵雾，走一段，又卧在肥石上听一阵溪唱，再走一段。边走边思，思路，必须安之若素，如果每走一步都要惊魂半晌不定，“畏产生于敞开了的未来，惧形成于丧失了的当前”（海德格尔），就没法思了。“存在之思是一种高级的漫游……幽僻小径，它拒绝成为一条拯救之道，也不会带来什么簇新的智慧。这条小径至多不过是一条田间小路。”（海德格尔）我曾经去过德国海德堡，那里的山上有一条“哲学家小路”，据说费希特、谢林、黑格尔、费尔巴哈、海德格尔……都走过。我在一个黄昏上去走了一段，今日回想起来，那山也是泰山似的安泰。只是冬天不能走，因为小路用石块铺起来，冬天一结冰，行走就非常危险了，所以路口赫然有一块牌子告诫路人，冬天有生命危险，不得进入。哲学家们在冬天，只好像熊一样冬眠。

上泰山的路有很多条，只有孔夫子的老乡——本地居民知道。大多数游客都只有走用石阶修起来的，要收门票的这条路。泰山本是舒缓陡峻地势不同的，登山的直线一修，山势就成了一个直达山顶的陡坡，省略了原始山路的七弯八拐，时间也快多了。但许多路段很无趣，石阶一级接着一蹬，登山者喘气喘得像是在参加奥林匹克运动会，年轻人还要比赛，最短时间抵达山顶成了登山的唯一目的。我估计孔子当年登山，必是依着山势，之字攀登。“仁者乐山。”如何乐得，乐的就是它是山，山有山的路，要在林泉松壑之间绕行，顺着地势，它高你高，它矮你矮，它平你平，它陡你陡；它雾出高岫，你拨雾而深，它泉过低谷，你涉水而湿；水一样地随物赋形，顺着山之路，而不是一条强行霸占的直线，泰山没有这种直线。登顶也不是唯一目的，对山势本身的体会才是登山之乐。现代人虽然不登珠峰，但心思与登山队员还是一样，只盼着登顶这条“拯救之道”，而忽略“途中”。更快的，还可以直接坐车子到山腰，再乘缆车，几分钟就可直奔山顶，省略了泰山。泰山之顶，如果不是盖了许多庙宇，原始的样子，最高处就是几块枯石，就像失去了头发的秃子。

我们一行，也逃不脱“抢占制高点”这种时代哲学的影响，第一日上山就错过了泰山经石峪金刚经石刻，那石刻在登山直线的一侧，旁枝逸出处，泰山的一条缝里面，秘藏于松树之间。眼见行人个个低头赶路，就担心自己走慢了泰山就要被高速列车运走似的，错过了圣经。

孟子说：“孔子登东山而小鲁，登泰山而小天下，故观于海者难为水，游于圣人之门者难为言。观水有术，必观其澜。日月有明，容光必照焉。流水之为物也，不盈科不行；君子之志于道也，不成章不达。”《孟子尽心上》易经上说：“泰，小往大来。吉，亨。”（《周易》泰卦）小往大来，从小鲁到小天下，孟子超越性地阐释了孔子的登山之旅，“登泰山而小天下”，将泰山形而上了。泰山在孟子这里，不是一座实实在在的山，而是一座圣山。“拯救之道”。所以给我这个读书人一种印象，泰山似乎像西奈山那样，寸草不生，只有石刻和不朽的文字、神迹。我为泰山准备的不是脚底板，而是磕膝头。

当我在一个春天抵达泰山时，发现它其实草木葱茏、流水潺潺、满山鲜花，松、柏、柳、杨、槐、梧桐、瓦松、山柳、花楸、垂枝朴、石竹、麻栎、海棠、野樱花、核桃树、枣树、杏树、桃树……万木林立，山谷苍翠。

飞禽走兽想必也是有的，只是躲着我们。最美的是山北的泰山美人梨，正大群大群地开着花，像是刚刚下了一场小雪。山谷中到处是敦实的美石肥岩，深厚浑圆，其间溪流潺潺，山景柳暗花明，峰回路转，雾去云生，真是一座可以颐养生命的灵山。据说历代帝王来泰山封禅，都要“食素斋，整洁身心”，素斋，就是大地的原生态，生命的本源。齐鲁大地，呆板的大平原上忽然出现这样一座天赐的花果松柏清泉美石之山，那就不仅是给养，也是启示。世界已经如何，世界应当如何，泰山是一种准绳。道法自然不是乱法，上善若水，法的是泰山。“莫春者，春服既成，冠者五六人，童子六七人，浴乎沂，风乎舞雩，咏而归。”如果荒山绝岭、大漠孤烟，孔子大约也生不出“智者乐水，仁者乐山；智者动，仁者静；智者乐，仁者寿”的哲思吧。这就是泰。

如果把满山的松比作笔，把满山的巨石比作墨，流水青天，那么登泰山就像是在文房四宝中行走，何况历代文人还在山石上刻了那么多字。在石头上刻字是大事，那石头本是黑暗之身，字一旦镌入石皮，石头就被文身了，文明了，被文照亮了。石头本来不朽，但现在升华到更高层次的不朽，在我们这些一代代生下来又死去的人类中不朽了。中国文明就是文的明，文明就是神明，文是具有神性的，文不是抵达神的阶梯，文字就是神力的表现，无非力道强弱罢了。每一代人都知道泰山石刻，登泰之路就是一部中国书法史，山脚是近代的，力道气息奄奄。到了山顶，写字的是秦朝的李斯，遒劲刚健。内容也不同，近代的文人，小聪明多，有个秀才题在岩石上的字是“二虫”，什么意思，同行中有智者，猜出是“風（风）月无边”。山顶有唐玄宗亲自撰写的《纪泰山铭》《尔雅》曰：“泰山为东岳。”《周官》曰：“兖州之镇山。实为天帝之孙，群灵之府。”“其方处万物之始，故称岱焉；其位居五岳之伯，故称宗焉。自昔王者受命易姓，于是乎启天地，荐成功，序图录，纪氏号。朕统承先王，兹率厥典，实欲报元天之眷命，为苍生之祈福，岂敢高视千古，自比九皇哉。故设坛场于山下，受群方之助祭；躬封燎于山上，冀一献之通神。”浩浩荡荡，光明磊落，又大气又谦卑。就是天下第一人，也还是战战兢兢：“岂敢高视千古，自比九皇。”李斯的字，意思看不明白了，只剩一笔一画越发苍凉雄劲，似乎上天被这文字的神力感动，风吹雨刷，雷摹电刻，日日夜夜跟着描画，无数岁月后，李斯无奈，又把他的字还给了天，可谓天书。

导游说，明天早上五点起床去看日出，这个景点只有住我们店的人才能去。早上起床，旅馆门口黑压压站着一群人，都穿着军大衣。大衣是旅馆里租的，押金 50 元，租金十元。口渴，就看见旁边的大婶在卖早餐，就向她讨一碗水，她不给，要喝么，5 元一碗。也只有喝了，是我喝过的最贵的水。登山的大道上，人声鼎沸，一股洪流在黑暗中朝泰山顶涌去。我们这个小分队却离开主流，沿着一家单位的后墙，跌跌撞撞地摸着黑，偷袭似的上了山。导游说，这是我们旅馆自己开辟的小路，可以走到泰山最好的观日点。我们气喘吁吁地到了那里，天微明。隐约看见山边上有一块巨石，上面刻着“天下第一山”几个大字。导游是个红脸膛小伙子，嗓门特大，说，就站在这里，再过十分钟它就来了。大家都知道它是谁，赶紧准备照相机。十岁的娃娃和八十岁的老妪都是人手一台。有人已经迫不及待开机了，视频亮晶晶的像大号萤火虫。那边有了一抹红霞，犹抱琵琶半遮面，它还在化最后的妆，却不知道这边的山头上，正有一个照相机组成的炮阵对着它呢。如果朝天空那面看泰山，那就是一大奇观了，每个山头都站满了人，每个人都握着一个照相机，豆腐块大的，机关枪似的，大炮型的（专业摄影师用的长焦镜头），这是 21 世纪早期中国的一种风俗，没有照相机的人都不好意思站在人群里，那场面仿佛以前在广场上人人举着一束纸花。导游说，你们运气好呀，天气预报说今天本来要下雨的，看这天色，它不出来是不行的。运气不好的，上山十回也看不见呢。这句话使大家在赌盘上下了注似的紧张起来，看见与看不见现在与每个人的福祉、运气联系起来了。都屏住呼吸、盯着那边。终于出现了一条长缝，瞬间就被镶上了金边，来了，来了，有人小声地嚷嚷起来。似乎声音大了会吓跑它。再看时，又合起来了，搞得大家提心吊胆，生怕它不露面。都不出声了，翘首望着，有人还默默祈祷。终于云缝里缓缓露出微红模糊的一团，像是谁家妈的小孩子出世似的，天空苍白，像失血过多的产妇。有人嚷嚷起来，出来了，出来了！快照啊！所有眼睛都钻进取景框里去看它，倒忘了就这么睁着眼也是看得见的，都挂着要留影，却忘记了看真正的日出了。快门声响成一片，像调低了音量的机关枪，咔嚓咔嚓地响着。数码相机不存在浪费胶卷的问题，不假思索、闭着眼睛乱按一气，好像按得越多福的份额也越多似的。导游赶紧揽生意，他举着自己的照相机道，照相啦！照相啦！我这里有好镜头啦。他那部相机是所有相机里面最脏的一台，黑乎乎的。他让那位游客举起一只手掌，把那轮红日恰好安放在手掌上，托着个金元宝似的。许多人在他后面看他怎么取景，立即学会了，马上传开去，都这么照起来。有人立即将他的创意解构了，发明出更多，不是用手掌去托，而是用两只手掌做一个圈，把它箍在里面。甚至把太阳放到裤裆底下的都有，现在它来了，大家就肆无忌惮了，大笑，大喊。导游只揽到两三个人的生意，也笑着说，拍吧，拍吧，拍了就好。又说，你这么拍也看不出是在泰山，哪里都可以拍啊，站去二十层楼顶也能拍啊，是不是？我这个点，好就好在有“天下第一山”几个字。游客恍然大悟，又纷纷去与那几个字合影。但这石壁面向东方，又拍不着太阳了。乱了一阵，天光又亮了些，回头再看，它已不见了，东天一片苍茫。此刻与刚才，完全是两重天，它来的时候，看得明明白白，大红大紫，却不知道什么时候溜掉了，像开会来听鼓掌声和讲开场白的领导，好像只待了不到十分钟吧？但这个白天是不会有太阳了，乌云滚来，小雨霏霏。

这时才发现导游带我们来的这个观日点不在泰山顶。山顶还在高处，挤得人山人海，有些人竟整夜睡在那儿占地。导游带我们走这条歪门邪道，自有他的生意经，他知道5点钟起来是根本上不去泰山极顶的。只要看见，那就是日出，这不都是在泰山上么。他这本生意经想的是赚自己的钱，通的却是阳光大道：地点不同，日出是一样的。但许多人因为跟着主流走，都牵挂着要像明信片上那样在泰山顶观日出，结果山顶上不去，倒忘记了如果真要看的话，是很多点都可以看到的，抬抬头就是了，这是泰山啊。都低着头只顾抢路，倒错过了那轮只出来了几分钟的太阳。一路上的文人刻的字，大都在歌颂孔子。我以为山顶大约也是孔庙独尊，却不独孔庙，还有佛寺、道观、土地庙、祭天台……诸神共享山头，并未独尊孔子，泰山依然诸神共处，这也是泰山一泰。香火最旺的是泰山老奶奶庙，泰山老奶奶就是泰山女神，黄帝时代就已经被崇拜，古书称为东岳泰山天仙玉女碧霞元君，“庇佑众生，灵应九州”，泰山老奶奶是民间的叫法。我以为泰山老奶奶是一种原始信仰，起源自万物有灵的时代。人们迷信泰山是一座灵山，道法自然，虚构出有着母亲般怀抱的泰山奶奶。她是一个永恒的母性怀抱，大地之母。孔庙反倒很冷清，门柱上刻着一副对联：“登泰山而小天下，黜百氏以尊六经。”当年，孔子登泰山，是跟着朝拜泰山老奶奶的人来的，那时候，还没有“罢黜百家，独尊儒术”。“子不语怪力乱神”的孔子是否曾经在泰山老奶奶庙烧香的人群中想过：“彼可取而代也？”不得而知。但后来的局势是，孔子登泰山之后，中国历史就向着“罢黜百家，独尊儒术”去了。

另一个热闹处是皇帝祭天的地点，那个点就是泰山海拔最高的几块石头，盖了庙围着。从前，此地是泰山终极处，上面就是天了，天子在此设坛，跪在石头上，泰山离天最近的地点，终于意识到他的有限，“为苍生之祈福，岂敢高视千古，自比九皇哉”。现在守庙的在石头周围围起一圈，供游客朝这些石头扔纸币、挂铜锁，意思是如此这般，就会获得好运长久永固财源旺盛，被游客围得个水泄不通，无人朝天，都向着这个石头，叮叮当当响成一片、挂做一团，黄澄澄的铜锁灿烂刺目，白花花的镍币堆成几座小丘，压住了泰山极顶。有个老者背着香挤进庙里，要借个火点香，持火炬的小伙子硬是不给他点，要收钱。老人给了钱，才点着了香。唐玄宗的《纪泰山铭》被旅游部门重新描上金粉，又灿烂了，只是与旁边风吹雨打、黯然失色的其他石刻比起来，很是刺眼。在上山途中我曾想到四个字：登泰仰丘，却没料到此丘不是彼丘。

如果孔子是耶稣式的人物，那么他的德化文教显然不如基督教的血洗异教，2000 年过去，孔教居然式微，日薄西山。在“文革”时代，人们甚至摧毁文庙。而泰山老奶奶，就是在“文革”期间，也是有人公然供奉着的，因为不必子曰诗云，只需朝那座山祈祷就是。泰山老奶奶是自然神，以山为基，泰山就是她，天长地久。孔子是文明神，以文为基。“日月有明，容光必照焉。”但日月也有昏暗不照的时候。文明忽暗忽明，黑暗时代，孔子也跟着黑暗，他是一种中国文身，即使道不行，也无法“乘桴浮于海”了。

“礼失而求诸野。”文明并非只有直线前进一途，求诸野也可以说是回到开始，轮回。历史上先例不少，比如西方的文艺复兴，就是从发现希腊重新得道。比如宋儒，也是回到孔子，重新说法。

下山路上在农家餐馆午膳，餐馆就像云南的风俗，不看菜谱，而是直接领你去厨房前，那里摆着一篮篮洗干净的山茅野菜，随你点个明白。据说泰山上可食用的野菜有150多种。这家餐馆摆出来的有马齿苋、蒲公英、山豆苗、毛木耳、树舌、松蘑、黑木耳、香椿芽、花椒芽、枸杞头、山芹。

咏而归，小歇时瞥见路边有块牌子指出通往经石峪的路，就离开直线拐进去了。这是古代的小路，顺着山势走。松老横，鸟霸道，雾厚，苔滑，没遇见人。谷忽然露出底，是一大片平坦的花岗岩，犹如天降，金刚经就刻在上面。这是山瀑流经之地，经文大多数时候藏在流水下面，只在枯水期才偶尔露出。天助我也，洪水还没有回来，金刚般若波罗蜜经水落石出，清晰可见，雄劲飞扬，仿佛刚刚镌入。不知道是谁写的，书者已逝，继续将这些字往深里刻或者磨去它的，乃是泰山。

沉默良久，咏而归。

2012年6月20日星期三

过小日子的上海

1979 年我第一次离开故乡昆明，受李白的影响，自觉书已经读得差不多了，要顺江东下，云游名山大川。最后去到哪里呢？李白去了长安。那时候中国没有长安，北京是政治中心，中国已经没有什么地方像古代长安那样，诗人云集。或者 30 年代的上海，一块砖头砸过去，必然砸到文人骚客的脑袋。那时代最匮乏的东西不是精神生活，精神生活太强大了，就是在工厂里的工人，马克思的资本论选段也是要学习得唰唰纸响。工厂每年都要搞多次政治学习考试，那论述题是什么，“经济基础和上层建筑的关系”，还要结合实际，不是死记硬背就完事的。工人在一起开口闭口都是唯心、唯物这些抽象概念，不一定像哲学专家那样明白究竟，但是哲学名词已经成为口语的一部分。最匮乏的东西是物质，当时我还没有考进大学。还在一家工厂工作，以现在的时装标准衡量，我们那时候的形象就是一群破衣烂裳的流浪汉。上海是一个物质中心，上海产，那就是最好的，昆明人以家里拥有的上海货多为荣。长江的终点在上海，我于是来到了上海，那一年我 25 岁。

夏天，我站在南京路上望着那些摩天大楼，心中荡漾着的是青年人的野心和征服欲。我刚刚读完了司汤达的《红与黑》，于连是我的偶像，我想象中的于连就是生活在上海这样的地方。我们在人民公园附近的一家冷饮店里喝了咖啡，很难喝，但在上海喝咖啡这是我从 30 年代小说里得到的印象。后来我们决定去一家饭店里豪华地吃一顿，像那些十里洋场的中产阶级。我们走进摩天大楼中的一座，平生第一次穿过旋转门，餐厅里坐着全是穿中山装的人，像是正在开会。我跟着侍应生走到其中一张餐桌旁坐下，菜单就压在玻璃板下面。我瞟了一眼，站起来就跑。那菜单上，最便宜的菜是 13 元人民币。吃不起也不至于跑吧？那时候我老害怕被逮捕，你进入任何一个地方人们都很警惕，戴红袖套的人到处都是，要盘问，要检查工作证。在上海的胡同里，人们已经不习惯陌生人出现，我们偶尔穿过，正在闲聊的老太太就一齐停下、盯着，看你要干什么，然后窃窃私语半天。你走进了一家大饭店，100 万人只有那么几百个人敢于走进去的大饭店，你坐了下来，却什么也吃不起，这不是很可疑吗？所以我们拔腿就跑，在饭店里的服务员警觉起来之前。幸好没有人出来追我们。一直跑到南京路上，哈哈大笑。我们每个人身上只带着一百多元人民币，晚上住在火车上，白天旅游。实在不行要住旅馆，也是去住大众浴室。晚上浴室不营业，供浴客休息的床就出租，五毛钱一个床位，还可以洗澡。只是床是坡形的，躺一下很舒服，长睡就太难受了，但我们总是睡得很香。南京路上人群密密麻麻，都是来买上海货的，但商品并没有堆积如山，商店并不多，少数的几家店里，挤得水泄不通，也就为了秤几斤大白兔奶糖带回去。我们中的一位，第一次出远门，怀里揣着一百元人民币的巨款，缝在内裤上，感觉到处都是小偷，他自告奋勇，总是跟在大家后面，提醒我们这个人很可疑、那个人眼神不对，小心啊，丢了钱就回不去了。我在一家较小的铺子里买了一双黄皮鞋，22 元，这种皮鞋我在红卫兵抄家的时候看到过一双，但昆明的皮鞋店里的皮鞋都是黑色或棕色的。除了这双皮鞋，我还买了两本书，就是我此行的收获。晚上，我们去外滩看，外滩在中国相当有名，就像一个传说中的挪亚方舟，名声暧昧，与男女之事有关。去过的人神秘地说，你去了就知道了。而且告诉我们要在晚上 8 点到 10 点之间，去早了，人还没有来，去晚了，人就走了，戴红色袖套的人不准大家待到 10 点以后。我们到了外滩，看呆了，一对对男女面贴面，搂着、抱着、挨着，一对接一对，沿着黄埔江边的栏杆排下去，一眼望不到尽头。就像新中国成立前夕，钞票贬值，南京路上排队换金圆券的人，只是排队的目的不同。大家耳鬓厮磨、喁喁私语，嗡嗡之声像是天空里飞翔着无数的蜜蜂。在那个时代这个国家到处是高音喇叭，你在公共场所听见大些的喧哗，那必定是在喊口号、念社论，开庆功会、批判会。公众，居然发出这种声音，我从来没听过，将来恐怕也不会听到第二次。有些人居然抱成一团！没有路灯，黄浦江上有些微弱的光，只看见黑影憧憧，也够令人热血沸腾的啦。在外省，这可能就要被当作流氓抓起来。新来的恋爱者，只有在一旁等着，等先来的恋人谈完走了，才能插进去。我们走了一阵，看别人谈恋爱，很是孤独。

上海我太熟悉了。我当时工作的工厂，就是从上海搬过去的，厂里的师傅大部分是上海人。我初中没有毕业，就被国家分到工厂去做工，我的师傅就是上海人，外号排骨，因为他相当瘦。说是师傅，其实他只上过小学，家住在闸北区。国家号召支边，支边就可以有个铁饭碗，18岁就跟着工厂来到云南，我们的工厂，就是这些上海人在一片坟地上盖起来的，然后运来机器，生产产品。我来到这个工厂的时候，它已经是一个上千人的大工厂了。我师傅看不来图纸，交给我们干的活计，还得我看图纸。开始他偶尔支使我去给他买烟，后来知道我比他有知识，很尊重我。我们相处得很好，他经常给我说上海、说十里洋场、说百乐门，说城隍庙、说小K，上海给我的印象，是个很好玩的地方。我看过王重义的连环画《十里洋场斗敌记》，怎么斗的我忘记了，只想着将来要去上海玩玩。工人们也说北京，但我从来没想到北京去玩，我想的是去北京瞻仰瞻仰天安门、故宫什么的。我们生产的产品是矿山运矿石的翻斗车，每到月底，就把刚刚漆了黑油漆的矿斗，一台台垒到大卡车上运走。那是一个欢乐的时刻，全厂一起出动来干这个活，男女工人一边推矿车，一边彼此打闹，就像在秋天乡村的打谷场上。上海人不喜欢空谈，空谈是那个时代的普遍风气，就是一个普通工人，也是心怀全球，想着怎么解放全世界受苦受难的人。说起来一套一套的，像是游击队的政委。上海人大部分不喜欢高谈阔论，技术很好，工作一丝不苟，勤俭，干净，钻头觅缝地过着小日子。我记得有个车工，白天上班，晚上回家给邻居缝补衣服，他裁剪，老婆缝，缝纫机整晚哗啦响。那老婆，长得白，很美，每天要拿个箩筐，到大路上去捡煤渣。她知道那些运煤炭的大卡车在几点钟会从工厂门口经过，工厂门口有些大坑，卡车一过就要颠下些煤炭来。车一走过，工厂里的女人就上去抢。有一天，这个女子，被卡车撞死了，尸体抬到大路边上，脸和手很白。他正在车间里车轮子，听到噩耗，戴着手套就跑，哭得个呼天抢地、风云变色。他们夫妻，感情很深。我 1980 年考上大学，就离开了工厂。20 年后我偶然回去，这个工厂已经倒闭，荒草丛生，厂门口挂着条大标语，要求解决职工的养老待遇问题，几个白发苍苍的老工人在标语下面坐着发呆，我没有看见我师傅在里面，他已经老得不能出门了。

热衷于过小日子，在我们那个时代，是要被鄙视的。我经常听到人们揶揄某人，就说他只会过小日子。过小日子，那就是小市民。谁不是小市民呢？大市民又是谁？好像 19 世纪以前的中国文学没有鄙夷小市民的传统，市民就是市民，无所谓大小，没有贬义，张择端的《清明上河图》就是对市民社会的颂歌。西方的看法不同，恩格斯揶揄其他民族最伟大的诗人歌德是法兰克福的小市民，“谨小慎微的、事事知足的、胸襟狭隘的”。主张歌颂叱咤风云的无产者，反对歌颂小市民的鄙俗风气。这种思想影响了19世纪以降的世界激进文学，成为时髦。写日常生活的上海作家张爱玲，被许多大文豪视为庸俗。她居然写这些：“苋菜上市的季节，我总是捧着一碗乌油油紫红夹墨绿丝的苋菜，里面一颗颗肥白的蒜瓣染成浅粉红。在天光下过街。”“烧鸭煨汤，汤清而鲜美。烧鸭很小，也不知道是乳鸭还是烧烤过程中缩小的，赭黄的皱皮上毛孔放大了，一粒粒鸡皮疙瘩突出，成为小方块画案。这皮尤其好吃，整个是个洗尽油脂，消瘦净化的烤鸭。” 鲁迅当年也住在上海，他住在四川北路。读鲁迅的文章，你看不出这是一条怎样的四川北路。今年我又去了上海，到了四川北路，发现那就是过日子的好地方。在一条里弄里，我吃到了上好的老鸭粉丝汤，真是美味之至。鲁迅大约对老鸭粉丝汤之类的视而不见，他的文章里从来没有提到，他吃不吃呢？不知道。我想起甘地，奈保尔说，尽管甘地在英国待了三年，他的自传里却丝毫未提及英国的气候或季节，除了到达当天正值9月末，甘地穿着白色法兰绒的衣服登岸，因为不适宜而感到尴尬，下一次明确提到的时间，是他离开的那天。“没有关于伦敦建筑的描述，没有街道，没有房屋，没有人群，没有公共交通。1890年的伦敦是世界之都，对一个来自印度小镇的年轻人来说，伦敦一定叹为观止。”奈保尔认为甘地“精神内聚是强烈的，自我专注很完整”。“他的体验，发现和誓言，只满足着他自己作为印度教徒的需要，满足在置身敌意中界定并强化自我的需要，它们并不是普遍适用的。”奈保尔肯定是这个世界普遍的小市民中的一个，他关心的是生活世界的在场，是日子如何过。他大约会同意张爱玲女士的名言“凡人比英雄更能代表这时代的总量”。20世纪，文豪关心的是“中国向何处去”，宏大叙事成为时代写作的主潮。到“文革”时代，过小日子都已经成为罪行，“谨小慎微的、事事知足的、胸襟狭隘”成为革命的对象。革命不是绘画绣花、请客吃饭，革命是暴力，暴力成了生活的常态。都热衷于过大日子，大日子怎么过，在广场上，服装一致，万众一心，旗帜招展，高音喇叭。恩格斯的观点只是他的观点而已，并没有使德国成为鄙夷小市民的社会，托马斯·曼、卡夫卡、伯尔……这样的小市民作家继续出现并伟大。而在中国，鄙夷小市民却成了人们普遍的价值观，真是可叹！20世纪，人们为主义、观念而活，不为过日子而活。但日子总得过，过日子事关吃喝拉撒，文化上不给这些事情正名，于是小日子总是过得偷偷摸摸、猥琐狼狈。如果不是美国的一位文学批评权威夏志清出来赞美张爱玲，我很怀疑中国读书界是否会认识到张爱玲的不同凡响，在中国20世纪这种文化环境中，张爱玲真的是太另类了！“可以不顾左派理论的影响，安心培养自己的‘风格’。 张爱玲一方面有乔叟式享受人生乐趣的襟怀，可是在观察人生处境这方面，她的态度又是老练的、带有悲剧感的——这两种性质的混合，使得这位写《传奇》的年轻作家，成为中国当年文坛上独一无二的人物。”（夏志清《中国现代小说史》）张爱玲式的写作，在二十世纪的中国确实是独一无二的。“文革”之后，继续革命使人厌倦，人们想停下来过过日子，绘画绣花，请客吃饭了，生活的力量卷土重来，西方写小日子的大师，像乔伊斯、普鲁斯特都被翻译过来了。但鄙视日常生活已经成为中国当代文化的一个小传统，积习难返，“过小日子”，一时半会是难于名正言顺的。蔑视倒没有了，但无视依然继续，而且麻木不仁、变本加厉，更现实了。现代化不幸正是建立在这种普遍地鄙视日常生活世界的意识形态上。所以我国轰轰烈烈的城市改造，很少从居民如何在其中过小日子、如何颐养天年考虑。只考虑宏伟、高大、宽阔、欣欣向荣、金光大道之类的形象，等而次之的则考虑政绩、轰轰烈烈搞一把、高升。考虑经济利益，考虑如何卖掉，房子按照商品房设计。别小看这一点，从家的角度和从商品的角度设计房子是有天渊之别的。古代中国的房子是家，现代则设计成商品房了。政绩也是以高大全的形象是否确立为标准。因此，新世界的建设以摧毁日常生活的小世界为代价，毫不可惜。建立在传统和经验世界上的中国日常生活世界被视为落后、丑陋、丢脸、脏乱差。昆明城市改造，几个月就消灭了七十多个菜市场。新世界建立了，意识形态的象征在现实中得到表现，日常生活世界也消失了。无数故乡消失了，同质化的新世界席卷中国。根据图纸设计出来的形象、面子、观念、商品经济倒是确立了，但不利于过日子。过日子很难看，很庸俗，很丑陋，很脏乱差。张爱玲说："生命是袭华美的袍，长满了虱子，不要因为虱子忽略了袍子本身的华美。"现在，连袍子都无影无踪了。

20 世纪后半期，上海有点声名狼藉，说起上海人，大家理直气壮，那些小市民！上海人在这方面也有点自卑，似乎会过日子是一个难于启齿的缺点。但是，生活的力量是最伟大的，任何力量也阻挡不了人们过日子。在这方面，阳奉阴违是个策略，面子上、宣传上、文化上、市政建设上高大宏伟，意思是"生活在别处"，人们无可奈何，但你总不能不让我低了头喝老鸭粉丝汤吧。只可惜，像张爱玲这样理直气壮地、信奉“上有天堂、下有苏杭”这种老生常谈，将小日子通过文章升华到不朽的文人实在不多。古代文人经常这么做，曹雪芹就是写过小日子的大师。“凤姐吩咐：螃蟹不可多拿来，仍旧放在蒸笼里，拿十个来，吃了再拿。一面又要水洗了手，站在贾母跟前剥蟹肉。头次让薛姨妈，薛姨妈道：‘我自己掰着吃香甜，不用人让。’凤姐便奉与贾母。二次的便与宝玉。又说：‘把酒烫得滚热的拿来。’又命小丫头们去取菊花叶儿桂花蕊熏的绿豆面子，预备着洗手。”庸俗不堪的蟹肉，经曹大师这么妙笔生花地一写，就成了风雅韵事。现在不同，上海人一面过着小日子，就是吃了大闸蟹，也觉得脸上无光，不好逢人就讲的。文人说起上海，言语间还要解释、遮掩，总是迅速站到谴责小市民的立场，“比你教为神圣”。在上海一个文人要获得优越感太容易了，骂骂小市民即刻政治正确。其实上海只是20世纪中国迷信“生活在别处”、反生活的新文化潮流的一个典型，一头生活的替罪羊。20世纪以降，中国世界对中国经验、中国生活、中国式的过日子的自卑是与日俱增、无所不在的。这方面，中国20世纪的写作与生活世界之间，真的是有点名不副实。日子过的是小日子，宣传说的是丰功伟绩，我们一直是那样英勇地生活着么？普鲁斯特何时在上海出现？或者像乔伊斯写都柏林那样写写上海，为它立一座日常生活的语言丰碑。这家伙写煎羊腰子和出恭的那一段，真是写得好。

今年春天，我再去上海，出租车从街上经过，我立即感觉到上海出现了某种过去我没感觉到的气氛，过日子的浪潮已经在这个城市理直气壮地卷土重来。中国许多大城市，固然现代、时髦、高大、宏伟、宽阔了，汽车在奔驰，但生活世界的荒凉也是显而易见的。我记得有一回我在北京那些世界最宽阔的大街上奔走了一早上，想找一家卖豆汁、油饼的小店，硬是找不到，这种大街不会为小店留下一条缝的。上海自然也免不了为大形象而自我改造，外滩焕然一新、耸入云霄、雄伟洋气。但只要从南京路两侧的任何一条小街走进去，过小日子的浪潮就汹涌而来。弄堂里，甚至大街上，各式各样的洗干净的衣服、被褥、乳罩、裤衩从一家家的窗子里穿在竹杠上伸进天空，朝着太阳迎风招展，洁癖者认为这种上海风景很不雅观，我却以为这才是上海的诗意，哈哈，生活的旗帜！电车上，售票员还在使用那种老式的售票本，没有一票通用。看着售票大姐挎着那个塞着各种价格的小票的皮包在人群里穿过来，真像是置身在费里尼的一部电影中。营业了上百年的裁缝店依然在量体裁衣，与时代流行的一刀切完全不同。上海博物馆是免费的！老牌餐馆要预约及座位，里面依然有上了年纪的服务生在接待客人，这种服务生在中国已经不多了，他们把伺候顾客这一行玩到了大师水平，使得许多财大气粗的小人物感到压力。我发现上海又可以无所事事地闲逛了，无数一个式样只有一件的小服装店及咖啡馆、私人菜馆刚刚开业。那把患着洁癖的热衷于凡事一刀切的现代化手术刀在小市民顽强的生活力量面前磨得卷起刃来，对生活世界日复一日生产着的各种乱麻睁一只眼闭一只眼了，开始用加法，而不是非此即彼。我听说上海对别的城市依然在围剿的小商贩也开始容忍了，真是伟大的进步！张爱玲的上海正在魂兮归来。20 年前我去上海，住在一家大众浴室。这次是住在浦江饭店（原名礼查饭店），始建于 1846 年。一栋英国维多利亚时期巴洛克式的建筑。饭店介绍说，爱因斯坦、卓别林、罗素、美国前总统格兰特等名人当年到过这里，曾经是远东最著名的酒店。可笑的是， 这只是一家三星级酒店，因为旧了，所以便宜。旧就是没有档次，低档——这个时代的真理，就是“维多利亚时代”“巴洛克风格”也不能幸免。我捡了一个大漏，享用了落地窗帘，及有着路易·波拿巴时代沿袭下来的风格的高背椅，宽阔无比、光线充足的卫生间，铜质的浴缸龙头，以及150年前用小木块拼成的原装木地板，踩上去很有弹性，发出普鲁斯特小说里描写的那种响声。后来我到一楼去喝咖啡，味道相当好。那是我55岁中的一日，坐在理查饭店的咖啡厅里，窗外是苏州桥，想起1979年第一次来到这个城市的第二日，我们做了一件事，去找一家咖啡馆，一定要像巴尔扎克小说里的人物那样喝上一杯。我们终于在人民公园附近找到了一家，那其实是个大众冷饮店，上海滩没有一家咖啡馆！我们坐在蓝色的塑料椅子上，咖啡上来了，那是一杯对了些咖啡色粉末和奶粉的浓汤，这是我平生第一次喝咖啡，味道差极了。

2009年12月24日星期四

怀念希尼

西默思·希尼去世了。

我不知道他逝于爱尔兰的家乡，还是哈佛大学的教授公寓。多年前，我们见过一面。

世界上有无数诗人，有些你恭而远之，有些你不屑一顾。但有些诗人却与你心性相通，你不认识他，或许他还躺在墓地里，但这些都不妨碍你与他一见如故。他的诗在那里，一束光，照亮。无数的阅读都不能令你觉悟，但有一天，读到希尼，是的，又明白了一点。

我这一代诗人的幸运是，经历了“文革”那样令人绝望的时代，我们依然见到了希尼。他还在世，好像在等我们从地狱里被释放。我总觉得他就是某部电影里，监狱大门打开时，站在阳光中，手枕着汽车引擎盖的某人。当我遇见希尼这样的诗人，那些思想钳制和美学禁忌就永远失效了。是的，诗可以这样写。是的，莎士比亚、歌德、杜甫或者里尔克都这样写。里尔克说过，诗是经验。但希尼更接近我们，那些不朽的经验经他擦去灰尘，就像早餐盘子里盛着的熟土豆一样强烈、醒目。我早读过莎士比亚，读过歌德、杜甫，读过苏轼，但希尼将那些陈旧的经验从后院搬到前院，我们以为这是他发明的，其实，他只是将那些不朽的经验个人化了。这个个人可了不得，有时候他得独自面对以真枪实弹指着诗的现实，他的邪恶家具。他不仅指引我们看到庸常生活的诗意，更通过这种诗意引领我们皈依神灵，热爱生活而不是逃避它。我喜欢他诗歌中的那种口气，他是少数几个西方诗人在被翻译成汉语之后依然能感觉到原作语感的诗人。他的语气缓慢、安静，有些诙谐、迟疑，他在适当的时候将诗领到深渊的入口处，他并不跳进去，旋转，又回来，更开阔的境界。他没有愤怒，愤怒出不了诗人。他诙谐地吹着口哨，神奇的语词将一切都领向温暖。他仿佛有一个巨大的襁褓，他的诗歌之婴明亮、安静。他将神请到沼泽地边上，自己欣赏自己的复活。

这是一位真正有洞见的充满魅力的诗人，他不玩语言游戏，他来自爱尔兰。

弗罗斯特、拉金他们是一路的。但气质不同，弗罗斯特深沉，有点沾沾自喜，因为无须在地方性知识和词汇表上操心自由，他操心的是他自己配不配得上那份与生俱来的恩宠。拉金戴着夹鼻眼镜，沉迷于自由中，也偶尔觉悟到自由的另一面，他担心的是后工业社会普遍洋溢着的幸福的肤浅，担心历史在他那里成为喜剧。希尼有点忧郁，总是在担忧自由的丧失，深渊边上的自由。“我们欣赏的诗是一个旧体制所禁忌的。”

伟大的诗人绝不回避自己的时代，但是，他总是能表达那种超越时代的、长时段的东西。而这种东西总是栖身在时代的现场，它绝非只在将来才显身。“一天清早我遇到一对军队 / 装甲车，巨大的轮胎发出颤音……我有责任保护小路、田地和家畜 / 储物棚中拖拉机被钩在耙机木架上 / 筒仓 / 冰冷的门 \ 潮湿的屋顶石板盖、绿色和红色的 / 外屋屋顶……这不显眼的、不可推翻的生命的中枢。”（《图姆路》）那支军队只是冰冻的地方性知识，但是“生命的中枢”和“保护”却是永恒的、普遍性的、温暖的。当我再次阅读《图姆路》时，附近正在拆迁。灰尘在秋风中翻卷，拆下来的门板堆积在人行道边上，“他们能否泰然处之”？他是细节的大师，在一首写警察拜访的诗中，他强调的是这位警察的自行车“两个脚踏板垂着，从警靴的 / 法制中解脱……在另一首诗里，他写与母亲对叠床单：“床单像船帆在侧风中鼓涌 / 发出干透了的啪啪声……”这是我的母亲啊！我不知多少次与她对折过床单，在少年时代的天井。他把与母亲对叠床单这种“小事”写得就像女神与牧童的游戏。诺贝尔颁奖词说他“从日常生活中提炼出神奇的想象，并使历史复活”。是的，复活历史，不仅是正史，而且是为正史所遮蔽的日常生活的稗史。

海　滩

我父亲手杖点出的线
留在沙地蒙海滩上
是另一种东西，海水冲刷不去

我迷恋这些诗。诗是一种修复，修复我们生命中已经停顿的某些细胞。

所以我写诗　为了凝视自己，为了让黑暗发出
回声

控制我的舌头，敬畏傲慢，敬畏上帝
直到他在我没遮挡的嘴中说话。

这种口气可不是“随心所欲而不逾矩”可以替代的，白话之必须。

多年前我写过一首诗向他致敬：

事件·挖掘

有一年　诗人西尼　在北爱尔兰的春天中
坐在窗下写作　偶然瞥见他老爹
在刨地陇里的甘薯　当铲子切下的时候
他痛苦似的　呻吟了一声　像是铲子下面
包藏着一大茬薯子的熟地
某些种植在他的黑暗中的作物　也被松动
他老爹不知道　紧接着　另一种薯类　已经被
他儿子
刨了出来　制成了英语的
一部分

他尚未中奖　只是做了一批上好的薯干

我曾在《英国诗选》中品尝　印象深刻
这手工不错　像一个伙计佩服另一个伙计
我不禁折起指节　敲了敲书本　像是拍打着希尼的肩膀
老家伙　关于白薯　我还能说些什么？

事有凑巧　在另一天　我用汉语写作
准备从某些　含义不明的动词　开始
但响动　不是来自我的笔迹
而是来自玻璃窗外　打断了我的
是一位年青的建筑工
轻轻地攀过脚手架　爬上来　趴在我的窗台上
揩擦夏天的工程　溅在窗子上的水泥浆

对面的大楼已经完工　这是最后的一项
作业　把周围的一切　复原
他认真地揩着　像一只整理羽毛的鸟
轻巧地摆弄　棉纱　凿子和锤　弯下脖子吹气
不放过任何小小的斑点
他的手掌不时地巴在玻璃上　我清楚地看见

那厚巴掌上的纹路　很像泥炭的表面　但下面
有水

像点灯的人　一块玻璃亮了　又擦另一块
他的工作意义明确　就是让真相　不再被遮蔽

就像我的工作　在一群陈腔滥调中
取舍　推敲　重组　最终把它们擦亮
让词的光辉　洞彻事物

他的脸在逐步清晰的阳光中
投我以有些歉意的微笑
他的活计仅仅和表面有关　但劳动强度
并不比向深处打桩　轻松
他同样必须像一根桩那样
牢牢地站稳　才不会从五楼跌下去
他挖的是另一类坑　深度属于别人
种的是另一棵树　果子已经有主
但他并不在乎这些　活干好了
把废土弄走　把周围清除干净　就这样

他揩擦玻璃　也揩擦着玻璃后面的我
当我从语词中抬起头来　张望外面的现实
发现世界的美　并不需要绞尽脑汁去想象
看就行

我终于写下了一个动词　它与窗外的劳动无关
它牵扯的不是玻璃　而是诗人希尼
我忽然记起了他写过一首诗　好像是关于白薯
就借着明亮的光线　再次把《英国诗选》
从书堆里　刨出来
越过北爱尔兰的边界　在万里以外的
昆明城区　这个星期二的光辉中
深入我内心的　铲子　并不是英语
而是希尼的父亲　在他家窗外的地垄上
不断重复着的那个动作
——挖掘

1996年10月10日至22日

那时候我可不认为他活着，他生死不明。这样的作者出现在我们中间那真是奇迹。想想看，隔壁餐桌上坐的那位是杜甫，刚刚走出机场，膝盖边放着一只小号旅行箱，里面塞着手稿和袜子。这就是现代。我在一个阳光灿烂的午后见到希尼。那是 2004 年，哈佛大学东亚系的教授宇文所安和他的学生郁奇莲为我举办了一场诗歌朗诵会。哈佛大学东亚系的小楼看起来古色古香，两层，外面草坪上有一对石狮子。我的朗诵会在二楼举行，郁奇莲告诉我，这天下午，希尼将在一楼演讲，他正在哈佛大学讲学。诗歌朗诵会一结束，我就下楼去听希尼的演讲，可坐三百多人的报告厅里面座无虚席，已经不再放人进去，但由于郁奇莲事先打过招呼，里面为我留了座位。会场里坐着的大都是中年人、老者。他就在那里，我的诗人，我的诗歌老师。那时候我已经五十岁了，像中学生一样激动。我的老师就在那里，满头银发，戴着老花眼镜。上帝让他长成某种他自己不知道但旁人总感觉非同凡响的样子。有点像中世纪某个乡村教堂的牧师。他粗犷有力，不是我们以为的那种斯文之辈。你无法直视他，他仿佛是英格兰巨石阵里某一块的化身，深邃，睿智，透出一种原始的力量，虽然他衣冠楚楚。在诗歌上，我的老师都是死者。我来自一个没有老师的时代，在世的老师们的舌头都被割掉了，他们要么明哲保身、保持沉默，要么说谎。在我的时代里，学生只有无师自通。我不懂英语，我是来听听那些诗出自怎样的喉结。自我坐下后，听众一直在哄堂大笑，他说了什么，能令这些饱经世故的人们如此开心，如此前仰后合？他的诗里可看不出这些，是的，他是幽默的，但那幽默像海水一样冰凉，读他的诗，我从未笑过。演讲结束后，郁奇莲把我介绍给希尼，我们握了手，他的手掌大而有力，他不是握住我的手，而是把手中的什么递给我。像是从沼泽地里伸递来的一把扳手。

我最近刚写过一首诗，与爱尔兰对面威尔士岛上的诗人托马斯有关，其实爱尔兰和威尔士都是一个地方，大海连接的两个岛屿。我把这首诗录在这里，也是对希尼的怀念。

昭宗水库

——向R. S托马斯致敬

也许我并没有拿着锄头
只是提着钓鱼竿走向这个水库
甚至也不拿　只是一次次甩着手走到它旁边
我的影子在幽暗的水面漂着　变成了我自己的妖怪

小时候去过　青年时代去　中年去　晚年还将去
就像R.S托马斯　那个追求真理的教堂诗人
认识他太晚　翻译误事　他们总是从表面翻起
有时候我穿上游泳裤衩又脱掉　只是下着决心
总有一天要下海　但现在不　我还想与底保持距离
噢　折腾一生　灰尘扑扑　我们是否还有归乡的
晚年?
它太深　传说每年春天都要淹死涉水者
夏天它跳上岸吃掉调皮小孩　它并非大地池塘
一个水库　是谁挖掘的?　谁设计了它的深度
或者谁的铲子　像建造伟大的游泳池那样
事先倒腾过煳透的锅底　拆迁了蛇穴和鼠窝
但以后　就像播过种的田野　一切失去控制
水利事业在一次次深刻的扎根中漏光了
也许当我们熟睡时　它被最高当局带走
去往万物的营地报到　标尺失踪
此物不再是我们防备旱灾的工具　只能说它
这么深　那么深　深邃如那些活着的死者
如它栖身的山岗　就像他的诗篇
那些小岛上的威尔士方言
被谣言流布得深不可测

仿佛匿名者所为

2013年7月6日星期六

（注：昭宗水库，在昆明西面的山上。我少年时代游泳的地方，每年都有人被淹死。

当局最近封闭了这个水库，因为害怕担负淹死人的责任。）

2013年9月15日在昆明

盐与缘

——纪念《世界文学》

我最近参加了在瑞典举行的一个国际诗歌节。一个早晨，我正在户外享受阳光，忽然，美国诗人 Ron Padgett 穿过草坪大步走过来，他请我旁边的女诗人尹丽川翻译，说是要给我讲一个小故事。两天来只言片语的接触，我只知道他是纽约派的诗人，今年 60 岁，半年住在纽约，半年住在森林里。他说，五年以前，一位中国的翻译者找到他，请他为她翻译的一部中国当代诗选合作，他同意了，在阅读中，他对某位忘记了名字的诗人的作品留下了深刻的印象，其中有一首写的是一条被宰割的大鱼。他说，昨天晚上我阅读了你的译成英文的诗歌后，里面虽然没有我喜欢的那几首，但我肯定那个诗人就是你。是你吗？是的。哦，真是不敢相信，于是我们紧紧握手。

几天后，我去波罗的海的龙马岛拜访瑞典在世的最杰出的诗人之一托马斯·特朗斯特罗姆。我们弃船靠岸，顺着林中小路上山，忽然看见小路尽头，银发苍苍的诗人正坐在一棵苹果树下，他的住宅是一所淡蓝色的两层木屋。我们只是握了握手，然后他歪着头听我们念诗。我把一本《世界文学》送给了他，上面载有一篇我写的关于他的诗歌的文章。他依然无法说话，中风后语言从他的舌头上失去了，他变得像一只鸟，只能咯、咯、咯地吐出一些单词，语言从他的舌头上退去，深藏在他的思想中。诗人其实是不需要舌头的，舌头对于诗人，只是表示他也是正常人的一种隐喻。现在，托马斯连这个隐喻也不需要了，神的那一面露出来。我问他，最近写作没有，他说，一个夏天写了四首。这些话是他的夫人莫妮卡代他表达的，她如今成了他与世俗世界相联系的舌头。我们上一次见面是在昆明，已经过去的一个春天。她感叹道，真是不敢相信，你们真的来到了我家。白云一次次从岛上飘过，我们吃鱼和水果，喝葡萄酒，日光流年。

我少年时代就是《世界文学》的读者，那时候我当然不会想到我的文章会刊登在这本刊物上。那时我对刊物有一种神秘感，总以为那是一些与我不在同一个世界上的人做出来的事情。我可想象不出来那些作者中居然有活着的人，还要吃饭。托马斯先生也是《世界文学》的作者之一，他开始在瑞典诗坛出现的那一年，正是我出世的日子。那个我，如果在灰色的波罗的海的这个岛上看见现在我与托马斯之间的这一幕，他也会说，不敢相信。

世界文学是一种缘。这个缘有着基本的元素，我在诗歌节回答一个诗人时说，瑞典是咸的，因为她泡在海里。云南没有泡在海里，但那里生产盐。这个缘使世界各地的诗人不需要通过语言来解释什么是诗歌，因为他们都知道什么是咸的。这个缘使完全不同的土地上的诗人在互不知道中心心相印。诗歌当然来自地方，但它抵达的却是盐。在中国的时候，我喜欢托马斯的诗歌，是因为在他那些对我来说不可思议的意象里，我感觉到咸。在他的岛上，我发现那是现实而不是虚构，麋鹿、风暴、海、苹果树……就在周围。莫尼卡说，有一个晚上她醒来，看见窗子上挂着一张麋鹿的脸。现实只区别诗歌的声部、色彩、材料，重要的是它必须传达了普遍的盐，我们才会“不敢相信”，我们才会有缘。

《世界文学》作为中国一直保持着高质量的刊物，我以为它属于那种知道什么是盐的刊物。世界文学浩如烟海，它如何令读者每一次都感激地发现，它贡献的是盐？《世界文学》令我尊敬的地方是，它不依据名声、影响、获奖来进入世界，而是固执地根据盐的含量。这是我多年来一直觉得与它有缘的原因。在读者，缘是什么，就是从一个你以为不在世界上的人的作品中，发现你来自最平庸的日常生活中的关于世界的感想与伟大的作者是相通的，你的小真理得到肯定、得到证实，令你自信、尊严。你发现语言中并没有英语、瑞典语、汉语，只有盐。当然，当某一期《世界文学》令读者失望的时候，那种失望也是刻骨铭心的，他感到孤独、与世隔绝。在中国读者那里，世界文学是一个最后的概念，它不是地方文学，也不是人民文学，世界文学，那就是盐。

我要区分世界文学和国际文学。世界文学是不动的、基本的东西，作者只要一生待在他那邮票大小的岛上就可以。世界文学是可以把李白、芭蕉、惠特曼、普希金、歌德、卡夫卡、乔伊斯、普鲁斯特、奥登、曹雪芹、佛罗斯特、沈从文、契诃夫……都归于一的那种东西。国际文学是变化、交际、适应、转瞬即逝。国际文学需要接轨，世界文学不需要，因为盐在哪一块地上都有。我并不乐观，这是一个国际文学占着上风的时代，代表永恒的世界文学沉默在黑暗里。在瑞典，年轻一代人其实没有几个人知道他们伟大的诗人。他住在那个岛上，我带着盐越过数千公里从中国出发去拜望他，我曾经在托马斯的码头上尝了点海水，比我在大连湾游泳时呛到喉咙里的味道稍淡些。但我在一个电影院里举行的诗歌朗诵会上，问一个大学生，他根本不知道谁是托马斯。那个世界的诗人默默地待在岛上，周围是大海，盐在其中舞蹈。

作为中国20世纪最重要的文学刊物之一，《世界文学》的意义不仅在于它对鲁迅“拿来主义”的坚持，其实在我看来，它的真正意义是，令一向自以为就是世界的封闭中国，在被全面打开之后，再次发现自己本来就是世界的，“真不敢相信”，在其他语言中，伟大作品的标准与汉语奉行的一致。如何选择外语文学，我们的教养当然首先是来自《诗经》、《世说新语》、唐诗、《红楼梦》的传统，来自汉语。但我们意识到，盐，不只是产于中国。

这个世界需要有人继承世界文学的传统，这个世纪的诗人如果有斗争的话，就是与那种急功近利、蔑视文学最古老的职业——永恒的储藏者——的“国际文学”的斗争。波罗的海在秋天将至的时候是灰色的，闪着光。就像昆明，在灰色的天空下闪着光，红色的高原光辉熠熠。诗歌产生着，并将在某个时候，彼此感动相距数千公里的读者。令他们“不敢相信”。这是盐，也是缘。是盐才会有盐。

2002 年 9 月 13 日

西蒙·欧迪斯

去大学里参加诗歌朗诵会，每个朗诵者都拖着声音、摇头晃脑，故意要把诗“朗”出来，“声情并茂”。“朗，明也。”许慎《说文》朗：明确，响亮。通过声音的表演，让诗响亮起来。朗诵无可厚非，但是明亮式的朗诵令所有的诗都是一种声音。在中国，这种“团支部式的诗朗诵”非常普及。我以为，诗的声誉被败坏，与那些做作的朗诵也有关系。作家王蒙说，这种朗诵令他“起鸡皮疙瘩”。

有一次朗诵会，那会堂是一个恐龙般的庞然大物，光彩夺目獠牙般犀利的舞台，猩红色的地毯，千灯齐射，电子屏幕上滚动着恢宏的画面，中央排列着交响乐团。这场面像瓦格纳的歌剧一样镇压了每一个人，鸦雀无声，屏住呼吸。当时我正在感冒，拼命憋着气管不咳出来。

一位女士像女高音歌唱家那样从左边飘到台上，她朗诵美国印第安诗人西蒙· 欧迪斯的诗，配乐诗朗诵!

西蒙· 欧迪斯有着古铜色的皮肤，白发，戴绿松石耳坠，很像云南南方亚热带森林里的酋长。中午的时候我们交谈过，他的声音深而缓慢，就像黑暗森林里传来的自言自语，来自落叶或者树枝。没有一丁点儿做作，地道的朴素，这种朴素只产生低调的人。他出生在美国西部阿科玛地方古老的乡村，被称为原住民诗人。他有点不安，有点不知所措。如此豪华庞大的朗诵会，他恐怕是第一次见识。他的诗集叫作《看哪，那些唱歌的石头》。

开始了，粉红色的演员做出那种即将抒情的表情，就抒情了，声调接近于吼，拖长每个句子的尾音，似乎每一句都加了个“啊”。 但她突然被西蒙· 欧迪斯驯服了，仿佛遇到阵雨，声音变得轻而湿润，就像过早生育而依然年青的祖母，当她念道：

一年春天我们
在阿科马种下玉米
我们播种了几次

这怎么“朗诵”，只能像平常说话那样，她忽然说起话来了，这个女人的声音其实很悦耳。雷蒙· 欧迪斯的诗出现了，这些石头令那辉煌、夸耀的舞台瞬间黯然失色。这是朗诵会的最后一首诗。

索尔仁尼琴在一部关于他的纪录片里说：“我同意朗诵必要。但可能一首诗很平庸却‘他吟咏得多么好呀！’写在纸上的诗应当是未经作者吟诵我也能阅读并喜欢的诗。诗应由自身肯定。而有种说法，别在意诗文本是否值得一读，他朗诵得多么好呀！吼叫甚至美声唱法。但这不再是文学了，我不承认它。”

2014 年 3 月

《连山堂竹句》与真理

《颜真卿全集》有八本。不仅是所谓书法，也是文章。《放生池》碑说，皇帝好生之德，臣子应纪录。“秦始皇李斯暴虐邪谄之臣犹刻金石垂于后代，况陛下巍巍功业。”文字传诸后世，书家战战兢兢、诚惶诚恐、斤斤计较。博尔赫斯年轻时著有《我的希望领域》一书，年稍长，后悔出版，走遍布宜诺斯艾利斯大街小巷收回并将它们付之一炬，“那是正直之举”。

晨临颜真卿，体会真。真者，不是真理。真是一种超越性的状态。“真，仙人变形而登天也。”（《说文》）“夫免乎外内之刑者，唯真人能之。”（《庄子·列御寇》）

真也可以说就是无。真实，就是有无。实，“實（实），富也。”（《说文》）“实，满也，塞也。”（《小

尔雅》）“有者为实，故凡中质充满皆曰实。”（《素问·调经论》）

真实，是有无相生的一种状态。并非只是实，也不是只有真，这是汉语的奥妙之处。有无相生的阴阳变化，就是真实。

真是无，理是有。理是真的总结，概念化。容易僵死，因此随时要返璞归真。真是无，因此要经常理之，理之，容易僵死，又要随时归真。真理，是一个真与理之间的阴阳变化。唯此方可把握真理。“故天下诱然皆生，而不知其所以生。”（《庄子》）

中国文化的世俗性也在此，理要在真里面才活泼泼的。

诗是一种不断地从真到理，从理返真的语言运动。

海德格尔说：“存在之思。”“在通向语言的途中。”“把作为语言的语言带向语言。”洪堡说：“语言乃是永远自身复现着的精神活动。”

“把作为语言的语言带向语言”，就是命名不是完成而是永远在开始与完成之间。“作为语言的语言”是完成的语言，“带向语言”，就是返璞归真。是谓“永远自身复现着”。

就诗之思来说，如果诗是一种语言的真实，那么这个真就是从理（实）的遮蔽回到真的开始，从真的开始升华为理的归纳的阴阳轮回。在汉语中，回到开始并不像拉丁语言那般遥远，回到希腊什么的。回到真的路在汉语中从未被彻底遮蔽，只是被遗忘了。真理，真先理后。在汉语中，理是第二位的，超越性的东西不是理而是真。这一点与西方不同，在西方，超越性的东西是结论、概念、道理。理式（柏拉图）那个真理是与假理相对的。“真”不是动词、状语，而是名词。在西方，真理是一个概念群。中国不同，“真，仙人变形而登天也。”从何处变形？从实，从有，从概念、观念中变形归真。真理这个词古代中国没有，只有真。“夫免乎外内之刑者，唯真人能之。”（《庄子·列御寇》）真是和人联系在一切的，真不是抽象超越于人的理。真必须在人身上呈现。但是，中国并非没有真理这种意思，“外内之刑”，就是福柯所谓的“理性就是酷刑”。

颜真卿是作者而不是书法家，他写字是在写作。从竹山堂连句，和临写中可以感受到诗意为写者带来的笔势。如果说理，连山堂字是不合理的、不规范的，如果从颜真卿曾经写过的来比较，可谓丑陋、笨拙、歪曲，但是真挚。竹山堂连句可看见颜真卿在书写的运动中返璞归真的喜悦。“归其真宅。”（《列子·天瑞》）

临颜体

临颜体，每个字都堂堂正正、方圆温润。今日临到“安禄山反”“乱贼”等字，也是与“金紫光禄大夫”一样，写得堂堂正正、美轮美奂。并不会因为这次语词的负面意义，就把字写得一团糟，像“文革”大字报那样在这些名字上打个叉。

但是，汉字是可以有情绪的，比如祭侄文，悲愤之情溢于字表，有“贼臣不救。孤城围逼。父陷子死。巢倾卵覆。天不悔祸。谁为荼毒。念尔遘残。百身何赎。呜呼哀哉……”写得美极，沉郁潇洒，力如雷鸣电闪，姿如舞剑纵马，通篇只有悲情所至的美，而没有对字之所指的褒贬。这就是中正。

我的小学在云南省博物馆旁边，博物馆的牌子是康生所写，真是写得好看，看了几百遍，现在都记得那五个字。但我非常不喜欢康生其人，他一眼就能看出一个人是不是反革命，许多人就被他这么看一眼，然后拖出去毙了。真是恐怖。

罗兰·巴特，“文革”时期来到中国，他说，只有毛泽东的字是能指的。他的意思是毛泽东的字只有纯粹的美，而没有那个时代充斥一切的意义正确。

中国当代美术许多作品中对“文革”政治人物的丑化，就笔墨来说，缺乏中正。野怪黑乱的不仅是主题，笔触也是。这时代在艺术上的短命由此可见一斑。我预言。

中国书法这种伟大的超越性，正是道的体现。我练字，不是练习什么书法，而是通过对那些伟大的书写来觉悟道。

在微博上看到大宝法王的字，写得真好。他说，当我拿起画笔时，是我最快乐、最宁静的时刻。

写字可不是说着玩的，那就是与神对话。汉字是神迹，当初创造它的就是神。

“上古仓颉为黄帝古史，生而四目有德，见灵龟负图，书丹甲骨文，遂穷天地之变，仰视奎星圆曲之变，俯察龟文、鸟羽、山川，指掌而创文字，文字既成，天

为雨粟，鬼为夜哭，龙为潜藏。”（《平阳府志》）

中国没有西方意义上的宗教，但中国未必就没有超凡入圣的途径，书法就是。

汉语的活力

最近出版的《现代汉语词典》第六版引起了一些争论。哪些词应该收入而哪些词不该，比如“剩女”一词没有收入，颇有争议。在我看来，词典并非语词是非的判断，而是语词状况的反映，一个词，它也许今天很热闹，但最终烟消云散。比如过去的词典，有多少曾经的热词死掉了。比如“臭老九”我相信现在的人没几个知道它。最后留下来的词，依然是“止于至善”的那些。“剩女”之类的词，听起来有点恶毒，心不好，贬义，不善。词典不妨收入，时间会淘汰的，文明自有文明的时间，它明什么、暗什么，可以见出一个民族与上帝的距离（上帝，我在“道”这个意义上用这个词）。“文革”把知识分子说成“臭老九”，不善，所以消失了。词典也是一种历史，一个时代，必有一个时代的热词，追捧热词的写作最终烟消云散，对比一下早期的现代汉语词典，就会发现，许多当年的热词如今已经多么冷僻，奄奄一息了。一个词是否可以因为收入词典而不朽，不是词典说了算，而是文明的时间。过一百年，一个热词还活着，算它命大。汉字，留下来的往往是善词，这也是一个颠扑不破的真理。“止于至善”的善，并不是当下的是非，倒往往是时间中的不偏执，中性。汉语可以说是圆的语言，不喜欢太明确的褒贬、确定性。词一般不是直线加箭头式的直指某个概念，而是要依据语词的在场、上下文来确定含义。但这个圆的核心是善。善不是价值判断，而是某种状态。善，吉也。吉，善也。（许慎《说文》）什么是善，只能在具体的场中依据历史、经验、文明的惯例以及当下的新经验去判断。判断、释义在当下，但善也是一以贯之的，一个来自甲骨上的字。

对于一些西语词汇，也颇有争议，比如CPI（居民消费价格指数）、PPI（工业品出厂价格指数）、PM2.5（空气中飘浮的直径小于2.5微米的可吸入颗粒物）、ECFA（海峡两岸经济合作框架协议）、FTA（自由贸易协定）等等。这些枯燥的词汇，以前也有，比如化学术语，我认为不会影响到汉语的根本，它们仅仅在词汇中束之高阁，也就是供专家用用，撼动不了汉语的根基。如果某些语词最终不能达到文明的“止于至善”，它自会消失。

我以为更重要的是这本词典表现出来的汉语的活力。汉语 5000 年岿然不动，这种语言世界独一无二。字不变，但意思、隐喻、读音，可以扩展、改变或者萎缩。汉字不灭，华族幸甚。以 5000 年前就使用的文字实现了现代化的社会，全世界恐怕绝无仅有。汉语的超现实是，一方面人们可以在 20 世纪最时髦的摩天大楼的 72 层啃哈根达斯这种粗糙食物，另一方面，人们也可以用刻在甲骨上的语言揶揄这个拜物狂的现代主义。（汉语不适于拜物而适于写诗，这种语言在历史上发达的是诗而不是“格物”。）其实中国今日模仿西方物质世界之疯狂，说是“剃发易服”并不过分。但所幸者，汉语岿然不动。汉语在今天是一种最后的拯救力量，窃以为，今日中国民族之独特性、地方性仅在于汉语。物质世界是英语的、全球化的，但文化世界依然是汉语的。（这二者今天处于一个分裂状态，但我相信汉语能够找到弥合的道路，也就是用古老的汉语再次对新世界命名。）汉语的模糊性与追求精确、量化的现代化之间有一种矛盾丛生的张力，犹如一个沼泽地带，现代化的悍马在汉语的沼泽区被修改得面目全非，有了人性，微妙起来。中国的现代化无论如何模仿，但永远难以惟妙惟肖得像日本那样。（日本的现代化，语言革命很成功。中国的激进知识分子当年比日本更甚，叫嚣“汉字不灭，中国必亡”。汉字加入了假名，精确了，有利于将日本改造成现代化的标准化直线，但松尾巴蕉、源氏物语的“幽玄”日本也被伤害惨重，这是汉文明应当汲取的教训。）比如可口可乐，如果直译，那就是枯燥乏味的“有咖啡因的碳酸饮料”，译成“可口可乐”，真是帮了这种碳酸饮料的大忙。汉语新版，我以为体现了汉语的活力，汉语总是能适应世界的变化、毁灭、新生、矛盾、挣扎、苦闷。尤其新鲜的是，网络使汉语空前活跃，网络创造的新词迅速进入公共领域。汉语新词的出现，其造词法依然不离六法：象形、指事、会意、形声、假借和转注。象形，比如“囧”；指事，比如“五毛”；会意，比如“八卦”；形声假借，比如神马，等等。神马，来自方言发音的“什么”。成为神马，意义更为隐晦丰富微妙。什么都是浮云，神马都是浮云，个中奥妙是仅仅懂点普通话的汉学家永远不会明白的。

也有认为新版词典收入新词破坏了汉语的圣洁，语言是圣洁的么？我不以为然。语言在于它必须总是活泼泼的、能指的、所指丰富复杂的。汉语新词的出现，说明汉字的创造力依然旺盛。“文革”时期，为了语言的圣洁，这也不准说，那也不准造句。江青女士甚至强调要清洁汉语，不准用黑词、反词、旧词，那时候的汉语可谓 5000 年来最贫乏的时期。

100 年前，五四某些知识分子意识到模糊混沌充满魅力的汉语乃讲求逻辑、精确、量化、物化的现代化之祛魅思维的最大障碍，曾经试图消灭汉字，以拼音取代。天不灭我华族，这种激进主张未得实现，否则，从“中國（国）”这两个字中搬到 CHINA 里面去，像搬家到外星球一样，这种搬家比拆迁更可怕，那就是彻底的灭亡！大幸，在全球化时代，汉语之道不变，汉语不灭，而且生机勃勃。

日后必有转机。

卢浮宫旁边的美术用品商店

从卢浮宫出去，走过塞纳河上的石桥，就到了左岸。河边有许多小画廊，进去看看，赏心悦目的作品不少，不是为了艺术革命，也不是表达观念，不是愤世嫉俗，以野怪黑乱、滑稽夸张、争奇斗艳为前卫。橱窗里的作品就像苹果、桌布、咖啡壶、葡萄酒、盐巴罐……我的意思是，可以把这些作品自然地挂在你家的墙上，一如从前布衣在人家中堂里挂字画，也就是某冬烘先生十年寒窗的小品，一旦登堂入室，即刻满室生辉，使你在谷雨这天的黎明醒来时比昨天更热爱生活。不必解释这是某某主义某某派的作品，就像不必解释天空落下的是雨一样。也不必担惊受怕，价值连城，却在月光如水的深夜去卫生间小解时，被画布上反传统的妖魔鬼怪吓着。

是的，那些作品很平庸，没什么革命性，印象派或者野兽派，甚至伦勃朗的残渣余孽，就像巴黎街头的某家咖啡馆，平庸得发霉，但是你在里面坐上一天，就像泡在温泉里。嗯，这种作品北京的798很少见。呵呵，798当然有存在的必要，但是中国当代艺术也太798了，一味地革命前卫，连平庸的123都消灭了。我听说在美术学院里，一年级的学生就热衷于前卫，不知道伦勃朗，只知道巴塞尔的风向、威尼斯的入选作品的大有人在。有个橱窗里摆着凡·高做的石膏像，做得真是老实，那些火焰般疯狂旋转的色彩后面曾经有个本本分分的美院学生。杜尚也一样，他可不是从装模作样的下象棋或者把小便池搬到博物馆去的惊世骇俗开始。那幅《下楼梯的人》的画，没有素描功底是画不出来的。

我更喜欢艺术的那种普遍的、平庸的，只为日复一日的人生而存在的基础。中国艺术过去是有这种基础的，朱耷、齐白石都是这种基础上的大师，但在20世纪，这个基础被摧毁了，革命性作品层出不穷，要找着一幅正常、高质量、庸常、不抢眼——所以养眼的画，很难。透过玻璃反光看看作者的名字，毕加索、马蒂斯、博拉叶……都是小品，大师们的基础性作品，金字塔下的砖块，美术史上不见记录。马蒂斯的一张素描，五到六笔，画出一个刚刚迈出浴缸的浴女，也就 1000 欧元。没什么观念，没批判什么，就是手上功夫。1000 欧元只能买马蒂斯的小品，但无名的画家，就可以买到他们的杰作，素描的基础、色彩的关系、笔触的力度都是一流，是花了时间来打磨的，绝非革命性的即兴涂鸦。秋天了，天空阴郁，看看那铅灰色的云，与科罗画的一样，有点忧郁，忧郁是一种永恒。偶尔龇牙咧嘴也未尝不可。一本正经容易僵化，一味地“怎么都行”也很轻浮，如果艺术界总是一伙装疯卖傻的狷狂之徒在兴风作浪，也是很乏味的。发现没有，那些时髦的当代艺术画廊里，从来见不到一个普通市民，那些叫作舅舅、姨妈、张大伯、李叔叔的人物。呵呵，他们的趣味很低级，只想把女子画得好看就行。但艺术家们似乎不画这些，不画母亲、不画苹果、花卉，也不画窗外的云。

永恒的是忧郁，瞧，那副色泽阴沉、线条简洁有力的作品，画的是某人的母亲正在橱窗后面忧郁着呢。马蒂斯画的，是他妻子的肖像。

画廊之间有家美术用品店，大约已经开了 301 年，塞尚或者巴尔蒂斯们在巴黎的时候，推开镶着玻璃的橡木门，进来买过一只孔雀蓝或者 13 号刮刀？刚走，我肯定。颜料、画笔、纸张都是新进的货，但摆放货物的房间，却是一件老古董，令人想到明式家具，木楼梯被打磨得发亮，梯口内陷，铜质的扶手柄被一只只残余着油彩的手摸出了金子的光泽，老板是个文质彬彬的白发绅士，仿佛冬烘先生，戴着金丝眼镜。店里甚至摆着毛笔和墨，哦，日本生产的。

正准备仔细看，店员说，吃中饭的时间到了，要关门。何必呢，买个麦当劳或者盒饭，边吃边卖不更好？绝不可放塌一桩买卖。不！正门已经关上了，店员领我从后门出去，请过一小时再来。人家要去塞纳河边找家餐馆，看得见云的座位，坐下来，先喝点红酒，然后上菜，三道，还有甜点、咖啡。吃饭是一个美妙的仪式而不是填肚子，做买卖的目的之一，不就是为了这个日复一日的仪式么。

其实这不是巴黎的特色，我小时候的昆明店家也一样，11 点才开门。卖到下午 3 点，不卖了，说是已经挣够了今天的钱，要让别人也挣点，人家要玩去了，要去吃晌午。

孔庙门前的石狮子

1931年，作家巴金在小说《家》中写道："黑漆大门的公馆静寂地并排立在寒风里。两个永远沉默的石狮子蹲在门口。门开着，好像一只怪兽的大口。里面是一个黑洞，这里面有什么东西，谁也望不见。"巴金用了黑漆大门、怪兽、黑洞暗示这个石狮子象征着某个"五千年只看见吃人"的"家"。世界上恐怕没有比中国更发达的隐喻社会了，言此意彼，A是B，说的是这个，指的是那个。此时代隐喻更猖獗，比如建造一城，考虑的不是居住在其中的居民是否安居、好在，而是这城是否隐喻、象征着高大、雄伟、辉煌、金光大道、"进步"、欣欣向荣、"终于站起来了"等等。作为文化传统，也许某些文化更重视身体、直接性、能指，但更强调所指、迂回、言此意彼的文化传统也无可厚非。任何事情都要有意义、有是非、有所指，但意义、价值不能同质化，不能单向度、俗套，只有一个主题。在所指宽容、丰富、多元的时代，象征意味无穷。城建，其意义不仅是政绩、面子，也是居民实实在在的安居乐业，也是中国建筑经验、传统在此时代之再造，诗意的栖居。甚至，也是人们心甘情愿的毫无意义的消极人生。

如今这种图腾似的石狮子在中国已经寥若晨星了，它们大批量地被作为旧社会的图腾摧毁。“文革”时期，这种摧毁甚至波及家具、青花瓷碗、茶壶、马桶、画栋雕梁、花鸟虫鱼、文房四宝、四书五经……无一幸免。人也成为单一意义的隐喻，“文革”完全漠视人作为人首先具体个别的体现为男人、女人、小孩、老人、病人、孕妇、父亲、母亲、兄弟姊妹……一律将他们视为某一意义的载体、整体，个体生命的丰富性随着被强加的象征、隐喻被消灭，人空前绝后地只有两种，进步或反动、积极或消极、阶级敌人或同志。

我在曲阜孔庙门前见到一对石狮子，与巴金描述的一模一样，但时过境迁，我不会从巴金的角度去看这些石狮子，也许某种“五千年只看见吃人”的暗示依然若隐若现，但更令我震撼的是，这些石雕作品表现出来的狰狞之美，某种原始力量与秩序感被完美地结合在一起，一头形而上的狮子。现实的狮子似乎正处于迈向抽象之狮的途中，某种形而上的力量在迈出真实的狮子而不是狮子走向了虚无、解构。“不似则欺世，太似则媚俗。”（齐白石）“恍兮惚兮，其中有象。”（老子）匿名的古代大匠并不是为了象征“五千年的吃人史”而琢磨雕刻石头，他们只是将一头想象中的美好狮子从黑暗的岩石里赶出来，他们创造这个作品只是基于“仁者，人也”。“天地无德”，但“大块假我以文章”，人能够为野蛮黑暗文身，以文明照亮黑暗，创造止于至善的“世界美如斯”。

这个起点最近一百年来被完全忽略了，忽略了 A 可以是 ABCDN……但首先 A 就是 A。孔庙门前的石狮子们本身属于一部伟大漫长的艺术史，它是一件艺术作品。人们将这件作品的含义之一认定为它的唯一含义，石狮子仅仅是黑暗势力之象征，这是一种可怕、狭隘的误解，这种狭隘的阐释将传统中国创造的复杂丰富的象征系统同质化、单一化，5000 年的赫赫传统只有一种所指，就是封建、落后、腐朽。这种中国意义的同质化运动为后来全面拆迁传统中国之美奠定了审美基点。因此，革命必须创造“一张白纸，可以画最新最美的图画”。

那是在春日的余晖中，我在曲阜孔庙的侧门看见这头石狮子，被它孤独、苍凉、固执的酷美所吸引，崇高、威严、庄重、亲和、狎昵……各种矛盾的力量被集于一身，似乎在呼吸，但不是野兽的呼吸，而是美之下凡。石狮子额头上残余着微弱的光，我情不自禁抚摸了它，看得出来，已经有长江般的滚滚的匿名之手抚摸过它，脖颈光滑如玉。

忽然想起奥黛丽·赫本和派克主演的电影《罗马假日》，里面有个镜头，赫本将手伸进一头写实逼真的石狮子的嘴，又吓得缩回来，她以为它会吃掉它。我没有缩回来，这头中国石狮并非罗马的那一头。

昆明的意思

在这个城市我越来越觉得自己像一个幽灵，在灰色的人行道与车流之间，躲闪不及。就像旧时代的马匹，影子在巨大的玻璃深处一闪。马匹偶尔在这个城市出现，慢的令人心烦，许多司机不停地按喇叭。需要躲闪的事物隐藏在一切之中，一切都快起来了，来自金属的光芒，汽车、手机、街道上的声音，广告在更新，快餐、麦当劳、油漆和装修材料像洪水一样被出售。步行受到歧视。跨出商场移动电梯出口的一瞬间，总是害怕被什么挂住。我青年时期在工厂的车间亲眼看见女工的头发如何被车床挂住，整张头皮连头发一起被撕了下来，电梯，我觉得它就是隐蔽得很好的车床，暗藏着铁的冷笑。我一直担心着在电梯里面遭遇停电，我情愿躲开电梯，在黑暗的楼梯中行走，标准的幽灵。喇叭总是在催促你闪开，人们说话像导游一样，按住快进键的磁带，辗碎的语流中只可以依稀辨认出“快点”“跟上”之类的短语。我在快世界里躲躲闪闪，因为我是一个慢的人。我是一匹出生于立秋的旧时代的马。我的身体对快有着天然的恐惧。20 年前，我经常在昆明武成路的中间行走，与二三子搂肩搭脖，比我稍快的是拉着宝珠梨进城来卖的呈贡县农民的马车。

过去，昆明是个崇拜慢的城市。因为滇池的存在，人们才选择这片土地建造他们的城邦。人们从滇池意识到大地的慢，它已经存在了无数的时间，依然是开始的样子，一步也没有前进过，因此人们崇拜滇池，永恒的事物是最慢的，人们一代一代地离开，而大地在后面，永远。我少年时代一分钟也没有想到过滇池会逝世，这是不可思议的。这样的死亡只有造物主可以想象。我上星期在秋光中重返故地，滇池有一片巨大的沙滩叫作海埂，从城里骑自行车到这里只要半小时。这是我青少年时代的天堂，“十六岁我有十六个水淋淋的世纪　十六岁我有十六个光辉的夏天”“我的皮肤呈现为棕色”（《哀滇池》）。“故乡许多人　都在滇池边拣过花石头　一代一代人　涌来又退去　滇池的花石头　永远也拣不完有的人还学会了游泳　学会了驾船　后来就到远方去了　在轮船上工作　当过海员的人回到故乡　仍旧把滇池叫作大海”《滇池》。如今，这一切已经像希腊神话一样遥远了。从前的游泳更衣室墙壁开裂，有一次我在里面更衣的时候，一个钓鱼人走进来，他的古铜色的皮肤上满是水珠。沙滩上荒草丛生，古树垂死，废弃着建筑的垃圾、破烂的木船，就像一个废弃的工厂，啊，我的青春车间。不远处，滇池依旧空阔，波涛起伏，长满有毒的绿毛。我青年时代的思想是在滇池边完成的，那些关于未来的思想包括民主、自由，包括现代化。但今天许多曾经支持着我的价值观在我的内心开始崩溃，如果一切的终点是一个死掉的滇池。“文革”时代滇池是昆明的避难所，恐怖在那边，在城市的街区之间喧嚣，我在这里，秋水共长天一色，感受着心灵和身体的自由。在此时代，我至少还有大地，没有是非的大地，李白、王维、苏东坡们的大地。为什么“穷”“可以独善其身”，可以“在野”。因为大地在着，因为大地上有滇池，有清风明月，有杏花疏影。是旧大地使我在严峻的时代里获得心灵的自由和对未来的信心。但今天，我越来越感觉已经没有退路了，“野”毁灭了，陶渊明就留在客厅里看看电视吧。

在这个城市，我被视为一个自作多情的怀旧者。人们对旧的厌恶是1966年培养起来的。我对旧的感情却不是来自时代，不是来自今天的“唯新”。这是一个诗人的传统，使我成为诗人的东西，是旧世界，是故乡。难道还有比大地、故乡、父母更陈旧的吗，母亲是一个新的吗？一到春节，成千上万的人就要逃离城市、回到故乡，他们都是怀旧者。我没有故乡了，我无法在春节离开、回去。我是这个城市的幽灵，终日在那些陌生的街道之间徘徊，只是作为不占丝毫空间的记忆，昆明是个自卑，并且喜欢崇洋媚外的城市，自从普通话50年代南下之后，这个城市从唐朝南诏时代建立起来的自信就逐渐垮掉了，它总是在学习外地经验，上海、北京、广州、日内瓦、张家港……永远自愧不如。这是一个热衷于活到老、学到老的城市，因此总是打一枪换一个地方。它从前是一个白族人开创的城市，南诏是一个令大唐心惊肉跳的傲慢王朝。龙云时代，昆明是西南地区最现代的城市，也是建筑史的奇迹，它的风格是印度支那的、明清的和少数民族的，令西南联大以为昆明只是草莽之地的教授，无不大跌眼镜。辉煌的40年代，伟大的钱穆穿着马褂出现在小西门，闻一多被蒋介石当街一枪，西装革履的青年诗人穆旦在我家隔壁写诗。我外祖母住在武成路的福善巷，我的一生开始于一个四合院的缅桂花树下。这个城市已经没有武成路，人们厌恶旧昆明到这种地步，拆掉它，连名字也不留。

这个城市曾经因为自信而缓慢，它自信的事情与众不同，不是因为什么丰功伟绩、历史、皇帝、兵家必争之地、大学、图书馆、京畿、诞生地……而是因为"春风先到彩云南"，只是因为"五百里滇池 奔来眼底"只是因为"莫辜负 四围香稻 万顷晴沙 三春杨柳 九夏芙蓉"。诗人孙髯翁的长联是一个箴言，说的就是昆明得以存在的真理。聪明点的昆明人都知道，要玩文化当大官，到北京去整，要赚大钱到上海、广州去整，要考古研究历史，到中原那边去整，如果在大观楼上看不到孙髯翁说的"半江渔火，两行秋雁"，只是一潭臭水和水泥怪物，还待在这里干什么？

比较起来，昆明依然是中国最慢的城市，以至外地人一下飞机，就想到箱子里面的休闲服，就想到要"过日子"了。免费开放的翠湖公园是秘藏着老昆明传统的地方，前天和陈恒、马云在里面坐了一天，看各种人，发现，这个城市已经快得离香港什么的只剩两小时的路了，但本地居民骨子里还是慢，还是清朝的速度，看着闲人们一边毫无感觉地看着天，一边把瓜子，或者松子剥开，送到嘴边，又舔一下茶，又搔搔某处，美国来的旅行者背着包，昂首挺胸地飞速从他们之间穿过，要去赶什么？他们也许觉得这些昆明人在浪费时间，毫无意义。我倒是因此发现，这个城市还是可以待下去的。

2003年8月27日星期三

昆明这个窝

俗话说，金窝银窝，不如我的狗窝。昆明不是狗窝，而是天堂。

自从历史上有记载的“庄蹻开滇”开始，到南诏王阁罗凤派他的儿子凤伽异移民滇池地区建立南诏国的东京昆明城，到忽必烈大军进入云南，到明朝南京的移民，现代战争与革命、经济大潮导致的移民，昆明就一直是移民城市。

但是昆明的移民文化又与那些打一枪换一个地方的码头文化不同，移民来到昆明，一般就不想走了，形成的不是码头文化，而是窝文化。

昆明不是世界的驿站，而是终点。人们移民到此，无不惊讶地发现，高原上藏着一个天堂。滇池里的鱼群、鹭群，滇池周边阳光灿烂的平原、丘陵、温泉、山岗、森林、百兽、气候、花朵、果子、蘑菇、金马、碧鸡、植物、菜蔬、风土人情，无不令人感到“此间乐，不思蜀”。马可波罗也是，看见昆明，惊呆了。叹道“壮丽伟大的城邦啊！”最典型的莫过于元世祖，他感叹，如果不是戎马生涯的话，愿意被封于此地。滇池是昆明这个窝的基础，没有滇池在此，恐怕永远不会有昆明这个城邦。

移民们来到昆明，就想筑窝，不想再挪窝了。这就是他们梦想的大地天堂。在别处，或许必须愚公移山、改天换地，才有筑窝的可能，而昆明，老天已经将一切准备好，水好、地好、花好、月圆，伊甸园，只需亚当、夏娃们筑窝而已。所以明朝著名的风水大师汪堪舆说，五百年后，昆明胜江南。他的意思是这一方水土，比江南更胜，只是如何筑窝的问题。汪氏当然也是移民，他见过江南。

昆明人也确实会筑窝，到这个城市历史有几百年的时候，昆明已经成为中国西南高原上的名城，把原云南名城南诏之都大理都比下去了，云南的中心转移到昆明，因为是当之无愧的天堂之邦嘛！西南联大时期，许多见过大世面的教授，都服昆明，颇有定居之意，但那个时代的思潮是革命、在路上，定居是腐朽落后的思想，他们恋恋不舍地离开。

这个移民城市与一般的移民城市不同，在别处，移民之间一般必然生出争强斗狠的文化，因为要抢滩夺地嘛。昆明不消抢，到处都好在。因此呢，产生了一种慢吞吞、慢腾腾的守窝文化，家乡宝文化。这种阳光，这种雨水，这种空气，这种青头菌，这种宝珠梨，这种过桥米线……“你家儿急着去整儿哪？”我有时候给外省刊物写文章，不知不觉要用昆明话“好在”，多次被编辑问，这是方言吗？原来他们那些地方没有这种方言。好在，因此昆明有一种朴实的存在主义哲学，重要的是身体的在场，而不是用观念来为身体的不在场辩护。海德格尔的思想很适合昆明，诗意的栖居，是因为大地本身就暗合文明梦想的诗意，只需要守护，天地神人，其乐融融。这令昆明人的品性一般不是积极、斗狠，而是守护。庄子般的逍遥自在，比庄子还逍遥，因为昆明人不是观念上觉悟的逍遥，逍遥是一种大地启示的世界观。

但是昆明人也不怂。因为恋窝，因此如果这个天堂之窝受到威胁，“好在”受到威胁，昆明人也是逗不得的。昆明历史上有许多例子，比如 1910 年，滇越铁路通车，昆明人感到是否法国人要来占窝了，相当不得，李根源领着一群将军和士兵在讲武堂示威。后来看见法国人只是在昆明城外修铁路，并不进城来占窝、拆窝，才罢了。其他更壮烈的历史不需我多说。

昆明现在对昆明这个窝的窝性有所迷失，昆明现在越来越像码头、驿站了，许多移民来昆明只是过站，待一夜就奔大理去、奔丽江去，很危险啊！

昆明人，守好你的窝。

2013 年 7 月 12 日星期五

昆明麦田书店

昆明钱局街有家小书店，取名麦田，店名也许有塞林格的麦田守望者的意思，不一定，也许来自凡·高的麦田上的乌鸦，也许就是麦田。那片地，在城市没有兴起前，也是田野。书店面积不大，就是十多平方米。店主马力是个年轻人，喜欢诗、哲学、传记、电影、人类学、音乐文学、绘画什么的。他的趣味有点波西米亚，总是找到那些非主流的书籍。我经常进去买他一摞书，作为有 40 年阅读史的读者，我自信看书已经是火眼金睛，在马力的书店里，入得我眼的书经常都有，他才三十出头吧，眼光不俗。现在出版书籍太随便了，说图书业已经成了垃圾制造业，一点也不过分。这是一个便宜的时代，只要有得钱挣，怎么都行，似乎已经没有什么比钱更贵的东西了。别看现在书那么多，真正的读者寥若晨星，而且越来越少，看电视、上网的越来越多，继续看书的是少数没落贵族。昆明现在大多数所谓的书店，完全没有品位，就是一个百货商场，进去一趟令人晕头转向。这是图书市场而不是书店，就像花卉市场永远不是花园一样。马力的书店有点像巴黎那些形形色色的小书店，巴黎很少中国这种巨大的什么都不放过的书店，书店都是有老板独特的个人趣味的，为相应的老读者服务。卖旧书就是卖旧书，卖老唱片就是卖老唱片，卖摄影就是卖摄影，时尚杂志再怎么赚钱，你就是白送他他也不卖的。昆明大部分书店都卖一样的书，多少而已，去一家就可以了。马力的小书店是个例外。现在淘书可不容易啊，想想那些拿着个耙子、背着箩筐在郊区臭气冲天的垃圾山上刨来刨去的人们，淘书跟那个也差不多了。热爱某件事情，不从赢利与否的角度出发，只是一心一意喜欢它，用心做好它的人相当少，中国恐怕已经是全世界这种人最少的地方。在这方面，我国可以说是世界的沙漠。无数人在干他们内心深恶痛绝，令他们精力疲尽、惶惶不可终日的事情。这个短语已经成为许多人对自己人生的解释，“没办法，钱多么”！暗藏着得意呢，把“钱多”两个字的发音咬得稍重。马力的书店开了四五年了，他旁边的许多店经常易货，今年卖卤猪蹄，明年卖韩国时装，后天修奔驰，什么挣钱卖什么，走马灯快得连招牌都懒得换了，卖文具的招牌下面在卖着火锅。马力岿然不动，卖书，还是卖书。决不扩大经营规模，他的书店几乎没有什么赢利，还要给读者打打折。卖书是他的一个玩场，趣味，存在感。也就刚够糊口。清贫但快乐，每次见他，都是身居天堂的样子，就像我，30 年来，写诗而已。

在昆明，这是我最喜欢的书店，经常去，闲坐，随便翻翻，马力在书店里支了个旧沙发，整天放着音乐，就像一个家。我拣一堆书坐下来，慢慢翻，经常觉得，这些书的作者，必然也是这个书店的常客。这家书店就在布宜诺斯艾利斯，博尔赫斯和他的朋友也会找到它的。这样的书店在昆明太少，在整个中国都太少，如果钱局街一条街都是这样的书店，昆明就太好玩了。我就是那种传说中所谓“不是在去书店的路上，就是在从书店回家的路上” 的家伙，我与书店的历史可以说是一段传奇，昆明哪一家书店我不知道啊，我甚至记得那些老店员青年时期的绰号。马力的小书店是玻璃门，外面车水马龙，滔滔者熙熙攘攘，一进去，世界立即安静下来，似乎在等着文字的最后审判。看着外面的日光流年，我有时候灵感忽至，就要个纸条记下，有一天我写下的是这首：

便条488

澜沧江的源头在遥远的高原上
一小片沼泽地　终年渗着细水
踩几脚就可以把它消灭
踏平在萌芽状态
或者让它改道向西
但所有的势力都已经迟到
大河滚滚啊大河向着南方
源头那么微不足道
那么容易粉碎
那么令人邪念丛生

偶尔我在书店里遇到我的读者，我总是在马力的书店遇到我的读者，不是别处。这令我意识到我在为哪些人写作，而以前我不太知道谁在阅读它们，现在我知道一点，他们喜欢马力的书店。马力很年轻，长得像个蒙马特高地咖啡馆里的诗人，轻声说话，苍白，有点迷惘，某种长在人群中的大麻。我们都是大麻，被上帝种植在人世间。这是一种天生的魅力。有时候我们听点西藏音乐。我过去很忌讳这一套，书店、咖啡、先锋派电影、凯鲁雅克、牛仔裤、列侬、激浪派、布鲁斯……我愿意把这些有点超凡脱俗、有点“装佯”的私人趣味暗藏在我生命的暗室里。但现在我越来越觉得，在一个庸俗和拜物教就像暴力一样令人窒息的时代（有个笑话说：飞行员因为雾大找不到落地的目标了，有人告诉他，别担心，顺着那股打麻将的声音降下去），波希米亚式的生活方式相当重要，这个“佯”是很有必要公开地装装的，我们就是要超凡脱俗，就是要“举世皆浊独我清”，就是要“富与贵，于我如浮云”，就是要“道不同，乘桴浮于海”。我们这些自得其乐的写点诗的、画点画的、搞点音乐的、拍个纪录片的、读书如饥似渴的……其实已经被世界开除成为一个少数民族，我们必须团结起来，在书店团结起来，在莫扎特的音乐中团结起来，在咖啡馆里团结起来，在诗歌朗诵会中团结起来，在前往西藏的途中团结起来，在秋天的月光下团结起来，在老鹰的翅膀下团结起来，在大地上团结起来，在日益丧失的故乡团结起来……这是更深刻的全球化，我们必须像屈原、李白、波德莱尔、尼采那样拒绝某些东西，他们曾经拒绝的我们也要拒绝，他们曾经引以为荣的我们也要引以为荣。这不再仅仅是一种青春期的时髦，而是命运，这已经不是西方的时髦或东方的传统，是所有不愿意同流合污者的宿命，这是一种独行特立的生活方式，就像过去时代文人日夕相伴的文房四宝、松竹梅兰。

忽然，麦田书屋就被拆掉了。绿化城市，规定必须完成X万平方米，马力的书店被计算在内。书店位于两个建筑物之间，走三步就到头的一点空间，人家要绿化。绿化自然是好事情，但什么地方该绿、什么地方不该绿是不考虑的，那么小的一个地方，是留下一个很有品位的书店，还是不伦不类地只是为了敷衍指标而一刀化下去好呢？决不考虑。据说是违章建筑，为什么当初开业的时候不告诉这一点呢，过去五年都不违章，纳税都没说违章，一夜之间就违章了。等人家好不容易热闹起来，培养起人气，事业刚刚稳定，宣布为违章，真是绝啊！想怎么化就怎么化，何患无辞。说是为了公共利益，这就没有什么话说了，意思是不是要你的命也得交出去？公共利益是什么呢？如果它与无数具体个人的生命无关，那么它真的是相当抽象空洞，随时会被权力者作为所欲为的借口。那点猫盖屎的绿化，那个小旮旯，又能够绿化个什么球呢，又对公众有多少利益，比一个书店对公众的利益更大？无非成为又一随地小便者的隐身处而已。说也白说，叫天天不应，叫地地不灵。

马力一筹莫展，只有随遇而安、逆来顺受、另寻铺面。拆除的限期就要到来，我那天最后一次去买书，心情相当糟糕，对于一个读书人，还有比一家自己所爱的书店关门完蛋更痛心的事情么。马市口那家专卖古典音乐的磁带店关门我很痛心，东风路上的古籍书店关门我很痛心，顺城街那家艺术书店关门我很痛心，昆华医院对面那家CD店关门我很痛心，马力的麦田关门我很痛心，钱局街那家唱花灯的老茶馆关门我很痛心，大观街那家老牛肉馆搬迁我很痛心，华山西路那棵老枇杷树被锯掉我很痛心，站在小西门再也看不见落日了我很痛心，武成路改名人民中路再也不能当街散步了我很痛心，威远街的传统集市被解散了我很痛心……这都是要命的事情啊，我这号老昆明，除了上班和写作，也就靠这些活着！少一样，故乡就乏味一分，世界越来越现代，也越来越难玩、乏味。要么购物、要么回家看电视、要么找人打麻将、要么吃喝一顿——这样的世界，岂不要命！

马力后来在文林街文化巷内师大附小后门那里又找到一处房子，重新开门。只是租金相当高，维持下来更困难。而且许多老读者，再也找不到这个家了。他的书店又要再次从零开始，会不会违章呢？不知道，硬道理一来，还不是得再次复零。

2007年3月8日星期四

塞纳河边的书摊及其他

巴黎的一处著名风景，就是塞纳河边的书摊，一些破旧的木箱子一排排悬挂在河边的石头围栏上，白天，书贩们从巴黎不知道哪个角落里钻出来，一把把打开箱子上的锁，把书摆开，那些箱子很大，里面拿出来的东西，不仅是书，而且还有帘篷，可以立即安装成一个个防雨遮阳的棚子，收摊的时候，书和所有什物一起收进箱子里去，锁上。夜晚，一排排被雨水洗旧了的箱子挂在河畔，就像是一个个蜂箱。里面都是些旧东西，旧书、旧照片、旧明信片、旧唱片、旧ＣＤ什么的。也有新东西，主要是工艺品。钥匙扣啦、画片啦、纪念品啦。这些书摊很知道什么是世界性的潮流，这个世界太右呢，它就挂着些左派的东西，格瓦拉的相片啦，列侬的绝版唱片啦，马克思的手稿仿制品啦，嬉皮士的纪念衫啦，等等。左派如今很时髦，很有旅游价值。巴黎的游客来自世界各地，大都是有闲人，至少不是无产阶级，至少得有点知识，至少得对资产阶级的成功社会和那个在全球所向无敌的现代化有那么一点点无伤大雅的恶心。巴黎的书贩很是会迎合这种知识分子的时尚，所以那些书摊上摆着的玩意，总是有些发霉的气味，以颜色发黄为荣，讽刺着这个行色匆匆的热爱更新的世界，有点另类，有点先锋色彩，有点玩世不恭，有点感伤，有点怀旧，与诗歌、音乐、前卫戏剧、后现代哲学、同性恋、魅力、反抗与怀疑、大麻什么的有着千丝万缕的关系。但坐在书摊前面的老板多数是穿牛仔裤和皮夹克的中年人、老人，他们的衣着暗藏着昔日先锋派的时髦，陈旧，但依然时髦。把世界改造成嬉皮士乐园的激情消失了，深知消费社会之不可动摇，只好我行我素，天长日久，已经成为风度。这是巴黎的传统，在这个城市，你再也找不到 1968 年那场曾经有过“火噼里啪啦地烧。震耳欲聋的枪声。枪林弹雨如洪水骤至”这些场面的革命的丝毫痕迹，但从这些书摊上，你依稀可以感觉到那个时代的魅力。我看见萨特的肖像放在那些书架上，神色黯然，其实对于这个新世界来说，他已经来到这个有些没落的位置，他已经从时髦成为古董。

巴黎法国人文科学之家有个文学活动——叫作“两仪文舍”，每年各邀请一位法国与中国的诗人或作家在巴黎对话，2004 年 5 月他们邀请我与法国《诗刊》主编穆普瓦谈谈“文物”。于是我有机会在巴黎小住，时间比较从容，经常有时间去塞纳河边走走。巴黎春天气候多变，时而阳光灿烂，热到你要穿短裤、汗衫，时而大风起兮，乌云飞渡，大雨滂沱。有一日与朋友约好在巴黎圣母院门口见面，春天的大风刮得我骨头冰凉，以前在昆明，围巾总是一个装饰品，以为没有什么实在用处，这次知道了，巴黎的大风多次把我的围巾吹得飞扬起来，像是天空里有一个绳子老在扯我的脖子。某日我和朋友在巴黎的塞纳河边走，白云飞扬，河流闪光，领我去看米拉波桥，塞纳河上最平庸的一座，因为阿波里奈尔写了一首诗提及而著名。快走到的时候，天空阴郁起来，飘来些细雨，仿佛有人在云上哭泣。我们在另一座桥上眺望米拉波桥，我不想走过去了，只是远远地望着。法兰西与我的青春时代密切相关，1975 年的地下阅读，我读了多少法国小说啊，那时候记忆力非常好，我常常读完雨果的《九三年》或者大仲马的《基度山伯爵》，就自己重新整理，删繁就简，讲给车间里的工人听，有那么几个星期我非常得意，车间一停电，小组的工人就围过来，听我讲那些巴黎的故事。那个时代文学以另一种方式复活了，书面文学因为被禁止而倒退成为口头文学，老巴尔扎克知道的话，要高兴得从墓穴里跑出来大笑，这可是荷马的待遇。文学只有离开了纸回到口口相传，它才会真正不朽。纸一把火就烧掉了，但口是无论什么力量也灭不了的。藏人的《格萨尔》没有一个字，全是口头流传，1000 年了，还在草原上被牧人们传唱着。20 年后我来到巴黎，来到那些故事发生的地点，仿佛回到梦中，惊讶于它们和原著里面讲得居然大体一致，感叹它什么也没变。

1977 年，昔日在地下东躲西藏的旧书开始露面了，昆明白云巷出现了一个旧书交换市场，拥有旧书的都是中年以上的人，那时候我二十多岁，还没有几本藏书，一有时间就去那个小巷奔走，慢慢的我有些自己的书了，我是多么热爱这个地方啊。在我的记忆里面，在那里换书的都是些人物，他们仿佛都是从巴黎塞纳河边的书摊赶来的，同样的衣着邋遢，同样是散发着书籍的霉味，这些人都是“文革”中暗藏下来的民间知识分子，工人、知青、售货员、浴室里面的服务员、理发师、书店店员……大家说起法兰西、俄罗斯、希腊什么的文学都是如数家珍，有些彼此炫耀的味道。我们可以在光天化日下如此喧嚣地谈论西方文学，简直像做梦，要知道，关于文学，我们已经像老鼠那样窃窃私语多年。但这个自发的书市存在了两年多就烟消云散了，没有成为一个传统，到现在，昆明连卖旧书的书店都找不到了。现在的读者崇拜新书，我听一个出版界的朋友说，上半年出的书，下半年就卖不掉了。是的，像时装一样走马灯般上市的图书是垃圾，但支持它们的消费群体也就是这些垃圾文化培养着。

天空暗了，风狂扯我的衣裳，雨挥舞扫帚把我们赶进一个咖啡馆里去，在那儿，我用汉语写了几首诗，当了一回巴黎诗人。我第一次写诗，是在遥远云南陆良县的平原之上，那是云南高山中最大的一块平原，某个普通的乡村祠堂里树立着伟大的爨龙颜碑，我在我父亲被流放的破庙里用练习本开始写诗。

雨停时出来，在靠近卢浮宫的那一段，我们遇见一位女书贩。老太太，穿着一身皱巴巴的衣服，像一棵苍老弯曲的白杨，脸上密布灰白色的皱纹。好像就是从她正在卖的那些色泽暗淡、有股霉味的旧书本里面钻出来的一个小人物，巴尔扎克的邻居。她衣冠邋遢，但暗藏着价值连城的细节，也许那鞋带或者别针什么的来自

1968 年的 5 月。我觉得她有些像当年在煤机厂车间听我讲故事的某个女工。我请朋友翻译，与她谈了几句，你在这里卖书多少年了？我从 1948 年就在这里卖书，她淡淡地说。

在中国，你恐怕找不到一个 1948 年到今天都在卖旧书的书贩。一个 1948 年就当书贩子直至今天的人在我的国家是不可思议的。在中国，有几个人还愿意干自己热爱但无法富起来的事情，打一枪换一个地方成为时髦，怎么可以先富起来，就干什么已经成为多数人的奋斗目标，因此我们时刻必须忍受那些并不热爱的工作，只是为了挣钱的人们的怠慢和不耐烦。这个国家的书贩子早就灭亡了。就算某人有这个心，他也熬不过 1966 年的焚书运动，就算他从“文革”后开始，他也熬不过这个世纪的永不衰竭的“焕然一新”运动。看法国历史，知道这也是一个热衷于革命，有一种“胡搞瞎搞的激情”（语见《法国 1968：终结与开始》）的国家，但在这里，革命的目标并不是“维新”，而是丰富和创造世界的空间。革命并不意味着以某种想当然的社会图纸标准化世界，1968 年的革命在我们这个以“富”为荣，以“富”“重估一切价值”的社会里闻所未闻，那革命的目标居然是：“真正的富有一旦对人昭示，那么物质上的富有就立即退居到次要地位——不过是一块颜色单调的背景布幕而已。”“这个体系（指资本主义现代化福利社会乐园）除了消费者迷思下的私人享乐外还有什么‘奇魅’可言呢？假如‘丰裕富足（affluence）’在一朝一夕之间对你不再是所有一切，那么它马上什么都不是了。”（语见《法国 1968：终结与开始》）听起来 1968 年的革命仿佛是老子、庄子在领导的，法国 1968 年的革命没有“杀富济贫”、血流成河是个事实。革命之后，“连猪走路的记忆都丢了”的消费社会继续消费，但“富贵于我如浮云”“拒绝成功”的先锋派生活方式和精神也受到尊重和敬畏，成为法国生活中一股不可轻视的反讽力量。且不说在中国今天“富贵于我如浮云”根本不可能成为某次革命的主导思想，担心的只是，未来某日，革命再次循环到杀富济贫。革命激发生命的活力，但并不消灭生活的丰富和多元。但在中国不同，革命的结果总是令生活世界单向度发展。要么只有富起来才是成功，要么“贫穷才是社会主义”。在巴黎，你可以遇见各种各样的人，旧贵族、新青年、保守派、激进人士、流浪汉、豪华到荒诞的资产者以及各种各样的生活趣味。我的作品的法国翻译者之一是个中产阶级人士，有一日去这个老太太家做客，她的家完全是 18 世纪的风格，大镜子，已故家族成员的油画肖像，猩红色的沙发，我们坐在客厅的椅子上喝茶，那些蓝色丝绒的靠背椅子看起来和某部拿破仑电影里面的一模一样，我问，是不是那个时代的，正是。但离开她家不远处，一家小剧场正在放映尤奈斯库的《秃头歌女》和《一课》，讽刺的就是福利社会的标准生活和教育体制。与那个书贩一样，从 1948 年到今天，这个小剧场只上演这两个剧目。而在 1968 年最激烈的时候，巴黎街道上的几乎每一块地砖都曾经被福利社会的造反者撬起来，作为武器。

那个卖书的老太太问我是从哪里来的，我的朋友告诉她我是中国人。她很高兴，又告诉我她之所以一辈子都在这儿卖书，是因为喜欢前面塞纳河上的那座桥，我喜欢看桥上的那些云，她说，她读过庄子的书，非常欣赏。那座桥的对面就是巴黎监狱，那些黑色的犹如戴着铁盔的圆堡无论在乌云下、阳光里或者黑夜中都是阴森森的。一群乌云越过塞纳河来到了监狱之上，我忽然有点感动，写下了这首诗：

灰色天空下
旧事物闪着光
地铁从教堂的地下面爬上地面

烟囱在左岸冒烟

书店和诗集关着门

地中海来的船只刚刚冻结

米拉波桥上没有行人

阿波里奈尔啊不知所终

他的幽灵在我心中

青春一去不返

下着雨

塞纳河流向远处高原

2004 年 8 月 27 日星期五

荒凉的小区

这种小区你知道的，就是那种你梦寐以求，也许明天就要搬进去的那类小区。我住了已快五年，1800 多天，种在花盆里的玫瑰、菊花都开了两回花，这个小区依然像搬来时那般荒凉，大部分房子空着，只是在房屋中介那里传了几道手，价值一日贵过一日，墙皮都开裂了，但没有人住。夜晚出门，须得鼓足勇气。其实很安全，小偷知道这里没有多少住户，不来。但还是害怕，这是另一种害怕，就像深夜的飞机场，只剩你一个人和你的箱子，一种被世界抛弃的恐惧。空房子门口荒草丛生，安静得诡秘，或许群鬼已经搬进去，先入为主了。这里没有多少生活设施，更没有社会。比如咖啡馆、酒吧、茶室、文庙、杂货店、游泳馆、戏院、电影院、修鞋店、咸菜铺、服装店、音乐厅、集庙会、舞会、流动摊贩……啥都没有，绝不脏乱差，环境超标地符合城管局的“文明”标准。是有些店铺，大部分是卖二手房的、卖装修材料的，与过日子有关的两三家超市倒是门庭若市。曾经开业过几家小馆子，生意不好，人们一般不会信任这种新开张的馆子，谁也不知道老板的人品如何，会不会使用地沟油？轰轰烈烈、花枝招展地开张，然后招牌都不摘下就走人了。后来的业主连招牌都懒得换，饺子店的招牌下面卖着卫生纸。住在这样的小区，必须耐得住寂寞，适应西方式的个人主义、孤家寡人（这个小区取的就是外国名字，整个格局也是模仿着外国某小区）。周围的世界与你毫不相干，没有历史，没有传统，没有群众。这个小区什么都模仿，只是不模仿着西方小区盖个教堂。教堂是个人主义社会的精神暖房、孤独缓释器。我曾经在纽约皇后区小住，那个小区平日里看上去也是空寂冷清的，但在星期日，大家都从蜗居里钻出来集聚在教堂里，唱呀念呀彼此相亲相爱。人们通过教堂联系，建立友谊、爱情、亲情……没有教堂也就罢了，也没有社交场所，比如舞会、沙龙、咖啡馆、展览什么的，曾经开过一家咖啡店，外国电影里面，咖啡馆总是人满为患，开咖啡馆的小资不知国情，如法炮制，结果是门可罗雀。为什么？中国的传统，许多话你不能在公共场合说，莫谈国事，更遑论谈出个什么学派了。不说话或者害怕说话，坐在咖啡馆里面干什么，还装模作样黑乎乎地整一杯提着神，有病？必然关门大吉。如果是剩女，她绝不可能在这种小区里面找到“另一半”。人与人之间没有邻居史，无法信任，彼此陌生、戒备，偶尔接触，话题不外乎：贵宅涨价没有？房间里面各种器物倒是一应俱全，还可以上网，但是，上网与世界建立的只是一种虚拟关系，邻里之间，没有身体性的面对面的交流。没有教堂、沙龙、舞会、文化活动之类的供陌生人可以深入了解、信任、联系的渠道。我隔壁的老伯，本来住在一个大杂院，左邻右舍彼此知根知底，相处甚笃。白天和邻居打打麻将、晒晒太阳。身体不舒服，邻里也会互相照顾。大院周边，各种生活设施林立，有家米线馆，开了 20 年了，老伯隔三岔五就要进去喝上一碗，还品口小酒，这一趟一天就过去两小时。附近还有个业余剧团，每周演三场，老高唱的西皮流水是他的最爱。老家旧是旧些，但好在，养老养小，有玩场、去处，其乐融融。日日黄昏，娃娃们玩得最开心，看着他们玩到“扁担开花，各回各的家”，老人也倦了，熄灯。搬新房子，面子上风光，要过更牛逼的日子了，结果搬进来，像是被判刑一样，生活世界消失了，玩场消失了，左邻右舍消失了，乘了40年凉的老槐树消失了，老朋友嫌他住得远，不来串门了。人生忽然间没了玩场，毫无意义，无聊透顶，渐渐有点痴呆。

盖房子容易，但一个成熟的生活世界，一个可以安生养心的地区，恐怕要等100年。现在许多小区，别看家家里面电视机、沙发、卫生间什么的一应俱全，也就是面子上风光，并不好在，跟阿拉伯沙漠上的帐篷差不多。安居乐业的生活世界不会随着建筑物的崛起而瞬间出现，生活是一棵树，它的根深植在时间和传统中。生活是已经安心的记忆、经验、历史、诗意及其载体，不仅仅是一群空房子。房子拆掉，搬走，也就拆掉了生活。西方式的小区，自有它自己的生活经验和传统。中国移植过来了房子，但无法移植这些房子所赖以成为安居乐业之所的生活传统。

隔壁的老伯，终日郁郁寡欢。早上五点就开灯，除了做饭、看电视，就没有什么去处。十年间，与我打过几次招呼，总是很隔阂。吃饭啦？吃啦！然后就在铁皮防盗门后面不见了。偶尔在黄昏时牵着苏格兰种的牧羊犬出来遛一下，天一黑就赶紧回家，说实话，这位老伯遛狗的样子很是别扭，就像一只老乌龟牵着一头猛犬。

他最近去世了，他的儿子，那套五室两厅的房子的户主，似乎只是一部冷飕飕的汽车，只见开出开进，至今没碰过面。

嘪 –ai！

我的朋友M最常用的语助词是“嘪!（音，mai）”嘪，是昆明方言，一般是在对某事物赞叹时用的语助词。昆明话说“mai-”，mai 差不多读第四声，稍微拖长一拍，mai-ai！由嘪开始，把音尾落到哎上。昆明有这个音，但现代汉语里没有这个字，古语里有个嘪，不知道是不是这个字，姑且移来。嘪！随着韵尾 -ai 或长或短，或轻或重，含义就略有区别，惊喜、嗔怪、大喜、盛赞、感叹、赞叹……但赞叹是这个嘪的基本含义。昆明喜欢说 mai-ai！的人一街都是，走在昆明街上，如果你知道“嘪 -ai！”是什么意思，你会以为昆明人天天没完没了地在赞叹着、惊叹着，仿佛一群刚刚来到世界上的喜鹊。

mai-ai 的意思近似于普通话的“啊”，想想，每天都有那么多人朗诵诗般地对着世界上的一切赞美，就像教堂里的唱诗班对着世界：“啊——！那是多么美妙。”啊！在昆明话里不说啊，啊！是中学生们朗诵抒情诗时才用的。必须说嘪 -ai ！如果把嘪 -ai ！换成“啊”，就不对了。啊，太夸张做作了，整天说“啊！”相当不正常，尤其是抒情诗那么多年动不动就“啊”之后，啊有点声名狼藉。就是在普通话发达的北京也不怎么听见大家说啊。但说嘪 -ai ！在昆明，那就很正常、很诚实、很亲切、很可爱、很不做作。

我以为每个地方都有个基调，云南昆明的基调就是“嘪 -ai ！”赞美。因为大地的美、气候好、花多、宜居，因此昆明人开口就是嘪 i-ai ！我相信当年庄蹻开滇，一路穷山恶水，进得云南境内，红土高原、彩云南现，百花开得比天堂还多，到了滇池附近，庄蹻终于忍不住了，大喊起来：嘪 -ai ！嘪 -ai ！嘪 -ai 嘪 -ai 嘪 -ai ai ai ai……就永远不走了，是为滇王。我怀疑“嘪 -ai ！”就是老庄率先脱口而出的。

M 是一个喜欢说嘪 -ai ！的家伙，M 的嘪 -ai ！基本上全是赞叹。由于“嘪”是他的口头禅，一天要“嘪”个几十次，喜欢他的姑娘、伙子都要比常人多些。他的经验是，多说“嘪”，人也艳福不浅。在小区里走着走着，一朵花得么得，不得么拉倒，噗的一声打开了，嘪 -ai！忽然抬头又看见一片云升起来像朵莲花了，嘪 -ai！一群姑娘走进小吃店来，他就放下刚刚夹起的食物，嘪 -ai！看见某家的阳台上挂着一串腊肉，嘪 -ai！他一连用十几个嘪 -ai！来叙述费里尼的某部电影，好像谁看了那部电影么就是进天堂了。在某地吃到个什么，他要打电话来告诉，嘪 -ai！听得我口水横流。有一日，他在我家翻一本齐白石的画册，一边翻，一边说嘪 -ai！每翻一页，就要说一次。嘪 -ai 在他嘴里，已经相当夸张了，有时候你听见他在嘪 -ai，凑过去看，不过是一轮新月挂在天上而已。

我觉得这个家伙肯定是个一出娘胎，才睁开眼睛，眨了两下，就大叫“嘪 -ai”的家伙，老庄传下来的种。在他嘴里，这个世界永远被赞叹着。而且并非只是所谓美好的事物，就是遭遇地狱般的事情，他也在说嘪 -ai！他有个儿子，经常喉咙发炎，一发炎就要转成发烧，一发烧就要到医院里面去打点滴，正常的时候，一个月至少去一次，冬天去得多，几乎每个星期打电话给他，这可怜虫都是在医院里。他在电话里给我讲去医院的事情，他是这么说的：半夜我起来小解，摸摸娃娃的头，喟 -ai！发烧啦，一点迹象都没有，白天都好好的，又没有吹到风，就烧起来啦。赶紧把小玲叫起来，找些毛巾包着小毛贼，就去医院。一出门喟 -ai 喟 -ai！街上一个人都没有，冷成那个样子，出租车还在开着！到了医院，喟 -ai 喟 -ai！深更半夜的，还有那么多娃娃在打吊针。走廊上、病房里到处是娃娃、大人，东歪西倒，高高低低，就像个火车厢。医生说，娃娃哪里不好，我说，好像在发烧呢。医生就拿听诊器去听，把小毛贼的衣服翻开，喟 -ai 喟 -ai！扎冰冰地就按上去，小毛贼被扎得马上大哭起来。我说，喟 -ai 喟 -ai！轻点儿嘛，那个医生理都不理。只说，打针么是吃药，我怎么晓得呢？就问杨小玲，打针么吃药，小毛贼他妈说打针把稳些呢，就同意打针。没得床位，站了一个钟头，才有张床腾出一半来，两个娃娃一张床，一个睡朝一边，大人就站着，喟 -ai 喟 -ai！打针那个护士是卫生学校刚刚分来的，在小毛贼的脑门上戳了六次才打进去。前面打针的那个娃娃呕吐了一地，他的大人也不扫扫，我去找拖把来拖，喟 -ai 喟 -ai！卫生间早就堵起来啦！堆满了呢！我拿着拖把，手一摸，喟 -ai 喟 -ai！上面全是鼻涕、口痰。整了一手都是，有哪样办法，只好自己找纸来揩干净了。喟 -ai

嘪 -ai ！旁边那个小姑娘，长得太像个天使啦！你看见心都会发抖呢。吊针打了三个钟头才打完，从医院出来的时候，嘪 -ai 嘪 -ai ！下雪啦！一条街上全部嘪 -ai 嘪 -ai 是白生生的，一个脚印都没有，上帝都没有走过呢，嘪 -ai 嘪 -ai ！太美啦！嘪 -ai 嘪 -ai ！一张车都没有，太安静啦！嘪 -ai 嘪 -ai san ！如果嘪 -ai 嘪 -ai ！后面再加个 san ！，嘪 -ai 嘪 -ai ！ san ！嘪嘪闪 —— 那就是最高的赞美，他加了个 san ！

我有闲钱的时候，喜欢收点云南地方的陶器、泥塑、石雕什么的。云南过去有许多大师，民间的，匿名的。人家做个石雕、泥塑什么的，不是要当什么艺术家，也不是要标新立异个什么自我，大都是做些祖传的佛像、菩萨、罗汉、关公、财神什么的，只为讨神的欢喜、接纳。神是一个，但各个时代各地方的大师做得都不一样，神是旧神，以不变应万变，但每个时代都仿佛重新脱颖而出，日日新，被一代代匿名的大师们塑造得活泼泼的。中原传过来的模式被云南野性改改，生动自然，仿佛被重新复活。不野蛮，也不再雅驯到僵化的地步，用云南味道改造中和了一把，真个是好得不得了啊！嘪嘪闪！民间大师们塑造的诸神在“文革”中也统统被放逐，别以为被放逐的只是黑五类。个个被打入角落旮旯，像地下党一样，藏在泥巴里面，用水泥糊起来，摆在仓库、厨房、垃圾堆里，烟熏火燎，虫吃灰扑，一个个黑漆漆的，没有火眼金睛，是发现不了的。我看见一个就要“嘪嘪闪”一回，见一个收一个。这些东西不贵，古玩市场的抢手货是青花瓷、黄花梨什么的，云南民间的毕加索、罗丹们的作品百把元就收得到，便宜得可耻、下贱！别看如今古玩市场熙来攘往，文盲多得很，所以我经常得手。马尔罗说这是个“无墙的博物馆”，是的，博物馆安着报警器的围墙后面的古董与外面民间大地上的古董不同，后者是匿名的，而且作者们一点也不委屈。要发现它们，像写诗一样困难，找到一个宝贝，那就是一次命名、一次创造。作者匿名，但我依据风格和做工的鲜嫩老道的程度，猜它们是三十岁左右的人做的，或者是五十岁左右的人做的，我后来收到几个六十岁以上的人做的，嘪嘪闪！那个叫炉火纯青！年把下来，家里已经供着十几个了。

今天早上起来，秋天已经开始，下了两个月的雨无影无踪。蓝天白云，全世界都在落叶，云南的话照常开放。满屋的金黄的阳光，看见诸神在供桌上一齐咧嘴大笑，内心感动、喜悦。就给M打个电话，边打电话边看着诸神，忽有所悟，就在电话里说给他：中国的神个个慈眉善目，个个都是喜欢着，不是咧嘴而笑，就是低头窃喜，好像都在说“喟 -ai”呢，中国的神不像那个耶和华大人，总是痛不欲生、鬼哭狼嚎的样子，随时要领着芸芸众生逃离地狱的样子。中国的神，对着大地——喟 -ai！就这么定了，还逃什么逃呢，大地就是天堂。人间正道，不过是道法自然、天人合一。据说中国最早的一首诗是舜写的《卿云歌》:“卿云烂兮，糺缦缦兮。日月光华，旦复旦兮。”什么意思？“喟 -ai”！

“喟 -ai”！M在电话那头又喟 -ai 了一回，我以为他是赞同我，其实他一边听电话，一边瞅着他家的桌子，秋天的阳光掠过我家的客厅后溜进五公里外的他家的窗，刚好照到一盘水果，苹果亮了，他习惯性地“喟 -ai！”了一声。

2007 年 8 月 31 日星期五

忍者寿

——读杨绛先生答记者问有感

我很喜欢杨绛先生的书，曾经一读再读，微言大义，春秋笔法，炉火纯青。当中国多数身为作家和受害者的当事人还在对“文革”王顾左右的时候，她已经秉笔直书之了。我相信在她那一代人中，她是少数几个将要不朽的作者之一。

近日是她的百岁生日，《文汇报·笔会》采访，问：“杨先生，您一生是一个自由思想者。可是，在您生命中如此被看重的‘自由’，与‘忍生活之苦，保其天真’却始终是一物两面，从做钱家媳妇的诸事含忍，到国难中的忍生活之苦，以及在名利面前深自敛抑、‘穿隐身衣’，‘甘当一个零’。这与一个世纪以来更广为人知、影响深广的‘追求自由，张扬个性’的‘自由’相比，好像是两个气质完全不同的东西。这是怎么回事？”

大师说：“这个问题，很耐人寻思。细细想来，我这也忍、那也忍，无非为了保持内心的自由、内心的平静。你骂我，我一笑置之。你打我，我决不还手。若你拿了刀子要杀我，我会说：‘你我有什么深仇大恨，要为我当杀人犯呢？我哪里碍了你的道儿呢？……’我甘心当个‘零’，人家不把我当个东西，我正好可以把看不起我的人看个透。这样，我就可以追求自由，张扬个性。所以我说，含忍和自由是辩证的统一。含忍是为了自由，要求自由得要学会含忍。”

一百岁的人了。电视镜头里，写写读读，周围兰茂书香，其人儒雅高贵、淡泊慈祥。却不料一开口，这位中国大师就说刀子，“人家不把我当个东西”。可想见一辈子是如何的含辛茹苦、忍辱负重。一代人杰，却只想当个零，为避开刀子而忍着。

忍出来的自由，“要求自由得要学会含忍”。一般来说，自由是不忍的结果。忍出来的自由，倒也是一种地方性知识。对此我深有同感。我写过长诗《0 档案》，在另一首诗里，我写道“只要准写 / 怎么都行 / 我可不想与老天爷对着干”。自觉地把自己处理成零，不仅是杨绛老师的人生之道。

夜撰一联：

杨绛成仁 只因顶上悬刀一丝
默存突围 全仗书斋管锥万卷

忍者寿

我估计世界上的文学大师，在100岁的时候还在使用诸如刀、杀我、杀人犯、深仇大恨这类词语的……恐怕不多。

悲夫！悠悠诗国，戾气何重之至此！

想起一些最后的话：

普希金：

这儿埋葬着普希金，他与年轻的缪斯爱神做伴，
慵懒地度过快乐的一生……

司汤达：

安眠于此，他曾经活着、写作、恋爱。

歌德：

群山　一片沉寂
树梢　微风敛迹
林中　百鸟缄默
稍待　你也安息

2011年7月18日星期一在昆明

棕皮手记：春联与汉字的神力

农历癸未年十二月三十日，我在四川奉节的一个小镇过春节。春节后，长江上的大坝蓄水，这个小镇就要没入水中，可以说是一艘山清水秀的泰坦尼克号。但一点也看不出丝毫惶恐，别人的故乡，喜气洋洋，大红大紫。春节是中国人的大事，就是世界末日明天来临，也要把春节过了。我一路从重庆到奉节，只看见那些往老家奔的人，争先恐后，扶老携幼，摩肩接踵，火车、轮船、汽车、飞机、走路……简直就是亡命，摩西领导以色列人分开红海而逃的场面也没有如此壮观，一定要在大年三十以前赶回家里。大年三十，有许多事要做，烹羊宰牛、置酒备饭、准备鞭炮红烛自不必说，还有一件大事就是贴春联。在焚香祭祖上年夜饭之前，家家户户门头上，已经换上新写的对联，红纸黑字，进进出出的人脸上都泛出红光来。

写字，迎字回家，这是春节的头等大事。字是什么？《说文》说，字，乳也。乳，人及鸟生子曰乳。《广雅》说，字，生也。许慎在《说文解字》序言中说："仓颉之初作书，盖依类象形，故谓之文；其后形声相宜，即谓之字，字者，言孳乳而浸多也。"孳,《说文》解释，就是汲汲生也。汲汲生，"谓生生不已之日益蕃多"（张舜徽《约注》），字就是创造，生育。将生育、创造象征化、符号化，就是文字，字符。字符意味着生殖，生殖什么呢？生生不息。

符，信也。(《说文》)"天之所与必先赐以符瑞。"(《汉书·刘辅传》) 字符就是生命、创造的信。道法自然，法什么？天地之大德曰生。字就是对生的法，对道生一，一生二，二生三，三生万物的法。道法天，天发地。

春节写春联贴在门头上，这是一个感激天地之大德的仪式。千门万户曰："总把新桃换旧符"。字的光临意味着门丁会再次兴旺。据说春联起源于周代的桃符（悬挂在大门两旁的长方形桃木板),《后汉书·礼仪志》说："正月一日，造桃符著户，名仙木，百鬼所畏。"鬼是死亡的代表，它最畏惧的就是生之大德。字代表生之大道，所以百鬼所忌。汉字刻在桃符上就像面具、图腾，它本身就是生之大德，神灵的代表。神灵，《说文解字》说，神就是“引出万物者也”。德，《说文解字》说，升也。德是道的一种状态，升华、出来的状态。“古升、登、陟、得、德五字意同”（桂馥《义证》），天地之大德升起来的是什么？生。李泽厚在解释“德”的时候说：“儒家归结于德，德是什么东西？德最早就是一种神灵附体的那种状态，它可以支配万物，它是一种巫术，后来就变成一种内在品质”“所以能够超出别人，这就是不断地理性化的结果。‘天生德于予’，一直到孔夫子还这样。这方面都可以看到巫术的残迹，跟西方不一样，西方有上帝，人都是跪在下面的；中国不同，肉体的人也不需要扑在上帝脚下，认为自己一无所有。相反，他可以养浩然之气，上下与天地同流。为什么，这是从哪来的？是个人想出来的吗？我认为这都是巫术理性化的成果……”《巫史传统》说德是人的创造状态。我曾经说，写作是从世界中出来。写作就是扮演“引出万物”的神灵角色，文人是创造文章的巫师。

文字就是“引出万物者”。就是神灵的直接象征。象征都不是。如果“引出万物者”“先天地生”“道可道，非常道”。那么有无相生，就“有”的层面说，文字就是神灵现身。

“昔者仓颉作书而天雨粟，鬼夜哭。”（《淮南子》）。天为什么下粟，鬼为什么夜哭呢？因为“造化不能藏其密，故天雨粟；灵怪不能遁其形，故鬼夜哭”（张彦远《历代名画记》），汉字是神灵附体的。“釐尔圭瓒，秬鬯（音 chàng 古代祭祀用的黑黍酒）一卣（音 yǒu 古代一种酒器）告于文人。”（《诗经：大雅：江汉》）汉字与拼音文字不同，拼音文字没有神性，它是通向神性的阶梯、工具。汉字，巨笔如椽，握着笔就是神使。

想起多年前在云南高原上一土著部落，我看过这个部落迎接新火的仪式。每当春天开始的时候，部落全体男性青年都要裸体文身，将生殖器用羽毛、葫芦等什物装饰起来。请出部落的大巫师，像燧人氏那样钻木取火。巫师杀一只大公鸡，看鸡骨卦，然后蹲在地上用两根木棍对着一捧树毛使劲搓，直到火苗蹿出，点燃火把。然后抬着一盆新火焰，念念有词，敲锣打鼓，走遍全村，挨家挨户送火。家家都要出来迎火，取些燃烧的火枝，放到自家的火炉里，新的一年才可以开始。这也是感激生命的仪式，感激天地大德的仪式。这个民族没有文字，他们崇拜的是万物有灵，我们崇拜的是文字。家家户户写春联，与文身、迎接新火是一样的。从钻木取火、文身到文字，崇拜万物有灵，崇拜文字，是文明发展方式的不同。

文字具有神力，列维·施特劳斯在《忧郁的热带》一书里也写过，他曾经在印第安人的营地经历了这样的事情，“南比克拉瓦人没有文字，这是没有必要指出的，但他们还不晓得怎么画东西，只能在葫芦上面点几条虚线或画成锯齿图案。不过，我还是像与卡都卫欧人在一起时做的那样，分给他们纸张和铅笔，起先他们拿着纸笔什么也不做，然后有一天我发现他们都在忙着画平面的波浪形线条。我奇怪他们究竟想做什么，然后我恍然大悟，他们是在写字，或者应该正确地说，他们试图要向我写字时那样应用他们手中的铅笔。这是他们知道的铅笔的唯一途径……酋长是土著里面唯一了解书写目的的人，我问他有关某件事的时候，他不回答，只是在纸上写些波浪形线条，然后拿给我看，好像我可以读懂他的回答似的。他几乎有点相信自己的假装若有其事实是真的，每次他画完一行的时候，便相当紧张地看着那波浪形的线条，好像希望意义会跃出在纸上。他从来不承认自己也看不懂，而我和他之间有个不成文的协议，我得认定他那些无法辨识的字是有意义的，而且要假装着我也看得懂。他把他写的东西拿给我看以后，都会马上加以口头说明，因此看不懂也没关系了。”“他想以此令他的同伴大感惊讶，相信他与白人有某种同盟关系，分享着白人的秘密。”列维·施特劳斯认为，印第安酋长这么做，只是将书写作为一种象征，可以增加酋长的权威和地位。

春节，家里挂个福字，福，佑也。佑，助也。（《说文解字》）贴个福在家里，那就意味着神已经在场，护佑着你了。中国有敬惜字纸的传统，我少年时代用旧报纸练毛笔字，写完的每一张纸外祖母都要帮我收起来，不能乱扔。在外祖母看来，写字，就是请动神灵，是非常神圣的。古人“敬惜字纸”到这种田地，有故事说：“榆王者香字筱兰。青囊济世。贫者施以药，活人无数。创立惜字社。砌造字纸库，收买焚化，灰送长流。一朝四邻失慎。独王宅未遭回禄。后匪过王宅数次，亦无损失。有人告王曰：‘火起之时，见火上有人执旗保护君宅。又匪过时听匪令曰。毋许损害。此乃先生惜字之功。所以神钦人服。’其人欲入惜字社，王许之，并曰：小善报近。大善报远。施不望报。请勿多言。其后王寿九十。子孙俱显。同社之家，皆兴盛焉。”

写春联显出各家各户的文化品位，道行高低，与神灵的远近。闾阎深巷，高门低户，朱门酒肉臭的或破帽遮颜过闹市的，这时候都要暗中比一比，谁与神灵的关系更近，通过文字，这才是真正的较量。与西方的工作、挣钱就是天职、神召不同；在中国，腰缠万贯，并不意味着神灵就喜欢你。春联写得好的，那就是近，写得差的，那就是远。郁郁乎文哉！四诗风雅颂，三光日月星。子曰："不学诗，无以言。"腰缠万贯，但不知诗书，你闷着吧，没说话资格。门上不贴春联，就像家家户户在放鞭炮，独你家不放，那么被鞭炮驱赶的邪气会逃去哪里呢？好自为之。贴春联，说得通俗些，是附庸风雅，说得深刻些，也可以说就是法国历史学家布罗代尔说的，经济力量再强大也无法完全征服、消灭精神生活，文明的最高核准权最终还是在精神层面，不是钱多就尊为大师。"一箪食，一瓢饮，在陋巷，人不堪其忧，回也不改其乐。"为什么不改其乐呢？因为他是精神生活的大师。家家户户的春联都不同，别出心裁。春节期间大街小巷去走，看谁家的春联写得好，是节日的乐趣之一。对联写得好，字又写得好的那家，贴出去的春联到半夜就被人揭走，收藏起来，是常有的事。

最初，桃符是不讲什么平仄的，字就是神灵，字就是招魂。看看泰山那些刻在岩石上的隶书、楷书，写得那么苍劲肃穆。看看颜真卿的字，你就知道什么是神力。泰山，不必解释什么雄伟、威严、崇高、伟大，安稳……刻个律书“泰”字在岩石上，那就是圣山。但后来，意义繁衍得越来越深奥，不敢得罪神灵，成了不敢得罪意义。越不敢得罪意义，意义就越发有限，大家只是拣着那个时代钦定的好话来写。颜真卿的可贴临不得呢，因为里面有许多死字、凶字。形式上也束缚起来，平仄不工，似乎就要得罪雅驯。其实呢，只要是字，那就是生。哪有什么褒贬。凶，恶也，像地穿交陷其中叶。恶，过也。《说文解字》说的是某种状态，孰是孰非，事在人为。为什么诗词越写越死、越僵化，就是被风花雪月、帝王将相那点意思限死了。白话诗的解放，是写什么的大解放。每个时代的什么都有它自己的写法，“天地之大德曰生”。字是生出来的，怎么写也是生出来的，“笔墨当随时代”，是之谓德。

无法兑现金，灵魂今天被理解为子虚乌有。过去的时代，灵魂是有的，一点也不虚无，是直接体现在春联上的，春联，就是诗嘛！这个时代信奉知识就是力量、权力、地位的知识分子越来越多，缺乏的是招魂的文人。五四以来，一直在败坏文人名声，堕落，酸腐，孔乙己，现在好了，文人在这个国家几乎绝迹。春节，越来越没有会写春联的人啦，“多乎哉？不多也！”大家都去买统一制作的对子来帖，家家户户门上，不外乎什么财源通四海、春色满人间、勤劳致富之类。虽然缺乏创意、乏味，但春联还是要贴的。统一出版，统一内容，用先进制版技术印刷，牢不可破的纸，精印烫金，贴一回可用多年，每年抹抹灰就可以了，但还是要抹抹灰，也不敢不抹。

过去我家的春联都是父亲写。我少年时代最喜欢做的事之一，就是春节前跟着父亲贴春联。每到春节前几日，父亲就开始构思，坐在桌子前，拧开水笔帽，已经神游物外。字一个个来了，天神下凡就是这样的。父亲一笔一画，写下的每个字都是神灵到场。撰好后，就裁红纸，搅面糊。父亲写得一手好字，红纸黑字，贴到门柱上，很是灿烂。我们一家很得意，小时候我家住的大院有七八户人家，只我家贴自己撰的春联，其他人家贴居民委员会发的标语。“文革”时期，我父亲为此吃了大亏，被戴上黑秀才、黑笔杆的帽子，还被流放。到 80 年代，白头后的父亲又开始写春联。其一：无限风光有幸湖山做伴大千世界多情云岭为家。横批是“天予之缘”。我父亲是四川人，1949 年大学刚毕业就加入解放军来到云南。去年春节回家，我发现门上的春联是买来贴的。父亲老了，心力不济，不能再费心思了。心里忽然一动，决定把我家写春联这个传统继承下去。我可不敢得罪神明，它就在头上三尺啊。

我写了几条，不讲平仄，心到神知。去年：

此处有鱼
福泽何须门面
春深且看草色

今年云南干旱，立春前后，忽然降雨，喜。新撰一联：

年年有余
紫庐喜雨多葳蕤
芳邻得春送翠微

为画油画的马云撰：

千红万紫
胸有东风春满堂
笔走丹青马如龙

为老友杜宁家撰并书：

陋室藏玉何须宝气珠光
布衣迎春自有慈母孝儿
仁义兴家福

杜宁的妈妈很喜欢，她老人家八宝饭做得好，大年三十，送我一碗，香极。这是我写字以来，得到的最珍贵的润笔。春联撰好，就去买红纸，走遍城里都买不到，悠悠五千年的文明古国，连文具店都寥寥无几了，不仅不卖红纸，就是毛笔也罕见。我是跑到在近郊的乡村土杂店，才发现这古董，赶紧买了一刀。推土机器已经停在村口，赶明年，城中村改造，那就红纸也买不到了。我的手工春联贴到门上，与隔壁周围的比起来，不伦不类，纸很土，字不标准，显得寒酸、生涩，贴一久就褪色开裂。三千年之大势已去，且自得其乐吧。

或许，星星之火，可以燎原。

写于乙丑年雨水

读《中国行日记》有感

1974年4月11日到5月4日，罗兰·巴特作为法国《原样》杂志代表团的成员之一来到中国，访问了三个星期。此行是官方接待，客人自费。法国媒体对此行很期待，以为罗兰·巴特将滔滔不绝，却寡言少语，只写了三本日记。最近这本《中国行日记》出版，三本日记以及索引印成一本。里面大多是些片段、短句、单词、日期、数据，几乎没有细节。“所有这些记录，大概都将证明我在这个国家是失败的（与日本相比），实际上，我找不到任何东西可记，可列举、可划分。”“我完全没有去记全部的对话，因为对话里面没有什么新东西，所期待的答案是必然的。”“没完没了的演出，我既疲倦，又沮丧。”

此行很不好玩，一切都依据政治正确的主题安排好了，设计好的参观路线，公社、工厂、学校……被选中的人们乔装打扮，带领他们前往一个表演出来的中国。“一些少先队员向我们鼓掌，总是这一套！” “乏味的发言，从前／现在对比，统计关键词。”“所有场面都是两部分，第一部分是关键词的提出（介绍情况，‘文化大革命’就是好之类。笔者注），然后举例、叙事、解读；第二部分是来宾提问，“多亏了提问，个人习惯用语出现了些，‘性格’开始显露，但不久，套语立即重新出现。”“幼稚的五一” “一种幼稚的儿童文明，竟表演给有点呆傻的被动的成年人看。”“被儿童化的成年人。”

罗兰·巴特评论道：“这一切，是那样令人厌烦，可是表现的是那样有勇气，又那样的不真实。”“价值的改变：新颖性已不再是一种价值，重复也不再是一种毛病。”“叙事，重复，教诲，解读（Icetio 中世纪的一种经院式教学方法，对一种规范性文本的评述性阅读，可保证理解的准确性）。”

幼稚愚昧、愚蠢荒唐到无法容忍的说教，使罗兰怀疑人们是不是在故意愚弄他。他问道：“这是不是真的天真？”

整个旅行中，罗兰·巴特一直在偏头痛和恶心。他不能确定这是疾病，还是缺乏细节的旅行导致的生理拒绝引起的反应。“对俗套反感的上升。讲话太长，太累了，懒得记录下去。”“没有写作的激情，没有写作的快乐，枯燥、乏味。”“极度疲劳、厌倦、乏味”“累得要死，想睡觉。”

罗兰·巴特困惑的是，这是文化的例外，还是一种另类文化。在罗兰·巴特所知道的那种文化里（包括他通过阅读所知道的中国古典文化），这是一种不可思议的另类。“超正统，超彻底，超教理说教，因此，实际上是先锋派，但不是以我们的词义来理解的先锋派！”这种文化可以在罗兰·巴特自己的观察中看出蛛丝马迹：

“我们问赵向导，‘您读过黑格尔吗？’——没有，如果实践中没有这种需要，就不读。我们阅读与我们实践有关的东西。”（实利主义，一切事情的考量只在“是否有利于”方面权衡，忽视无。“读书无用论”。）

“一艘载有领导人物的船经过，那些政治大人物都坐在船楼里，喝茶，与沿着湖边贪婪地紧随着船和看着船的人群没有任何沟通。”（对权力的崇拜。）

“不幸的人，感觉不到我们已经１０次完整地听过他的话了。或者，这种情况对他来说毫不重要？”（形式主义，走过场。没有灵魂的俗套。）

“在集体舞中，在住户里，无任何民俗痕迹。”（看看今日中国的城市运动，不是还在大规模拆迁着民俗？建筑就是民俗。）

关于此行他总结了几条：俗套、说教性、权力之地。

“中国人是喜欢模仿呢，还是喜欢批判呢？这是不是某些东西的开始呢？”

没错，确实是一种新文化的开始。通常认为，“文革”是对中国传统文化的革命，而忽略了“文革”也在创造它自己的新文化。罗兰·巴特来到中国的时候，他所知道的那种常识意义上的中国文化正在被摧毁，这种文化中“上帝”式的角色孔子正在身败名裂。而更重要的是一种以政治正确衡量一切的新文化也获得了全面的合法性。政治正确全面取代了传统中国“人之初，性本善”正确、“仁义礼智信忠孝”正确、“和而不同”（以阶级斗争取代）仁者人也正确、“温良恭谨让”“文质彬彬”正确（以革命就是暴动取代）、“温故知新”正确（否定中国历史，一张白纸可以画最新最美的图画）、“道法自然”正确（三山五岳开道，我来了）。“止于至善”正确（宁要社会主义的草，不要资本主义的苗）、知白守黑正确（非此即彼、大是大非）、“天行有常，不为尧存，不为桀亡”正确……只要政治正确，人们可以干任何事。从国家主席到普通平民，从父母老师到朋友爱人，从真善美到假丑恶的通常标准都可以在“政治正确”的名义下被颠覆、践踏。罗兰·巴特也许不知道，如果他这本日记出自一位同时期的中国人之手，比如那位向他们汇报批林批孔运动成果的教师之手，那么他很可能就完蛋了。

“文革”摧毁传统中国的文化，它创造了一种新文化，至今仍影响着中国生活。

38 年过去了，罗兰·巴特经历过的这种文化逐渐式微，但是并没有得到彻底清算，而在某些方面，已经根深蒂固，继续毒害着中国生活。已经成为阻碍当代中国文化发展的保守势力。

举个小例子，今日中国许多会议给人的感受，难道不依然是罗兰·巴特曾经体会过的那种：“对俗套反感的上升。讲话太长，太累了，懒得记录下去。”

面子还是耳朵?

去看赖声川的话剧《宝岛一村》首演，很好的话剧，话很好，演员很棒，剧本也不错。话剧靠的不是动作、表情，就是话。但剧场的音响极差，为了强调人物出生地，演员南腔北调，基本上听不清。这是巨资修建的地表性建筑，本不是演戏的剧场，是会堂。这几年建造了许多大建筑，投资最给力，盖得最好、最认真的是会堂，远远超过医院、学校、菜市场……可见对开会的重视。巨大的圆柱，巨大的门，巨大的会议厅可纳千人。高大、气派、贵重、庄严、肃穆，在夜晚则阴森凛然。得开着车去，步行很难到达这种地方。缺陷也很致命，音响的水平也就是开会的水平，有人认真听过吗？我以为这个地方既然豪华如此，音响也必是一流。开会，一年也就几天，如此庞然大物，很难养着，出下策，庄严伟大的场所，出租给不开会者搞别的活动。赖剧租用这个会堂，也是无奈，盖了那么多会议室，却忽略了话剧院、歌剧院、音乐厅。所以，看话剧去大会堂，音响很次，且，那场所是听报告的地方，演员在遥远的台上，就像些小木偶，白白浪费表情。

又比如那些鬼城，徒有宽近百米的康庄大道，人却无法在其中过日子，甚至过马路。

建筑物里面做什么不重要，重要的是这个庞然大物的象征性存在。哪怕它一天也不开会、不能过日子，这叫作面子。面子来自古代社会的图腾崇拜，人们害怕某些无法控制的力量，因此通过语言、艺术、建筑物将那些不可控制的力量象征性地转移到人身上，令在世的生命获得某种形而上的庇护。面子也是一种资本，象征性资本。中国是世界上最重视面子的地方，在历史上，人们的面子来自文化，文质彬彬，然后君子，文化水平的高低就是社会地位。宰相大臣同时也是大诗人、大文豪的很多。在现代社会，面子来自知识，知识就是力量，文凭就是社会地位。“文革”时代，面子为政治面貌取代，政治立场意味着权力，文化和知识斯文扫地。最近以来，面子又被物质拥有量的多寡取代，货币拥有量越多越有面子、越有权力。一个严重的趋势是，人们重视面子，甚于重视身体、生命，许多事情越来越只为了象征性资本的积累，而不顾生命在其中的感受了，压抑着生命、戕害着生命也在所不惜。

段子：单位距家仅百米之遥，但要买一辆车子开着去上班，这样人家才不敢小看。

段子：家居毒霾深重之都，天天骂，但绝不卖掉那价值连城的套间，在小地方可买半城，空气清新，花飞蝶舞。

死要面子活受罪。这句中国话在中国历史上恐怕从来没有今天这样打击面大。以前揶揄某人，现在可以揶揄一座城市。那些被喋喋不休诅咒着的地方，哪一处又不是变本加厉的灯红酒绿着？这是一种地方性知识。

今日许多与生命无关，或令生命压抑的、狼狈的，根究起来，其实是文化问题。与此同其他民族热衷于人向何处去的文化不同，中国文化说到底，是关于人在此世界中如何“活泼泼”（王阳明语）地生活的文化。中国文化信任人、信任世界、信任大地，叫作世俗也可以。“文革”对中国文化进行了摧毁性的戕害，江青们的新文化其实也是舶来的文化。这种文化的特征是，只讲观念、教条，不顾身体、生命。它是反生活的，与生活为敌的文化。将人的具体存在变成非此即彼的观念立场，不再是有血有肉的具体的父亲、母亲、老人、妇女、儿童……他是一个 80 岁的爷爷，但他观念反动，语言反动，就可以置他于死地。她是母亲，但她观念反动，就可以告密而不顾血缘。即便立场正确，也无法生活，因为生活是历史的、经验的、身体的，人们无法抛弃这些而生活，因为生活世界相对于某些观念，天然就是反动的。“文革”新文化不是关于如何生活的文化，是关于如何斗争以获取权力的功利主义的文化。其根源也可以追溯到 20 世纪初流行的“生活在别处”和故乡批判。“文革”也是对生活世界同质化的革命，以一种观念同质所有的思想、观念。

中国世界已改变良多，尤其在市场领域，计划经济时代同质化的贫乏生存方式已经被生活抛弃。但是在文化上，我以为“文革”新文化依然在影响着人们的思维方式。同质化正日益成为中国世界的常识。中国的教育的某些趋势可以说就是一种同质化的，取消独立思考、个性和创造力的教育。 同质化被赋予了“更美好的未来”这个愿景，骨子里依然是根据观念而不是人的存在方式的丰富性、多样性、经验来丰富生活世界，而是试图将错综复杂的生活世界标准化、消灭历史、消灭细节、一刀切。也许某种观念，如果以因地制宜、随物赋形的方式去实践是有益生命的，但同质化却令它成为生命的敌人。没有“文革”通过暴力完成的精神世界的同质化，最近二十年的城市同质化不可能如此便当。如果当代文化对“文革”新文化不进行根本的反思，那么同质化依然会更冠冕堂皇地继续，因为与“文革”相比，新的口号更富有人情味了。

以某种建筑物象征某一文明的成功、发达，自古皆然，以后还会继续。但是人类曾经有过的那种象征，至今依然不朽者，乃是由于它们曾经令生命获得生活的智慧、力量和活力，而不是生活的贫乏、愚昧、硬化、厌倦，甚至恐惧。

如果这是话剧院，听得清话是起码的，一切象征都要从这里开始。设计师们要想到的首先是耳朵，而不是老远可以瞟见的大理石圆柱——这面子无论如何象征着洪钟般的巨响，耳朵也是聋的。

在苦难中微笑

——《国家记忆》阅读札记

美国国家档案馆里面有一批照片，自 1946 年拍下、洗印完毕后就再没有人动过。照片大部分是当时美国军队中的摄影兵拍摄的，大约两万三千张，拍的是二次世界大战期间中印战场的实况。战争被摄影兵客观、冷静，甚至有点机械地拍下来，就像拍摄一场特殊的劳动，而战争只不过是一个生产车间。这些照片仅仅被视为资料，完工后就归档封存，并没有像摄影家们的作品那样到处展览。近六十年过去了，这批照片由于它的资料性而被遗忘。如果不是这个世界上还有几个人在挂着它们，那么可以断定，它们绝不会有重见天日的机会。其实这几个人并不知道这些照片的存在，他们只是对中国抗战时代的历史无法释怀。“历史就是父亲，今天就是儿子。”（章东磐）这个时代莺歌燕舞、好大喜功、灯红酒绿、纸醉金迷，谁还挂着那些血雨腥风的场面呢？这个时代患着历史的白痴症，它假装那些伟大的父亲、智慧的父亲、苦难的父亲或者黑暗的父亲、魔鬼的父亲们从未存在过，仿佛这是一个外星人的时代。但这几个历史的孝子，“不愿做奴隶的人们”的后裔，不屈不挠，一定要打破砂锅问到底，要为那些父亲还原真相，尊严或耻辱，光明或黑暗，伟大或卑劣，于是他们必然找到这批照片，这些照片在等着他们。

山东汉子章东磐组织了一个小组，远涉大洋，在美国国家档案馆有关中印战场的两万三千张照片中刨出500张，编辑了一本书，叫作《国家记忆》。是的，这绝不是几个人的记忆，而是一个国家的记忆，国家应当挂着这些照片。记住历史，尤其是记住抗战这样的历史，使子子孙孙永不遗忘，这是国家民族之事。既为国家记忆，我以为这个行动也是国家行动，这种行动似乎意味着历史意识、国家胸襟以及资金什么的。而事实上这只是几个民间人士自筹资金、耗时两年做出来的一本书。没有什么国家背景，章东磐小组像业余的考古工作队一样，出土了一批抗战照片，为的是国家记忆。抗战历史，真是天大的事，干这几个私人什么事呢？章东磐先生既非历史学家，也非国家档案馆支薪人员。而事实恰恰是，没有这个章东磐小组，这批照片依然会束之高阁。今天在中国民间其实有着许多这样的章东磐小组，他们干着国家之事，却是个人在行动。正像历史不是抽象的，它总是由时间中的无数细节和血肉所组成，国家记忆，其记忆者也是有血有肉的个人。

从出土的两万幅照片里，挑出 500 张来呈现一段历史，尤其是抗战这样的历史，有点勉为其难。胡适之先生说，历史是任人打扮的小姑娘。他的意思或许是，如何选择历史细节在于历史学家的立场。历史总是被天使化或者妖魔化，同样的历史，你可以装聋作哑，任它尘封，也可以从批判的立场去选择，从赞美的立场去选择，比如五四以来中国知识分子对中国历史的否定性解释。抗战历史，过去的历史记忆总是抹杀一大批在场者，彰显另一批在场者，同样的浴血奋战，同样的功勋，却被狭隘的意识形态遮蔽。简单的道理，在面对民族的敌人的时候，还有什么意识形态呢？抗日，那就是人们必须顺天承命的唯一意识形态。如果在 1937 年以前，中国各种政治力量都无法超越狭隘的利益，那么日本人的侵略则启示了超越性时刻的到来，民族存亡的时刻，团结抵抗，这是中国唯一的主义、唯一的意识形态。遗憾的是，当战争烟消云散，这种伟大的超越也随之被遗忘了。章东磐小组的历史眼光非同凡响，他们继承的是那段历史的超越性，他们的记忆乃是胸怀广阔的记忆。法国历史学家布罗代尔在讨论历史的时候认为，历史有长时段、中时段和短时段，短时段是当下的事件、新闻，中时段是时代，而长时段可以说是永恒。长时段植根于民族文化的血液中，它往往为时代和事件所遮蔽。当人们置身历史中，事件总是甚嚣尘上，时代貌似强大且将万岁，而永恒者的彰显则姗姗来迟，它总是在一切时间的后面。唯其胸怀广阔，不畏浮云遮望眼，其记忆才可以抵达不朽。

对于抗战历史，人们通常的进入角度是受难。尸体啦、暴行啦、轰炸啦……而在《国家记忆》中，我惊讶地发现人们在苦难中微笑。受难似乎无影无踪，并非苦难不存在，而是还有比苦难更重要的东西，那就是当人们被抛入苦难的时候对待苦难的态度。愁容满面是一种态度，笑容是一种态度。在《国家记忆》一书中，微笑弥漫着许多画面。那是什么年代？轰炸机像雨季的乌云一样不散，炮火硝烟，餐桌旁边随时有人死去。但人们在微笑。

封面是一位暗含笑容的士兵，他刚刚笑过或者就要微笑。严峻的战争，怎么可以笑呢，我以为大约只是强调一下战士在面对死亡时的乐观主义精神。我试图把这本书中“面带微笑”的图片找出来，结果我发现我错了，我应当把没有笑容的图片找出来，因为它们太少。我不得不说，微笑，是《国家记忆》的普遍表情。编者在136页忍不住用了“面带微笑”一词。第6页，全体在笑。第17页，18个孩子在笑着。第15页，全体在笑。137页，全体在笑。245页有27个人，看得清表情的有15个，其中8个人在微笑着。324页，全体在笑。330页，7个人一齐笑。338页，5个人在笑。339页继续笑。343页，10位女士在笑。396页，笑得非常灿烂。397页，笑得满幅都是牙齿。就是在叫作“冒着敌人的炮火前进”一章，笑容也频频皆是（参看448页至455页。）579页，一位伤兵在微笑。似乎人们在嘲笑那位没有笑容的战争魔鬼，一种微笑的反讽？

在329页，一位中国空军士兵正微笑着给自己的情人写信，旁边就挂着那位美女的照片。就置身现场来说，战争也是短时段和中时段的。但是在别的时代，我们看不到这样的照片。或者说，历史没有这样的心情。例如在斯大林时代或者奥斯威辛。这场战争固然残酷，但它并不毁灭爱情，爱情在炮火中蓬勃生长，生命的激情、生活的希望前所未有地被激发起来，人们比平时更意识到生活的意义。历史的长时段正是在此暗藏着它的真实面目，无论如何，人们只是为了爱、为了生活，别无其他。无论现实多么严峻，这种存在感或者说那个永恒世界方向并没有丧失，因此他们在受难时微笑。而在某些时代中，历史的长时段一片黑暗，时代的世界方向像它本身一样，只有当下，没有永恒，人们平安无事，但心灰意冷。资本社会依靠伟哥似的娱乐节目催发的爆笑其实暗示的恰恰是永恒的缺席和生活价值的虚无感。在精神受难，人们普遍死心、灰心的时代里，也许并没有战争，只有压制生命的平庸和目光短浅的现实主义，发自内心的微笑反而难觅踪影。战争解放了生命，战争释放了激情，战争与革命不同，革命是意识形态的暴力，而战争是人道主义的觉醒，当日寇的飞机俯冲向中国大地的时候，人们内心的生命意识空前美丽地被激发起来，那是肉体受难的时刻，也是心灵自由的时刻。

我相信这些照片上的笑容是真的，当然某几幅也有摆拍的痕迹，请被摄者做某个动作、微笑一下。但那笑容并非强作欢颜，而是暂时收敛，笑一个。

这些照片大部分是摄影兵拍下的，很多照片来自

“中缅印战区美军通信兵第 164 照相连”。可以肯定，拍“面带微笑”的照片并非他们的任务。人们在战争中微笑，也许不符合读者对战争场景的观念和想象，不符合读者从历史教科书中得到的那些概念。作为客观事实，摄影兵无法不把这一“面带微笑的抵抗”记录下来。摄影用图像记录世界，将世界资料化、对象化，人们今天理解的摄影已经庸俗地艺术化了，照相机不过是个为小资文化产业提供的高利润产品。摄影的本来面目被遮蔽了。摄影的初衷毫无美感可言，摄影也不是宣传工具，摄影其实是一个生产制作的过程，光学作用和化学反应的过程，我的意思是它是一个物理过程，其行为与一台切削生铁的机床无异。虽然摄影发明一百多年以来，人们一直试图将它变成一个藏在镜头后面的巫师。但是，世界的真相不是被灵感化、美学化地理解出来的，也许恰恰是在麻木不仁地机械地记录中，世界的真相才被不带偏见地呈现。摄影兵制度化地履行了摄影的基本功能，还原这摄影的本来面目，他们不是摄影家，照相机只是他们的步枪。摄影兵在记录抗战历史的时候，并没有刻意选择微笑。我注意到本书中也有卡帕的几张照片，摄影家卡帕的照片无疑有着人道主义的立场，他总是选择那些英勇悲壮的瞬间。但摄影兵不同，他们不是摄影家，他们只是在执行将军们要求记录这场战争的命令。他们不需要人道主义或者爱国主义、民族解放战争之类的政治正确。人们在射击、人们在堆砌战壕、人们在包扎伤口、将军视察防线……人们这样，人们那样，在1946年的某天，咔嚓！他们的照片只是资料，不会出现在《时代周刊》或《生活杂志》的头版头条。

战争当然是悲壮的、残酷的、惨烈的、苦难的，但是人们对待这苦难的心态并不苦难，苦难是外部的，人们的压力来自战争，而不是内心，那是历史的苦难，而不是心灵的苦难。这是一个时代的表情，在苦难中微笑。战争是被迫的，战争是个人意志无法选择的历史运动，生活环境被战争限制，但心灵是自由的，反抗是自觉自愿的。心灵没有被限制，苦难限制的只是生活方式。人们没有被强迫，心灵的抵抗不是苦难，而是喜悦，这种抵抗没有丝毫的压抑，是自觉自愿、心甘情愿，是心灵之自由所致。与奥斯威辛的苦难不同，那里不仅行动失去了自由，内心也失去了自由，哀莫大于心死，所以在那里，人们连强作欢颜也做不出来。可以下令奥斯维辛微笑，但无法命令那笑容不僵硬。只有当心灵是自由的、快乐的、喜悦的，人们才会在苦难的历史中微笑。他们以微笑对待苦难，因此更为积极、更为热烈，他们在炮火下面写情书！

一幅照片就是一个时间的遗址，历史照片固然反映人们在历史中曾经做过什么，也自然地反映出那个时代人们的心境。我发现，小资式的艺术照片可以追求世界的美、意义，反而心灵阙如。其实心境，是照片最难于掩饰的，因为它从不听命于表面。越是不刻意捕捉心境，心境越是坦露无遗。这种例子在罗兰·巴特的《明室》一书中有很多。罗兰·巴特在书中列举的那些照片，正与《国家意志》一书中陈列的照片相仿。照片“可以在事情的意义上说谎，却永远不会在事情的存在上说谎。对一般观念（文化意义），摄影无能为力，然而，在使我们确信真实性这一点上，摄影的力量却高于人类思想所能构想，并且已经构想出来的一切”（《明室》）。这就是《国家记忆》令我惊讶的原因，它远远超出了我对历史的想象和观念。

还原历史记忆的过程也像历史的细节一样生动，不是抽象的国家，而是具体的有血有肉的个人。遗憾的是此书没有留下一幅章东磐小组的集体合影，我相信那是一群微笑的人。

2010年11月24日星期三在昆明

持久的象征

——《今天》海外出刊一百期有感

《今天》，最初我是在昆明一个地下文学聚会上看到的。这是我第一次读到同时代人以刊物形式发表的作品。之前，我已经独自写作多年，我不知道其他人在写什么。偶尔会读到一些零星手稿。1975 年某日，有人在我工作的车间里偷偷摸摸给我看一首抄在信笺上的诗，后来我知道这是北京诗人食指的《相信未来》。我青年时代读到的大部分是死者的作品。油印的《今天》令我震撼，我还记得多年前阅读它时像捧着燃烧的泥炭的那种灼热感。我知道我终于看见了那种可以与我此前读过的那些死者的作品相提并论的东西了，而这些作者活着。过去时光中的地下阅读，我从来没有读过文学史或者文学概论，地下读物没有这种书。我自己为自己建立了一个文学的评价标准和私人的文学史。那个时代文学只是死魂灵，它只以鬼魂的形式与我秘密相伴。我总是心怀鬼胎，死者的文学深刻影响着我对人生和世界的认识，而这种认识就像一场慢性自杀。那时候我工作的车间里在集体学习老三篇，而我居然私下向往着左拉们的梅塘之夜。《今天》令我激动的是，它上面的作品与我的私人文学史的评价标准是符合的。也可以说这是一种世界文学常识意义上的作品，我知道的所谓文学就是这种东西。《今天》就是梅塘之夜，《今天》给我某种“复活”“时间开始了”的印象，给我巨大的鼓励和信心，写作并不孤独。

时过境迁，此时代的读者难以体会《今天》出现对我这一代作者的震撼。文学不仅是语言的智慧，也是面对现实的勇气，一种英雄主义，文学是必须以身家性命抵押在现场的。阅读《今天》是危险的，我还记得给我看它的朋友那种地下党般的谨慎和疑虑。这危险的印刷品只是刊登着些诗歌、小说，其风格与内容不过是世界文学的冗长延续。那时候在遥远的外省，想象《今天》的作者，那就是在想象一群梁山好汉。1986 年冬天的一个夜晚，我第一次与《今天》的主编北岛见面，当时我们在看一部内部电影，他坐在我后面，电影散场时他在后面拍一下我说：你是不是于坚，我是北岛。这是一股电流，他是北岛，他就是那个黑暗深处的主编，北岛像我在30年代的旧照片里见过的那些主编一样，戴着眼镜，斯文之辈，脸色苍白。或许是错觉，我一直把他想象成挂在黑暗中的肖像。《今天》对于我的另一个意义是，在文学上我从来没有长者，在我青年时代，长者忌讳文学，文学是一个可怕的秘密，甚至告密对象，现在，长者们出现了，我可以通过他们信任我自己时代的文学。

历史上的每一次文学事件无不是为了向它的时代再次重申“何谓文学”。文学的合法性数千年来一直争论不休，抹杀者或苛求文学的道德力量，或苛求它对经典的师承，它在形式共享上的广度。而在我看来，各个时代文学对文学合法性的一再重申，正是一种持久的专业精神。有位读者曾在我的微博上留言说：“《诗经》与‘新诗’在时间上隔着几千年，一前一后，遥相呼应，很难说什么文字更好，但是文字可变，文字后面的意图几千年不变，这就是执着。”杜甫说：“再使风俗淳。”自从文字出现后，文学已经成为文明的普遍风俗，但每一代作者都在担忧文学的合法性。过往时代文学的境遇不容乐观，统治者对自己时代的文学总是心存疑虑，就是唐朝那样文学活动最光明磊落的伟大时期，一流诗人依然会感叹“名岂文章著”，感叹“千秋万岁名，寂寞身后事”。但无论如何，“英雄割据虽已矣，文采风流今尚存”。过去时代的文化从未经历过“文革”这样的浩劫，《今天》在 1979 年的出现以及持续，恰恰也基于一种伟大的文学传统，即使像“文革”这样深刻激烈前无古人的“文化革命”，也不能摧毁这个传统。尔朝身与名俱裂，不废江河万古流，《今天》杂志甫一出刊，中国当代文学的合法性即刻毋庸置疑。我最近重新翻阅早期的《今天》，令我惊讶的是，在“文革”这种大断裂之后，《今天》发表的作品就像啥也没有发生，除了情绪的激越，抒情的范围从个性化的小资产阶级私人花瓶向个性化的大众广场转移——恐怕也可以看作是 40 年代新诗的延续和丰富。就中国现代文学的历程而言，《今天》没有重新开始，而是继续，社会时代的巨大动荡似乎只是刺激了文学返魅的深度和广度，这一点意味深长。

虽然诺贝尔文学奖一再颁给那些中国传奇，但中国当代文学的合法性无疑是从《今天》诗歌开始的。文学的合法性就是母语的合法性。抹杀者喜欢强调《今天》诗歌对国家意识形态的反抗，确实，《今天》诗歌表达了对自己时代的愤怒和抗议，但这在美学上并不可耻，这些诗歌深刻地影响着当代文明。《今天》诗歌最重要的是，它是一种母语的重返，它对主流意识形态的抗议下面暗藏着母语的洪流，这一点往往被论者忽略，当时的指责者批判《今天》“朦胧”，这恰恰正是《今天》重现的母语气质。在 1979 年，国家话语对母语的扫荡已经令汉语无比荒芜，第一次阅读《今天》，令我震撼的正是它的语言。祖国诗人回来了，带着母语的黄金！

我曾经说，古典文学是赞美，现代文学是批判。“诗言志”乃是中国文学合法性的基石。志在兴、观、群，或志在怨刺有一种本末关系，古典时代，怨是兴观群这个大一统之下的个人情绪，因为天地有大美、道法自然。而在今天，我以为怨已经成为文学的基本立场。批判并非文明的权宜之计，而是我们被抛入其中的文化命运。这是另一个世界，旧世界已经被彼岸化了，道可道，非常道，非往道，过往的历史就像传说中的黄金时代一样令我们成为一种批判性动物。世界已经不是一，也不是二，而是三，文明当然要调整它与世界的关系。我不知道《今天》的作者在多大程度上意识到此，也许他们只是一种朴素的、基于个人命运的批判，但《今天》的批判显然来自中国新文化运动的传统，这个传统或许还意识不到文明已经进入到批判之存在性敞开的时代。但在1979年，《今天》再次令批判合法化了，不要忘记，那是一个多么腐朽没落的颂歌时代。

后来，《今天》在海外继续出版，我一直是它的作者之一。我一直都信任这本刊物，因为它一直都坚持着创刊时代的初衷——某种自命不凡的、重建经典、尺度、合法性的野心。在四十多年的持续中，这种品质已经成为一种专业精神。1979年以降，有着《今天》这种野心的同仁刊物可谓汗牛充栋，大多数才情横溢的作者和民刊消失了，《今天》可谓绝无仅有。仅仅指出《今天》的持久是因为它转移海外并不能说明《今天》何以能够持久。因为在同样的环境下，许多刊物也消失了。而至少在最近二十年，民刊在国内的生存环境也有很大改善。应当注意到，自《新青年》以来，许多名噪一时的新文学刊物都消失了，我指的是那些普遍性的正常刊物（比如同仁刊物），而不是国家行政的工具性刊物。《今天》已经持续了四十多年，这在中国现代文学史上并不多见。并且，许多《今天》作者的写作工龄也与这本刊物一道持续，这是意味深长的。我以为，就中国文化来说，现代性也意味着专业精神的出现。在这种见利忘义被视为谋生之必须的社会中，专业精神更接近宗教精神。现代性不仅仅是一堆概念、主义 、文本的引进，或者现代主义旗号下的种种作品，也是一本刊物的持续，这种持续的深意也在于，老作者们都不写了，现代派也烟消云散了，朦胧诗成为文学史，但那本刊物继续，如果要说什么批判传统，我以为这才是更深刻、有效的批判。

就像《今天》在1979年是一种象征那样，在2013年，《今天》依然是一种象征。我们终于有时间和事业来实现一个持久的象征，扩展它的深度和广度了吗？我可以将《今天》视为现代性在中国水落石出的一种象征吗？

我期待着下一期的《今天》。

2013年3月9日星期六在昆明

苹　果

苹果原产于中亚、西亚和土耳其一带，据说是19世纪传入中国。也说古时就有。但渐渐成为中国的主要水果，大概是基督教文化进来以后。

《旧约》里面经常提到苹果。“我的良人在男子中，如同苹果树在树林中，我欢欢喜喜坐在他的荫下，尝他果子的滋味，觉得甘甜。”（雅歌2：3）

“那靠着良人从旷野上来的是谁呢？我在苹果树下叫醒你，你母亲在那里为你劬劳，生养你的在那里为你劬劳。”（雅歌8：5）

“葡萄树枯干，无花果树衰残，石榴树、棕树、苹果树，连田野一切的树木也都枯干；众人的喜乐尽都消灭。”（约珥书1：12）

人们甚至认为亚当在伊甸园里“知善恶树”上偷吃的禁果就是苹果。

在圣经里面，苹果不仅仅是食物，它显然也是某种象征。

今日在中国，苹果已经成为主要水果。苹果在中国大批量生产的路径，不仅是圣经上的根据，食用苹果对身体有好处的科学理论，比吃了之后就能知善恶的象征更令人迷信。苹果好，源自圣经，又经由科学的不断阐释，成了天经地义。

但苹果确实起源于禁果的传说或者误解，先是禁果的传说，然后才是富含维生素的传说。在中国，大约不会有多少人因为苹果是一种宗教象征而食用它。苹果得了科学之树的支持，在中国如火如荼，被吃得个热火朝天，在西安郊区，我曾经见过驱车几十公里都没有尽头的苹果园，恐怕是世界上最大的苹果园了，读圣经的人可没有吃苹果的人那么多。

我小时候，苹果不是主要水果，大家不怎么吃它。云南高原土生土长的水果很多，天赐的花果山，我们吃梨子、石榴、桃子、李子、杏子、橘子……这也是古代中国经常提到的果子，“后皇嘉树　橘徕服兮”“桃李不言，下自成蹊”。古代中国诗歌从来没有提到过苹果。

会议、宴会、五星级宾馆的早餐……这些场合已经离不开苹果。独尊苹果，罢黜花果山。花果山已经上不得台面。

这也是文明的一种道路。从圣经始，终于“民以食为天”。

只是这个天越来越小了。

树叶泡过的水

茶很慢。更讲究的还要选水，并非什么水都喝得茶的，古代为了喝茶远足去找水的不是没有。水沸，泡茶，茶叶慢慢地散，叶瓣一片片张开，像向下开放的树。要等到茶色出来，水稍凉。品一口，而不是一口喝光。品有三个口。更慢的是，一杯、两杯茶喝下去，身体没什么反应，舌尖上有点味道而已。什么道，非常道，说不出来，品吧。茶喝上１０年，天天喝茶的结果是看不见的，也许你面色看上去很滋润，那也说不上与喝茶有关，大多数天天喝茶的人，脸色看上去也只是正常，天天喝水也是这个样子。但有一点，喝茶需要工夫、时间、经验，不是说喝就像喝可口可乐那样扭开盖子立马可得的，要有个过程，要等一等。喝茶的过程就像一个仪式，必须慢下来，心急喝不得热茶。有事情去找人，飞身赶到，人家说坐下来喝杯茶再说，那个意思是让你安了心，才好说事。喝茶要有个歇出，家里、阳台上、老树下、花园里……在路上奔波着的人是不喝茶的。以前人力车夫喝的大碗茶，那是解渴，用的都是草药什么的，薄荷般清凉。为什么说茶是文化，不说喝水是文化？茶不是用来解渴，而是清心的。清心是很玄妙的事，无法衡量，你觉得清就是清，别人觉得你没清，你也说不清，清心是说不清楚的事。茶很具体，叶子、水、火、茶杯、舌头……心很玄乎，羚羊挂角，无迹可求。茶叶、水是形而下，大地、自然、原始。茶是形而上，道法自然，天人合一，清心寡欲（寡做动词用）。喝水只有天，直接作用于身体，不养心。茶水也是水，树叶泡过的水而已，但此水不是彼水，可以清心了。茶不是物，也不是心，它是天人合一的茶。茶这个字，只有中国有，它的意思绝不是英国人喝的红茶，也不是日本人的茶道，前者是唯物主义，后者是观念。

清心之人，必是在家之人，心安之人。心安才可以清。没有家，就没有安身立命之所，心不安，就谈不上清了。曾经看过一部阿富汗电影，有个镜头印象深刻，白发老者背井离乡到处奔波，因为喝不到水，路上肾结石发作，小便出不来，痛得死去活来。这部电影里面没有茶。有家才有茶，茶是“人闲桂花落”之类的东西。日本人悟出茶与道相关，茶里面有道。道是要靠心去体悟的，茶将道物化，你可以通过体验、经验去悟道。养心才可以悟道。喝茶是通向道的一条小路。道与真理不同，真理要追求、分析、学习，不喝茶也可以获得。道不行，需要体悟，道总是在当下，在世界人生的现场。中国文化讲究的是入世，“生，好物也；死，恶物也。好物，乐也；恶物，哀也。”（《左传·昭公二十五年》）茶则是对这种世界观的一种当下反拨、瞬间的疏远、叛离。树叶和水泡出来的诗意，一杯下去，超然物外，淡泊忘机。真理可以总结出来，脱离具体人生，广为传布，放之四海而皆准？道不可说，无法学习，只可体悟。喝茶不是学习，是生活、把玩，而道在其中。悟道的说不出来，只是品茶，再品茶。最好的茶泡出来没有多少颜色，看着是清水，喝起来有味道，这是茶的最高境界。日本人对茶诚惶诚恐，但升华为茶道，喝茶就成了对真理的追求，所以日本的茶道看上去，总是嫌做作。喝茶讲的是人皆可以清心，人皆可为圣人嘛。每个人都可以泡，修敬无阶。茶道却将喝茶变成茶道大师的独家专利，学习什么茶道，像信教一样，还怎么喝？

咖啡是快的东西。希腊语中“Kaweh”的意思是“力量与热情”。咖啡激发的是入世的活力，一杯喝下去，马上精力回来，不再瞌睡。我在欧洲，因为时差关系，白天要不瞌睡，就得一杯一杯地喝咖啡。咖啡是立竿见影，喝下去身体立刻有反应。所以咖啡最适合于带在路上用。另一部电影，里面有个镜头，一个昏昏欲睡的士兵在战壕里面泡杯咖啡仰头灌进喉咙，立即开枪。在战壕里茶是不可想象的。那位马拉松运动员跑得大汗淋淋，递给他一杯热气腾腾盛在青花瓷茶杯里的龙井？恐怕不行。

至于巴黎人将咖啡喝得像茶一样，小口小口地啜，一杯要啜一下午，咖啡因的刺激性被时间结构了，只剩下品味。也是道。

2014 年 4 月 15 日星期二

昙　花

我在夏天的一个晚上去马云家，取和成从昭通带来的火腿。下楼的时候，马云说，昙花开了。就看见他家楼下的小花园里，有一丛光。那花园并没有电灯，是昙花之光，它把整个小花园都照亮了。盛开的昙花很大，花瓣是长的，看起来像一群皎洁的鹤站在那里，或者月光聚拢来成为羽毛。有些悲伤，美好的事物都是悲伤的，因为暗含着转瞬即逝，令人心里感动。昙花开放的时间相当短，一般也就三四个小时。如果不提醒，很快就消失了。要等一年它才会再开。马云说，这种花真是太伟大了，一年就开这么一下。

这是我一生中第一次看到昙花。我从来没有想到能看到昙花，我以为它是看不到的。神话、诗歌、形容词、神秘主义、浪漫主义等等簇拥着它，瞧瞧这些名称：琼花、月下美人、昙华、月来美人、夜会草、鬼仔花、韦陀花……我以为它只是一种说法，没有真身。也许以前我也见到过，但没有见过它的人提醒，我也不认识。马云像个使者一样，说了一声“昙花开了”。我才看见。提醒，不只是寺院的责任、教堂的责任，世界人生，大家都在彼此提醒，没有人提醒你，你就永远睡着。有一天在街上看见一个算命的，头发乱蓬蓬的，看不出丝毫仙风道骨，他面前放着一张纸，上面仅飞着一行字：提醒久困英雄。我眼前一亮。他是否真的能够提醒某位英雄“是时候了”，就像刘备提醒诸葛亮，这不重要，重要的是“提醒”这两个字被他从茫茫辞海里面拎了出来，提醒了我。以前也知道提醒这个词，也在许多琐事上用过“提醒”。直到这个“提醒”出来，我才觉悟到提醒一词的真正重量。

“时间到就提醒我”，这个时间可以是熬一罐药的时间、上一堂课的时间、坐在某处等着某事的时间，也可以是昙花一现之际的时间、耶稣复活的时间……都是提醒，但要有“提醒”。生命总是在剥洋葱般的懵懂之中，这一层醒了，那一层还睡着。这一瓣亮了，那一瓣还在黑暗里。世界这个洋葱是不会自动提醒你的，它开了许多书店、图书馆，记录下无数知识、经验，但它决不会在某章某节自动为你勾出红线，提醒你。书本上的警句你永远不以为然，太抽象了。但提醒不是，它来自生命的在场。迷途之际，有人提醒你，不能朝那边走！塌方了。他先来过。提醒往往来自具有教堂那种经验、威权的方面，提醒得借助他人的先觉。先知也就是那些知道“时间到了”“某事要发生了”的那些人。先知一般指的是神明。复活是哪一天，这只有上帝知道。昙花开了，马云先知，又告诉我，这是提醒。对于人生，马云们的提醒更重要，这种提醒很日常，近在身边。他此前也提醒过我多次，昭通的梨花开了嘎！卖打口带的老刘店搬到白云巷了嘎！走慢点儿，下雨，路滑呢！虽然琐屑，但有一种贴近人生的神性。他提醒了我，日常生活中微不足道的神旨。有一次在翠湖公园门口，遇见我的年轻朋友杨，半年多没见他，一看见他就惨叫一声，你的脸色太可怕了，赶紧去医院看看！杨震慑于我的提醒，立即去了医院，他已是晚期血癌，后来过世了。如果大家彼此都不提醒，世界就失去了神性。饭后你嘴角沾了一颗饭粒，一桌的人看着难受，都不提醒，那你就倒霉了。提醒总是在东窗事发之前。如果没有任何人敢提醒你，或者大家都懒得提醒你，你这个人基本上也就完蛋了。马云的昙花提醒是多年前的事，后来我再没见过昙花开放。要故意提醒昙花开放是不可能的，它不开，怎么提醒。如果马云知道我不喜欢花，他也不会提醒。提醒乃神圣之事，提醒者都是郑重的。提醒的也许不是好事，令人不快，但是提醒乃神意的日常性出没，因为这种提醒不像教堂、寺庙的警示那样有偶像庇护着合法性，那样大张旗鼓，只是在日常生活的泥沼中小声地此出彼伏，它可以是善意的，也可以是恶意的，都很轻微，有意无意、善意恶意都来自神的指使。魔鬼从不提醒人们，它幸灾乐祸，喜欢搞突然袭击。

马云何时知道了兰花，谁提醒的，已经无处根究了，总之，无数时间中，无数的人都提醒过，昙花因此得以在我们中间一直开着。经马云提醒，我也看见了昙花。我看了一阵就走了，也不能因为看见它不容易，就傻看下去。昙花一现，我看的时间它也是昙花一现。马云说，到明天它肯定谢了，我不相信，花开得那么灿烂，那么积极，那么投入，那么无畏，那么美好，那么圆满，地久天长的圆满。我不相信它只是那么一现，明天我再来看。

明天，昙花已经完全枯萎。白色的花瓣如液体垂下，悲惨地挂着，如惊心动魄地做爱之后的痕迹。光华暗淡，令人黯然。

马云提醒我，明年它还会开的。

说　表

汉语有极强的现场性，一个词，要在当下的语境里面才能明白它的意思，局外人往往听得一头雾水。比如道，这是道路的道，还是道理的道、道说的道、道德的道、道貌岸然的道、道歉的道……要在当下的上下文里面才能明白。这个上下文也不仅仅是遣词造句的上下文，而是说出来的与不说出来之间的上下文。比如前久走红的“表哥”一词，很简洁，然而，“有新意焉”。不在当前语境里面的人，还以为它依然是“母亲的兄弟姐妹的儿子中比自己年长者，或者父亲的姐妹的儿子中比自己年长者”。而在当下的语境里面，表不再是“表面的”那个表，而是手表的表。表哥，是戴表的“老大哥”，还是大姨妈家的老大，这要看是哪一只表。表本来是形容词，从最古老的表皮之表“古衣裘皆外毛”到表面、表彰、表现、表扬、表达、表白、表露，到表率、表里如一，到表象、表演、表态，到现在这个“表哥”之“表”——戴在手腕上以炫耀来路不明的财富之多寡的小型计时器……汉语真个是魅力无穷。尤其在对新发生的地方性知识的命名上，真个是稳准狠。最古老含义的“表皮”依然在通行，最新潮的“表哥”也不胫而走了。

只是，“表哥”一词红了一阵，现在似乎就要冷却、消失，甚至被遗忘了，好像它不会像“表率”之类的词将天长地久地存在。昨天与几个朋友吃饭，个个手腕上戴着巨表，很是抢眼、刺眼、惹眼，马上想到“表哥”这个词，这么贵的表，怎么还敢公然戴着呢？许多手腕上如今只剩下一个苍白的圆形表印，许多曾经不可一世的戴在手腕上以炫耀来路不明的财富之多寡的小型计时器，已经藏起来、躲起来、无影无踪，不敢再随便表演了。你懂的。

这些表却一只只自然、坦然、油然、当然、安然、坦然、岸然、斐然、焕然、灿然、陶然、泰然、飘飘然……仿佛是从身体里面冒出来的一颗颗宝石。因为来路清白、光明磊落，所以敢以表来表白。这些劳力士、芝柏……表，乃是对自己劳动、智慧的自我表现、表达、表彰、表扬。他们不是戴表的表哥，是大姨妈家的表哥。

表的一个意思是表率。“表率”是名词，指“好榜样”。“表”为“榜样、模范”，“率”为“表率、楷模”。“表率”由“表”和“率”两个同义语素构成的并列式合成词。在古代汉语中，“表率”也可用作动词，有“督促率领”的意思。百度解释说。

表率不是表演，表率必须表里如一。这块表真是你的，才能表率。表演嘛，这只表不是你的，表里不一，就算悍然表示、赫然表露……时候一到，必然——戛然摘掉、悻然脱掉、悄然褪掉、惨然收掉。

只可惜了这些名表，如今手工打造的东西越来越少，在瑞士，“做出一块表要花上2000个小时”。“坚持手工是瑞士表的灵魂”，瑞士表匠菲利普说：“我做的每一块表，我都知道它们在哪里。所有买了我做的手表的人我都认识。每到圣诞节，他们会给我寄圣诞卡。有时候去旅行，买过我的表的人们会来看我，和我一起待上10分钟，聊聊那只表，让我觉得很温暖。”“我的表与奢华无关，它是艺术，就像画画一样。”

那些黑手怎么配?

2014年5月2日

茶三水四

我的朋友聂勒是个佤族人，黑脸，写诗。他在冬天开始的时候送我一盒茶叶和一百多个核桃，他交代说，核桃是他家种的，茶是佤山产的。我闻闻茶叶，摸摸核桃，看看聂勒，他的眼球很白，因为皮肤黑的关系。他的眼睛里有一种遥远的东西，虽然他已经来昆明十多年，读了大学，在出版社工作，还是很遥远，酒过三巡，他就要唱佤族的歌，他的歌我们谁都唱不来。歌一响，我们就好像坐上了飞毯，进入梦中，去到遥远的佤族世界。歌声停止，我们跌一下，又回到现实中。聂勒是个眼睛会发光的男子，不，是条汉子。

我把他送我的茶放些在茶杯里，倒上开水，少顷，水色变成了深秋的颜色，褐黄，重些的茶叶，已经沉到了底；轻些的浮在水面，降落伞一样缓慢地一片片地打开，然后旋转着落下去，很慢，仿佛水里面有微微的风，并不是直线下落，而是飘摇着，叶子就是在水里也保持着叶子的风度，它们没有像炸弹那样落下去。看着表面的茶叶一片片松掉、散开，沉下去，直到最后一片落定，水色变深沉，心也就静了。

茶可清心。茶是清心的。茶，再怎么泡，它还是水，再怎么看起来颜色浓烈，它还是水。但它不再只是解渴。到了清心，就进入了境界。茶是慢的，水是快的。水是解渴，满足生理的需要，比如运动员，马拉松长跑，给他补充水分，他可以边跑边喝，这时候给他喝茶，完全是浪费，他根本没有心思去品。茶要品，水要喝。现在的人以为喝茶对身体有好处，相当俗，茶严格追究起来，只是加了叶子的水而已，对身体的好处，与水大同小异。

最俗的茶，莫过于在茶里面加枸杞、冰糖、大枣，还说是可以壮阳。太俗了。云南最近炒普洱茶，说是可以降血脂什么的。太俗。茶么，放点叶子进去，喝的是个无。它还是水，但它有了些什么，这些什么是个与心有关的东西，心是无形的，可以感觉到，说不出来，是无。现在的人是把喝茶当喝咖啡去理解，严格地说，咖啡是药，而且立即见效，有助于“更快、更高、更强”。茶不是药，是品个味道，要说茶可以见什么效，也许，但非常慢，慢到你根本感觉不出来，慢到无。养心谈何容易，养只鸡尚且需要时日，况乎养心。有心心就有，无心心就无。咖啡是有，一喝下去就见效。我在巴黎时，时差不正确，就天天靠咖啡来维持，呵欠一来，一杯咖啡下去，立即精神百倍。但时差正确的法国人已经不这么喝，他们可以把一小杯咖啡从早喝到晚，已经完全没有刺激作用，只是品个味道，就像品茶，喝的是无，有已经在慢里面无影无踪。

那年夏天在西安的时候，天气炎热，大汗淋淋的时候到了小雁塔公园，忽然看见参天古木、盖地林荫、古塔，谁敲了一下钟，唐朝悠然传来。周身一下凉了，就想喝茶。找到卖水处，在附近的石头上坐下，就要茶。伙计一愣，说喝饮料行不行，我说不行，要茶。好好好，马上去烧开水，听意思，这里不经常卖茶，但他又不想放塌这笔２０元的生意。我觉得有点怪，怎么茶都没有，这是在西安又不是在巴黎。在巴黎，你坐下来，要一杯咖啡。在西安，你坐下来，要一杯茶，是最正常的。饮料是什么东西？可口可乐算什么东西？治疗疲劳脱水的药？茶端上来，一看见，心情就坏了，茶水泡在一个白纸杯里面。那是我第一次见着用这种纸杯子泡茶，我习惯的是茶水要么是在瓷杯里面，要么是在紫砂陶壶里，次些的也得是玻璃杯。这已经很次了，瓷杯、紫砂杯就像井，深不可测，什么在下沉，什么在上升，只是恍兮惚兮，其中有象。玻璃杯一览无余，看着像化学试验。任何用茶杯端上来的茶都给我非同凡响的感觉，水被这么一盛，即刻尊贵、神秘起来。杜尚在20世纪才明白这一套。小便池，进了博物馆，那就是作品。中国的茶具就是这个意思，青花瓷，那就是一个博物馆似的界，在里面的是茶，在外面的是水。眼前这一杯太便宜了，那绝不是茶，更像一杯毒品。那纸杯像复印纸一样白，开水倒进去，那些做纸浆的化学成分是不是也一起泡开了，不得而知，疑虑重重，心情就坏了。怎么能用这种东西沏茶？伙计说，茶杯我们早就不用了，纸杯方便。方便什么？一个青花瓷杯，洗洗再用，可以用几百年，用出包浆，用成古董，成本最低。那是方便什么呢？或许是方便搞清洁卫生，省了清洗杯子的麻烦？但喝茶这件事也就被这便宜的纸杯革命了。伙计说，不喜欢纸杯，我给你换塑料的，他说的是那种软得像纸的塑料怪物，水一倒上，马上软掉的那种。

其实怪不得伙计，这个世界其实是越来越便宜了。

过去盖个房子要多少时间？画栋雕梁，云南世纪末出了个伟大的木匠叫高应美，打一套八扇的格子门，用了12年。他的工资是用刨花的重量换金子，那个叫贵。

麦当劳，那个叫便宜和难看，买一叠来翻开看看，稀糊淋拉、红烂绿硬、夹生拌熟的和胃里面正在腐烂的情况差不多。目的只是为了叫你赶快补充营养，然后继续赶路，忙着去干什么，麦当劳可不会告诉你。

《金瓶梅》里面写做爱，又是荡秋千，又是嚼松子，又是耍猫什么的，整整一个下午，没有批评家说的那么下流。看看满街都是的春药广告，“保证延长60分钟”。这个叫便宜，叫下贱。美国发明的伟哥其实是最便宜的性，它省略了过程。

喝茶，要用茶杯、茶具，要煨开水，要选茶叶，要泡，要等着茶叶慢慢松开，像秋天的树叶一片片落下去，要等着水凉下来，香味像藏在水底的金鱼那样优游而出。一杯茶，从下茶叶到茶凉，那就是四季。下茶叶加水，仿佛春种；茶叶次第开片，仿佛夏至；香气溢出，仿佛秋收，茶凉，一杯安息。漫漫人生，其实也就是一杯茶的工夫。

要喝茶就得要茶具，这是一个讲究、一个仪式、一个传统、一种生活经验。不是方便与否的问题，一只茶杯的未来深不可测，博物馆、古董铺、诗、甚至因此成为圣人，比如陆羽，比如茶中亚圣玉川子，其有诗云：一碗喉吻润／二碗破孤闷／三碗搜枯肠／唯有文字五千卷／四碗发轻汗／平生不平事／尽向毛孔散／五碗肌骨清／六碗通仙灵／七碗吃不也／唯觉两腋习习清风生……

纸杯的后面有什么，嗯，垃圾桶，还是塑料的。

聂勒送我的茶，不知名，大概也是普洱之一种。本来么，普洱与西湖龙井，只是味道不同，就像兰花的品种。你说兰花有什么药用价值呢？龙井是上品，茶的最高境界，叶子抖进去，水色不变，但有味了。普洱么，就像刘姥姥进大观园。味重，色重，身体强壮。龙井，品了千年，已经气若游丝。龙井是贲象穷白的宣纸，普洱是宣纸上画着美女广告。普洱的兴起，说明现代人受咖啡的影响，敏感度已经弱化，需要更刺激的。我说着玩，普洱茶崇拜者别在意。其实无论普洱、龙井，都是进了茶杯的水，只在于是否养心，你觉得养心，那就是茶。不养，那就是水。龙井喝一年，那是普洱，普洱喝上一百年，那就是龙井。江山易主，茶叶变色，并没有什么标准，称心如意而已。

诗人聂勒，是佤族历史上用汉语写新诗的第一人，他的诗歌是浪漫的，因此不行于当世。就像 20 年前的普洱茶，也就是云南人自己喝喝。天下人，都以龙井为海内第一。

2011 年 1 月 5 日　星期三改

说说兰花

欣赏兰花之类的东西，必须有文化背景。如果把云南大理一盆开价 129 万的兰花运到纽约去，那就是一盆草。你要让一个好莱坞的电影明星出 100 万买盆兰花，你要给他上一门长达五千年的课，从一个叫屈原的诗人讲起。“扈江离与辟芷兮，纫秋兰以为佩。”“昭饮木兰之坠露兮，夕餐秋菊之落英。”“步余马于兰皋兮，驰椒丘且焉止息，时暧暧其将罢兮，结幽兰而延伫。”

“秋兰兮青青，绿叶兮紫茎，满堂兮美人，忽独与余兮目成。”

或者从《左传》开始，“以兰有国香，人服媚之如是。”（宣公三年）算了吧，普通话能教会人家句把就不错了，从“一”开始，学到“兰皋”，恐怕得三万年。还是植物学简单些：兰花在植物分类学上指兰科*(Orchidaceae)*植物，属多年生单子叶草本植物，兰科植物约有 450 属 20000 种。又不是钢筋水泥，怎么要卖到 100 万呢？把一切都看成物的西方，很难理解中国人对兰花的态度，横看竖看不就几根草嘛。

在古代中国，兰花不只是草，从草开始，兰花成为比草更丰富的东西，兰花被文化了。在屈原的诗歌里，兰花是一种象征，高洁忠贞的象征。但大地上那么多草，单单兰花被升华起来成为德行、品位的象征呢？因为兰花有非同凡响的气质，这是古人比较百草得出的感觉，而这种气质吻合的是中国文化对“中”这个度的要求，香，但不是麝香，香但是“暗香”。香是什么？植物的油细胞挥发出来的油的气味。为什么中国有那么多的人要用“兰”来给自己取名字呢，因为崇拜这种油细胞？科学解释不了兰花。

香是什么，香就是无，从兰花这草本之有中生出来的无，兰花令人感觉到无的强大力量，有无相生，无就是道。道可道，非常道，道无法用语言说，但我们从兰花可以感觉到道的存在，道被具体化了。“有”是兰花这种植物，文明如果只到植物学为止，那是拜物的文明。文明还要指向无的层面，形而上的层面，无法贸易的层面，这是精神文明。花是有，香就是无。无不是虚无，而是从有中升华出来的，所谓“其中有象”“道发自然”。从自然的“草本”——花的气味，屈原领悟到非常道的道。忠贞高洁、道是无，但它在各种行为、状态，各种香里面被体现出来。

兰花可以修身养性。兰花是道的载体。道在具体的人，那就是心，心就是道，兰花可以使人“有心”。中国的“修养”与西方的“救赎”不同，救赎假定人都是恶的、有原罪的，现世的一切努力都是为了将来进入天堂，救赎与人是买卖关系。修养的出发点，是“人之初，性本善”。修养是把人在大地上修养之，人需要的只是修身养性，而不是革命、改造、解放。生活不在别处，就在你的故乡，修养就行。养这个意思可不得了，是中国文化的一个根本，中国与人生大地宇宙自然的关系是养，而不是造。是顺应之，而不是设计、改造。大地就是天堂，养就行了。李白说，大块假我以文章。养就是生、生殖。生没有那么简单，出生只是生的一个开始，生是要生长的，生长就要养。不养生，生就停止。养兰花，可以令人深悟什么是养。养兰花也就是养生、养自己。

中国为什么没有发展出西医这种科学，因为在中国思想看来，人不是病，不是治疗对象，天人合一，人需要的只是不断调理与阴阳万物的关系，修身养性以顺应自然，就像兰花顺应季节一样。死亡只是一种变化，而不是消失，有无相生，金变成了土，土变成水而已。顺应自然，就是道法自然，道法自然，人生就像兰花一样，“禀天然不逾之操，体兰石芳坚之质”（《艺文类聚》）。仔细体味一下，兰花不过是草，何以竟兰石芳坚！

兰花是一种药，药是什么，《说文》说，就是用草治病。草又怎么可以治病呢？这个治疗不是西医说的治疗，李时珍在《本草纲目》记载：“兰草，气味辛、平、甘，无毒。其气清香，生津止渴，润肌肉，治消渴胆瘅。”“治消渴生津饮，用兰叶，盖本于此。”“消渴生津”，是兰的木本自然属性，道法自然，兰花的“消渴生津”就是养的意思，不是头痛医头、脚烂锯掉的意思。病就是疾，疾，王国维说就是战争中中了箭矢。战争是反自然的，是不和。病与不和有关。病是一种变化，是反自然。而自然是和谐、是中庸。过了这个度就是病。病就是偏离了自然之道。万物什么时候得过病？万物的枯荣斜正，不是病，是万物自养中的不同状态，万物自生自灭，何曾病过？万物彼此滋润、彼此养着，这叫作和谐。人道发自然，把病看成一种身体的变化，与自然和谐是无病，与自然不和谐，不自然了，是病。经过修养，重新达到与自然的和谐，病就消失了。养生的“消渴生津”，又升华为养性之养、养心之养（孟子曰“养心莫善于寡欲”）养志之养、养真之养、养七之养、养和之养、韬光养晦之养。这个养是怎么养呢，兰花可以令人觉悟。“芝兰生于谷，不以无人而不芳。君子修道立德，不为困穷而改节。”“适来，夫子时也；适去，夫子顺也。安时而处顺，哀乐不能入也，古者谓是帝之县解。”《孔子家语》养兰令人时时道法自然、心平气和，不乱、不战，中和、安心。兰可养心，就是说兰花可以使人感悟到生命的自然之“度”，中和之度，过犹不及，欲速则不达，昆明话“使过了”，就是病，就是疾。而兰花则象征度，“暗香”，是一个度。把握了这个度，就是兰的境界，就是得道。兰章，就是最好的诗；兰讯，就是朋友寄来的美好的书信；兰室，高雅之屋；兰梦，预示着要生儿子；兰藻，就是美好的语言；兰客，就是品德高尚的朋友；兰交，就是君子之交……在中国，一个人要是被人们视为“兰”的话，那么他也许已经达到有口皆碑的地步了，何谓“兰心蕙性”，就是人的修养到了最高的境界，最高的度，得道成仙了。所以中国有那么多人要用“兰”字来为自己取名字，

“与善人居，如入芝兰之室，久而不闻其香，与之俱化《孔子家语》”。

孤　兰

李　白

孤兰生幽园，众草共芜没。
虽照阳春晖，复悲高秋月。
飞霜早淅沥，绿艳恐休歇。
若无清风吹，香气为谁发？

这是一个多么俗不可耐的时代啊！兰花卖到几百万一盆。兰花完全被朝着与它的气质、品位、目的完全相反的方向培养。人们在培养某种叫作兰花的股票而不是兰花。古人云“二人同心，其利断金，同心之言，其臭如兰”，莫把臭（音“xiu”嗅）读成臭（chou），那些做兰花贸易的，屈原如果在世，他恐怕不敢再“纫秋兰以为佩”，那得几个亿啊！我听到一个故事，说是种兰发财的为了防止兰花被盗，在花室（这可不是屈原的“滋兰之九畹”）周围挖掘深壕，放上凶恶的狼狗日夜巡逻，这些君子兰就像奥斯威辛集中营的犹太人那样被囚禁起来，我估计那些可怜的幽兰也许因此长得战战兢兢、猥猥琐琐的吧，可以叫作“兰囚”。兰因絮果，兰花，本是道发自然的文化的产物，现在完全反自然，把“自然之道”遮蔽起来了。一百多万一盆的兰花，怎么“清”那粒小心眼呢，买回来你肯定成为守财奴，永远担心着明天早晨起来的时候，要命的一百万是否已经死掉了。

哈哈，俺不是在说大理的草，是在说普洱那边的一种树叶、腾冲那边的某些石头。

2007 年

为泥巴文身

人类文明有许多起源，有一种或许是从泥巴开始的。

文明一词在汉语中，就是以文来照亮，照亮什么？世界。文就是纹。最先，人处于黑暗中，恐惧野兽，恐惧洪水、风暴、闪电……人渴望获得自然界那些强大而神秘的力量以庇护自己、延续生命。“生生之谓易”，人将大地无法把握的神力象征性地转移到自己身上，这就是文身。玩泥巴也是，起初，泥巴只是用来制作实用的容器，但画上花纹，泥巴就从一般的容器升华为神性的容器了。神性通过美暗示出来。美是一种图腾，它具有比实用的容器更神秘的力量。

陶的诞生，意味着泥巴被文明照亮了，文身了。

许多民族都有从玩泥巴开始的历史，但只有中国，将玩泥巴这件事一直玩下去，直到泥巴从陶器玩成了瓷。到瓷器，泥巴已经超越了泥巴。瓷的伟大在于，它起源于泥巴，但经过千锤百炼的陶冶，它已经在品质上抵达了形而上。从泥巴中脱颖而出，瓷是一种形而上的泥巴，泥巴的形而上。瓷升华超越于普遍的泥巴，但并没有抽象虚无，而是像矿石在冶炼之后，具有了金子的品质。瓷，既是抽象的，又是具体的，来自泥巴，但不再是泥巴，泥巴是大地自然而然的命名，瓷这个词，只有文明才可以创造出来。文明虚构了瓷这个命名，又赋予它生命，通过对泥巴的精炼。

中国文明是一种崇拜大地的文明。道发自然，大块假我以文章，就是崇拜大地、崇拜泥巴。水火金木土，土是根基。“土，地之吐生物者。”（《说文》） “百谷草木丽乎土。”（《书·禹贡》）大地吐出的物不仅是百谷草木，也是“大块假我以文章”，是泥巴创造的陶器、瓷器，它们就是文明之物。

如果青花瓷是崇拜大地之极致，彩陶就是大地崇拜之开始。陶瓷，先陶后瓷，从鸿蒙时代于黄河两岸玩泥巴开始到元代玩出瓷器，这一过程持续了大约七千年。

玩这个字在汉语中很有意思，20 世纪以来，玩偏重于贬义。但在《说文解字》里面，玩的意思是：“玩天地于掌握之中。”玩具体到一双手，玩天地始于玩泥巴。

玩字从玉，由玉和元组成，本义是以手玩弄（玉）。元就是开始。“玉，石之美者，有五德，润泽以温，仁之方也。”（《说文》）“仁之方也”，这个方，就是方向。“土以黄，其象方”（《周礼·冬官考工记》），仁、五德，是从大地这个方向（水火金木土）被体会到的。“土，地之吐生物者。”（《说文》）大地所生之物包括人，只有人的诞生，文明才会诞生，照亮黑暗世界。“道可道，非常道。”非常道只有人可以道。人能脱离野兽，靠的就是自己为自己文身。“玉，石之美者，有五德，润泽以温，仁之方也。”“君子比德如玉。”（《礼记》）玉石指示着仁的方向。“仁者，人也。”（《孟子·尽心下》）“仁者，谓其中心欣然爱人也。”（《韩非子·解老》）“仁者，可以观其爱焉。”（《礼记·丧服四制》）“仁者，情志好生爱人，故立字二人为仁。”（《春初·元命苞》）人的仁心、爱心是先验的，“人之初，性本善。”但这个先验的人之初的“善”需要文明，否则就永远遮蔽在黑暗中。如果第一个人是野兽，爱心、善心处于无明中。仁就是第二个人，第一个人是野兽，第二个人是“仁人”，仁人就是文明之人，爱心觉醒之人，文身之人。

仁者，就是被文明照亮了爱心、五德的人。

玩，弄也。弄，玩也。玩弄什么？石之美者。通过对玉的把玩、深思、抚摸，“君无故，玉不去身。”（《礼记·曲礼》）体会文明之本源——仁。玩就是爱。先人创造的“愛”字中间本是有一个心字的，玩是要有心的，今日时代，去掉了心，玩只有贬义也是必然。玉来自土，从石之利者到石之美者，就是为石头文身，石头的升华。从泥巴到陶，也是为泥巴文身，泥巴升华为彩陶，是一种玩，通过弄玉，体会“仁之方也”。玉后来成为一种象征，象征着国土、权柄。“玩吾国于股掌之上。”（《国语·吴语》）玩泥巴，也是守护“仁之方也”。无论玩泥巴还是玩玉，都有周而复始、回到、记住开始、本元的意思。通过把玩牢记事物的本真，记住“我们是谁，从哪里来，到哪里去”。这才是玩。真正的玩物，是守真。玩物的这个物，不是财物、货物、人物之物，而是“物，万物也。牛为大物，天地之数起于牵牛，故从牛”（《说文》）。“玩古知今，特可宝爱。”（《颜氏家训·杂艺》）玩大物不是丧志，而是养志、守真，不忘“天地之数”。天地之数是什么？“道生一，一生二，二生三，三生万物”！

中国之玩泥巴，最古的制作当属甘肃的马家窑。马家窑彩陶朴素、深邃、厚实，颇得大地浑混之气，像一个个坛，升华于泥巴，照亮了大地被黑暗遮蔽着的精神性力量，充满诗意。就是7000年前的作品，现在看到依然令人震撼、沉思、敬畏。

马家窑彩陶具有一种母性的造型，母亲乳房般的丰硕感，女性怀孕之腹的包容感，也有对诞生于泥巴的大地之器的敬畏、惊奇而发生的庄重感、战栗感。

陶器首先是实用的，它改变了人与世界的原始关系。一个陶罐支在火焰之上，食物熟了，熟使味不再仅仅是野味，进入文明之味道。食物不仅仅是饕餮，还要味道。味道要鲜美，鲜已不够，还要美，美味必须有陶。陶诞生，人从此可以味道了。道是一个金字塔，而不是平面，品位有高低深浅，文明有灿烂、辉煌、幽暗、晦涩。民以食为天，陶之诞生其天意乎？天人合一，天是泥巴，人是陶器。陶器升华于泥巴，但不脱离大地，泥巴轱辘，依然是大地之物，形而上之道的无与形而下之器的有天人合一。大道之行，其始于陶乎？陶的实用性在最初就指向道。因此先人并不仅仅满足于实用的陶器，他们要在陶器上表现出他们体会到的道行，因此有彩陶。彩陶上的线条、花纹，都是表现性的。中国文明的这种强大的表现之流在文明之初就已经发端，文字、水墨无不可以追溯到这些泥巴上的线条。马家窑彩陶上的图案是一种早期的文字，那个时代文字与图画还没有分道扬镳。这些神秘的线条要表达什么呢？无。彩陶上的彩就实用来说是无用的，有无相生，彩陶的出现表明，马家窑的初民意识到无的存在。

陶与瓷都是大地之器，但瓷过于雅驯，与大地已经有形而上的距离，而陶依然保持着与大地的血肉联系，刚刚从大地出炉。大地之无在于容纳，只有虚怀若谷的容才有万物之有。道生一，道是无。无中生有，大地本身就是有无相生的结果，野兽只能生活在物质的有中，永远意识不到无的存在。初民觉悟到无的伟大力量，伟大的包容，这种力量在陶的造型上被有力地表现出来。陶器为大地的那种不可见的、非物质的、空无的包容性、生殖性力量创造了一个具象的象征。陶器的诞生是大地隐藏在黑暗中的原始的、包孕性的力量向天空、世界的敞开。瓷器则是对大地的认识、把握、抽离。陶器是诗意的，瓷则是理性的。陶器充满魅力，瓷器则是祛魅的。陶器如黎明，黑暗将尽未尽，处于微明，在大地的黑暗与光明之间，陶器是一个祭坛，敞开升华着大地的伟力。陶器是神性的产物，每一个陶器似乎都来自祭神的现场，人类创造的器皿，没有什么比陶更具有神性了，陶是巫器，制造者依靠的是神的力量。这是开天辟地的时刻，一个陶器从火焰中诞生，泥巴获得了新的生命，它成为另一种容器，将大地生生不息的力量敞开到更广阔的空间中，生命之暗夜被陶器解放出来，大道之行，始于陶乎？

我去年游兰州，遇到王海东先生，他三十多年来一直在收集马家窑彩陶，耗资不菲。“文革”破旧立新最严重的后果就是民族之审美能力的丧失。美德，美之能力的丧失，必是德之丧失。此时代文明不明，文化唯利是图，人们对世界的见识野怪黑乱，一切只在物的占有，因此在美上留下大漏，古代中国创造的美被成吨地视而不见，或毁灭，或无视。王海东当年闯进7000年前留在大地上的博物馆，如入无人之境，这些彩陶竟不如“泡菜坛子”，他因此得以收到不少好东西，于2011年开办兰州市首家民办博物馆——兰州彩陶艺术博物馆。他最近将收藏的彩陶出了一本册子，请我说上两句。我去年曾在他的博物馆小驻，看到不少7000年前的原作，颇有心得，就把那时想到的说出来，是为序。

2012年6月19日星期二

信任送水的人，不信任水

几年前，我曾经旅行缅甸。在仰光，我发现街头隔一段路就安置着一对陶罐，陶罐旁边搁着瓢或碗，路过的人渴了，就可以舀来喝。看着一个个素不相识的缅人，舀起一瓢子清水，仰着脖子就汩汩喝下去。我像被闪电击中似的震惊，他们依然毫不犹豫地信任着水，就像我少年时代，每一个口缸、每一口井、每一根水管里的水都可以随便喝，无人看守，无人管理，水就像天空，永远不会垮下来。这个少年并不遥远，也就是 40 年前。

上善若水，水是过去，也总是未来。从不进步，所以“上善”。过去，水起源于天空和大地。现在，水起源于我们自己。水是我们自己制造的。来自我们的进步、我们的发展、我们的奢侈、我们的野心、好大喜功、积极进取、傲慢盲目，来自我们的丰功伟绩、无休无止的渴望……我们被某种力量推动着，创造了时代的洪流。这种洪流的结果是人们丧失了对水的原始信任，对每一根管道里的水都疑虑重重，瓶装水的普及是一个证据。如今在每个地方、每家旅馆，人们总是对水疑虑重重，要问，可以喝吗？就是得到肯定的回答，依然疑虑，喝水成了一种侥幸，一种抽签般的生死之赌，喝对了算你运气好，喝错了你自认倒霉吧。我们知道我们的生活在摧毁我们的生命，但无可奈何，只能逆来顺受。世界知道如何遏制希特勒，世界有盟军。但世界不知道如何遏制这日益摧毁着生命根基的欲望之流，只有随波逐流。

这是一个怀疑主义蔓延的时代，从广度到深度，怀疑无所不在。过去人们不信，往往是那些荒诞不经的传闻、怪力乱神之事。如今这种不信已经从观念之根基的怀疑蔓延到事物之起源的怀疑。人们不像从前那样只是在抽象的思辨中怀疑诸神、上帝、真理、观念、制度……而是怀疑那些地久天长的事实。这种世俗化的怀疑主义来自每个早晨家庭主妇的菜篮子，她们总在疑虑着将菜蔬投入篮子是否是一种慢性投毒行为？疑虑来自每一个餐桌，人们总要问，这是土鸡么？这是野菜么？这就是怀疑。这种怀疑前所未有，如今却日甚一日。人们不再信任现代技术对生命的承诺、加工、管理、统治，而越来越怀念原汁原味的自然。

“原天地之美，而达万物之理。”这不仅是诗，曾经也是中国日常生活的真谛。古话说，民以食为天。这种怀疑正是对天的怀疑。天地无德，上善若水，如果水已经不善了，那么还有什么事物是可以信任的呢？有些想当然的理论说，中国人不相信来世。不对，中国人的来世就是“天长地久”“天地有大美而不言”“夫大块载我以行，劳我以生，佚我以老，息我以死。故善吾生者，乃所以善吾死也”（庄子《大宗师》）。“夫天地之间，物各有主。苟非吾之所有，虽一毫而莫取。惟江上之清风，与山间之明月，耳得之而为声，目遇之而成色。取之无禁，用之不竭。是造物者之无尽藏也，而吾与子之所共适。”（苏轼）“神领你进入美地，那地有河、有泉、有源，从山谷中流出水来。如此你们可以承受这美地、遗留给你们的子孙、永远为业。”（《圣经》）

没有这个来世了，大地已经不可信任，水不可信任，这就是现代式的虚无主义的根基。

过去我们知道水来自大地、来自水井，如今水的来源成为人类的商业秘密。其实老庄并非彻底的虚无主义，老庄的虚无只是文明的虚无，而不是大地的虚无。老庄的怀疑后面有着对天的坚信不疑这个基础，“归天”的意思就是没有“归去来兮”的后顾之忧。一个现代的陶渊明还有南山么，他已经失去了“归去”的基础。现代式的虚无主义才是极致的虚无主义，天不可信任，这个世界是最后的、一次性的，没有来世，没有地久天长。“人生代代无穷已，江月年年只相似。”（张若虚）人们不再相信“江月年年只相似”，永恒的是当下，而不是永恒。人们在餐桌上怀疑食物，疑虑重重，然后吃掉。吃掉，只能吃掉，就是怀疑也要吃掉，得过且过。既然水不可信任，那么死亡也就不是死亡了。死亡意味着永垂不朽，如果不朽已经不存在，那么又何必在乎死亡。及时行乐，得过且过，混过一天是一天，这就是我们时代的水。

几天前，我打电话请一位送水工送一桶矿泉水来家。其实对矿泉水我也深怀疑虑，因为它来自一家公司，这意味着一种非自然的制度、利润等等。润德本意是滋润万物的雨水，现在却是“利润”。如今流行的“滋润”一词，也是利润的意思。如果连付费的滋润也不信任，你还喝什么？当时，另一位工人正在厨房里为我修阻塞了的下水道。我在另一个房间里做我的事，没有在一旁盯着，凭着直觉，我完全信任这位工人。他修得聚精会神，送水工来也没有察觉，送水工以为他是房主，装好水桶就走了。我回来的时候，一桶清水已经安装在饮水机上。我问管道清理工，这是谁送来的水，他说，没有人来过嘛。后来我喝掉了这桶不知道谁送来的水。我不信任水，但我信任那位送水的人，信任那位疏通下水道的工人。这种信任来自从前我对一桶放在井边不知道是谁汲取的水的信任，它不会害你。

上善若水，这种中国哲学曾经创造过一种文明，这种文明基于对人的信任，也确实在中国造就了普遍的仁人。水的起源已经不是启发古代中国思想的那些起源，但上善若水启发的文明之善已经造就了普遍的至善之人，仁者人也，除了敌人，没有人会送一桶有毒的水给你。人们送水给你，不是因为它有毒或者无毒，而是天地无德，上善若水。我不信任水本身，但我依然信任人，信任那些扛着水桶走进厨房的送水工。我充满疑虑地饮水，但不会怀疑他们。这就是荒诞，一方面，文明摧毁了水的起源，而另一方面，文明对“上善若水”的领悟已经根深蒂固地创造了可以像太初之水那样信任的人。“上善若水”已经不善，这是“上善若人”的时代，如果人也不能信任，不能信任普遍之善、无意识之善这种“水”的存在，那就是末日。这种信任有点狭隘逼仄，无可奈何，也只有一赌。

人今天比历史上任何时代都更孤独，如果天已经不可信任，那么天人合一就失去了基础。天助我也的信任已经动摇，人只有自己信任自己。我们时代文明最深刻的悖论是，我们怀疑食材，但信任厨师。我们怀疑水，但信任送水之人。正是这种越来越脆弱的信任维系着文明的运转。

无论如何，最后的获救之道，只能寄望于送水者们的道。

2013 年 4 月 29 日

色即是空

——棕皮手记：关于网络世界

网络带来了一个新世界，它不仅仅是一个信息技术。它是技术，但不是一般意义上的技术，它具有改变世界的能量，而这种能量在我们过去的经验中，只来自历史。而网络是非历史的，它带来一个平面，世界因此将完全不同了。把它视为雕虫小技将使我们误入歧途。不，不是雕虫小技，新的世界到来了，可怕的美已经诞生，而且这种美具有全面颠覆历史的力量。我意识到这种力量，虽然我现在还只是朦胧地感觉到它。这是一个新世界。许多东西还不确定，已经露出端倪的方面就像现实一样丰富、复杂，令人欢欣鼓舞，但也暗藏着巨大的危险，而且是人类有史以来最可怕的危险。我们将被这个新世界异化。我们聪明备至地虚拟了一个现实、一个游戏，而最终，这个现实将把我们虚拟，把我们变成游戏本身。

网虫，这个为匿名者创造的汉语新词也许是人类未来的新名称。

网络世界与文艺复兴以来的世界发现不同，经过20世纪，世界地理和文明史中的世界已经基本发现完毕，探险其实是个非常做作的说法。谁还相信那些拿着测量仪器穿着登山鞋的家伙会发现什么新大陆。今天的世界发现是数据，例如生物学方面的一组数据，基因。网络发现的世界是空间性的，这意味着这种发现本身就是一种虚拟。不是现实世界的发现，而是想象中的世界的发现。

数字化时代深刻地体现出来的东西其实就是“色即是空”。如果把色视为有，虚拟就是对有的虚拟。在网络上，人类几乎可以虚拟一切，性爱、个性、现实、原子弹爆炸、世界末日、将梦境还原为逼真的画面……五光十色，喧嚣混乱，但一切都是虚拟的。

空间是无限的，人类一直试图在这个方面突破现实世界的控制。网络就是这种突破的一个更为日常、普遍的后果。空间现在不再被少数文化精英、政治集团或者财团垄断。网络解放了人类的想象力，现在，只要一按键盘，每个人都可以虚拟自己的想象的世界。过去时代，发表个人中想象的世界图景，需有权力。传统世界的想象力空间的巨大板块已经分裂成无数碎片，空间原子化了，成为一个个孤独的原子，网络只是给它们提供自我表演的平台，网络似乎为原子与原子之间建立了联系，将它们网罗起来，其实这种联系完全是技术性的联系。原子与原子之间是彼此孤立的。目前，传统的价值观还在发生作用，原子们还在根据基本价值彼此联系、选择。但是将越来越弱，最终原子们只选择它自己，如果世界是一种虚拟的话，人们将发现，对现实适用的价值观在网络上完全可以置之不顾。

网络是对权力的根本颠覆。这不仅仅是舆论控制的颠覆，文明的标准、权威、塑造生活典型的传统权力也将被颠覆。色即是空，空，所以怎么都行。百无禁忌，道是屎溺。

传统的投稿制度使发表权控制在少数精英和权威手中，而他们则代表着意识形态或者诸神。网络取消了传统的投稿制度，解放了黑暗中的每一个作者，作者其实没有那么神圣。人就是作者。网络的意思是，每个人都是他自己的上帝，现在上帝真的死了。

旨在沟通人类心灵世界、传播普世价值的诗歌、艺术将寿终正寝。当每个人都是作者，也意味着读者之死。现在这一点还不明显，历史还在苟延残喘，但已经初露端倪。

每个人都是作者，也意味着匿名时代的到来。作者就是匿名。过去时代的作者是金字塔式的，匿名是大多数，作者只是少数。他们通过历史获得冠名权。发现没有，今天，要成名越来越困难了。戏子、小丑们的成名方式已经被滥用。

网络使人类突破了传统生活的底线，人们在过去时代无法实现的黑暗中自由约会、狂欢，一切语言上的禁忌都可以突破，语言获得自由，怎么说都可以，而不必对此负责，一切都只是虚拟而不是现实。就像避孕套，只享受快感，而不负生殖的责任。

过去时代的精神和生活结构，发生了实质性的裂变。世界的深层已经碎片化。这个碎片不是四分五裂，而是生命的原子化。网络无边无际地建立起来，好像世界比过去联系更密切，其实人们也陷入了无法突破的孤独中。网络表面上是联系，其实只是一格格尺寸标准的碎片。每个人面对一台电脑，每个人都置身在一个面积相等的碎片中。彼此的联系是虚拟的，就像照片与照片的联系。

这种虚拟也是世界本身，无数的格子将人们古老的联系切断了。道路，公寓，兵营般的小区，人群分裂成一个个原子，走进防盗门，砰的一声关上门，与打开电脑上网一致。

我居所的对面是一栋办公大楼，那里永远是一排排冰凉的窗子。有时候上班的人离开了忘记关灯，整个夜晚我家被照得明晃晃的，虚拟着月光。而从那边看过来，这边一样是冰凉的窗子，永远空无一人。而其实生活在进行着。办公室新来了我永远不知道的年轻人。而我在家里，永远在吃着无人知晓的秘密晚餐。像耶稣与教徒们那样全世界都看见的最后的晚餐已经不存在了。没有那样的桌子了。最后的晚餐有一个象征，那就是世界是一家，我们可以看见邻居的晚餐，忠诚、背叛、钩心斗角或者同舟共济，悲剧或者喜剧并不重要，重要的是我们意识到大家相依为命。

过去时代的孤独是在集体中而企图超越的孤独，金字塔尖的孤独，高山上的孤独，孤独是黑暗的、精神性的、内心的、看不见的。而今天的孤独却是原子的孤独、物理性的孤独，每个人都被孤立在世界网络的一格之内，网络将我们彼此分离，在彼此孤立中通过游戏规则的框框联系在一起。我们过去所依赖的那种价值观，那种大家庭的安全感，那种集体主义，那种道法自然的自由散漫已经不存在了。

货币使世界关系简单多了。货币重估一切价值的后果是，人际关系像货币一样抽象化，完全失去了过去的那种面对面的血肉联系。感情、礼貌、道德、肉体关系，根本的支配力量都是货币。

网络就像货币。它只是一种物质世界的形而上替代物。货币代表的实物并不直接在网络中出现，而且永远都不出现。我在澳门的赌场看那些亿万富翁赌博，这些面目蜡黄的人，守在虚拟的永无黑夜的白昼，或者永不天亮的黑夜，一个子代表一百万，每个博局结束，赌场的工作人员就将代表货币的枚子一扫，扑通一声，一堆牌就被赌场的服务员扫进一个洞里去了，立即什么都不见了。巨大的输赢如果在现实中演绎，那就是血流成河的三国演义。但没有任何激情，任何波澜，无动于衷，赌场内灯光苍白，人都仿佛是蜡像。也许有个人走到窗口跳了下去，谁也不会注意。赌博将世界的悲喜剧抽象化、虚拟化了。非凡、高雅、形而上的游戏，接近于诗的核心。惊心动魄的大海，看见的只是一张铺着绿色毛呢毯的长桌上的纸牌。

一个小人物，就是卡夫卡小说中的葛里高里，那个经常梦见自己变成甲虫的家伙，在过去的世纪他只有变成甲虫。但现在，他也可以成为一头虚拟的狮子，只要他有足够的想象力，也许他在现实中一直都是甲壳虫。网络释放了每个甲壳虫裹藏在他内心世界中的空间，裹藏这个空间的现实面积也许相当小，但其空间也同样是无限的。

网吧令无数的小人物扬眉吐气、心醉神迷。世界在哪里，就在虚拟的网络上。古往今来，世界这个东西其实从来没有出现过，我们的所谓世界，只是地方、单位、家庭、身体的局部现实。世界现在才真正地到来，人类没有任何时候可以像今天这样近距离地面对大千世界。它就在计算机的屏幕后面。过去时代，我们面对的只是世界的黑暗，生活在别处，穷乡僻壤的人们一直在渴望着到世界上去，他们终于去了，而最后发现他们只是到了另一个地方，世界无影无踪。现在，网络带来了世界，我们发现，世界其实正是一个虚拟的舞台，网络将世界呈现为一个虚拟的舞台。网络最吸引我们的是，它就是世界本身。这种感受今天尤其强烈，一旦关机，人们就有一种被世界抛弃了的失落感。地方不是世界，地方是一个现实。世界在空间中，世界是想象力的结果，世界是虚拟的，过去我们没有发现这一点，今天网络将这一点昭示了出来。世界是空的，离开了具体的地方，世界只能在虚拟中想象。

过去，想象力是为了超越现实世界的局限。

现在，苍白的、限制重重的、必须负责的现实是为自由活泼的想象力解放运动服务的。

人类最深刻的联系或者最简单的联系只是虚拟者的游戏水平的高低。

他们是网虫，在现实中他们是虫，他们只是一只只坐在幽蓝色的荧光屏洞穴的面前的虫子，身板挺直，脖子前倾，双腿静脉曲张，这是人类的新姿态。人类曾经通过站立、步行、搏斗拥有世界，现在他们坐下来，不出户，得天下。今天在世界的任何地方，你随便向着某栋公寓、公司、单位的玻璃窗里面瞟一眼，你就能看见这些虫子，一排排地目不转睛盯着屏幕，仿佛正在吞噬着一张巨大的叶子。多么无聊啊，与阳光灿烂的加利福尼亚海滩上冲浪的家伙们比起来，与正在幽暗窗帘后面寻欢作乐的男女们比起来，他们就像是囚犯。但是，世界的悲剧或者喜剧，正在那些洞穴中剧烈上演，在那个十四英寸或者更小——只有巴掌那么大的洞穴中，世界无边无际。他们才是世界的主宰者、大英雄、天之骄子。

而那些迷恋现实的家伙只是庸人，将被历史淘汰。

现在他们可是大人物，像上帝那样颐指气使。那只虫，在单位上日日受气、谨小慎微、胁肩谄笑、孱弱无能、唯唯诺诺、毫无前途，现在他自由了、解放了，迅速膨胀，他可以虚拟自己为国王、强盗、骗子、色情狂、总统、纳粹、中国第一诗人、菲利普斯……他们在现实中永远不是的人物，虚拟有着无限的空间，因此前途无量。网络成为比赛自我膨胀的想象力游戏。人们在网络的虚拟中满足他们在现实中无法通过货币实现的东西。网络的虚拟给人们带来了超现实的自由。只要面对网络，进入一个荧光屏的格子，每个人都可以成为他梦想的角色。你就是上帝，你可以坠入无边无际的声色犬马的世界和无边无际的自我满足中。你只要统治着键盘，你就是上帝，通过键盘可以虚拟出最辉煌、最荒诞、最超级、最无耻的世界。你可以扮演随便什么角色，国王、受虐狂、自恋狂、男性、女性、施虐者都随便。

人们甚至虚拟性生活，其实两性关系在塑胶避孕套问世的时候已经虚拟化了。人们只要满足欲望而拒绝会流血、要负责任的生殖。虚拟的好处是你不必负责。就像避孕套，只要快感，杜绝生殖。你可以是一个超级赛车手，导致无数的交通事故、血流成河而无须负责。这个技术创造的世界比上帝创造的世界还要辽阔、丰富，但没有一毫米会生下来，成为事实。

同时网络的虚拟也改造着现实。世界正在被改造成为适应网络而存在的无数的格子，在一个平台上，以直线和横线联系。超级市场就是一个这样的现实。平台，取物，前提只是必须支付货币。

现实与网络的刺激比起来，相当虚弱。现实很冷漠，而在网络上，激情被充满激情地虚拟出来，就像海洛因一样令人无法自拔。

语言的虚拟性现在物质化了。语言是虚拟的，虚拟出来的现实就是现实。象征成为世界本身，世界倒像是虚拟。镜子本来是世界的英雄。现在你只能在镜子中生活，走出镜子，世界很危险。现实就是地狱，镜子才是天堂。

人类已经完全忘记，那是虚拟的无的世界，一场游戏。

色就是空。网络使空成为色、成为现实。

空就是色，离开了网络，现实就不存在了。现实更像是一种虚拟，而虚拟就是现实。

存在的根基摇摇欲坠，人可以不存在，而被虚拟于世界中。虚拟的婚姻，虚拟的性，虚拟的风景，虚拟的友谊，虚拟的事件……

恶搞，恶在搞。人们在虚拟中出了一口长期的“名不副实”所至的恶气。名者实之宾，现在实可以抛弃了，人们在虚拟中名副其实。

网络就是“生活在别处”。“生活在别处”现在实现了。人们无须再为此而流放、越境。世界、别处就在荧光屏后面，这令世界各地的渴望出人头地的孤独人士欢欣鼓舞。世界再没有什么穷乡僻壤，一打开电脑，你就抵达了罗马、长安，剩下的只是如何引人注目、点击率。

存在就是不被注意。而网络的现实感就在于“被注意”。存在不需要被注意，是其所是，在着。一棵树，那就是存在。而网络的游戏是，并没有这棵树，只有关于树的信息、数据、图像。这个信息必须得到接收、交换、膨胀。这是一个游戏规则。“被注意”要求的是点击率。只有在点击中人才获得存在感，而点击率并不是事实，它也是一种虚拟。它将满足感虚拟出来。于是，在网络上，语言解放运动向着耸人听闻而去。

滚动就是一条忘川，虚拟的然而真实的忘川。为了不被这条忘川淹没，你必须使你的信息总是出类拔萃、惊世骇俗。因此，网络流行标题艺术，内容不重要，重要的是取标题。所谓网络阅读，看看标题就可以了。

“被注意”其实就是忘川。

网络解放了人的自我，自我现在可以明目张胆地自由塑造了。也许这些自我并不存在于现实中，但是现实已经不重要了，我们会越来越发现这一点，你虚拟什么，你就是什么。萨特说，存在先于本质。而现在是虚拟先于本质。人自己又是谁呢，人最终发现，你可以是任何人，你谁也不是。你是所谓现实中的你，在办公室苟且偷生的那个你，还是虚拟的你？

现实现在更像是超现实，而虚拟倒像是现实本身。因为我们在虚拟中最真实地活着，像我们内心希望的那样活着。而在现实中，我们则阳奉阴违、瞻前顾后，见人说人话，见鬼说鬼话，伪善地、违心地生活，我们用假话来应付这个世界。

每个人都是作者，这一被遮蔽着的世界黑暗现在被网络照亮了，博客使每个人都有机会成为自己的主编。而且自己决定自己的刊物宗旨。现实与虚拟是两个世界，身体的现实和语言的现实完全分裂。名不副实。

虚拟使黑暗的心灵世界获得一种合法的公开释放，博客技术保护了这种释放。

博客暗藏着一种技术伦理。博客相当奇妙，它被公开阅读，但它不是非法出版物。它似乎是一个装着私人日记、手稿的透明玻璃盒子，这是一种隐私，只是这种隐私的存在方式我们闻所未闻，隐私难道不可以以博客这种方式存在吗？博客公开发表与刊物的公开发表完全不同。这种发表完全是个人行为，相当于私人日记本放在公共场合。读者对博客的阅读只是偷窥。博客是一种透明的隐私，博客只是私人言论的一个延伸装置。删贴毫无道理，因为博客并没有公开发表，只是发表在私人的网络日记本上。博客是一本虚拟的日记。博客点击率就是有一千万，那也是私人日记本、手稿。删除博客等于“文革”时期的查抄私人日记、信件。

网名就是语言狂欢的一部分，命名的规范被突破了，能指完全不意味着所指，色就是空，这使人大梦初醒。语言的本质其实是空，说什么都可以，怎么说都可以，与语言之外的那个世界毫无关系。

马甲盛行。马甲是虚拟的虚拟，从自我表演开始，最后迷失在马甲的迷宫中。

网络上是马甲们在说话，不是具体的肉体在说话。人被停止、删除，那就是死亡。但在网络上，“你拨打的电话已停机”“这个链接已经损坏”，却无人死亡。

语言不再是存在的家，语言与存在无关，语言是语言，现实是现实。我们说我们在现实中无法实现的事。人类深受语言的束缚，现在似乎可以解脱啦。

语言脱离了存在，完全成为虚拟游戏。网络使人取下现实中的面具，在语言中原形毕露。

身体戴着面具，而语言赤身裸体。在网络上，我看到汉语最黑暗、放肆的一面。而在现实中，汉语要收敛、冠冕堂皇、雅驯得多。不只是伦理道德规范着世界，身体也是一种控制。人者，仁也。孔子说的人，首先是身体的人。但网络却没有身体的限制，怎么说都行，不涉及具体的肉身。

网络是空，身体是色。现在网络就是色，没有肉体的色。网络取代了现实，既是色，也是空。现实是虚拟的，虚拟的世界则是真实的。

网络丰富多彩，现实却相当贫乏。在现实中，隐喻、象征被过度使用，已经名不副实。而在网络上，语言变得直截了当，直接就是，能指和所指一致。

曾经，世界的黑暗，每个人眼睛和舌头后面的黑暗令我们无比孤独，我们渴望交流，但身体戴着面具，在现实中我们永远无法取下。我们渴望着暗藏在能指后面的所指彼此见面。这个见面现在实现了，虚拟的见面比真实的见面更容易，没有单位、家庭、空间、传统、性别、年龄、道德伦理……的阻隔，肆无忌惮，虚拟的交流见面比现实的交流见面更迅速、更直截了当、更赤裸。我们热衷于虚拟的见面、交流。越来越害怕直接见面。

黑暗的时代，我们寻求灵魂的透明。当黑暗被照亮，我们却发现在光明世界所暗藏着的无聊和空虚。我们失去了敌人，这个敌人曾经令我们何等充实。我们的精神生活在对黑暗的反抗中活跃而强大。现在，私人的语言中的黑暗被打开了，我们却更加孤独且虚弱无力，每个人的黑暗只是他自我的黑暗，只是黑暗的原子。传统交流、见面中的想象力、试探、猜疑、共鸣、彼此激励反而隐匿了。每个原子自我膨胀、各行其是。网络只是一个冰冷的技术平台，想象力一旦在虚拟中获得现实性，自由正是自由的终点。想象力是限制的结果，人们将发现，失控的、被解放的想象力恰恰是想象力的丧失。

网络，谁是那只编织它的蜘蛛王呢？资本暗中高兴。资本可以通过对想象力的开发来控制网络。今天资本是网络世界最大的赢家。网络软件设计公司疯狂地开发想象力的空间。如果你想象力贫乏，我给你提供最丰富的想象力软件。软件的开发必须琢磨出国民在这个时代希望扮演的角色。赛车软件备受欢迎，就是这个道理。所谓网络购物，就是电脑的换代。网络给你虚拟的自由，享受这种自由的前提是你必须不断地跟着公司更新电脑硬件和软件，付费。这种更新每一次都是颠覆性的，你不更新就意味着“你拨打的号码是空号”。判处死刑很容易，你没有更新、付费。

生活成本降低。你不必再具体地复杂艰难地生活了。不必具体地做爱、旅行、奋斗，网络让你在虚拟中满足欲望，与避孕套是一样的。不必亲自生活，网络虚拟比现实更巨大、刺激的世界，你可以成为拿破仑那样的人物，在虚拟中指挥千军万马。前提只是你必须支付购买软件的货币。

世界在网络上成为无数孤立的碎片、原子。现实也成为无数的网点，这些网点仅仅提供维持生命现实最基本的东西，例如方便面。网络购物，使你可以永远不离开网络而活着。这一位才是最伟大的蜘蛛王。每个原子都是一个罐头般的世界，都有自己的价值观，全面彻底的个人主义。彼此不需要联系，因此没有所谓的普世价值。人类唯一的世界性只是维持生命的基本原料的生产，就像鸡蛋生产基地。不同的是人比鸡多了一个电脑虚拟的世界，可谁又知道那些鸡没有秘密地虚拟着一个它们的宏观世界呢，或许它们就是为这个宏观世界的存在而日复一日地吃着味同嚼蜡的鸡饲料。

世界成为将无数原子以及为它们提供生命养料的网点联系在一起的网络。因此某只控制整个世界的想象力最发达的资本蜘蛛可以虚拟并供应整个世界。例如，虚拟的这个世界是以吃方便面或者麦当劳维持的，然后生产它们，运输到各个网点，

虚拟与现实的界限被打破，人的现实被全面地虚拟出来，然后成为现实本身。这就是新世界。

色即是空。

2008 年 9 月 20 日星期六

2009 年 12 月 7 日星期一改

朋友是最后的故乡

同治十一年五月，李鸿章说，中国正处于“三千年一大变局”，他指的是列强打开了中国的大门，“款关而求互市”。之后，许多士大夫都说到变局，王国维说过，陈寅恪也说过，陈寅恪在《王观堂先生挽词》中说，“盖今日之赤县神州，值数千年未有之巨劫奇变。”他说的变，比李鸿章更为深刻，“吾中国文化之定义，具于《白虎通》三纲六纪之说，其意义为抽象理想最高之境”，他说的是“抽象理想”丧失的巨劫奇变。“凡一种文化，值其衰落之时，为此文化所化之人，必感苦痛。”“劫竟变穷，则经文化精神所凝聚之人，安得不与之共命运而同尽，此观堂先生所以不得不死，遂为天下后世所极哀而深惜者也！”

在工业革命在西方如火如荼之际，尼采在《查拉图斯特拉如是说》里宣告“上帝”已死。他的意思也是“抽象理想最高之境”的丧失。

对于李鸿章、王国维、陈寅恪、尼采们，“上帝已死”还只是开始、进行中，其结局只是被预见到，在我们，却是亲历这个结局。

这个巨劫之浩大，先知们是体会不到的。陈寅恪生得晚些，他经历了“文革”，但他没有经历拆迁。“文革”使中国“抽象理想最高之境”彻底斯文扫地。拆迁，则进一步彻底摧毁了“抽象理想最高之境”的载体——故乡。在我看来，拆迁决非拆掉一些建筑物那么简单，拆迁拆掉的是大地和故乡，拆掉的是传统中国建造故乡世界的历史、经验、手艺、标准、质地、色彩、氛围、风俗、日常生活世界。如果从李鸿章预言的1873年算起，到今天不过138年。中国已经天翻地覆。毛泽东说，天翻地覆慨而慷。慷慨到什么地步呢？以我的故乡昆明为例，滇池死了。有一千年历史的昆明荡然无存、焕然一新，原地林立着一群只有20年历史的建筑和家具，唯一与故乡有关的东西恐怕只剩下支离破碎昆明方言、变味的过桥米线、气锅鸡之类。何止昆明，基本上李白所赞美的“大块假我以文章”，那些千古文章，与大块已经不能对应。没有大地的经验，中学生读古代文章，如读甲骨文。比如李白在长江写过的“山随平野尽，江入大荒流”，杜甫写过的“星垂平野阔，月涌大江流”，这些伟大的风景，已经感受不到了。比如“南朝四百八十寺”，比如“春和景明，波澜不惊，上下天光，一碧万顷；沙鸥翔集，锦鳞游泳；岸芷汀兰，郁郁青青。而或长烟一空，皓月千里，浮光跃金，静影沉璧，渔歌互答，春和景明”。我最近看到《21 世纪经济报道》的文章，标题是“保护与发展‘拉锯’　洞庭湖消失过半”。这变局最深刻的地方，是古典作品基本上成了事实上的死文字，与存在基本上不能对应了。古代中国讲天人合一、道法自然。道不再法自然，天的故乡改天换地，人的故乡也不会幸免于难。故乡不仅仅是一群旧房子，它是天地国君亲师一体的、综合的价值系统，文化是这个系统的“抽象理想最高之境”。故乡世界的丧失，导致的是人与世界、人与人关系的改变，中国不再是天下一家、左邻右舍、芳邻世交，四海之内皆兄弟，而是步西方社会后尘，日益成为荒凉小区里老死不相往来的陌生人社会。人性也在改变，“人之初，性本善”，今天发生的许多事情（比如不久前的携尸讨价事件）很难令人再相信这依然是一个真理。我们似乎已经处于人之末、性变恶。

过去的中国故乡，人与人的关系是三纲五常、止于礼、止于至善、尊重、谦卑、言必称鄙人、灵修、独慎；千夫所指，无病而死。现在就是千夫所指，如果没有犯法，唯我独尊，其奈我何，人和人的关系走向契约化。人成为大地的对立面，大地不再是老师，不再是道之所载了，而是资源，只等着分批拍卖。“社会经济之制度以外族之侵迫，致剧疾之变迁，纲纪之说，无所凭依，不待外来学说之抨击，而已消沉沦丧于不知不觉之间。虽有人焉，强聒而力持，亦终归于不可救疗之局。”至言啊！

陈寅恪在那篇八十多年前写的挽词中还说“吾国古来亦尝有悖三纲，违六纪，无父无君之说，如释迦牟尼外来之教者矣。然佛教流传播演盛昌于中土，而中土历史遗留纲纪之说，曾不因之以动摇者，其说所依托之社会经济制度，未尝根本变迁，故犹能借之以为寄命之地也。近数十年来，自道光之季迄乎今日，社会经济之制度以外族之侵迫，致剧疾之变迁，纲纪之说，无所凭依，不待外来学说之抨击，而已消沉沦丧于不知觉之间。虽有人焉，强聒而力持，亦终归于不可救疗之局。”寅恪先生说，巨劫奇变，乃根源于“社会经济制度的变迁”，先知至言！八十多年过去，诗教的中国、文化领导的中国已经成为经济领导的中国，GDP 领导的中国，先知所言何确之如此！上帝死了，尼采当年有些幸灾乐祸，他相信欧洲会有新的“上帝”在现代文化中诞生，但现在看来，这位上帝不过是更乐于在证券交易所上班而已。历史大趋势，其是非我辈可以评说，作为在场者，我只能说切身之痛。

我丧失了故乡。无数可以使故乡一词活起来的事物都被摧毁了。我出生在昆明的武成路，那是老昆明最重要的一条街道，从晚明越过大清一直延续到民国，古色古香，已经荡然无存，连名字都被除籍了。今天新昆明地图上，已找不到武成路这个地名，新建的康庄大道叫人民中路。滇池也不再是我昔日在诗歌中歌唱过的故乡滇池：

滇　池

在我故乡
人们把滇池叫作海

年轻人常常成群结伙坐在海岸
弹着吉他
唱“深深的海洋”

那些不唱的人
呆呆地望着滇池
想大海的样子
恋爱的男女
望见阳光下闪过的水鸟
就说那是海鸥

从前国歌的作者
也来海边练琴
渴了就喝滇池水
他从来没有想到
有一天他的歌
会被海一样多的人唱着

故乡许多人小时候
都在滇池边拣过花石头
一代一代人
涌来又退去
滇池的花石头
永远也拣不完

有的人还学会了游泳
学会了驾船
后来就到远方去了
在轮船上工作

当过海员的人回到故乡
仍旧把滇池叫作大海

1983 年

如今这个新滇池是一潭死水。王维说，“君自故乡来，应知故乡事。来日绮窗前，寒梅着花未？”如果再遇到王维，我要辜负他了。我比希腊的尤利西斯惨，我是个家乡宝，我一生都在故乡的地面待着不走，四季如春的滇池平原是天赐的天堂，我从不迷信“生活在别处”，但我失去了故乡。在昆明这个城市里，如今能够唤起我故乡记忆的，只有老父老母、兄弟姐妹和亲戚朋友熟人。我最近常说，朋友是最后的故乡。只有友谊曾经存在于过去的时空中，保持着对故乡大地的记忆。父老乡亲是故乡，朋友更是故乡。父老乡亲的故乡是与生俱来的，朋友的故乡却需要你自己一生去创造。你必须守着故乡的那套成规，忠孝仁义礼智信，通情达理，你才交得着朋友。在这方面无法破旧立新，你不守这个陈规，你交到的只是合伙人。合伙人一旦分手，一切都忘得干干净净，合伙人没有故乡。如果你一辈子在故乡没有结下什么人缘，那么在这个陌生人、合伙人汹涌的城市里，失去了左邻右舍，你就真的是孤家寡人了。

故乡不再是我的在场，只是一种记忆，这种记忆最活跃的部分由朋友们保管着。记忆唤醒的是存在感，是乡音、往事、人生的种种细节、个人史、经验。如今，只有在老朋友那里才可以复苏记忆。中国世界焕然一新，日益密集的摩天大楼、高速公路，令文章无言以对。但朋友是旧的，朋友无法被拆迁，许多老朋友，也还坚持着“抽象理想最高之境”，滔滔者天下皆是，己所不欲、强加于人的恶行时有发生；路遥知马力，日久见人心，朋友继续故乡遗风，“止于礼”“止于至善”，像刘、关、张那样肝胆相照，言行一致，说着母语，时刻准备为朋友两肋插刀。

我们已经无法像尤利西斯那样回到故乡，从一棵童年种下的老树记起当年，甚至看看两头无人，像童年时代的某日，解开纽扣，再为它浇一回自己的泉。啊，我将随风而逝，而它垂下青青的叶子，等待着另一位少年。什么都没有了，只有朋友。故乡在他们的记忆里、心灵深处。你不必在昆明，在世界的任何地方，遇到老朋友，你就回到了故乡。我曾经在巴黎的地铁中听到故乡的声音，它来自青年时代一个女友的口中，她记起遥远的一日，我们一党人在武成路一个朋友的家里喝劣质葡萄酒，他家是一个四合院，院子里有一座爬满青苔的假山。地铁正穿过巴黎闹市区一个叫小酒窖的车站，故乡从她那口乡音的深井中喷涌而出，我欲哭无泪。

往深处说，朋友是最后的故乡，也就是汉语是最后的故乡。哀哉！悠悠大千，仅汉语还可以回到中国之故乡。我们在水泥、玻璃、手机、电脑、拼音字母的包围中，还可以顷刻就回到“呦呦鹿鸣，食野之萍”的意境，真是伟大的奇迹！如果依着五四那些激进的知识分子，彻底消灭了汉字，那么归乡之路就断绝了。不过，语言在书本上，总是与人生隔着一层，不如在口头上、在乡音中那么鲜活。而溯诸远古，大约也是先有乡音、后有文字。就人生之初来说，每个朋友都是在乡音里天然出现的。何况在许多方面，今日中国，文献是文献，现实是现实。天人合一的世界已经分裂，“呦呦鹿鸣，食野之苹”只是八个汉字而已，“山随平野尽，江入大荒流”只是十个汉字而已，哪里还有“大荒”？文章与大块，基本上没有对应的经验。只有朋友，乡音无改鬓毛衰，记忆从活人口里说出来，像浇到干涸的鱼身上的水，即刻活泼泼的。朋友是最后的故乡，因为朋友是与你距离最近的乡音保管者，最后的保管员，一个电话招之即来的保管员。

前几天，天气郁闷，城里拆得个灰尘滚滚、惨不忍睹，那些被迫搬家的老人守着一堆旧家什站在大道边，看了心里很是难受。于是呼朋唤友，出去走走，散心解闷。一路上人越来越多，朋友的朋友，滚雪球似的，都聚到了一处。模仿着茂林修竹、楼台亭阁、独坐幽篁、寒江独钓什么的，是个吃饭的好地方。一家伙坐了两大桌，几杯酒灌下，就攀起亲戚来。居然都是老昆明，这位是在一丘田长大的，那位住在铁局巷，这位是吹箫巷的，那位是富春街的……都是街坊邻居，世交故旧，记忆像串珠似的，一颗接着一颗亮起来，照亮了时间的仓库，故乡像一座沉没在黑暗之水下的岛，升起来了。放开恸吧！

忆昔午桥桥上饮，
座中多是英豪。
长沟流月去无声，
杏花疏影里，

吹笛到天明。

二十余年如一梦，
此身虽在堪惊。
闲登小阁看新晴，
古今多少事，
渔唱起三更。

陈与义《临江仙·夜登小阁忆洛中旧游》

2011 年 7 月 31 日